NORDSEEGEHEIMNIS

Heike Denzau, Jahrgang 1963, ist verheiratet, hat zwei Töchter und lebt in dem kleinen Störort Wewelsfleth in Schleswig-Holstein. Bereits mehrfach preisgekrönt, ist sie Verfasserin zweier erfolgreicher Krimireihen und veröffentlicht außerdem bei Droemer Knaur humorvolle Liebesromane.
www.heike-denzau.de

HEIKE DENZAU

NORDSEEGEHEIMNIS

Küsten Krimi

emons:

Bibliografische Information der Deutschen Nationalbibliothek
Die Deutsche Nationalbibliothek verzeichnet diese Publikation in der Deutschen Nationalbibliografie; detaillierte bibliografische Daten sind im Internet über http://dnb.d-nb.de abrufbar.

MIX
Papier aus verantwortungsvollen Quellen
FSC
www.fsc.org
FSC® C083411

Umschlagmotiv: Hayden Verry/Arcangel.com
Umschlaggestaltung: Nina Schäfer, nach einem Konzept von Leonardo Magrelli und Nina Schäfer
Umsetzung: Tobias Doetsch
Gestaltung Innenteil: DÜDE Satz und Grafik, Odenthal
Lektorat: Hilla Czinczoll
Druck und Bindung: CPI – Clausen & Bosse, Leck
Printed in Germany 2021
ISBN 978-3-7408-0928-7
Küsten Krimi
Originalausgabe

Liedtext auf S. 24: »Mona Lisa« von Fantasy, auf: »Casanova« (2019)

Unser Newsletter informiert Sie
regelmäßig über Neues von emons:
Kostenlos bestellen unter
www.emons-verlag.de

Für meine Mutter
In liebevoller Erinnerung

Lenchen kam Anfang der fünfziger Jahre als Siebzehnjährige nach Föhr. Eine Saison lang arbeitete sie als Zimmermädchen im Haus Forstblick in der Wyker Waldstraße.

Es war ihre erste große Reise, heraus aus dem beschaulichen Dörfchen Wewelsfleth, und damit auch die erste lange Trennung von ihrer Mutter Frieda, dem kleinen Bruder Erwin und Oma Cäcilie – der Vater war aus Russland nicht zurückgekehrt.

In Lenchens Koffer reiste außer dem Notwendigen vor allem Angst vor dem Unbekannten mit auf die Insel, und Heimweh, das schon am Bahnhof einsetzte.

Doch als sie Monate später wieder nach Hause fuhr, hatte sie, das erzählte sie immer mit leuchtenden Augen, eine der schönsten Zeiten ihres Lebens hinter sich. Denn neben Betten machen, Böden schrubben, Kartoffeln schälen und schüsselweise Krabben pulen hatte sie eine große Liebe gefunden. Föhr!

Das Meer, der salzige Wind, die Weite des Watts, die Wellen, die sanft an den herrlichen Sandstrand plätschern … Sie blieb dieser Liebe nicht nur treu über die folgenden Jahrzehnte, sondern gab sie auch weiter an uns, ihre Kinder und Enkelkinder.

Ich bin heute noch dankbar, dass ich ihren letzten Urlaub auf Föhr gemeinsam mit ihr verbringen durfte.

Dir ist die Schuld nur ganz geschenkt,
wenn du zur ganzen dich bekennst.

Nikolaus Lenau

Vor dreißig Jahren …

»Mach dich vom Acker, Freddy«, ahmte Frederik Lahann die Stimme nach, die in seinem betrunkenen Kopf spukte, seit er das Scheunenfest verlassen hatte. »Blöde Tussi«, murmelte er.

Sie hatte ihn abblitzen lassen. Mächtig. Dabei wollte er doch auch nur mal bumsen. Alle seine Kumpels hatten schon, nur er nicht. Sein Blick glitt zum Vollmond hoch, dessen kaltes Licht sich auf dem nassen Asphalt spiegelte. Der Mond war wie er. Fett und rund. Nur dass er dazu noch klein war. Das war der Mond nicht. Auf dem Mond war Platz für das Mare Frigoris und das Mare Imbrium mit seiner Regenbogenbucht. Frederik konnte die dunklen Flecken, die dem Mond sein Gesicht verliehen, zuordnen, seit er zwölf Jahre alt war. Er interessierte sich für viele Sachen. Er war klug. Aber das zählte bei den hübschen Mädchen nicht. Die wollten die großen Kerle. Die konnten ruhig blöd wie Brot sein, Hauptsache, sie waren groß und hatten Muckis.

Frederik drehte sich schwankend um, als er hinter sich den Motor eines Wagens hörte. Besoffen auf einer Landstraße unterwegs zu sein war gefährlich. So viele Korn-Cola hatte er nicht gehabt, dass er das nicht mehr schnallte. Er stolperte auf die Bankette, blieb stehen, stützte sich auf einem Leitpfosten ab und blickte wieder hinter sich. Dieses Knattern … Er konnte das Motorengeräusch einordnen. Da kam ein Käfer. Zwei seiner Kumpel fuhren Käfer. Und sie.

Wenn es Reimer oder Dieter war, würde derjenige ihn einsacken. Schließlich waren es noch zweieinhalb Kilometer bis nach Hause. Aber die beiden waren ganz schön voll gewesen. Würden sie noch fahren? Ja, gab er sich selbst die Antwort. Wenn man auf dem Dorf wohnte, fuhr man schon mal besoffen.

Schwankend stand er im hohen Gras. Die Jeans zog an den Beinen Feuchtigkeit, während er den Arm ausstreckte und winkte. Doch der hellblaue Käfer knatterte an ihm vorbei, ohne auch nur abzubremsen. »Drecksstück!«, schrie er dem Wagen hinterher. »Fick dich selbst!«

Der Käfer verschwand hinter der Kurve, und Frederik trat zurück auf die Straße. Im selben Moment hörte er ein eigenartiges Geräusch. Ein Knacken, dumpf, hart ... Er schritt schneller voran.

Am Ende der Kurve stand der Käfer mit laufendem Motor, einen Moment lang, noch einen Moment lang, dann fuhr er davon. Frederik ging weiter, den Blick fokussiert auf den dunklen Schatten auf der Straße. Was lag dort? Hatte sie ein Reh erwischt? Und sie fuhr einfach weiter? Das musste man doch einem Jäger melden. Er begann zu laufen. Aber je näher er kam, desto langsamer wurden seine Schritte wieder. Das war kein Reh. Er schluckte, als er vor dem bewegungslosen Mädchenkörper stand, der mit hässlich verdrehten Gliedmaßen mitten auf der Straße lag. Er starrte in das Gesicht, dessen rechte Hälfte wohl der Asphalt bis auf den Knochen aufgerissen hatte. Es war Heidi Püster.

Scheiße! Seine Beine fühlten sich an wie Wackelpudding. »Heidi? ... Heidi!« Er ging neben ihr in die Knie. Er kannte sie nur vom Sehen. Sie war sechzehn, höchstens siebzehn, und damit vier, fünf Jahre jünger als er. Und tot.

Er starrte die Straße entlang, die sich ruhig durch die Nacht schlängelte. Das Knattern war nicht mehr zu hören.

Sie hatte Heidi totgefahren! Frederik war augenblicklich stocknüchtern. Er zog den leblosen Körper von der Straße, damit kein weiteres Auto darüberfuhr, dann rannte er los zum nächsten Bauernhof, klingelte dort und schrie und hämmerte an die Tür. Der Bauer öffnete sie persönlich. Frederik kannte ihn, so wie man sich auf dem Land eben kannte.

»Herr Bolten, schnell! Sie müssen den Rettungsdienst anrufen! Da hinten liegt Heidi Püster. Sie ist tot, glaub ich. Ein Auto hat sie überfahren und ist einfach weitergefahren!«

»Junge, beruhig dich«, sagte der Bauer und zog ihn ins Haus. »Ich rufe einen Krankenwagen. Und die Polizei. Und dann fahren wir dahin. Du zeigst mir, wo sie liegt. Vielleicht können wir noch was tun.«

Frederik nickte. Er hörte, wie der Bauer den Notruf absetzte. Gleichzeitig hallte immer noch das Knattern des Käfers in seinen Ohren nach.

»Ich hab den Wagen gesehen«, sagte er, während er mit Bauer Bolten über den Hof zu dessen Mercedes eilte. »Ich kann den beschreiben.«

»Das kannst du gleich alles der Polizei erzählen, Junge.« Der Bauer startete den Dieselmotor.

»Ja … Es war ein silberner Passat.«

EINS

»Äh …?« Ein mulmiges Gefühl beschlich Raphael Freersen, obwohl er die Augen gerade mal drei Sekunden offen hatte. Lag er in einem Sarg? Gänsehaut bildete sich auf seinen Armen, und der Pelz in seinem Mund schwoll an. Er wandte den Kopf zur Seite, wo Licht ins Dunkel fiel. Gott sei Dank. Der Sarg hatte ein Bullauge. Eine Möwe starrte ihn an, tappte dann weiter durch den Sand.

Raphael war immer noch verwirrt, aber sein Bewusstsein erweiterte sich von Sekunde zu Sekunde. Er hörte das Meer, die Wellen, die in ihrem ewigen monotonen Rhythmus an den Strand plätscherten. Möwen schrien. Schritte knirschten im Sand. Und gerade als die Erinnerung zurückkehrte, endete das Knirschen der Schritte. Raphael wandte den Kopf erneut dem Bullauge zu. Statt der Möwe sah er behaarte Waden und Laufschuhe, dann einen Arm und – Raphael zuckte zusammen – sein Spiegelbild.

Das Gesicht verschwand, und Sekunden später wurde der Sargdeckel, der wohl gar keiner war, hochgezogen. Geblendet schloss Raphael mit einem unwilligen Stöhnen die Augen.

»Ich glaub's nicht«, erklang eine verärgerte Stimme. »Du bist so ein Sack, Raphael!«

Raphael blinzelte und hob eine Hand vor die Augen. »Moin, Bruder«, krächzte er und räusperte sich. »Ich find's auch schön, dich zu sehen.« Er rappelte sich hoch, stützte sich auf die Ellenbogen und sah sich um. Vor ihm lag blau und glitzernd die Nordsee im Oktober-Morgenlicht. Eine Fähre der Wyker Dampfschiffs-Reederei nahm gerade Kurs auf den heimischen Hafen. Neben ihm lag ein Schlafsack, unter dem leises Schnarchen hervorklang. Er selbst war nur mit einem Badelaken zugedeckt, was die Gänsehaut erklärte.

»Zwei Tage, Raphael, zwei Tage!« Johannes' Stimme war

Galle pur. »Dann wolltest du aus London zurück sein. Und jetzt, über eine Woche später, in der du nicht auf eine einzige Nachricht reagiert hast, liegst du hier in diesem ... diesem Ding und sagst ›Moin, Bruder‹?«

»Jetzt lass mich doch mal wach werden, bevor du mit deiner Predigt anfängst«, beklagte Raphael sich. »Ich muss mich erst sortieren. Ich hatte gestern Abend den einen oder anderen Drink.«

»Mal ganz was Neues«, brummte Johannes.

Im gleichen Moment bewegte sich der Schlafsack neben Raphael, und ein schwarzhaariger Frauenkopf kam zum Vorschein. »Könnt ihr mal bitte leiser sein?«, murmelte sie. »Und macht das Licht aus.« Sie zog den Schlafsack wieder über den Kopf und schnarchte weiter.

»Wer ist das?«, fragte Johannes gereizt.

»Äh, das ist ...«, Raphael hob die Hand und sah auf die Innenfläche, »Lillj ... Lilli«, verbesserte er sich. »Das ›i‹ ist verschmiert.« Er warf das Badelaken von sich und kletterte splitterfasernackt aus dem Schlafstrandkorb.

»Du hast dir ihren Namen auf die Hand geschrieben?« Johannes starrte ihn mit zusammengezogenen Augenbrauen an.

»Und?« Raphael reckte sich auf der Matte, auf der der riesige Strandkorb stand. »Du kennst doch mein Namensgedächtnis.«

»Wenn du dich mal für eine Frau entscheiden würdest, müsstest du dir nicht wöchentlich sieben Namen merken. Und zieh dir was an, meine Güte.« Er stellte sich so vor Raphael, dass dessen Blöße den Frühaufstehern auf der Promenade nicht ins Auge fiel.

»Was ist das?« Raphael hob sein Bein und zog etwas ab, das an der Unterseite seines Oberschenkels klebte. »Ach so.«

»Boah!«, stieß Johannes angeekelt aus.

Raphael warf das benutzte Kondom in den Schlafstrandkorb. »Besser, als Vater zu werden und jahrelang nichts von seiner Tochter zu wissen.«

»Danke! Als sei das meine Schuld gewesen.«

Johannes hörte sich jetzt richtig sauer an, und Raphael bekam ein schlechtes Gewissen. Dafür, dass Sina Beyer, die Jugendfreundin von Jo, ihm verschwiegen hatte, dass sie schwanger war, als sie Flensburg vor zehn Jahren verlassen hatte, konnte er nun wirklich nichts.

»Woher wusstest du überhaupt, dass ich hier drin bin?«, wechselte Raphael schnell das Thema, während er Boxershorts und Jeans anzog.

»Deine Schuhe.« Johannes deutete auf die schwarzen Stiefel, die im Sand vor der Matte lagen. »Solche Quadratlatschen hat hier sonst doch keiner.«

»Doch, du«, sagte Raphael und klopfte seinem Zwillingsbruder auf die Schulter. »Warst du laufen?«

»Ja, sieht man doch.« Johannes klang immer noch verstimmt.

Raphael zog mit einem Ruck seinen Pullover unter Lilli hervor, sodass sie unwillig grunzte, sich aber nicht weiter rührte. Seine Lederjacke fand er am Fußende. Er schüttete den Sand aus den Stiefeln und schlüpfte hinein. Dann zog er die Plane des Strandkorbs über den schnarchenden Schlafsack und stapfte los.

Johannes rührte sich nicht von der Stelle. »Willst du dich nicht verabschieden?«

»Nö. Die schläft doch.«

Johannes folgte ihm durch den Sand zur Promenade hinauf. »Wann wirst du endlich aufhören, dich wie ein Arsch zu verhalten?«

»Wann wirst du endlich aufhören, das zu fragen?« Raphael legte Johannes seinen Arm um die Schultern. »Ich bin und bleibe nun mal das *black sheep* in der Freersen-Herde.« Sie gingen über den Parkplatz am Schwimmbad zum Rebbelstieg. »Wieso bist du überhaupt auf Föhr? Hast du dein Töchterchen besucht?«

»Ja.«

Raphael verzog die Lippen. Seinen Bruder so einsilbig zu erleben, noch dazu in dem Tonfall … Jo war eindeutig mächtig sauer darüber, dass er sich eine Zeit lang tot gestellt hatte.

»Willst du die Friesendetektei nun eigentlich weiterführen oder nicht?«, fuhr Johannes ihn an und blieb stehen, als sie in die Mühlenstraße einbogen. »Ava und Imme haben es verdient zu wissen, woran sie mit dir und ihren Jobs sind.«

»Ja, verdammt, ich werde sie weiterführen! Wäre ich sonst hier?« Raphael ging weiter. »Selbstverständlich bin ich lieber hier auf dieser Kackinsel als in London. Selbstverständlich möchte ich lieber die Detektei unseres toten Onkels weiterführen, als mit Sam und Sean in London die Clubs und Bars unsicher zu machen und das Leben zu genießen.«

»Niemand zwingt dich, hier zu sein«, sagte Johannes, der wieder zu ihm aufgeschlossen hatte. »Du solltest einfach nur so fair sein und den beiden Frauen sagen, wie es weitergeht.«

Sie hatten das Doppelhaus in der Mühlenstraße erreicht, als aus dem Garten des gegenüberliegenden Hauses ein lautes »Huhu!« ertönte.

»Och nee«, stöhnte Raphael. Mine Margarete Mommsen, die dreiundachtzigjährige Nachbarin, winkte fröhlich über die Hecke, die akkurat geschnitten war, im Gegensatz zu seiner in alle Richtungen sprießenden Buchsbaumhecke.

»Huhu, Herr Rickers … und Herr Rickers! Gud Maaren! Schön, dass sie wieder da sind, Herr Rickers. Ich habe Sie vermisst.«

»Freersen, Frau Mommsen, Freersen!«, grölte er hinüber. »Mein Onkel hieß Rickers, wir nicht.«

Frau Mommsen hielt ihre Hand ans Ohr. »Was?«

»Ja, du mich auch, Triple M«, murmelte Raphael, winkte ihr zu und ging den Weg zu seiner Haushälfte hoch. Der Zweig des Apfelbaums streifte sein dunkles, vom Schlaf verwuscheltes Haar. Johannes hatte sich rechtzeitig gebückt.

»Imme ist drinnen«, sagte Johannes und deutete zur Haustür, deren weiß-grüner Farbanstrich still vor sich hinblätterte. Über der Tür waren einzelne Holzbuchstaben befestigt. Der einstige Namenszug »FRIESENGLÜCK« wies ein kleines Manko auf. Das G fehlte, und so stand dort »FRIESEN LÜCK«.

Als Raphael die Haustür aufzog, rief er ein launiges »Füße vom Tisch! Der Chef ist wieder da!« in den Flur, durchbrochen von Immes Aufschrei: »Tür zu! Waltraud ist frei!«

»Äh, was?« Er starrte zum Büro, aus dem Imme gerufen hatte. Im selben Moment kam etwas herausgeflattert und hielt Kurs auf seinen Kopf. Es war ein Automatismus, der ihn das flatternde Etwas wegschlagen ließ, sodass es mit einem unschönen Laut an die Wand klatschte und von dort senkrecht zu Boden fiel.

»Bist du irre?« Imme Hölderling stand in der Bürotür und warf Raphael einen bitterbösen Blick zu. Sie stürzte zu dem Vogel, der sich gerade benommen aufrappelte und mit den Flügeln schlug, so, als müsse er erst mal die Federn sortieren.

Johannes kniete sich neben Imme und strich dem Vogel über den aufgestellten Kamm. »Ach, du Arme«, sagte er. »Das wollte Raphael nicht. Das hat er nicht mit Absicht gemacht, Waltraud.«

Raphael starrte auf die Runde am Boden. »Ich bin gerade mal zwölf Stunden zurück und komm mir schon wieder vor wie in einem Irrenhaus … Was ist das für ein Viech?«

»Das ist Waltraud.« Imme stand auf. Der Vogel hockte auf ihrem linken Unterarm, während sie ihn mit der rechten Hand streichelte. »Sie ist ein Nymphensittich. Und wohnt jetzt hier.«

»Bitte was? *Ich* wohne hier.«

»Ja.« Imme, die mit dem weizenblonden Haar, den blauen Augen und den hohen Wangenknochen der Inbegriff einer Friesin war, wurde kleinlaut. »Du … und Waltraud.« Sie stellte sich direkt vor ihn. Raphael kannte außer ihr keine Frau, die ihm direkt in die Augen blicken konnte. Mit ihren eins neunzig war sie nur drei Zentimeter kleiner als er und Johannes.

»Sie hat sich in der letzten Woche so gut hier eingelebt«, fuhr Imme fort und hielt dem Vogel ihren Finger an den Schnabel, sodass er am Fingernagel zu knabbern begann. »Da können wir sie jetzt nicht schon wieder umsiedeln. Das verkraftet sie nicht. Nicht, Waltraud?«

Raphael sah Johannes an. »Und du wunderst dich, dass ich

in London sein will?« Dann stapfte er ins Büro. Auf dem alten Nussbaumsideboard mit den Aktenordnern fiel sofort der große Käfig ins Auge.

»Das ist ihr Käfig«, sagte Imme überflüssigerweise und setzte den Vogel hinein. Waltraud flatterte auf die Stange, krächzte und starrte Raphael an. »Wir wussten nicht, wohin mit ihr«, begann Imme zu erklären. »Sie hat unserm Nachbarn Hinne gehört. Die beiden waren *best friends*. Jetzt musste Hinne allerdings ins Heim, und dahin durfte Waltraud nicht mit. Wir können sie wegen unserer Katzen nicht nehmen. Waltraud ist nun mal das freie Fliegen gewohnt. Und hier stört sie doch niemanden.«

»Gestatten«, Raphael zog einen imaginären Hut, »mein Name ist Niemanden. Niemanden Rickers. Raphael Freersen ist Geschichte.«

Johannes lachte. »Waltraud ist wirklich drollig, Raph. Du wirst sie lieben, wenn du sie erst besser kennst.«

Raphaels Antwort ging im schrillen Ton der Haustürklingel unter. »Hoffentlich sind das die Männer mit der Zwangsjacke«, grummelte er. Er ging zur Tür, während Johannes in die Küche verschwand, und zog sie auf. Ein Mann in Anzug, Anfang fünfzig, stand davor. Sein Lächeln war so dezent wie die Krawatte, die den gleichen Grauton aufwies wie seine Schläfen.

»Herr Freersen?«, fragte der Mann. »Raphael Freersen, der Detektiv?«

Bäm! Da war er wieder, dieser Moment. Warm rieselte es über Raphaels Nacken. Detektiv! Das hörte sich einfach saugut an. Indiana-Jones-mäßig. Lehrer, Bankkaufmann, Fliesenleger … das waren die anderen. Er war Detektiv! »Ja?«, sagte er schnell, weil die Pause lang wurde.

»Mein Name ist Dierk Jürgensen. Ich bin Leiter der ›Klinik am Kliff‹ in Nieblum-Goting. Ich hätte einen Auftrag für Sie, wenn Sie mögen und Zeit dafür haben.«

Raphael bemerkte, dass der Blick des Mannes über sein ungekämmtes Haar und seine sandigen Stiefel glitt. »Zeitlich könnte es tatsächlich schwierig werden. Ich werde momentan mit Aufträgen überrannt«, log er drauflos. »Ich bin gerade von einem nächtlichen Einsatz zurück, der mir einiges abverlangt hat.«

Aus der Küche war deutlich Johannes' Schnauben zu hören.

»Aber kommen Sie rein und erzählen Sie mir, was ich für Sie tun könnte.« Raphael trat zur Seite. »Hier vorn ist mein Büro.«

Dierk Jürgensen trat ein und grüßte Imme, die an ihrem Schreibtisch vor dem Laptop saß und geschäftig tat. Sie grüßte freundlich zurück und wandte sich an Raphael, etwas leiser sprechend, aber durchaus für Herrn Jürgensen verständlich: »Chef, Frau Müller-Wolfenberg bittet um dringenden Rückruf. Sie möchte ihr Dankeschön für den geklärten Fall unbedingt persönlich loswerden. Sie hat bereits zweimal angerufen.«

Das »Äh, wer?« schluckte Raphael schnell herunter, als ihm klar wurde, dass Imme eine Show abzog, und er spielte mit. »Ach, okay, danke, Imme. Ich rufe sie nachher zurück. Wann ist mein nächster Termin?«

Imme blickte auf den Tischkalender, der so unbeschrieben war wie das sprichwörtliche Blatt. »Erst um elf. Du hast also noch Zeit. Und ich mache mich jetzt an den Bericht zum Fall Hess.«

Dierk Jürgensen war vor dem Vogelkäfig stehen geblieben. »Ein Nymphensittich, wie schön. Meine Großeltern hatten einen.« Er sah Raphael an. »Es gefällt mir, dass Sie Tiere mögen. Das sagt etwas über Menschen aus.«

Raphael lächelte. »Das ist Waltraud. Momentan die einzige Frau in meinem Leben, die mir wirklich etwas bedeutet ... Außer meiner Mutter natürlich.«

Okay, die Mutter war zu viel, fand auch Raphael, nachdem erneut ein leises Schnauben erklang. Diesmal vom Flur. Anscheinend lauschte Johannes.

Raphael deutete auf den Besucherstuhl vor seinem Schreibtisch, und Jürgensen nahm Platz. Einen Moment lang herrschte Schweigen. Nur das Klappern von Immes Tastatur war zu hören. Ihre Finger schienen über die Tasten zu fliegen.

Dierk Jürgensen schlug ein Bein über das andere. »Ich kann hoffentlich davon ausgehen, dass unter uns bleibt, was ich hier sage? Auch wenn der Vertrag zwischen uns nicht zustande kommt?«

»Selbstverständlich. Berufsehre.«

Immes Kichern ging glücklicherweise im Tastaturcrescendo unter.

Jürgensen nickte. »In unserer Klinik werden seit drei Jahren Patienten bestohlen. Nicht ständig, stattdessen auffälligerweise immer im Herbst und im Frühling. Tatsächlich hatten wir vor drei Tagen wieder einen Fall, nachdem über den gesamten Sommer nichts passiert ist.«

Raphael wunderte sich. »Diebstahl ist ein Fall für die Polizei, oder?«

»Natürlich«, sagte Jürgensen. »Die hatte ich zuletzt im Frühjahr informiert, als die Diebstähle erneut begannen, aber es kam nichts dabei heraus. Wie in den Jahren zuvor. Wir haben den Betroffenen den Verlust immer aus eigener Tasche ersetzt, um den Ruf der Klinik zu schützen, aber jetzt habe ich die Nase voll. Ich dachte, vielleicht können Sie mehr herausfinden?«

»Nun, das klingt in der Tat interessant«, sagte Raphael und warf dabei einen genervten Blick zu Imme, die anscheinend versuchte, ins Guinness-Buch der Weltrekorde zu gelangen. Hatte jemals jemand schneller und geräuschvoller getippt? »Allerdings sehe ich noch nicht, wie genau ich Ihnen helfen könnte. Was stellen Sie sich vor?«

»Nun, ich würde Sie gern als Patient einschleusen. Undercover quasi. Dann wären Sie vor Ort und könnten unsere Angestellten, die für die Taten in Frage kommen, beobachten und überprüfen.«

»Sie haben also schon konkrete Verdächtige?«

»Allerdings. Ich habe selbst ein wenig recherchiert in den letzten Jahren. Generell käme natürlich jeder Mitarbeiter für einen Diebstahl in Betracht. Allerdings haben wir, das muss ich leider zugeben, eine hohe Fluktuation, das Personal betreffend. Die Diebstähle haben sich immer gleich abgespielt: jeweils im Frühjahr und Herbst, und die Türen wurden nie aufgebrochen.

Ich gehe daher davon aus, dass es ein und dieselbe Person ist, die sich in den letzten drei Jahren am Eigentum unserer Patienten bedient hat. Da kommen dann nicht mehr viele Mitarbeiter in Frage. Eigentlich nur vier. Und für alle würde ich meine Hand ins Feuer legen. Sie …« Jürgensen stockte, denn wie aus dem Nichts erklang Mozarts »Kleine Nachtmusik«.

»Entschuldigung.« Der Klinikleiter zog ein Smartphone aus der Jackentasche und nahm das Gespräch an. »Ich kann jetzt nicht, Lena. Ich bin unterwegs. – Ja, danke, bis gleich.« Er steckte das Handy wieder weg. »Entschuldigung, das war meine Tochter. Wo waren wir?«

»Bei Ihrer Hand, die Sie ins Feuer legen würden.«

»Ja, genau. Die vier Angestellten, die seit mehr als drei Jahren bei uns sind, sind aus meiner Sicht eigentlich über jeden Verdacht erhaben, aber anscheinend …« Er hob die Schultern.

»Sie haben nur vier Leute, die länger als drei Jahre bei Ihnen sind?« Das erschien selbst Raphael wenig, der keinerlei Ahnung von betrieblichen Dingen hatte.

Dierk Jürgensen lächelte. »Nein, es sind schon ein paar mehr. Aber etliche konnte ich ausschließen. Die waren entweder, als die Taten geschahen, im Urlaub, krank oder in einer anderen Schicht. Sie hatten jedenfalls ein Alibi. Wie gesagt, ich habe schon vorgearbeitet.«

Raphael nickte. »Ein Fall, für den ich mich durchaus erwärmen könnte.« Und das war nicht gelogen. Ein paar Leute für Geld zu beobachten … geiler Job. »Ich kann natürlich nicht garantieren, dass ich herausfinde, welcher Ihrer Angestellten der Langfinger ist.«

»Das ist mir klar. Aber es ist eine Chance. Ich würde Ihnen eine Liste mit den verdächtigen Personen erstellen, mit Infos zu ihnen. Sie könnten dann in den Zeiten zwischen den Anwendungen und vielleicht abends recherchieren.«

»Zwischen den Anwendungen?«

»Wenn ich Sie als Patient einschleuse, müssen Sie sich natürlich auch wie ein Patient verhalten. Außer mir darf keiner wissen, dass Sie ermitteln. Wenn es einer meiner Angestellten erfährt, würden es gleich alle wissen.« Er lächelte. »Sie können sich überlegen, zu welchem erfundenen Zweck Sie in der Klinik weilen möchten. Ich veranlasse dann den Eintrag ins System. Über Ihre Krankenkasse können wir das nicht laufen lassen. Ich müsste Sie als Privatpatient aufnehmen, und die Kosten, die Ihnen dadurch entstehen, würde ich Ihnen zurückerstatten.«

Raphael zog die Augenbrauen zusammen. »Ich bin zwar in Buchführung nur wenig bewandert, aber … wie wollen Sie das verbuchen?«

Jürgensens Wangen behielten ihre Farbe, doch am Hals bildeten sich ein paar rötliche Flecken. »Das kriege ich schon über verschiedene Kostenstellen hin. Das soll nicht Ihre Sorge sein.«

»Da haben Sie recht«, antwortete Raphael. »Ich werde Sie anrufen, Herr Jürgensen. Ihr Fall scheint mir doch ein wenig zeitintensiv zu sein. Ich muss hier erst checken, was ich von meinen anderen Aufträgen an meine Mitarbeiterinnen weitergeben kann und was nicht.«

Vom Flur her erklang ein schepperndes Geräusch. Genervt sah Raphael zur Tür. Was trieb Johannes da?

Dierk Jürgensen blickte von Imme zu Raphael. »Ich dachte, wir sind hier unter uns?«

»Das sind wir auch«, sagte Raphael schnell. »Das ist nur Jo. Mein Kater. Er ist eine furchtbare Nervensäge, alt und hässlich, aber wie Sie schon sagten, Tierliebe hat man oder eben nicht.«

Jürgensen erhob sich und reichte Raphael ein Visitenkärtchen. »Hier finden Sie meine Telefonnummer. Ich hoffe sehr, dass Sie es einrichten können, Herr Freersen.«

Raphael stand ebenfalls auf und geleitete den Klinikleiter auf den Flur hinaus. Von Johannes war nichts zu sehen. »Ich werde Sie auf jeden Fall heute noch informieren, ob es klappt«, sagte er an der Haustür. »Meine Konditionen interessieren Sie ja sicherlich auch.«

Jürgensen nickte. »Natürlich, schicken Sie mir Ihre Honorarvorstellungen gern per E-Mail. Aber was es kostet, kostet es.

Ich will den Täter endlich entdeckt wissen. Das Renommee der Klinik steht auf dem Spiel. Auf Wiedersehen.«

Er ging zu einem silbergrauen BMW, der an der gegenüberliegenden Straßenseite stand, dort, wo Raphael immer parkte. Eigentlich.

Raphael überlief es heiß. Wo war sein Baby? Er beruhigte sich, als ihm einfiel, dass er den Mercedes-Benz 500 SE gestern Abend am Schwimmbad geparkt hatte, bevor er zu Pitschi's aufgebrochen war, wo er, er blickte auf seine Hand … Lilli aufgerissen hatte.

Als Raphael die Tür schloss, hörte das Tastaturgeklimpere im Büro auf. Johannes trat zugleich mit einem Becher Kaffee aus der Küche und sagte mit schiefem Grinsen: »Kater Jo, alt und hässlich. Vielen Dank auch.«

»Wenn du hier rumrandalierst …«

»Das klang doch interessant, oder?« Johannes musterte Raphael.

»Du musst mir den Job nicht anpreisen. Natürlich übernehme ich den Fall. Er sagt, er zahlt jeden Preis.« Er ging ins Büro, stellte sich neben Immes Stuhl und blickte auf das Word-Dokument auf ihrem Bildschirm. »jqw e9jgn9qwe0mvm 9w.bniw3uronflw ehi9tlwgnlsnglw engt vme9ihjgflsn wlnielenien«, las er lautgetreu die erste Zeile des einseitigen Buchstaben- und Zahlensalats ab. »Du hättest ›Fall Hess‹ nicht *so* schnell in die Tasten hauen sollen. Das war unglaubwürdig.«

»Hallo? Ich bin eine fähige Mitarbeiterin! Den Namen Hess habe ich übrigens genommen, weil unser Bürgermeister so heißt. Vielleicht glaubt dieser Jürgensen jetzt, dass wir einen Fall für den Bürgermeister bearbeiten.«

»Sehr gut«, lobte Raphael sie. »Nimm nächstes Mal ruhig ›Fall Merkel‹.«

Johannes, der Raphael gefolgt war, schüttelte den Kopf. »Ihr seid solche Spinner … Und jetzt entschuldigt mich. Ich muss Mäuse fangen.«

ZWEI

Die »Klinik am Kliff« trug ihren Namen zu Recht. Sie lag am Ende des Großbergwegs am Nieblumer Goting-Kliff direkt an der Nordsee. Hinter dem Klinikgelände und links davon wuchs Mais auf riesigen Feldern. Idylle pur, wobei das Klinikgebäude beim Deutschen Architekturpreis wohl eher die Goldene Himbeere kassiert hätte, wenn es dort denn so etwas gab. Es war ein kastenförmiger Klinkerbau aus den sechziger oder siebziger Jahren, zweckmäßig, hässlich, mit Haupthaus und zwei wesentlich kleineren Nebengebäuden.

Raphael fuhr den Clio seines Onkels um das Hauptgebäude herum, wo sich der Parkplatz befand. Ein kleiner, gepflegter Park mit Sitzmöglichkeiten schloss sich an. Direkt dahinter lag ein großes, weiß verputztes Reetdachhaus in den Dünen.

Er stieg aus, griff sich die Reisetasche vom Rücksitz und ging zum vorderen Haupteingang. Er grüßte einen Mann, der wohl der Gärtner war, denn er stutzte gerade eine Buchsbaumkugel mit einer großen mechanischen Heckenschere. Beim Anblick seiner orange-schwarzen Ohrenschützer musste Raphael grinsen, und er konnte sich einen Spruch nicht verkneifen. »Da hat aber einer empfindliche Öhrchen, was?«

Der Gärtner hatte ihn anscheinend verstanden, denn seine dunklen Augenbrauen, die genauso wild wucherten wie das schwarze Haupthaar, zogen sich zusammen, aber er erwiderte nichts, sondern hackte mit der großen Schere wieder über die überstehenden Zweiglein der Buchsbaumkugel. Die elektrische Heckenschere lag ein Stück weit entfernt.

Raphael betrat die Klinik durch den Haupteingang und steuerte direkt den Empfangstresen in der Halle an. Schon zehn Minuten später verabschiedete die Empfangsdame ihn. »Dann wünsche ich Ihnen einen schönen und fruchtbringenden Aufenthalt in unserem Haus, Herr Freersen.«

»Danke, Frau Dammann«, sagte Raphael und steckte den Zimmerschlüssel, den sie auf den Tresen gelegt hatte, in die Tasche seiner Lederjacke. Da ihr Name auf einem Plastikschildchen an ihrem dunkelblauen Blazer pappte, konnte er ihn unbedenklich benutzen. Dass er noch etliches mehr über sie wusste, durfte sie natürlich nicht erfahren.

Wencke Dammann war eine der Verdächtigen, über die Dierk Jürgensen ihm Infos hatte zukommen lassen. Sie war gerade fünfzig geworden, was man ihr auch ansah, trotz oder vielleicht wegen der dicken Make-up-Schicht auf ihrem Gesicht. Sie trug ihr dunkelblondes Haar als Bob, und der graue Ansatz verriet, dass sie dringend mal wieder zum Friseur musste. Sie war verwitwet, kinderlos und arbeitete Fulltime. Von allen Verdächtigen war sie am längsten in der Klinik. Seit vierzehn Jahren.

Raphael griff nach dem schmalen Pappordner, den sie ihm ebenfalls hingelegt hatte. Formulare, die er noch ausfüllen musste, befanden sich darin, dazu ein Essensplan, die Hausordnung … Er fühlte sich ein wenig an Klassenfahrten und Jugendherbergen erinnert. Wobei diese Erinnerung nicht nur Negatives heraufbeschwor. Immerhin hatte er auf der Klassenfahrt nach Bamberg Ende der Neunten das erste Mal ein Mädchen flachgelegt. Eine Französin, die mit ihrer Klasse ebenfalls in der Jugendherberge übernachtet hatte. Anais … An diesen Namen, an dieses Mädchen würde er sich immer erinnern. Nicht wegen ihrer hübschen kleinen Brüste oder der dunklen Locken, sondern wegen ihrer Stinkfüße. Jedes Mal, wenn er einen Brie de Meaux aß, war Anais präsent.

Er nahm seine Reisetasche auf und ging den Gang entlang in die Richtung, die Wencke Dammann ihm gewiesen hatte. Zimmer zwölf im zweiten Stock.

Die »Klinik am Kliff« war wie viele Kurkliniken hell und funktional eingerichtet, die Wände waren mit Hinweisschildern gepflastert: Speiseraum, WC, Schwimmbad, Kreativraum, Massage 1, Massage 2, Musikraum, Ruheraum, Werkstatt, Fitnessraum, Bürotrakt, Direktion … Raphael ignorierte den Fahrstuhl, aus dem zwei Männer in Trainingsanzügen, jeweils mit Gehhilfen, herausgehumpelt kamen, und wandte sich zur Treppe.

»Dann schauen wir mal, was Psycho-Gundis heute so labert«, hörte er einen der Männer sagen, und der andere lachte gequält.

Im zweiten Stock zeigte ein Schild an, dass die Zimmer eins bis zwölf im linken Gang lagen. Kein Mensch kam ihm entgegen. Aus Zimmer zehn, direkt neben ihm, klang Musik, als er daran vorbeiging. Irgendein Hummtata-Zeug – er fletschte die Zähne.

Sein kleines Zimmer war mit einem Holzbett, Holzschrank und einem Schreibtisch plus Stuhl ausgestattet. An der Wand hing ein kleiner Flachbildfernseher. Die erhoffte Minibar fand sich nicht. Der Blick aus dem Fenster ging leider nicht auf die in unmittelbarer Nähe liegende Nordsee hinaus, sondern auf eines der riesigen Maisfelder. Das Bad war noch kleiner, zweckmäßig und fensterlos und roch ein wenig muffig.

Mit einem Seufzer setzte Raphael sich auf das Bett. Wo sollte er jetzt anfangen? Er zog den gefalteten Zettel aus der Jackeninnentasche. Neben Empfangsdame Wencke Dammann hatte Dierk Jürgensen ihm drei weitere Personen aufgelistet. Raphael las die Informationen noch einmal, obwohl er es bereits mehrfach getan hatte.

Hannes Behmer war einer der Physiotherapeuten im Haus und wohnte in einem Wohnblock am Berliner Ring in Wyk. Er war siebenunddreißig Jahre alt, verheiratet, Vater dreier Kinder und Mitglied bei der freiwilligen Feuerwehr. Er arbeitete seit sechs Jahren in der Klinik.

Viktor Winkler war der Hausmeister der Klinik. Er wohnte hier in der Hausmeisterwohnung. Der Fünfundfünfzigjährige war ledig und kinderlos.

Die zweite Frau im Verdächtigenkleeblatt war Liana Petrescu, eine achtundzwanzigjährige Rumänin, die ein Zimmer in der Klinik bewohnte. Sie war wohl Single – Jürgensen wusste es nicht genau – und bei Patienten und Angestellten angeblich gleichermaßen beliebt. Auch sie war seit mehr als drei Jahren im

Team und damit eine heiße Kandidatin auf den Titel »Diebische Elster des Jahres«.

Raphael steckte den Zettel wieder ein, stand vom Bett auf, stellte seine Tasche auf dem kleinen Schreibtisch ab und sortierte seine Sachen in den Schrank. Als er das Fenster zum Lüften öffnete, klang zur Schlagermusik nun auch der Text vom Nebenzimmer herein. »Mona … Mona Lisa … Wann seh'n wir beide uns wieder …« Seufzend schloss Raphael das Fenster. Er legte sich auf das Bett – die Matratze war super – und schloss die Augen. Bis zum Arztgespräch um halb elf konnte er noch ein Nickerchen machen.

Ein Anruf um Viertel vor elf auf dem Zimmertelefon ließ ihn aus einem traumlosen Schlaf hochschrecken. Eine der Stimme nach junge Frau, die sich mit »Miriam Fink« meldete, fragte, wo er bleibe.

»Oh, sorry, ich hab verschlafen.«

»Darf ich Sie höflich daran erinnern, dass Herr Dr. Paulsen auch noch andere Patienten als Sie hat?«

»Ja, das wäre nett, wenn Sie es noch einmal höflich sagen würden«, kommentierte Raphael die patzige Frage. »Im Übrigen will ich doch hoffen, dass ich nicht der einzige Patient bin. Es wäre ein schlechtes Zeichen, und ich bin nicht sicher, ob ich dann von Dr. Paulsen behandelt werden möchte.«

Das Klicken in der Leitung verriet, dass die Lady Scherzen nicht besonders wohlwollend gegenüberstand. »Zicke«, murmelte Raphael.

Er zog den vorläufigen Terminplan aus dem Ordner, verließ sein Zimmer und studierte den Plan im Gehen. Die erste Massage stand bereits am Nachmittag an. Therapeut: Hannes Behmer. Da konnte er dem ersten Verdächtigen schon mal ein wenig auf den Zahn fühlen. Aber erst einmal musste er zum Arzt.

Überrascht stellte Raphael fest, dass Dr. Paulsen in einem Zimmer residierte, das nur durch das Vorzimmer von Dierk Jürgensens Büro zu betreten war, in dem Vorzimmerdrachen Miriam

Fink saß. Und die war ein heißer Feger. Der Blick aus ihren blauen Augen bestätigte Raphael, dass sie das Gleiche von ihm dachte. Von Patzigkeit keine Spur. Da ging noch was. Und vielleicht würde er dabei auch gleich etwas über die Verdächtigen erfahren, wenn er es geschickt anstellte.

Das Arztgespräch mit Dr. Paulsen verlief unspektakulär. Dierk Jürgensen hatte ihn mit seiner Wunschdiagnose in das System eingespeist. Johannes hatte zwar auf Alkoholproblem plädiert, Imme auf Sexsucht, aber Raphael hatte sich für Burnout entschieden. Dr. Paulsen notierte fleißig, was Raphael sich aus den Fingern sog. Arbeitsüberlastung in London im Familienbetrieb, familiäre Probleme …

»Heute Nachmittag bekommen Sie von Frau Fink Ihren endgültigen Therapieplan für diese Woche«, verabschiedete Dr. Paulsen ihn. »Das Gruppentherapiegespräch ist dabei eine Pflichtveranstaltung, Herr Freersen. Die Einzeltherapiegespräche werde ich mit Ihnen führen. Dann gibt es noch ein paar wohltuende Anwendungen wie Massagen und Packungen. Und beim Wahlprogramm können Sie zwischen sehr schönen Angeboten wie Bogenschießen, Boxen und Kreativ-Kursen wählen.«

Als Raphael das Arztzimmer verließ, war Miriam Fink am Telefonieren. Mit einem Augenzwinkern, das sie genauso quittierte, ging er. Erst einmal musste er seinen knurrenden Magen versorgen. Hoffentlich war der Kantinenfraß akzeptabel.

Im Speisesaal bediente er sich an der Salatbar mit einem kleinen Schälchen und reihte sich dann hinter einem Mann in rotem Trainingsanzug in die kurze Schlange an der Essensausgabe für die warmen Gerichte ein. Er warf, während er mit dem Tablett in der Hand wartete, einen Blick zu den Tischen an den großen Fenstern, die zum Meer lagen. Männer und Frauen verschiedener Altersgruppen plapperten, was das Zeug hielt. Launiges Stimmenwirrwarr hing in der Luft, obwohl alle aßen, wie das Klimpern der Bestecke auf den Tellern verriet. Wie viele Kurschattentechtelmechtel hier wohl abgingen?

»Hier spielt die Musik, junger Mann, weitergehen!«, holte

ihn eine Stimme aus seiner Betrachtung. Er blickte die kleine runde Frau hinter dem Tresen an. Sie trug eine weiße Schürze unter einem Busen, den man durchaus als SUV unter den Brüsten bezeichnen konnte. Das kleine Namensschildchen wirkte ein wenig verloren darauf. Maren Hacker hieß sie. Unter dem weißen Käppi quollen dunkelblonde Locken mit Grauschleier hervor. Sie hatte forsch geklungen, aber aus den Schweinsäuglein im runden Gesicht lachte ihn pure Lebensfreude an. Sie erinnerte ihn an jemanden, aber er kam nicht drauf.

»Sorry«, sagte er, trat an den Tresen und stellte das cremefarbene Tablett auf der Ablage ab. »Was gibt's denn Schönes, Frau Hacker?« Er inspizierte die stählernen Behälter, aus denen sie zusammen mit einer jüngeren Frau die Teller der Patienten befüllte.

»Es gibt gefüllte Paprika mit Reis und Tomatensoße oder Seelachs in Senfkruste mit Kartoffelpüree.«

»Und was ist das?« Er deutete auf zwei weitere Behälter, in denen allerlei Gemüse auszumachen war.

»Das sind unsere veganen und vegetarischen Gerichte, aber …«, sie strahlte fröhlich, »Sie sehen nicht nach Veggie aus. So ein großer Mann braucht doch Fleisch.«

Raphael lachte. »Na, ich nehm mal den Fisch.«

Sie nahm nicht das obere Filet aus dem Behälter, sondern zog ein größeres darunter hervor. Dann schaufelte sie eine Fuhre Kartoffelpüree auf den Teller und streute ein wenig Petersilie darüber. Als sie ihn noch einmal kurz über die runde Brille musterte, häufte sie noch einen weiteren Klecks Püree dazu.

»Lassen Sie es sich schmecken«, sagte sie, stellte ihm den Teller auf die gläserne Ablage und wandte sich dem nächsten Kurgast zu, der sie mit einem herzlichen »Moin, Hacki, für mich die Paprika« begrüßte.

Raphael blickte in die Runde und stellte fest, dass er begafft wurde. Er war der Neue. Und er war attraktiv – das war nun mal so. Die Weiber standen auf ihn. Die abschätzenden Frauenblicke beantwortete er mit einem Lächeln, dann steuerte er einen Tisch am Fenster an, an dem gerade noch ein Platz frei war. »Moin, ich bin Raphael«, stellte er sich vor und wurde herzlich begrüßt.

Die beiden Frauen und die drei Männer am Tisch waren allesamt zehn bis zwanzig Jahre älter als er und kamen aus den unterschiedlichsten Gegenden und Berufsgruppen, wie sich während des Essens herausstellte. Es war eine interessante und lustige Runde. Tobi und Olli, beide Feuerwehrmänner, übertrumpften sich mit Anekdoten aus ihrem Leben als freiwillige Brandschützer und Katzen-von-Bäumen-Retter. Katja aus dem Ruhrpott war Krankenschwester mit Bandscheibenproblemen und einem Hang zu schlüpfrigen Witzen, Ur-Berlinerin Tilly war Heavy-Metal-Fan, und der sechsundfünfzigjährige Roger – »mit ›dsch‹, wie Roger Whittaker« – entpuppte sich zu Raphaels Erstaunen als der Schlagermusik-Nachbar aus Zimmer zehn.

Da alle erzählten, warum sie sich in der Klinik aufhielten, sah Raphael sich genötigt, es auch zu tun. »Ich gehöre zur Kaffee-Dynastie Freersen und bin ein wenig überarbeitet.«

»*Der* Freersen-Kaffee?«, hakte Katja mit großen Augen nach. »Der mit der hübschen Kaffeepflückerin auf der Packung?«

Raphael nickte. Luana begrüßte als lebensgroße Pappfigur auch die Besucher im Foyer der Flensburger Rösterei.

»Kein Wunder, dass du überarbeitet bist«, meinte Katja. »So ein Riesenunternehmen zu führen muss Stress pur sein.«

»Ich hoffe, meinen Burn-out hier in den Griff zu kriegen, um so schnell wie möglich in unsere Londoner Filiale zurückkehren zu können.«

»Dann musst du dir mal ein bisschen Spaß gönnen, Kumpel«, riet Roger ihm und beugte sich vor. Mit leiserer Stimme fuhr er fort: »Wir zwitschern abends gerne mal einen in Wyk. Auch *nach* zweiundzwanzig Uhr. Also, wenn du Lust hast … Heute Abend sind wir wieder unterwegs. Wir nehmen dich gerne mit auf unseren *Strandspaziergang*.«

Der Rest der Truppe nickte.

»Ich dachte, ab zehn Uhr abends sind die Pforten hier dicht?«, hakte Raphael nach.

»Ach was«, winkte Schlager-Roger lässig ab. »Durch den Keller kommen wir rein. Der Hausmeister kriegt ein kleines Scheinchen – wir schmeißen zusammen –, und dann liegt der Schlüssel unter der Matte.«

***

»Aah«, stöhnte Raphael wohlig während der Massage. »Das tut gut.«

»Schön.«

Physiotherapeut Hannes Behmer war nicht der Gesprächigste, das hatte Raphael schon festgestellt. Es würde nicht einfach werden, ihm etwas zu entlocken, das ihn bei seinen Ermittlungen weiterbringen würde. Warum also nicht mal mit der Tür ins Haus fallen?

»Sie haben begnadete Hände«, murmelte Raphael mit geschlossenen Augen, während die Pranken des großen Blonden seinen Rücken kneteten. »Verdient man eigentlich viel als Physiotherapeut? Ich meine, Sie verschaffen den Menschen so viel Entspannung, das muss doch gut bezahlt werden, oder?«

Hannes Behmer nahm seine Hände von Raphaels Rücken, und Raphael dachte schon, dass er mit seiner persönlichen Frage zu weit gegangen war, doch Behmer schüttete nur etwas Öl auf eine Hand nach, verteilte es auf beide und knetete weiter. »Reich wird man nicht.«

Raphael wartete, aber mehr kam nicht. »Wohnen Sie denn auf der Insel? Wohnraum ist hier doch bestimmt teuer«, tat er unwissend.

»Passt schon.«

Grr …

Aber Raphael wollte noch nicht aufgeben. »Man liest ja immer in der Presse, dass für die Insulaner die Mieten teilweise gar nicht mehr zu bezahlen sind. Irgendwann habt ihr hier auf Föhr noch Sylt-Verhältnisse.« Und damit hatte er anscheinend in das innere Wespennest des Therapeuten gestochen.

»Allerdings!« Hannes Behmer klang *not amused*. »Wenn man nicht gerade Chef ist oder ein Investor mit fetter Brieftasche, hat man hier langsam, aber sicher verloren. Ich wäre schon längst runter von der Insel, in meinem Job krieg ich überall Arbeit. Aber meine Frau ist von hier. Die will hier nicht weg. Kann ich auch verstehen. Föhr ist ja toll. Und wir haben drei Kinder. Für die ist die Insel natürlich ein prima Ort zum Aufwachsen. Aber wenn man nur noch für die Miete und den Lebensunterhalt malocht …«

Aha!

»Nicht steif machen«, mahnte Hannes Behmer.

Raphael löste die Spannung. »Dürfen Sie denn eigentlich ein Trinkgeld von den Patienten annehmen?«

»Um Himmels willen. Unser Klinikleiter würde durchdrehen.«

»Der muss es ja nicht wissen.«

»Nee, nee, das lehne ich immer ab. Ich brauche meinen Job.«

Da das mit dem Ins-Haus-Fallen ja ganz gut geklappt hatte, beschloss Raphael, auf Subtilität zu verzichten. »Ein Trinkgeld anzunehmen ist doch keine Straftat. Sie klauen ja nichts.«

Hannes Behmers Auflachen und der Satz »Sie haben Vergleiche!« kamen für Raphaels Empfinden etwas zu spät, insbesondere weil Behmers Hände auf Raphaels Rücken einen Moment lang aufgehört hatten zu kneten.

Sekunden später machte er weiter. »Haben Sie heute noch was Schönes vor, Herr Freersen? Für Anfang Oktober ist das Wetter ja grandios.«

***

»Einen hab ich noch«, kündigte Katja mit schwerer Zunge einen weiteren Witz an. Inzwischen hörte auch schon der Nachbartisch im Café Milchbar am Wyker Sandwall mit. »Warum kann die Hälfte der verheirateten Männer nach dem Sex nicht einschlafen? … Weil sie noch nach Hause fahren müssen.«

Alle lachten, und Raphael sagte: »Eine Runde geht noch auf mich.« Er hob die Hand, als der Kellner zu ihnen sah. Es war eine gute Idee gewesen, sich dem »Strandspaziergang« der Klinik-Tischrunde anzuschließen. Sie hatten in den drei Stunden, die sie hier am Sandwall saßen, viel Spaß gehabt. Mittlerweile war es halb elf, und sie hatten somit die Ausgangssperre bereits um eine halbe Stunde überschritten.

»Nee, ick bin raus«, winkte Tilly ab. »Ick bin dicht wie 'n Uhu.« Sie holte so tief Luft, dass sich der Bullenschädel auf dem schwarzen »Wacken«-Shirt über ihren Brüsten spannte.

»Das sind wir doch alle«, lallte Roger und rieb sich die Plauze. Gerade hatte er sich trotz Abendessens in der Klinik noch ein Krabbenbrot mit Spiegelei einverleibt, wobei er beim Essen das halbe Eigelb auf Raphaels Bein gespuckt hatte, weil er einfach den Mund nicht halten konnte. Raphael hatte weniger den Fleck als eklig empfunden als die Tatsache, dass Roger das Ei von seinem Bein geklaubt und sich in den Mund zurückgestopft hatte.

»Aber Tilly hat recht«, sagte Tobi und erntete zustimmendes Nicken von Olli. »Wir sollten langsam los. Ich ruf mal ein Taxi.« Er schwankte, als er aufstand, und ging ein Stückchen weiter, weil Katja bereits den nächsten Witz zum Nachbartisch hinüberblökte. »Sagt der Arzt zu der Zweiundneunzigjährigen: Gute Frau, Ihr Freund ist einundzwanzig. Da kann jeder Sexualkontakt zum Tode führen. Sagt die alte Dame: Na ja, dann stirbt er halt.«

Als sie zahlten, fiel Raphaels Blick auf den Weg, der an der Kurmuschel vorbeiführte. War das Ava, die da lief? Das Licht der Lampen in der Dunkelheit und sein alkoholgeschwängerter Kopf ließen das Bild verschwimmen. Doch, sie war es!

Er stand auf. »Fahrt schon mal«, sagte er zu Tobi. »Ich nehme ein späteres Taxi. Ich glaube, ich sehe da jemanden, den ich kenne … aus Flensburg«, fügte er hastig hinzu.

»Weißt du denn, wie du reinkommst?«, fragte Olli, der auch nicht sicher stand, während er in seinem Portemonnaie herumwühlte, um den geduldig wartenden Kellner zu entlohnen.

»Wir legen den Schlüssel unter die Fußmatte zurück«, sagte Roger. »Du musst ihn nur mit reinnehmen und drinnen in den Putzeimer auf dem Regal legen. Da holt«, er rülpste laut und vernehmlich, »der Hausmeister ihn morgen früh raus. Capito, Raphaelo?«

Katja kicherte.

»Ja klar«, sagte Raphael, während er Ava mit dem Blick folgte. Sie trug kein Kopftuch, sondern ihre schwarze Langhaar-Perücke. Bekleidet war sie mit Jeans, einem bunten Kurzmantel, Schal und Stiefeln. »Tschüs dann, bis morgen«, verabschiedete er sich von der Klinik-Truppe. Er hatte Ava noch nicht in der Detektei gesehen, seit er zurück war, denn sie war krank.

Er ging wie Ava den Sandwall hinunter. Am Schachspiel wandte er sich nach rechts, um ihr auf die Strandpromenade zu folgen. »Ava?«, rief er.

Sie blieb stehen und drehte sich um. »Johannes?«, sagte sie überrascht. Als er vor ihr stand, verschloss sich ihr Gesicht minimal. »Raphael.« Sie klang heiser, aber nicht überrascht. Anscheinend hatte sie schon von Imme gehört, dass er zurück auf der Insel war. Oder von seinem Bruder, der sich dauernd mit ihr traf.

»Hi!« Er musterte das Gesicht der Afghanin, die hübsch geschwungenen Lippen, die kleine Nase, die wunderschönen Augen und die Narben an ihrer linken Wange, die sich weiß und unregelmäßig gegen ihre Gesichtshaut abhoben. »Wie geht es dir?« Er versuchte krampfhaft, nicht zu lallen. »Imme sagte, du hast Gerippe … Grippe.«

»Ja.« Sie klang reserviert. »Ich fühle mich noch sehr schlapp, aber ich musste einfach mal raus. Tarik schläft. Darum habe ich mich noch mal zu einem Spaziergang aufgemacht.« Sie musterte ihn. »Und du bist jetzt doch wieder da?«

»Ja klar.«

»So klar war das nicht. Wir haben ja gar nichts von dir gehört. Ich hatte mir vorgenommen, mir eine neue Arbeit zu suchen, sobald ich gesund bin.«

»Quatsch«, entfuhr es ihm. »Du musst dir nichts Neues suchen. Ich mach weiter. Bin gerade in einem neuen Fall.«

»Ja.« Sie verzog spöttisch die Lippen. »Das rieche ich. Und jetzt entschuldige mich. Ich möchte Tarik nicht so lang allein lassen. Ich denke, ich werde übermorgen wieder im Büro sein.« Sie wandte sich um und ging weiter.

»Lass dir Zeit«, rief er ihr hinterher. »Kurier dich ruhig aus, bevor du wiederkommst.« Er sah ihr einen Moment lang nach, dann ging er zur Milchbar zurück. Ein Gutenachtdrink musste noch sein.

Als er auf dem Großbergweg an den Maisfeldern vorbei zur Klinik ging – er hatte das Taxi vorsichtshalber ein gutes Stück vorher halten lassen –, waren seine wattigen Gedanken erneut bei Ava. Ihr Ex-Mann hatte ihr vor ein paar Jahren die Kopfhaut bei einem Säureanschlag verätzt. Was für ein Mensch konnte so etwas tun? Was für ein ekelhafter Parasit musste dieser Kerl sein? Ein paar Jahre saß er noch im Knast. Würde er Ava und ihren Sohn danach in Ruhe lassen? Raphael wusste, dass Ava sich diese Frage auch stellte.

Er stolperte, als er von der Straße auf die Bankette geriet. *Fuck.* Warum hatte er den letzten Drink nicht weggelassen?

Als er bei der Klinik ankam, brannte in einigen Zimmern noch Licht. Insbesondere der Eingang war gut beleuchtet. Er mied ihn und ging um das Hauptgebäude herum. Bei dem Reetdachhaus hinter der Rasenfläche des Klinikgebäudes war bis auf eine schwache Außenlampe alles dunkel. Leider auch am Kellereingang der Klinik, der sich direkt neben der verschlossenen Hintertür befand. Fast wäre er die steinerne Treppe hinabgestürzt. Es gelang ihm gerade noch, sich am Stahlgeländer festzuhalten.

Wenigstens der Schlüssel lag, wo er sein sollte. Er fummelte ihn unter der Fußmatte hervor und brauchte mehrere Anläufe, bevor er das Schloss traf, aufschließen und hineingehen konnte. Brav befolgte er die Anweisungen Rogers, schloss ab und warf den Schlüssel in den Eimer, den er erst fand, nachdem er mit seinem Smartphone das Regal abgeleuchtet hatte, auf dem außerdem noch angebrochene Farbdosen, Werkzeuge, beschriftete Kisten und Kartons lagerten.

Er drehte sich um und leuchtete die weiß getünchten Wände ab, um herauszufinden, wo sich die Treppe nach oben befand. Doch hier gab es keine Treppe, nur eine Tür. Dahinter war Licht an, denn die Umrisse der Tür zeichneten sich ab. Hoffentlich führte die zum Flur mit dem Treppenaufgang. Er tappte durch den Kellerraum und stieß mit dem Fuß gegen etwas, sodass es laut schepperte. Er fluchte und verharrte kurz. Dann ging er weiter und zog die Tür auf.

Es war dunkel auf dem Flur. Während er sich nach rechts wandte, fragte er sich, wie er die erleuchteten Umrisse der Tür gesehen haben konnte. Er ging schneller und hielt das Handy als Lichtquelle auf Brusthöhe, um die Treppe nicht zu verpassen, als er plötzlich wegrutschte. Er versuchte noch, wenigstens den Kopf hoch zu halten, doch es gelang nicht ganz. Heftiger Schmerz durchzuckte seinen Schädel, als er in voller Länge auf dem Boden aufschlug.

»Aah!« Benommen blieb er einen Moment liegen. Dann versuchte er aufzustehen, aber ein Schwindel ließ ihn zurücksacken. Stöhnend nahm er einen zweiten Anlauf. Wo war sein Handy, verdammt? Es war so dunkel.

Als er den Boden nach dem Handy abtastete, berührten seine Finger etwas Haariges … Klebriges. Seine Hand zuckte zurück. Der Schwindel nahm zu, als er erneut versuchte, sich aufzusetzen. Was lag da neben ihm? Er roch an seinen klebrigen Fingern. Süß, eisenartig … Blut!

Er schluckte und tastete noch einmal, diesmal mit geschlossenen Augen, weil sich alles zu drehen begann. Haare. Er tastete weiter. Ein Kopf. Das war ein Kopf. Er fuhr mit den Fingern über geschlossene Augen und eine Nase. Ein Ohr, etwas Hartes … Dann nahm der Schwindel überhand. Ihm wurde übel, und alles begann sich zu drehen, schneller, immer schneller …

DREI

Das Erste, was Raphael wahrnahm, als er aufwachte, war sein Brummschädel. Scheiß Alkohol! Mit einem Stöhnen griff er nach seinem Handy, das auf dem Nachttisch lag. Sechs Uhr zwanzig. Er knipste die Nachttischlampe an und setzte sich auf. Er musste mit dem Saufen unbedingt aufhören. Er konnte sich nicht einmal erinnern, wie er in sein Zimmer gekommen war.

Mit einem Stöhnen sank er zurück aufs Kissen und überlegte. Als die Erinnerung an den Vorabend einsetzte, kam er schlagartig wieder hoch. Den Schwindel und den hämmernden Kopfschmerz versuchte er auszublenden. Er war gestolpert! Im Keller. Nein, er war nicht gestolpert, er war auf etwas ausgeglitten. Und neben ihm hatte ein Mensch gelegen.

Ein Mann. Und da war Blut gewesen.

Raphael riss die rechte Hand hoch und starrte auf seine Finger. Sie waren sauber. Auch an der Linken war kein Blut zu sehen. Hatte er das geträumt? Oder im Alkoholrausch halluziniert?

Nein! Er war auf etwas Feuchtem ausgerutscht und gestürzt. Darum tat ihm auch alles weh. Und das Feuchte … War das Blut gewesen? Er hatte es doch gerochen. Mit den Fingern tastete er über den schmerzenden Schädel. Eine Beule war nicht zu fühlen.

Er warf die Bettdecke von sich, stand auf und blickte an sich hinunter. Er trug noch das Hemd vom Vorabend. Seine Hose hing über der Lederjacke auf der Lehne des Stuhls. Er nahm die Jeans und inspizierte sie von allen Seiten. Nichts. Sie war sauber. Wenn es so gewesen war, wie er glaubte, hätte doch Blut an den Hosenbeinen sein müssen.

Seine Stiefel standen unter dem Stuhl. Beim Bücken wurde ihm so schummrig, dass er schnell auf die Knie ging und den Kopf hob. Als der Schwindel wieder nachließ, untersuchte er die Stiefelsohlen. Auch dort gab es keine Spur von Blut. Er ging zum Bett zurück, setzte sich und überlegte. Verrückt. Das war doch verrückt! Er stand wieder auf und zog sich an. Er musste in den Keller.

Er wollte seine Zimmertür aufschließen, doch stellte fest, dass er gar nicht abgeschlossen hatte. Okay, mit dem besoffenen Kopf …

Als er den Flur entlangging, erklang aus Zimmer zehn lautes Schnarchen. Roger ratzte, dass sich die Balken bogen. Raphael stieg in den Fahrstuhl und drückte das U. Er hatte nicht den Hauch einer Ahnung, ob er am Vorabend auch mit dem Fahrstuhl gefahren war oder die Treppe genommen hatte.

Unten trat er aus dem Fahrstuhl und stand in einem kleinen Flur, der ihm nicht bekannt vorkam. Zwei Türen gingen davon ab. »SCHWIMMBAD« stand auf dem einen Schild, auf dem anderen »ZUTRITT VERBOTEN«. Energisch rüttelte er an den Klinken, doch beide Räume waren verschlossen.

Genervt nahm er die Treppe hoch ins Erdgeschoss. Oben angekommen hob sich seine Stimmung augenblicklich, denn eine Reinigungskraft schob einen Putzwagen den Flur entlang. »Hallo!«, rief er. Die süße Maus hatte doch bestimmt einen Schlüssel für die Türen im Keller.

»Ja?« Sie musterte ihn.

Raphael ging auf sie zu und stellte überrascht fest, dass er laut Schildchen an ihrem grünen Kittel Liana Petrescu vor sich hatte, eine der vier Diebstahl-Verdächtigen. »Guten Morgen.« Er strahlte sie an. »Wären Sie so freundlich, mir unten im Keller eine Tür zu öffnen?«

»Was wollen Sie denn im Keller? Die Kurse im Schwimmbad beginnen doch erst nach dem Frühstück«, sagte sie nicht ganz akzentfrei und begann, mit der dünnen Kette zu spielen, die sie um den zarten Hals trug. Ein silbernes L baumelte daran.

»Ich muss nur mal schnell was nachsehen. Ich war gestern unten und habe, glaube ich, meinen Schal dort liegen lassen«, faselte er drauflos, weil ihm auf die Schnelle keine vernünftige Begründung einfallen wollte.

Ihre feinen dunklen Augenbrauen zogen sich entzückend zusammen. »Aber –«

»Liana«, fiel Raphael ihr säuselnd ins Wort. »Liana … Das klingt so schön. Hat das eine besondere Bedeutung in deiner Sprache? Ich bin übrigens Raphael.« Er reichte ihr die Hand, die sie verwirrt ergriff.

»Äh, nein, ich weiß nicht. Ich glaube nicht.«

»Liana klingt nach einer Blume.« Er musterte ihr Gesicht. »Einer weißen Blume mit zarten Blütenblättern und einem betörenden Duft nach … Zimt.« Zimt war immer gut. Er liebte Zimt.

Sie anscheinend nicht, denn sie entzog ihm die Hand abrupt. »Ich muss jetzt arbeiten. Und Patienten darf ich die Türen sowieso nicht öffnen. Betreten für Unbefugte ist verboten.«

Er blieb bei seinem Strahlelächeln. »Ausnahmsweise könnte ich doch vielleicht befugt sein?«

Sie lächelte ebenfalls. »Nein. Fragen Sie bitte nachher im Sekretariat. Oder beim Empfang, wenn er besetzt ist.« Sie griff nach dem Wagen mit den Putzutensilien und schob ihn in die andere Richtung vor sich her.

»Biest«, murmelte Raphael, ohne ihr böse zu sein. Sie war süß.

Und nun? Obwohl er sich sicher war, dass er am Vorabend die äußere Kellertür abgeschlossen und den Schlüssel in den Eimer gelegt hatte, verließ er das Gebäude durch den Haupteingang und umrundete die Klinik. Tau glitzerte in der Morgensonne auf der weiten Rasenfläche, und über dem nahen Maisfeld flog ein Fischreiher. Doch Raphael hielt sich nicht lange an den Schönheiten der Natur auf. Er eilte zum Kellereingang, stieg die Treppe hinunter und rüttelte völlig sinnlos am Knauf der Tür. Als er die Fußmatte anhob, lag dort wie erwartet kein Schlüssel. Den hatte er ja in den Eimer geworfen.

Missmutig ging er zurück in sein Zimmer, legte sich aufs Bett und grübelte. Konnte man so lebhaft träumen? Er bewegte die Finger und konnte das Haar spüren, über das er gestrichen hatte.

Es waren kurze Haare gewesen. Männerhaare. Andererseits konnte es natürlich auch eine Frau mit Kurzhaarschnitt gewesen sein. Seine Finger waren über Augen geglitten, hatten die Nase ertastet. Und war da nicht etwas Hartes am Ohr gewesen? Ein Ohrring ... Also doch eher eine Frau?

Raphael stand wieder auf und durchwühlte seine lederne Kulturtasche nach einer Packung Schmerztabletten. Er schluckte gleich zwei Pillen mit Wasser aus dem Zahnputzbecher und legte sich wieder hin. Nicht nur sein Kopf schmerzte, auch sein Rücken tat weh. Weil er lang hingeschlagen war. Er hatte sich nicht abgestützt, vermutlich weil durch den Alkohol seine Reaktionen eingeschränkt gewesen waren.

Aber war es wirklich Blut gewesen, auf dem er ausgerutscht war? Vielleicht einfach nur Wasser. Der Keller konnte feucht sein. Nun, er würde es überprüfen. Zuallererst musste er beim Frühstück checken, ob sein Tisch komplett war. Hoffentlich war es keiner seiner Saufkumpane gewesen, der dort gelegen hatte. Auf was auch immer er selbst ausgeglitten war – vielleicht war einer von ihnen ebenfalls darauf ausgerutscht und hingeschlagen. Allerdings waren die anderen gemeinsam nach Hause gefahren. Und sie hätten wohl kaum einen der ihren dort bewusstlos liegen lassen.

Er blieb noch eine halbe Stunde im Bett, dann duschte er und zog sich an. Noch einmal überprüfte er die Jeans, bevor er hineinschlüpfte. Aber da war nicht der Hauch eines Flecks, was bedeuten konnte, dass er im Keller tatsächlich nur in eine Wasserlache getreten war. Als er sein Zimmer verließ, lief im Nebenzimmer die Dusche. Schlager-Roger war also noch nicht unten.

Von den anderen vieren saßen Olli und Tobi am Tisch, als Raphael den Speisesaal betrat. Die beiden Frauen bedienten sich gerade am Frühstücksbüfett. Raphael setzte sich auf seinen Platz und musterte die Männer. Beide waren unverletzt, jedenfalls auf den ersten Blick.

»Geht's euch gut?«, fragte er. »Seid ihr gestern Nacht gut in eure Zimmer gekommen? Ohne Verletzungen?«

»Hä? Ja, wieso?« Olli sah ihn verwirrt an. »Du nicht? Wir hatten dir doch den Schlüssel unter die Matte gelegt.«

»Ja, ja, danke.« Raphael wollte noch nichts sagen. »Ich bin gut reingekommen. War da zufällig jemand im Keller, als ihr reingegangen seid?«

»Nee.« Olli und Tobi sahen sich an, dann Raphael. »Was ist denn los? Irgendwas ist doch?«

»Nichts.« Raphael stand wieder auf, obwohl ihm der Kaffeeduft aus den Tassen der Männer verlockend in die Nase stieg. Aber er musste erst Gewissheit haben. »Ich verschwinde erst mal wieder. Ich krieg noch nichts runter«, log er. Die beiden Frauen winkten ihm fröhlich zu. Da sie beide halblanges Haar hatten, konnten sie nicht im Keller gelegen haben.

»Mein Kopp dröhnt wie 'n Helikopter uff Speed«, rief Tilly zu ihm rüber. »Deiner och?«

Raphael lachte. »Allerdings.«

Katja sagte auch noch etwas, aber Raphael ignorierte es, während er wieder hinauseilte. Er hatte jetzt keine Zeit für Palaver. Dierk Jürgensen musste ihm die Kellertür aufschließen.

Der Klinikleiter war noch nicht in seinem Büro, als Raphael das Vorzimmer betrat und Miriam Fink nach ihrem Chef fragte.

»Kann ich ihm etwas ausrichten, Herr Freersen?«, hakte sie nach. Mit Augenaufschlag vom Feinsten.

»Raphael«, sagte er und trat einen Schritt näher an ihren Schreibtisch. Er lächelte. »Oder darfst du Patienten nicht duzen?«

»Herr Freersen«, erklang hinter ihm die angespannte Stimme von Dierk Jürgensen.

Raphael drehte sich zu ihm um. Täuschte er sich, oder sah Jürgensen gestresst aus? Blass? »Guten Morgen. Zu Ihnen wollte ich. Haben Sie einen Moment für mich?«

Dierk Jürgensens Augenbrauen zogen sich zusammen. »Wenn es etwas ist, bei dem Frau Fink Ihnen nicht weiterhelfen kann … Bitte sehr.« Er deutete in sein Büro.

Raphael ging voraus. Dierk Jürgensen schloss die Bürotür und setzte sich hinter seinen Schreibtisch, auf dem die üblichen Utensilien und neben einem geschlossenen Laptop zwei pralle Ordner standen.

»Herr Freersen«, sagte Jürgensen, während er auf den Besucherstuhl deutete. Er klang genervt. »Sie sind hier undercover. Sie kommen jetzt bitte nicht jeden Tag in mein Büro gestiefelt. Das fällt auf. Und ich möchte Sie auch bitten, nicht meine Vorzimmerdame anzuflirten. Hätte nur noch gefehlt, dass Sie sie Moneypenny nennen.«

Raphael lachte auf. »Der war gut. Aber keine Sorge. Die Umstände zwingen mich heute dazu, Sie aufzusuchen.« Er beschloss, ehrlich zu sein. »Ich habe gestern Abend mit einigen Patienten in Wyk etwas getrunken. Um deren Vertrauen zu gewinnen«, spann er sich eine Entschuldigung dafür zusammen. »Vielleicht erfahre ich über diese Leute etwas zu unseren Verdächtigen im Diebstahlsfall.« Eine mehr als dumme Entschuldigung. »Nun, jedenfalls sind wir spät zurückgekommen. Getrennt. Ich war der Letzte, und man hatte mir einen Schlüssel unter die Fußmatte am Kellereingang gelegt.«

»Was?« Jürgensens Augenbrauen zogen sich noch mehr zusammen.

»Ein kleines Arrangement mit dem Hausmeister«, verriet Raphael.

»Das ist ja unglaublich!«

Raphael verdrehte ungeduldig die Augen. »Bitte, Herr Jürgensen, wir wollen doch nicht so tun, als wüssten Sie nicht, dass Ihre Patienten längst nicht alle um zehn Uhr in ihren Betten liegen, oder?«

Jürgensen sagte nichts. »Um was geht es denn jetzt?«

»Ich möchte Sie bitten, mir die Kellertür aufzuschließen. Ich muss etwas überprüfen.«

»In unserem Keller? Was soll das sein?«

»Ich muss wissen, ob dort jemand liegt beziehungsweise gelegen hat. Ich bin im Dunkeln gestürzt. Und ich glaube, dass ich auf Blut ausgerutscht bin. Denn neben mir lag entweder eine Leiche oder aber eine schwer verletzte Person.«

»Was?« Jürgensen starrte ihn an. »Was reden Sie denn da? Das ist doch wohl ein Witz.«

»Nein. Jemand lag dort. Leblos, stumm, blutend.«

»Aber ...«

»Ich hatte Blut an meinen Fingern! Ich habe es gerochen.«

Der Klinikleiter lehnte sich in seinem ledernen Chefsessel zurück. »Das ist absurd. Ich betrete die Klinik jeden Morgen durch den Kellereingang – mein Haus liegt in direkter Nachbarschaft. Und ich kann Ihnen versichern, dass ich, als ich eben den Keller durchquert habe, weder eine verletzte Person noch«, er schüttelte den Kopf, »eine *Leiche* gesehen habe.«

Raphael wurde unsicher. Jürgensen war durch den Keller gekommen? Ihm gehörte das Reetdachhaus hinter dem Klinikgebäude?

»Ich weiß gar nicht, was ich dazu sagen soll«, fuhr Jürgensen fort. »Auf jeden Fall werde ich mir erst mal Herrn Winkler vorknöpfen. Er ist als Hausmeister nicht mehr tragbar, wenn er Patienten den Schlüssel für die Klinik überlässt.«

Raphael wurde heiß. Dass er den Hausmeister verpfiffen hatte, war fies. »Also, ich hab's ja auch nur vom Hörensagen, dass es der Hausmeister war. Ob es stimmt, weiß ich nicht.«

Er machte eine kleine Pause, dann fragte er: »Würde es Ihnen etwas ausmachen, mir trotzdem den Keller aufzuschließen? Vielleicht habe ich ja wirklich schlecht geträumt, aber ... ich muss mich vergewissern. Ich krieg das nicht aus dem Kopf.«

Dierk Jürgensen öffnete den Mund und schloss ihn wieder. »Also gut. Sie würden ja doch keine Ruhe geben.« Er stand auf. »Ich möchte Ihnen allerdings in aller Deutlichkeit sagen, dass ich Ihr Verhalten sehr merkwürdig finde. Sich mit den Patienten zu betrinken kann doch wohl kaum den Ermittlungen dienlich sein, für die ich Sie bezahle.«

»Wenn Sie die klassische Ermittlung bevorzugen, müssen Sie sich an die Polizei wenden.« Raphael legte alles an Selbstbewusstsein in die Stimme, was er zu bieten hatte. »Ich gelange zumeist auf unkonventionelle Weise zum Erfolg.«

Jürgensen grummelte ein »Hm«, dann öffnete er die Tür zum Vorzimmer. Im Vorbeigehen sagte er zu seiner Sekretärin: »Ich bin gleich wieder da, Frau Fink.«

Raphael zwinkerte ihr zu und folgte Jürgensen hinaus. »Hat außer Ihnen und dem Hausmeister noch jemand einen Schlüssel zum Keller?«, fragte er, während sie die Klinik durchquerten.

»Frau Fink hat einen für Notfälle im Schreibtisch, falls der Hausmeister oder ich mal nicht greifbar sind. Die Heizungsanlage befindet sich im Keller. Die Putzfrauen haben einen Schlüssel und die Physiotherapeuten.«

»Warum das?«

»Das Schwimmbad ist unten im Keller. Dort finden Kurse statt.« Dierk Jürgensen sah Raphael an, als sie an der Kellertür angelangt waren und er aufschloss. »Und nicht zu vergessen anscheinend all die unbefugten Patienten, die nächtens mit dem Schlüssel des Hausmeisters ein und aus marschieren.«

Raphael sagte nichts, sondern folgte dem Klinikleiter die breite Treppe hinunter. Er konnte sich immer noch nicht erinnern, sie in der Nacht hinaufgegangen zu sein. »Gibt es noch einen anderen Weg nach oben?«, fragte er.

»Den Fahrstuhl. Der befindet sich dem Schwimmbadbereich gegenüber, der getrennt vom übrigen Keller ist. Die Zwischentür ist immer verschlossen, wenn nicht gerade Kurse stattfinden.« Seine Augenbrauen bildeten wieder eine Linie. »Hoffe ich jedenfalls … Den Hausmeister schnappe ich mir gleich.«

Unten angekommen deutete Jürgensen auf die hintere Tür links gegenüber dem Fahrstuhl und sagte, obwohl das Schild daran es klar auswies: »Dort befindet sich das Schwimmbad.« Er ging zur ersten Tür und schloss sie auf, wobei er ein wenig brauchte, um das Schloss zu treffen.

Zitterte der Klinikleiter? Raphael war sich nicht sicher.

Der düstere Flur, der hinter der Tür lag, war auf alle Fälle derjenige, auf dem er gestürzt war. Da war er sich sicher, nachdem

Jürgensen Licht angemacht hatte. »Hier war es. Definitiv«, sagte er und eilte zu der Stelle auf der linken Seite, die ein Stückchen vor der ersten von zwei Türen lag.

Nichts. Absolut nichts war auf dem Boden zu sehen. Kein Blut, nichts Klebriges, nichts Feuchtes. »Das gibt's doch nicht«, murmelte er. Sein Blick glitt suchend umher, scannte die Wände und die Decke, aber alles war sauber. Nichts deutete auf einen Wasserschaden hin.

»Habe ich doch gesagt.« Jürgensen blickte sich ebenfalls um, die Hände in den ausgebeulten Sakkotaschen. »Das wäre mir doch aufgefallen, als ich eben hier durchgegangen bin.«

Raphael erwiderte nichts, sondern zog die erste der beiden Türen auf, die unverschlossen war. Dahinter befand sich wie erwartet der Werkstattkeller. Er trat ein, ging zu dem Regal, auf dem der Eimer stand, und sah hinein. Es war kein Schlüssel darin. Der Hausmeister hatte ihn also herausgenommen. Er zog an der Außentür, aber die war verschlossen.

Wortlos ging er an Jürgensen vorbei zurück auf den Flur und zur zweiten Tür. Die war ihm in der Nacht nicht aufgefallen, vermutlich, weil er sich gleich nach rechts gewandt hatte. Er rüttelte am Griff, aber auch sie war verschlossen.

»Das ist der Heizungsraum«, sagte Jürgensen, der ihm gefolgt war. »Die Tür ist immer zu.«

»Ich will Sie wirklich nicht nerven, aber könnten Sie …« Raphael deutete auf das Schlüsselbund, das Jürgensen nach wie vor in der Hand hielt.

Der Klinikleiter klang nicht amüsiert. »Meine Güte, Sie glauben doch nicht ernsthaft, dass dahinter jemand liegt?«

»Bitte. Dann lass ich Sie auch in Ruhe.« Raphael schüttelte den Kopf. »Vielleicht bin ich ja wirklich einfach nur gestolpert und hab mir den Kopf angeschlagen, sodass ich wild geträumt habe.« Aber glauben wollte er es nicht. Das war doch viel zu real gewesen.

Jürgensen schloss die Tür zum Heizungsraum auf. Raphael trat ein und sah sich in dem kleinen, stickigen Raum um. Nackter

Beton, die Heizungsanlage, leises Brummen, Geruch von Öl, kein Mensch, kein Blut ...

»Danke, Herr Jürgensen«, sagte er, ging wieder auf den Flur und suchte noch einmal den Boden nach Flecken ab. Aber nichts blieb nun mal nichts.

»Haben Sie denn viel Alkohol gehabt?«, fragte der Klinikleiter, als sie zurück auf den Gang vor dem Fahrstuhl gingen. »Das würde ja vielleicht erklären, warum Sie wilde Träume hatten.«

»Nicht so viel«, log Raphael, um seinen Auftraggeber nicht zu verprellen. Im gleichen Moment öffnete sich die Schwimmbadtür von innen. Physiotherapeut Hannes Behmer blickte seinen Chef und Raphael überrascht an. »Oh, guten Morgen.«

»Guten Morgen, Herr Behmer«, grüßte Jürgensen ihn. »Beginnt Ihr Kurs?«

»Ja, gleich.« Behmer stieß die Tür zum Schwimmbad so weit auf, bis der magnetische Türfeststeller sie hielt.

Feuchtwarme, stark chlorhaltige Luft drang Raphael in die Nase, während Jürgensen die andere Tür im Gang wieder verschloss. Patienten, die ins Schwimmbad wollten, nahmen also die Treppe oder den Fahrstuhl, und sie hatten nur Zugang zum Bad. So, wie Jürgensen es gesagt hatte. Raphael war frustriert. Er warf noch einen raschen Blick ins Schwimmbad. Das Becken war nicht sehr groß, aber für Übungen im Wasser allemal ausreichend. Allerlei Utensilien lagen am Beckenrand.

Er beschloss, sich zu einem der Kurse anzumelden. Es konnte nicht schaden, im Keller noch ein wenig zu schnüffeln. Vielleicht war die zweite Tür ja nicht immer verschlossen. Allerdings behielt er seinen Entschluss für sich, denn Jürgensen würde sich denken können, dass er hier unten nicht nur planschen wollte, und das würde ihn verärgern. Schließlich sollte er eine Diebstahlserie aufklären und nicht nach einer Leiche suchen, die es vielleicht nur in seinem alkoholisierten Hirn gab.

***

»Sagen Sie dem Koch einen Gruß, Frau Hacker«, bat Raphael Maren Hacker, als er mittags an der Essensausgabe den reichlich gefüllten Teller entgegennahm. »Der Fisch in der Senfkruste gestern war lecker. Mal schauen, wie das Geschnetzelte schmeckt.« Er blickte auf den Teller. Die Champignons waren Dosenware, das sah man, aber die Rahmsoße verströmte einen appetitlichen Duft.

»Na dann …« Sie klopfte sich lachend auf die Schulter. »Gut gekocht, Hacki.«

»Oh«, Raphael sah sie erstaunt an, »Sie sind die Köchin?«

»Ich mach hier alles gemeinsam mit meinem Personal. Kochen, Essen ausgeben, abwaschen. Und ab und an halte ich ein Schwätzchen mit den Patienten. Als Klinik-Urgestein erlaube ich mir das.«

»Das macht Sie sehr sympathisch, Hacki.« Er zwinkerte ihr zu. »Ich bin Raphael.«

Sie riss die Augen auf. »Sie heißen wie einer der Erzengel? Ein wunderschöner Name.«

Er grinste. »Der Name ist aber auch schon alles, was ich von einem Engel habe. Mein Bruder würde es Ihnen bestätigen. Und der muss es wissen. Er ist Pastor.«

Sie lachte auf und ignorierte das ungeduldige Räuspern der Frau neben ihm.

Raphael lächelte, als er zu seinem Platz ging. Hacki war eine patente Frau, mit dem Herzen auf dem rechten Fleck und einer Klappe, die sie sich anscheinend nicht verbieten ließ. Und sie konnte kochen. Das Rahmgeschnetzelte war lecker. Das fand auch Roger. Anscheinend konnte er ebenfalls gut mit der Köchin, denn sein Teller war noch voller als der von Raphael.

»Bist du gestern Abend heil in dein Zimmer gekommen, Roger?«, fragte Raphael, nachdem er ihn gemustert hatte. Er hatte keine augenscheinlichen Verletzungen.

»Ja klar«, antwortete Roger mit so vollem Mund, dass Soße herausspritzte. Raphael war dankbar, dass nicht er, sondern Tilly ihm gegenübersaß.

»Wieso fragst du das andauernd?«, wollte Olli wissen.

»Weil ich im Keller ausgerutscht bin«, sagte Raphael. Er überlegte einen Moment, dann entschied er sich für die Wahrheit. »Und ich bilde mir ein, dass ich ausgerutscht bin, weil auf dem großen Flur jemand in seinem Blut lag. Bewusstlos ... oder tot.«

Alle starrten ihn an.

»Ich weiß, dass das blöd klingt, aber es war so. Glaub ich jedenfalls. Ich hab mir beim Sturz den Schädel angeschlagen und bin abgeseilt. Als ich aufwachte, lag ich in meinem Bett.«

Tobi tippte sich an die Stirn. »Du willst uns doch verarschen.«

Tilly sah ihn kopfschüttelnd an. »Wir sind kurz vor dir rinne. Und eens weeß ick, wenn da eener jelegen hätte, hätt ick den jesehen.«

»Ja, das weiß ich alles«, sagte Raphael ungeduldig. »Das muss in der halben Stunde passiert sein, die zwischen unserem Heimkommen lag. Habt ihr irgendjemanden gesehen oder getroffen, als ihr das Klinikgelände betreten habt?«

Alle sahen sich an, überlegten ... Doch am Ende waren sie sich einig, dass ihnen niemand begegnet war, weder draußen noch drinnen.

»Halt, ich hab doch jemanden getroffen«, fiel Tobi dann aber ein. »Die Putze. Diese süße Kroatin, oder wo auch immer die herkommt.«

»Liana? Wo war das?«, hakte Raphael gespannt nach.

»Im Treppenhaus. Mein Zimmer ist im dritten Stock. Die kam mir entgegen. Ich hab mich noch gewundert, wo die so spät hingeht.«

»Ah, okay.« Raphael nickte. Liana Petrescu stand ohnehin auf seiner Liste. »Vielleicht hatte ich ja wirklich zu viel intus und hab einfach schlecht geträumt«, sagte er dann, ohne dass er es glaubte. Um die Tischrunde auf andere Gedanken zu bringen, fragte er: »Ist jemand von euch gleich bei der Gruppentherapie dabei?«

»Nee.« Olli grinste. »Wir sind alle in der Vormittagsgruppe.«

Alle lachten, als Tilly ihm viel Spaß wünschte. »Den wirst du nämlich haben.«

Eine Stunde später ging Raphael im Erdgeschoss den Flur entlang, auf der Suche nach Raum Nummer dreizehn, in dem die Gruppentherapie laut Plan stattfinden sollte. Wenn er auf irgendetwas keine Lust hatte, dann auf therapeutisches Gedöns in einer Gruppe Schwachmaten, aber da es sich um eine Pflichtveranstaltung handelte und er nicht auffallen durfte, hatte er keine Wahl. Und schließlich wurde er gut dafür bezahlt.

Als er die Tür gefunden hatte, klopfte er kurz und trat mit einem »Moin« ein.

Acht Augenpaare blickten ihn an. Eine weibliche Stimme sagte gänsehauterzeugend langsam: »Du musst Raphael sein. Bitte schließe die Tür, Raphael, und komm herein.«

Ein Stuhlkreis! Seine Synapsen gingen sofort in Alarmbereitschaft.

»Dort ist dein Stuhl, Raphael.« Armreifen klimperten, als die Gänsehautstimmenfrau auf den einzigen leeren Platz in der Runde deutete. »Setz dich. Schön, dass du bei uns bist.«

Wortlos setzte Raphael sich ihr im Kreis gegenüber.

Sie griff in ein Körbchen neben ihrem Stuhl, nahm ein Stück Papier heraus, stand auf und kam auf ihn zu. Bevor Raphael es verhindern konnte, zog sie einen Klebeschutzstreifen vom Papier und drückte es ihm auf die Brust. »Dein Namensschildchen für heute. In den weiteren Sitzungen werdet ihr durch die Aufwärmspiele am Anfang der Stunden eure Namen verinnerlichen.«

Raphael blickte die anderen an. Bei allen klebte solch ein Schildchen an der Brust. Ellen, Claudia, Tino, Nadine, Margret, Holger, Jochen … Sie alle sahen genauso wenig begeistert aus wie er, was sie sympathisch machte. Insbesondere Nadine saß mit vor der Brust verschränkten Armen da und starrte missmutig einen Punkt an der Zimmerdecke an.

Die Therapeutin saß wieder an ihrem Platz, sprach aber weiterhin nur ihn an. »Ich bin Gundis und leite die Gesprächsrunde. Wir sind schon mitten in der Vorstellung, und du hast unsere erste Aufwärmübung verpasst, weil du ein wenig spät dran bist, aber das ist in Ordnung«, sagte sie mit gnädigem Nicken. »Sei entspannt und höre einfach erst einmal zu. Und … wir duzen uns alle.«

Gundis … sein persönlicher Frauen-Alptraum. Eine Öko-Tussi in baumwollenen Pluderhosen und Gesundheitslatschen. Klischee in Leibhaftigkeit. Eine Endvierzigerin mit wirren hellroten Locken, Sommersprossen, froschgrüner Brille und bunter Wollweste, die mit Sicherheit selbst gestrickt war.

»Ellen«, bat sie die Frau zwei Stühle neben ihr, »du hattest ja schon angefangen, aber vielleicht magst du deine Worte noch einmal für Raphael wiederholen?«

Die Angesprochene, eine Mittdreißigerin mit kurzen blonden Haaren und Rundungen an den richtigen Stellen, sah Raphael an und nickte. »Okay, ja. Also, ich bin Ellen. Ich bin hier, weil ich mit meinen Nerven am Ende bin. Nach der Scheidung von meinem Mann, der mich mit seiner zehn Jahre jüngeren Sekretärin betrogen hat – klingt wie ein blöder Film, ich weiß –, hatte ich einen Zusammenbruch, der mich letztlich meinen Job gekostet hat. Jetzt bin ich nicht nur meinen Mann los, sondern habe auch noch Geldsorgen.«

Sie knetete ihre Hände. »Und dann ist es noch so, dass ich einfach nicht Nein sagen kann. Zu niemandem. Zu Nachbarn, zu Freunden, zu Kollegen … Ich helfe gern, wirklich.« Jetzt sah sie in die Runde. »Aber es überfordert mich nach all den Jahren, in denen ich immer für alle anderen da war. Ich weiß, dass ich einfach Nein sagen müsste, wenn mich jemand um etwas bittet, aber ich kann das nicht. Ich bin das einfach nicht. Aber … Ach, ich weiß auch nicht.« Sie seufzte wahrhaft bedauernswert.

»Danke, Ellen, das war sehr gut, dass du es ausgesprochen hast. Wir werden darauf zurückkommen. Jochen …«, sprach Gundis den Mann neben Raphael an, und der zuckte zusammen. »Möchtest du uns erzählen, warum du hier bist?«

»Äh, weil ich muss?«, stammelte er fragend, womit er nicht nur Gelächter, sondern auch Raphaels Liebe gewann. »Ist doch 'ne Pflichtveranstaltung?« Jochen klang mehr als verunsichert und bekam rote Flecken am Hals, weil ihm das Lachen der anderen sichtlich unangenehm war. »Also, ist ja nicht gegen Sie«, stammelte er mit Blick auf Gundis, wobei er vergessen zu haben schien, dass sich alle duzten. »Aber ich bin nun mal nicht der Typ, der gern redet. Über sich selbst. Wenn Fremde zuhören.«

Raphael sah Gundis an. Sie hörte das anscheinend nicht zum ersten Mal, denn sie behielt ihr Psychotantenlächeln bei, ohne mit der roten Wimper zu zucken.

»Von Treffen zu Treffen wirst du dich in dieser Runde weniger fremd fühlen, Jochen«, prophezeite sie ihm mit ihrer trägen, vor Optimismus schlüpfrigen Stimme. »Unsere kleine Gruppe ist eine Einheit. Wir sind Gemeinschaft pur, eine Familie für kurze Zeit. Alles, was hier gesagt wird, bleibt in diesem Raum und in unseren Herzen. Nichts wird nach außen getragen, jedes Wort des anderen betrachten wir wohlwollend, nehmen es auf, sagen vielleicht etwas dazu, wenn wir mögen … Ein wunderbarer Austausch kann entstehen, wenn ihr es zulasst.«

Jochen nickte heftig, zog es aber dennoch vor zu schweigen.

Gundis wandte sich Claudia zu, die nur darauf gewartet zu haben schien, sich präsentieren zu dürfen. Während sie losplapperte, murmelte Raphael Jochen zu: »Mir geht's wie dir. Eine Horrorveranstaltung.«

Gundis sah Raphael an, nachdem sie Claudia mit einer Handbewegung zum Schweigen gebracht hatte. »Schön, dass du aktiv dabei bist, Raphael. Aber alles, was wir hier sagen, sagen wir laut, damit keiner von uns das Gefühl hat, es würde über ihn geredet. Das konntest du nicht wissen, weil du meine Einführung verpasst hast. Vielleicht magst du dich vorstellen und uns verraten, warum du hier bist? Oder ein Problem ansprechen, das dich bewegt? Das muss, wie ich den anderen bereits sagte, nichts damit zu tun haben, warum du hier bist.

Wir sitzen hier zusammen, um Sorgen und Nöte jeder Art anzusprechen.«

Raphael machte sich gerade. Der Tante würde er jetzt mal zeigen, dass er beim Schultheater nicht umsonst die Hauptrollen gespielt hatte. Und die anderen, bis auf Claudia vielleicht, würden bestimmt für ein paar Lacher dankbar sein.

»Ich bin wegen Burn-out hier«, begann er. »Ich arbeitete für unser Familienunternehmen in einer Zweigstelle in London, als der Zusammenbruch kam.« Er schloss für einen kleinen dramatischen Moment die Augen und verzog gequält die Lippen in der eingebildeten Erinnerung an diesen tragischen Moment. Als er die Augen wieder öffnete und in die Runde sah, erntete er Nicken und einige mitleidige Blicke.

»Danke, Raphael.« Gundis lächelte wohlwollend. »Möchtest du es weiter ausführen?«

Raphael begann seine Finger zu kneten. Das taten unsichere Menschen doch. »Ich …«, stammelte er, »also, der Burn-out … Das ist nicht mein einziges Problem. Ich habe noch ein weitaus größeres. Mit ihm hier.« Er deutete Richtung Hosenschlitz. »Mit Goliath.«

Einen Moment lang herrschte gebannte Ruhe. Er sah auf. Alle starrten ihn an. Jochen begann neben ihm, grunzende Geräusche auszustoßen, was ihm einen missbilligenden Blick von Gundis einbrachte.

»Du meinst deinen Penis, wenn du von Goliath redest, Raphael?« Gundis klang wie eine geduldige Grundschullehrerin, und Raphael musste alles an Energie aufwenden, um ernst zu bleiben. Er nickte.

»Es ist in Ordnung, wenn du deinem Penis einen Namen gibst, Raphael.« Gundis war in ihrem Element. Jochen schnäuzte sich in ein Taschenbuch, und Raphael war sich sicher, dass er damit sein Lachen erstickte. Nun, Jochen und die anderen würden in wenigen Sekunden losbrüllen vor Lachen, wenn er gleich den Wunsch nach einer Penisverkürzung erwähnte – Katja hatte am Vorabend einen Witz damit gebracht.

Raphael blickte Gundis in die Augen. »Es ist so: Ich denke über eine OP nach. Damit ich wieder ohne Angst mit einer Frau schlafen kann.«

Sie nickte. »Ich verstehe. Du hast Angst, dass die Frauen dich auslachen. Das sagt schon der Name, den du für deinen Penis gewählt hast. Viele Männer kompensieren, wenn es um ihr Geschlechtsteil geht. Aber ich denke nicht, dass eine Penisverlängerung der richtige Weg ist, Raphael.«

»Oh, keine Sorge, ich rede nicht von einer …« Er brach ab, weil ein eigentümlicher Ausruf alle Aufmerksamkeit auf sich zog.

Irritiert sah er Holger an, einen wohlgenährten Mittvierziger mit hellblondem Lockenkopf, der ein wenig an einen barocken Engel erinnerte. Er saß neben Gundis und sagte den Tränen nahe: »Danke! Danke, Raphael! Endlich mal einer, der ehrlich ist!«

Holger schluckte, bevor er ausstieß: »Meiner hat auch einen Namen, und … meine Freundin hat mich deshalb verlassen. Sie hat gesagt, sie kann es nicht mehr hören. Ich wäre kein Mann, sondern ein wunderlicher Spinner.«

»Ach, du Armer.« Ellen streichelte Holger über das Bein, während ihr Blick von ihm zu Raphael wechselte. »Das sollte euch nicht stören. Was glaubt ihr denn? Dass wir Frauen euch alle auslachen? Hauptsache ist doch, ihr macht uns damit glücklich.« Sie blickte lächelnd auf Raphaels Intimbereich. »Mit Goliath oder …« Ihr Blick wechselte zu Holger. »Wie heißt denn deiner?«

»Enrico.«

Jochens ersticktes In-sich-hinein-Glucksen brach sich Bahn. Er krümmte sich mit einem schallenden Lacher vornüber, und Raphael wusste, dass er ihm dafür bis in alle Ewigkeit dankbar sein würde, denn so fiel nicht auf, dass er selbst sein Grinsen nicht in den Griff kriegte. Und auch Nadine half dabei.

»Leute!« Sie war aufgesprungen. »Mir reicht's. Das muss ich mir nicht anhören. Wenn ihr über so ein ekliges dummes Zeug reden wollt, dann macht das in eurer persönlichen Sprechstunde, aber nicht hier! Und tschüs.« Mit strammen Schritten marschierte sie zur Tür und knallte sie hinter sich zu.

Raphael sah ihr nach. Was ging hier ab?

»Alles ist gut, Holger«, erklang Gundis' Stimme. »Lass alles raus. Du musst dich hier für nichts schämen. Ich bin gleich wieder bei dir.« Sie blickte in die Runde. »Fühlt sich noch jemand unwohl, so wie Nadine? Das wäre völlig in Ordnung.«

Alle schüttelten den Kopf. Und Raphael wusste: Keiner wollte hier irgendetwas verpassen. Mit einem Gefühl wachsenden Unwohlseins sah er zu Holger. Ellen hatte von seinem Bein abgelassen und streichelte ihm eine Träne von der Wange. Jetzt den Gag mit der Penisverkürzung zu bringen war vielleicht nicht so schlau.

»Können wir irgendwann darüber reden, Raphael?«, stieß Holger aus und wischte sich über die Wange. »Allein?« Er sah zu Gundis. »Hier möchte ich das jetzt nicht.«

Gundis nickte. »Wunderbar. Ein Austausch könnte euch beiden guttun.« Sie wandte sich Raphael zu. »Was meinst du zu Holgers Vorschlag, Raphael? Wärst du bereit für ein Gespräch mit ihm?«

»Äh ...« Er atmete durch. »Ja. Ja klar.«

Alle nickten. Alle lächelten. Alle hatten Mitleid mit ihm und Holger – mit denen, die ihren Schwanz getauft hatten.

Fuck!

Nie war Raphael dankbarer gewesen, dass sechzig Minuten um waren, als nach dieser Stunde. Mit Holger war er für den nächsten Abend verabredet. Und das war furchtbar. Vielleicht konnte er sich mit plötzlicher schwerer Grippe vor dem Gespräch drücken? Nun, diese Gedanken musste er jetzt erst mal verdrängen. Er hatte Wichtigeres zu tun. Ohne Umweg steuerte er das Vorzimmer von Dierk Jürgensen an.

Miriam Fink sah enttäuscht aus, als Raphael sie nach dem Hausmeister fragte. »Ich kann ihn anrufen, wenn es etwas Dringendes ist«, sagte sie. »Um was geht es denn?«

»In meinem Zimmer tropft die Dusche«, log Raphael. »Das nervt, und es wäre schön, wenn er sich das mal angucken könnte.« Ein besserer Grund, den Hausmeister zu sprechen, war ihm nicht eingefallen. Raphael war vor allem neugierig, ob Jürgensen Viktor Winkler bezüglich des Schlüssels zur Rede gestellt hatte.

Umgehend rausgeschmissen hatte er ihn jedenfalls nicht, denn Miriam griff zum Telefon und drückte eine Taste. Sekunden später sagte sie: »Hallo, Viktor. Ein Gast hat ein Problem mit der Dusche. Zimmer zwölf im zweiten Stock. Könntest du dir das heute noch angucken?« Sie lauschte einen Moment, bevor sie sagte: »Ja, danke. Gebe ich weiter. Tschüs.«

Sie legte den Hörer zurück. »Er ist gerade im Keller beschäftigt, wird aber in etwa zwanzig Minuten oben sein.« Sie musterte ihn. »Bei dir.« Ihre Zunge strich über die Oberlippe.

»Danke.« Raphael wandte den Blick schnell von ihren feuchten Lippen ab, weil sein Unterleib ein Eigenleben entwickeln wollte. Aus, Goliath! »Hast du heute Abend schon was vor?«, fragte er.

»Ja, habe ich.« Sie lächelte hinreißend. »Aber du bist ja noch ein bisschen länger hier. Vielleicht am Wochenende?«

»Prima. Samstag, neunzehn Uhr in der Lohdeel, hier in Nieblum?« Es war das einzige Restaurant, das ihm auf die Schnelle einfiel.

»Super.«

Das waren die Frauen, die er liebte. Kein langes Gelabere, sondern knappe, klare Ansagen.

Er verabschiedete sich und wollte in sein Zimmer gehen, aber nach einem Moment des Überlegens schlug er den Weg zum Fahrstuhl ein und drückte auf das U. Winkler war im Keller, hatte Miriam gesagt. Vielleicht hatte er ja Glück und konnte unten ein wenig rumschnüffeln, weil der Hausmeister die Zwischentür des Kellers eventuell nicht abschloss, während er sich unten aufhielt.

Der kleine Gang war unbeleuchtet, als die Fahrstuhltür sich

öffnete, aber es fiel genügend Licht durch das Treppenhaus nach unten. Die Schwimmbadtür war verschlossen, wie Raphael mit einem Griff feststellte. Bei der Tür zum größeren Flur hatte er das erhoffte Glück. Raphael zog sie leise auf, und genauso leise schloss er sie wieder hinter sich. Er stand auf dem Flur, auf dem er ausgeglitten war.

Aus dem Heizungsraum, dessen Tür offen stand, fiel Licht in die Düsternis. Wieso machte Winkler kein Licht auf dem Flur an, wenn er sich hier unten aufhielt?

Laute Geräusche verrieten, dass der Hausmeister wohl an der Heizungsanlage herumwerkelte. Praktischerweise. So konnte Raphael den Werkraum inspizieren, ohne von Winkler bemerkt zu werden. Bei dem kurzen Keller-Aufenthalt mit Jürgensen hatte er nicht genug Zeit gehabt, sich umzusehen.

Leise ging er zu der geschlossenen Tür und drückte vorsichtig die Klinke runter. Sie gab nach. Schnell trat er ein und schloss die Tür hinter sich. Licht anzumachen traute er sich nicht, denn der Schein würde in den dunklen Flur fallen, und sollte Winkler aus dem Heizungsraum treten, würde es ihm auffallen.

Da Raphael nicht wusste, wonach er suchen sollte, ging er zu den Regalen neben der Außentür. Dort fiel durch die schmalen Fenster unter der Decke genügend Tageslicht herein, um in jeden Eimer, jeden Karton hineinzusehen. Vielleicht hatte jemand das Blut weggewischt, und er würde einen Lappen oder Ähnliches finden.

Er hatte schon eine Weile gesucht, als er mit dem Fuß gegen etwas stieß. Ein Scheppern hallte durch den Raum. Mist!

Es war ein Blecheimer, den er mit dem Fuß angestoßen hatte. Hastig bückte er sich und stellte den Eimer wieder neben das Regal, von wo er ihn weggekickt hatte. Mit angehaltenem Atem blieb er in der Hocke und lauschte. Hatte Winkler das nebenan gehört? Raphaels Blick war über die Werkbank, die in der Mitte des Raumes stand, auf die Tür zum Flur gerichtet. Aber alles blieb ruhig. Durch die Ritzen der Kellertür sah man kein Licht auf dem Flur angehen.

Im selben Moment überlief es Raphael heiß. Gestern Abend war es so gewesen! Er hatte die Umrisse der Tür ausgemacht, weil dahinter Licht an gewesen war. Und dann war er gegen etwas gestoßen, das gescheppert hatte. Er sah nach unten. Vielleicht war es genau dieser Eimer gewesen? Als er die Tür dann geöffnet hatte, war es auf dem Flur dunkel gewesen. Daran hatte er noch gar nicht wieder gedacht. Er schluckte. Er war in der letzten Nacht gehört worden! Das Licht war ausgemacht worden. Der *Täter* hatte das Licht ausgemacht. Er war noch in der Nähe gewesen.

Raphael brach den Gedankengang ab, weil in diesem Moment die Klinke heruntergedrückt wurde. Ganz langsam öffnete sich die Tür.

Scheiße! Sollte Winkler das Licht anmachen, würde er ihn sofort sehen, obwohl er in der Hocke saß. Hastig krabbelte Raphael hinter den Unterschrank neben der Werkbank und lauschte. Schritte waren zu hören, zwei, drei, dann stoppten sie. Raphael hörte ein leicht rasselndes Atmen. Das Licht ging an. Die Schritte wurden fester. Raphael presste sich an den Schrank. Ein Mann in blauer Arbeitshose und -jacke ging hastig auf die Außentür zu, an ihm vorbei. Der Mann rüttelte an der Tür, während Raphael um die Ecke herum Richtung Flur krabbelte.

Dass sein Fluchtversuch missglückt war, stellte er fest, als ein dunkles »Hey!« erklang und ein Schraubenschlüssel direkt neben ihm auf dem Betonboden aufschlug.

Raphael sprang auf. »Sind Sie nicht ganz dicht? Sie hätten meinen Kopf treffen können!«, fuhr er den Mann an und erkannte im gleichen Moment den Gärtner, den er bei seiner Ankunft wegen der Ohrenschützer veräppelt hatte.

Der Kerl hatte ihn ebenfalls erkannt, denn er antwortete: »Wenn ich das gewollt hätte, hätte ich getroffen. Klugschwätzer kann ich nämlich nicht ausstehen.«

Na super.

Aber so richtig übel nehmen konnte Raphael ihm die Reaktion nicht. Schließlich war *er* hier der Eindringling, nicht der Hausmeister. »Sind Sie Herr Winkler?«, tat er ahnungslos.

»Allerdings bin ich das. Die Frage ist: Wer sind Sie?« Raphael wurde nicht gerade freundlich gemustert. »Was treiben Sie hier unten?«

Viktor Winkler hatte ein derbes Gesicht mit dunklen, buschigen Augenbrauen, die ihm ein düsteres Aussehen verliehen. Nur vereinzelt war ein graues Haar in seiner ungepflegten dunklen Mähne zu erkennen, obwohl er Mitte fünfzig war. Dass er es färbte, war kaum anzunehmen. Er war nicht der Typ dafür.

»Ich bin Raphael Freersen.« Er hatte beschlossen, mit der Tür ins Haus zu fallen. »Ich weiß, dass Herr Jürgensen Sie angesprochen hat. Wegen des Schlüssels unter der Fußmatte. Ich war derjenige, der es ihm gesagt hat.«

Viktor Winklers Gesichtszüge waren mit jedem Wort mehr vereist. »Danke auch dafür«, stieß er aus. »Sie haben mir meine Gutmütigkeit *nett* entlohnt.«

»Es tut mir wirklich leid«, gab Raphael zu. »Aber ich musste es tun, denn ich hatte ein eigenartiges Erlebnis, als ich hier auf dem Flur entlangging.« Er deutete hinter sich und schilderte dem Mann, was er erlebt zu haben glaubte.

»Erzählen Sie Ihre Storys den Therapeuten«, war die grimmige Antwort. »Ich weiß von nix. Als ich morgens reinkam, lag hier jedenfalls keiner rum.«

Raphael hatte nichts anderes erwartet. Und das mit dem Rumschnüffeln konnte er sich abschminken, da brauchte er den verärgerten Hausmeister gar nicht erst zu fragen.

»Gut, dann … Entschuldigen Sie bitte noch mal. Ich bin jedenfalls froh, dass Herr Jürgensen Sie nicht rausgeworfen hat. Er klang mächtig sauer, als ich ihm erzählte, dass Sie den Schlüssel für uns deponiert hatten.«

»Der Chef setzt tatsächlich gern mal Leute vor die Tür, die ihm nicht passen, aber mich rausschmeißen?« Winkler lachte hässlich auf. »Das wagt der nicht. Wer sollte hier sonst die Bruchbude am Laufen halten?« Er grunzte abfällig. »Der weiß schon, was er an mir hat. Und nun würd ich die Tür zum Gang gern von innen schließen.«

»Ja, sicher.«

Während Winkler ihn über den Flur zur Zwischentür brachte, sagte Raphael: »Die Dusche in Zimmer zwölf hat sich hiermit übrigens erledigt. Ich wollte Sie nur sprechen und mich entschuldigen.«

Viktor Winkler schüttelte verärgert den Kopf und knallte Raphael die Tür vor der Nase zu. Das »Wichser«, das der Hausmeister hinterherschob, war dennoch deutlich zu hören.

VIER

Nach dem Abendessen in der Klinik setzte Raphael sich in den alten silberfarbenen Renault Clio, der zum Erbe seines verstorbenen Onkels gehörte, und fuhr damit nach Wyk. Seinen weißen Mercedes-Benz, ein Oldtimer-Cabriolet, hatte er nicht an der Klinik parken wollen. Der Wagen wäre vielleicht jemandem, der von der Insel stammte, bekannt vorgekommen. Ihn selbst hatte anscheinend von den ansässigen Angestellten keiner erkannt. Es war aber auch schon einige Wochen her, dass im Zusammenhang mit seinem ersten Fall ein Foto von ihm in der »Bild« gewesen war, untertitelt mit der Bezeichnung »Insel-Clooney«.

Ein Stöhnen entwich ihm, als er bei seinem Haus in der Mühlenstraße ankam und an dem weinroten Mini Cooper am Straßenrand erkannte, wer noch da war. Kaum hatte er seine langen Beine aus dem Clio gequält, erklang auch schon die Stimme seiner Mutter, allerdings nicht von seinem Grundstück, sondern aus dem Vorgarten von Johannes' Haushälfte.

»Raphael, mein Schatz! Das ist ja eine Überraschung. Johannes sagte, du ermittelst in einer Klinik. Darum habe ich jetzt gar nicht mit dir gerechnet.«

»Dito.« Er überquerte das kleine Rasenstück seines Vorgartens und ging auf die Buchsbaumhecke zu, die nicht nur die beiden Haushälften trennte, sondern jetzt auch ihn und seine Mutter. »Was machst du hier, Mama?«

Sein Blick glitt zu den Fenstern von Johannes' Haushälfte, hinter denen Licht brannte. Johannes vermietete seine geerbte Hälfte an Feriengäste. Aber hatte sein Bruder nicht gesagt, momentan habe niemand gebucht?

»Ich wohne hier.«

»Äh, bitte was?«

»Wir müssen uns doch nicht über die Hecke unterhalten, oder?« Frauke Freersen verließ das Nachbargrundstück durch die hölzerne weiße Pforte, ging die paar Schritte zu seinem in den Angeln quietschenden Gartentor und kam mit ausgebreiteten Armen auf ihn zu. »Komm her, mein Schatz, lass dich umarmen.«

Er drückte sie. »Hallo, Mama«, sprach er in ihr blondes Haar. »Klärst du mich jetzt auf? Als wir uns zuletzt sahen, wohntest du noch im Marienhölzungsweg in Flensburg.«

Sie löste sich von ihm. »Ich bin zu Hause ausgezogen. Dein Vater und ich haben ja schon manche Meinungsverschiedenheit gehabt und durchgestanden, aber das, was er damals mit Sina gemacht hat … Ich habe in den letzten beiden Wochen festgestellt, dass ich nicht einfach so zum Alltag übergehen kann.«

Sie sah zu ihm hoch. »Wenn ich ihn ansehe, sehe ich momentan einen, ich will nicht sagen *fremden* Menschen, aber etwas hat sich verändert. In mir. Und in ihm leider nicht. Er tut so, als sei alles gut. Und darum musste ich raus. Nicht für immer, aber … Er muss einfach mal spüren, dass der Kaffee*könig* zu sein nicht bedeutet, dass er uns und seine Mitmenschen wie Untertanen behandeln darf.«

Raphael nickte. Es berührte ihn eigenartig, dass seine Mutter, der die Familie und durchaus auch deren Außenwirkung mehr als wichtig war, so konsequent reagierte. Sie war ausgezogen. Hatte ihren Mann allein zurückgelassen …

Sein Vater hatte vor zehn Jahren der damals neunzehnjährigen Sina hunderttausend Euro geboten, wenn sie aus dem Leben von Johannes verschwinden würde. Weil sie und ihre asoziale Familie dem Kaffeekönig von Flensburg nicht genehm waren. Und das, obwohl Sina Hans-Joachim Freersen gesagt hatte, dass sie von Johannes schwanger war.

Dass Sina das Geld genommen hatte und gegangen war, ohne Johannes zu sagen, dass sie ein Baby von ihm erwartete, stand auf einem anderen Blatt. Die Wahrheit war erst vor ein paar Wochen ans Licht gekommen, als Raphael Sina, die inzwischen Polizistin war, während seines ersten Falls hier auf Föhr wiedergetroffen hatte. Seitdem besuchte Johannes seine Tochter Hannah regelmäßig.

»Wollen wir reingehen?«, fragte Frauke Freersen und deutete zu Raphaels Haustür. »Ich könnte ein Glas Wein vertragen.«

Er schloss auf, und seine Mutter ging schnurstracks ins Wohnzimmer, das im Grunde noch genauso aussah wie zu Lebzeiten von Georg Rickers – es war eine verranzte Junggesellenbude mit alten Möbeln, schweren Vorhängen und staubigen Pokalen, die Karnickelzüchter »Schorsch« mit seinen Rammlern gewonnen hatte.

Als Raphael in die Küche ging, um den Primitivo zu öffnen, den er in der Alten Druckerei für Johannes gekauft hatte, erklang aus dem Büro ein Krächzen.

»Waltraud«, murmelte Raphael, während er den Korken zog. Mit der Flasche in der Hand ging er ins Büro. Ein blaues Tuch lag über dem Käfig, das sich als alte Tischdecke entpuppte, als er es herunterzog. Waltraud trippelte auf der Stange von links nach rechts und wieder zurück.

Raphael beugte sich herunter und sah den Vogel an. »Nerv hier nicht rum, verstanden? Entertainment gibt's für dich nur tagsüber, wenn die Büro-Ladys da sind. Von mir hast du nichts zu erwarten. Klar?«

Waltraud stellte den Kamm auf.

Hm … War das jetzt Zustimmung oder aber eine Kampfansage? Oder wollte sie ihn einfach nur beeindrucken? Schließlich war sie ein Weibchen. »Ja, du bist hübsch«, sagte er und ging zu seinem Schreibtisch, in dem er den Laphroaig aufbewahrte. Er nahm den Whisky heraus und ging mit beiden Flaschen zurück ins Wohnzimmer.

»Habe ich dich reden hören?«, fragte Frauke Freersen und stellte ein Buch ins Regal zurück, nachdem sie den Staub heruntergepustet und den alten Schinken kurz durchgeblättert hatte.

»Ja. Ich hab Waltraud gesagt, dass sie mich nicht nerven soll.«

Seine Mutter lachte auf. »Stimmt! Du hast ja neuerdings einen Vogel. Obwohl …« Sie zwinkerte ihm zu.

»Ja, ja.« Er verdrehte die Augen, schenkte ein wenig von dem

Primitivo de Manduria in ein Weinglas und reichte es seiner Mutter zum Probieren.

Sie winkte ab. »Schenk voll. Ich weiß, dass der schmeckt.«

Lachend schenkte er nach und füllte sich selbst zwei Fingerbreit Whisky in eines der milchigen Gläser aus dem alten Nussbaumschrank. Dann hob er das Glas. »Auf das Leben, die Umstände und ...« Er stockte. Worauf konnte man noch anstoßen?

»Und auf die Liebe«, beendete Frauke Freersen den Trinkspruch. Sie trank einen Schluck, ließ ein genüssliches »Ahh« hören und setzte das Glas auf dem verschrammten Sideboard ab. »Gibt es inzwischen jemanden Festes bei dir?« Sie sah ihn dabei nicht an, sondern nahm ein weiteres Buch aus dem Regal.

»Nein. Und jedes Mal, wenn du mich das erneut fragst, nächsten Monat, nächstes Jahr oder in fünf Jahren, wird die Antwort die gleiche sein.«

Sie seufzte. »Ich bin Mutter von zwei attraktiven, intelligenten, wunderbaren Söhnen, und keiner von beiden hat eine Freundin. Der eine seit ewigen Zeiten nicht, und der andere«, sie musterte ihn mit mütterlicher Missbilligung, »wechselt die Frauen wie die Unterhemden.«

Sie stellte das Buch zurück und griff ein Neues heraus. »Marzipan-Klassiker?«, murmelte sie verwundert. Als sie es öffnete, stieß sie einen Schreckenslaut aus. Etwas fiel heraus und landete mit dumpfem Geräusch auf dem Teppich. Frauke Freersen starrte auf den Boden. »Du meine Güte.«

Schon war Raphael bei ihr und bückte sich. Es war eine Waffe. Kleinkaliber.

»Da drin hat er sie also versteckt.« Frauke starrte in die leere Pralinenschachtel, die äußerlich wie ein Buch aussah.

»Die ist echt?« Raphael wog die Waffe in der Hand. »Schorsch hatte eine Pistole?«

Seine Mutter nickte. »Schon lange. Er hat sie mir mal bei einem Besuch gezeigt, aber nie erzählt, woher er sie hatte. Auf jeden Fall hatte er keinen Waffenschein dafür. Sei vorsichtig«, mahnte sie Raphael, der den Finger auf den Abzug legte.

»Gibt es auch Patronen dafür?«, fragte er begeistert, zielte auf die düstere Marschlandschaft in Öl über dem Sofa, wagte aber nicht abzudrücken. »Bäm!«, rief er stattdessen und pustete auf den Lauf.

»Ich hoffe nicht«, sagte Frauke. »Tu sie bitte wieder hier in die Schachtel. Eine Waffe ist nichts für dich. Du bist viel zu unreif für so ein Mordinstrument.«

»Ich bin zweiunddreißig!«

»Ja, aber du bist Raphael Freersen. Bitte …« Sie hielt ihm die Schachtel hin.

Raphael tat ihr den Gefallen und legte die Waffe hinein.

Frauke seufzte, als sie den Deckel zuklappte. »Dieses Leuchten in deinen Augen … Sobald ich weg bin, holst du sie wieder raus, richtig?«

Er schwieg.

»Am besten nehme ich sie mit.«

Raphael nahm ihr die Packung aus der Hand. »Alles, was sich in diesem Haus befindet, habe ich geerbt. Alles.«

»Wenn du auch nur ein Mal damit schießt, stelle ich sämtliche monatlichen Zahlungen an dich ein. Dann kannst du zusehen, wie du mit deiner Detektivgage klarkommst.«

Raphael lachte und drückte seiner Mutter einen Kuss auf die Wange. »Du bist süß, Mama. Du hast mir früher schon mit Taschengeldstreichungen gedroht, wenn ich etwas ausgefressen hatte, aber letztendlich habe ich es doch immer bekommen.«

Dass seine Mutter ihm monatlich einen Zuschuss zukommen ließ, seit sein Vater ihm diesen gestrichen hatte, war Raphael kein bisschen unangenehm, obwohl er keinen Handschlag dafür tat. Die Freersen-Family war mehr als wohlhabend – sein Vater hatte die Kaffeerösterei zu einer der größten in der Branche gemacht. Da durften also ruhig ein paar Krümel vom großen Koffeinkuchen für ihn abfallen.

»Mama, was glaubst du denn? Dass ich ernsthaft mit einer Waffe rumballern würde?« Er stellte die Marzipan-Verpackung samt Inhalt wieder ins Regal zurück. »Und jetzt erzähl mir, was es Neues in Flensburg gibt«, bat er, um seine Mutter auf andere Gedanken zu bringen.

Sie unterhielten sich eine halbe Stunde, in der er einen weiteren Whisky trank. Als seine Mutter allerdings begann, von seinem Vater zu sprechen, und in Tränen ausbrach, war es bei ihm vorbei.

»Mama, für Beziehungsratschläge bin ich nun wirklich der falsche Ansprechpartner. So was musst du mit Jo besprechen. Der ist der Pastor. Und ich muss jetzt auch gleich los. Sonst sind die Pforten in der Klinik zu.«

Nachdem Frauke Freersen sich schniefend von ihm verabschiedet hatte, holte Raphael die Pistole wieder aus der Pralinenpackung und betrachtete sie genauer. Es war eine Walther, so viel verriet der Herstellername darauf. Aber wie bekam man das Magazin heraus? Er wollte unbedingt wissen, ob sie geladen war.

Er nahm sein Smartphone und googelte. »Wow!«, stieß er begeistert aus, als er anhand von Bildern herausfand, dass es sich um eine Walther PPK handelte – die James-Bond-Waffe. Bei Wikipedia machte er sich über die verschiedenen Waffenteile schlau und drückte schließlich den Knopf des Magazinhalters. Das Magazin löste sich, und er sah hinein. Es war leer.

Raphael machte sich umgehend auf die Suche nach den Patronen. Vielleicht gab es ja noch weitere Geheimverstecke. Im Wohnzimmer wurde er nicht fündig. Er ging ins Büro und öffnete sämtliche Ordner. Seinen Schreibtisch, ein antiker Holztisch aus dunkler Eiche und verziert mit Schnitzereien, ignorierte er, denn den hatte er bereits bei seinem Einzug umgekrempelt, und eine Patronenpackung wäre ihm definitiv aufgefallen.

Waltraud beobachtete ihn. Auf ihrer Stange drehte sie sich immer in die Richtung, in der er gerade herumwuselte. Als es ihm auffiel, machte er sich einen Spaß daraus, vor ihrem Käfig hin und her zu gehen. Immer schneller wechselte er die Seiten, sodass Waltraud gar nicht mehr hinterherkam mit dem Drehen.

»Was bist du bloß für ein dummer Vogel«, sagte er, als er

schließlich vor dem Käfig stehen blieb. »Na ja, bist eben eine Frau ... Duzi-duzi.« Er steckte den Finger durch die Gitterstäbe.

Waltraud verharrte einen Moment, dann hackte sie zu.

»Ey!« Blitzschnell hatte Raphael den Finger zurückgezogen. Eine leichte Rötung bildete sich an der Kuppe des Zeigefingers. Mit zusammengezogenen Brauen sah er Waltraud in die dunklen Knopfaugen. »Freu dich, dass es nicht blutet. Dann hätte es morgen nämlich Nymphensitticheintopf gegeben. Ja, guck nicht so blöd. Das mein ich ernst.«

Und nun? Er sah auf seine Armbanduhr. Ein wenig Zeit blieb ihm noch. Da sein Laptop sich in seinem Zimmer in der Klinik befand, setzte er sich an den Ikea-Schreibtisch, an dem vormittags Imme und nachmittags Ava arbeiteten. Auf der linken Seite blickten ihn von einem Foto in einem Kunststoffrahmen drei bis an die Ohren lachende blonde Friesenkinder an, die auf einem Treckeranhänger saßen.

Auf der rechten Schreibtischseite stand ein weiterer Bilderrahmen, der aus Holz und augenscheinlich handverziert war – mit winzigen Schneckenhäusern, Muscheln und kleinen Zweigen. Avas schwarzhaariger Sohn lächelte den Betrachter fröhlich aus einer Sandburg heraus an. Der rot geklinkerte, viereckige Leuchtturm Olhörn im Hintergrund verriet, dass das Foto an der Südstrandecke entstanden war. Raphael nahm das Foto in die Hand und betrachtete den Jungen. Sah er seinem Vater ähnlich? Nein, Tarik hatte eindeutig Avas wunderschöne Augen geerbt. Vielleicht hatte er die Lippen von seinem Arschloch-Vater, denn Avas waren viel hübscher geschwungen.

Er stellte den Rahmen zurück, machte den Büro-Laptop an und rief Google auf. Er fand die passende Munition für die Walther, aber er konnte die Patronen natürlich nicht im Internet bestellen. Sein Kumpel Grumpy würde ihm vielleicht welche besorgen. Der ehemalige Kleinkriminelle betrieb einen Boxclub vor den Toren Flensburgs. Dort trainierten nicht nur er und Johannes, sondern auch eine Klientel, die mit Sicherheit Munition beschaffen konnte.

Dann googelte er noch dies und das, bevor er die Website der Klinik aufrief. Die »Klinik am Kliff« war eine von drei Kliniken in Schleswig-Holstein, die vom Familienunternehmen Führmann betrieben wurden. Familie Führmann plante laut Internet die Eröffnung einer vierten Klinik in Mecklenburg-Vorpommern.

Über Viktor Winkler gab das Internet nichts preis. Der Hausmeister war in den sozialen Medien nicht zu finden. Auch über Empfangsdame Wencke Dammann fand er nichts, was ihn weiterbrachte. Liana Petrescu und Hannes Behmer waren beide bei Facebook und Instagram angemeldet, aber Raphael wagte nicht, ihnen eine Freundschaftsanfrage zu senden, weil es zu auffällig gewesen wäre.

Ein erneuter Blick auf die Uhr verriet, dass es Zeit war, in die Klinik zurückzukehren. Als er den Laptop zuklappte, krächzte Waltraud. Sie stellte ihre Haube auf, als er sie ansah. Raphael stieß ein »Krrr!« aus und fuhr sich dabei mit dem Finger über die Kehle. Dann stand er auf und warf die alte Tischdecke wieder über den Käfig. »Träum schlecht, Fingerhackerin.«

Draußen steckte er sich eine Zigarette an und ging zum Wagen. Als er Trippelschritte auf dem Bürgersteig wahrnahm und eine leicht krächzende Stimme sagte: »Bobby, nein, das ist ein Pfui«, fingerte er hastig den Autoschlüssel aus der Jackentasche, doch es war zu spät. Triple M, seine Nachbarin, hatte ihn erspäht, obwohl ihre Augen wahrhaftig nicht die besten waren, wie ihre Putzkünste in seinem Haus immer wieder bewiesen. »Huhu, Herr Rickers!«

Er hätte nicht unter der Laterne parken sollen. Raphael nahm einen sehr tiefen Zug, bevor er sich zu ihr umwandte. »Hallo, Frau Mommsen. So spät noch unterwegs?« Er zog den Fuß zurück, als der Hund begann, seinen Stiefel zu beschnuppern.

Mine Margarete Mommsen wedelte mit einem blauen Tütchen vor seiner Brust herum. »Mein kleiner Schatz macht doch vor dem Schlafengehen immer noch ein Geschäft. Immer einmal mittags und einmal abends.«

»Danke für diese Info.« Raphael trat einen Schritt zurück,

denn die Tüte war nicht nur prall gefüllt, sondern sah auch sehr dünnhäutig aus. Missmutig betrachtete er den Mischling. Kein Wunder, dass die Töle zweimal am Tag kackte. Bobby Mommsen war eine fette Nackenrolle auf vier Beinen. Beine, die den Kontakt zum Boden demnächst einbüßen würden.

»Morgen komm ich putzen.« Frau Mommsen strahlte ihn an. »Ich werde mir Ihr Schlafzimmer vorknöpfen. Oder vielleicht auch erst die Küche. So viel Zeit habe ich morgen nicht, denn ich muss noch einen Zwetschgenkuchen für mein Kartenkränzchen backen. Die hol ich ja immer auf dem Bauernmarkt am Rathaus, die Zwetschgen. So was Leckeres haben Sie –«

»Ich muss jetzt leider los«, unterbrach Raphael sie und öffnete die Autotür. »Tschüs.«

Als er die Jens-Jacob-Eschel-Straße Richtung Nieblum entlangfuhr, musste er allerdings feststellen, dass das Treffen mit der Kacktüten schwenkenden Triple M noch nicht das Anti-Highlight des Abends gewesen war. Es blitzte, während er hinter dem Schullandheim mit mehr als fünfzig Sachen durch die Dreißigerzone bretterte. Das abrupte Bremsen brachte natürlich auch nichts mehr, war aber Automatismus.

Ein Stück weiter am Straßenrand parkte ein Streifenwagen. *»Fuck!«*, fluchte Raphael. Dann wurde er auch schon mit einer Kelle herangewunken. Als er erkannte, wer in der Polizeiuniform steckte, atmete er auf. Es war Sina Ahmling. Die würde ihn doch wohl davonkommen lassen?

Er kurbelte die Seitenscheibe runter. »Sina«, begrüßte er sie herzlich, »ich war ein wenig zu schnell unterwegs, was? Und anscheinend nicht nur ich.« Raphael blickte zu dem VW Passat, der ein Stück vor seinem Clio stand. Polizeiobermeister – oder, wie Raphael ihn nannte, Polizeiobertrottel – Müller kümmerte sich um diesen Raser.

»Hallo, Raphael«, grüßte Sina ihn. »›Ein wenig‹ ist gut. Dass die Karre deines Onkels überhaupt noch so viel hergibt … Dafür kassierst du einen Punkt in deiner Heimatstadt, das ist dir klar, oder?«

»Mach keinen Scheiß«, sagte er leise, weil Müller zu ihnen sah. »Ich hab schon fünf Punkte. Kannst du das Ticket nicht irgendwie unter den Tisch kehren? Schließlich sind wir verwandt.«

»Gar nichts sind wir«, sagte sie harsch.

»Deine Tochter ist meine Nichte!«

»Ja und? Deswegen werde ich garantiert nichts irgendwo unterkehren. Du musst doch irgendwann mal kapieren, Raph, dass du dir die Welt nicht immer so hindrehen kannst, wie du es gern hättest. Es gibt Regeln. Und die gelten auch für Obermacker Raphael Freersen.«

Das »Wann bist du bloß so zickig geworden?«, das ihm auf der Zunge tänzelte, schluckte er schnell runter, weil ihm etwas eingefallen war. »Wo du hier gerade vor mir stehst, Sina … Ist bei euch auf der Wache gestern Nacht oder heute irgendwas gemeldet worden bezüglich einer verletzten Person? Oder eines Angriffs auf einen Menschen?«

»Was?« Sie musterte ihn überrascht. »Wie kommst du darauf?«

In Kurzform schilderte er ihr sein Erlebnis. »Ich war zwar betrunken«, endete er, »aber ich bin mir trotzdem sicher, das nicht geträumt zu haben.«

Sina schüttelte den Kopf. »Bei uns wurde nichts gemeldet. Aber wieso bist du in der Klinik?«

»Beruflich.« Er beugte seinen Kopf aus dem Fenster und grinste. »Du weißt doch«, bezog er sich auf seinen letzten Fall, »ich kläre hier auf der Insel die Sachen auf, die ihr nicht hinkriegt.«

Sinas Augenbrauen zogen sich zusammen. Doch statt der erwarteten patzigen Antwort fragte sie: »Hast du was getrunken?«

Hastig zog er den Kopf wieder zurück. Er hatte zwei Whisky gehabt, gut eingeschenkt. Und das reichte mit Sicherheit, um die Null-Komma-fünf-Promillegrenze zu sprengen. »Ich hatte einen Whisky«, log er, weil komplettes Abstreiten keinen Sinn hatte.

»Natürlich. Der obligatorische eine Drink.« Sina kam noch dichter heran. »Willst du mich verarschen?«

»Gut, es waren zwei. Aber mehr hatte ich wirklich nicht.« Er hob die Hand. »Indianerehrenwort.« Dass es doppelte Drinks gewesen waren, musste sie nicht wissen.

Sina lächelte. »Dann lasse ich Häuptling Stinkender Atem jetzt mal in das Röhrchen pusten.«

»Nein, das machst du nicht«, zischte Raphael leise, weil Müller sein Blitzer-Opfer abgefertigt hatte und auf dem Weg zu ihnen war. »Denn ansonsten schickt Häuptling Stinkender Atem seinem Zwillingsbruder ein paar Rauchzeichen, aus denen der lesen wird, dass der Adoptivvater seiner Tochter deren Mutter gerne mal windelweich prügelt. Und es wird Johannes zweifellos nicht gefallen, dass seine Tochter sich in der Obhut eines Schlägers befindet.«

Sinas Gesichtszüge wurden hart. »Ich hab die Nase voll, Raphael. Du kannst mich damit nicht immer erpressen.«

»Doch, kann ich. Solange du bei diesem Mistkerl bleibst.«

Müller war nur noch ein paar Schritte entfernt.

»Dreh die Scheibe hoch«, zischte Sina und warf ihm das Ticket auf den Schoß, »und dann verschwinde aus meinem Blickfeld.«

Raphael gehorchte umgehend. Mit einem Grinsen winkte er Müller zu und gab Gas. Aber die Freude, davongekommen zu sein, verflüchtigte sich schnell. Sina hatte recht. Es war mies von ihm, sie zu erpressen. Und es fühlte sich auch nicht gut an, Johannes noch nicht erzählt zu haben, dass Ahmling seine Frau schlug. Denn wer sagte, dass Sinas Mann nicht auch irgendwann Hannah schlagen würde?

Sina hatte gesagt, dass er seine Hand noch nie gegen Hannah erhoben hatte und dass sie ihn umgehend verlassen würde, sollte er das tun. Raphael hatte es ihr geglaubt. Aber war das die Wahrheit? Es war besser, wenn Johannes Bescheid wusste. Dann konnte er ein Auge auf Hannah haben. Raphael nahm sich vor, Johannes aufzuklären, wenn dieser am Wochenende wieder auf die Insel kam.

Mit einem besseren Gefühl fuhr er wenige Minuten später auf den Klinikparkplatz. Als er zum Vordereingang ging, fiel ihm ein weißer Golf GTI mit Racing-Streifen auf, der mit laufendem Motor vor der Klinik stand. Das satte Brummen verriet ein Motor-Tuning. Ein junger Mann saß in dem Wagen. Im Gebäude – es war zwei Minuten vor zehn – kam ihm die Köchin entgegen.

»Na, Hacki«, sagte er augenzwinkernd. »Haben Sie noch vorgekocht?«

Lachend winkte sie ab. »Nein, um Himmels willen, ich habe ja auch mal Feierabend. Ich war nur noch mal hier, um mein Kostüm für das Fest herzubringen. Wenn man selbst nur ein Fahrrad hat, freut man sich, wenn einen jemand besucht, der ein Auto hat.« Sie deutete nach draußen. »Das ist mein Neffe. Sören ist Kfz-Mechatroniker.« Stolz färbte ihre Stimme, als sie hinterherschob: »Nächstes Jahr will er mit dem Meister anfangen.«

»Schön«, sagte Raphael, weil sie es wohl erwartete. »Und was ist das für eine Feier, für die Sie ein Kostüm brauchen? Fasching ist doch erst in ein paar Monaten.«

»Ach, das Kostümfest findet jedes Jahr im Oktober statt, in allen Führmann-Kliniken, nicht nur bei uns. Immer an dem Sonntag nach dem Geburtstag von Hermann Führmann. Der war der Gründer der ersten Klinik und hat an seinem Geburtstag immer ein Kostümfest veranstaltet. Sein Sohn hat das beibehalten. Haben Sie denn die Plakate noch nicht gesehen? Hängen doch überall in der Klinik rum.« Sie wedelte mit der Hand. »War wohl 'ne Marotte von dem alten Führmann, das Kostümieren. Aber unsere Kurgäste lieben das. Etliche kommen extra deswegen jedes Jahr zur selben Zeit. Sie kommen doch wohl auch?«

»Hm, warum nicht? Ich liebe Verkleidungen.« Das war nicht gelogen. Schon als Kinder hatten Jo und er kein Faschingsfest ausgelassen. »Wann findet die Party statt?«

»Morgen in zwei Wochen. Hach«, sie tätschelte seinen Arm, »was freu ich mich schon darauf.«

Von draußen erklang ein Hupen.

»Ich muss«, sagte sie hastig. »Der Junge darf hier doch nicht hupen. Einige Patienten schlafen bestimmt schon.« Kopfschüttelnd eilte sie nach draußen.

Raphael sah ihr nach. Es war nicht einfach für die Köchin, ihren korpulenten Körper in den tiefergelegten Wagen zu zwängen. Mit einem Schmunzeln ging Raphael zu seinem Zimmer. Hacki war 'ne tolle Frau. Und er freute sich wirklich auf das Kostümfest. Als was könnte er gehen? Im Zweifelsfall würde er sein »Dallas 41«-Shirt rauskramen und sich die Haare heller färben. Dirk Nowitzki kam immer gut.

***

Am nächsten Morgen meldete Raphael sich nach dem Frühstück für einen Schwimmkurs in der kommenden Woche an. Zusätzlich trug er sich für das Bogenschießen ein, das auf der weitläufigen Rasenfläche hinter dem Haus stattfand. Zum Boxen hatte er sich bereits angemeldet.

Vormittags stellte er erneut seine Schauspielkünste unter Beweis – im Einzeltherapiegespräch bei Dr. Paulsen. Auf die Nachfrage, wie sein Burn-out sich äußere, spann Raphael sich eine Geschichte zusammen. Dazu nutzte er die Infos, die er sich zum Thema bei Wikipedia angelesen hatte, und vermischte sie mit seinen Phantasien.

»Ich hatte das Gefühl, mich selbst verloren zu haben. Da war nur noch Druck. Ich musste funktionieren. Die Leitung der Londoner Zweigstelle unserer Firma hat mich aufgefressen, langsam, wie ein Python, der seinen Kiefer aushakt, um sich ein Wildschwein einzuverleiben.« Und Eltern boten sich auch prima an, wenn es um Schuldzuweisung ging. »Natürlich möchte ich meinem Vater gefallen! Er ist mein Vorbild. Schon im Kindergarten wollte ich sein wie er. Ich habe keine Burgen aus Lego gebaut, sondern Röstereien.«

Dr. Paulsen hatte bedächtig genickt und sich fleißig Notizen gemacht. Raphael war mit sich zufrieden, als er ging.

Nach dem Mittagessen – Hacki und ihr Team hatten einen leckeren Sauerbraten mit Prinzessböhnchen gezaubert – machte er sich auf die Suche nach Liana Petrescu. Es ging ihm dabei weniger um die Diebstahlserie, vielmehr wollte er herausfinden, wohin sie in der Nacht unterwegs gewesen war, als Olli sie im Treppenhaus getroffen hatte, kurz bevor er selbst im Keller über den Körper am Boden gestolpert war. Raphael ging mittlerweile eher von einem Bewusstlosen aus, denn eine Leiche verschwinden zu lassen war nicht so einfach. Und vor allem sprach eines gegen einen Toten: Es wurde niemand vermisst.

Nach zwanzigminütiger Suche im gesamten Gebäude fiel ihm ein Putzwagen vor den Duschräumen neben dem Fitnessraum ins Auge. Gehörte er Liana oder einer ihrer Kolleginnen? Raphael betrat den Duschraum der Männer, in dem es ähnlich muffig roch wie in seiner Dusche im Zimmer. Zwei Männer standen in der Gemeinschaftsdusche und seiften sich ein. In den Einzelkabinen duschte ebenfalls jemand.

Die beiden Männer sahen ihn an. »Ich suche nur jemanden«, sagte er und ging wieder hinaus. Vor der Tür der Damenduschen blieb er einen Moment stehen und lauschte. Es war kein Wasserrauschen zu hören. Sich umblickend öffnete er die Tür, leise, denn er wollte nicht auch noch als Spanner gelten – dass sein Schwanz einen Namen hatte, reichte.

Der Gemeinschaftsduschraum war leer, und auch sonst war niemand zu sehen oder zu hören. Keine Liana, keine anderen Frauen. Raphael wollte schon wieder gehen, als ein ungewöhnliches Geräusch hinter einer der vier Duschkabinentüren ihn stoppen ließ. Es war ein Stöhnen. Leicht nur, aber gut zu hören, denn wer auch immer in der Duschkabine stand, ließ gerade kein Wasser laufen.

Raphael zögerte nur einen Moment, dann ging er auf die Knie und starrte unter dem Spalt der Kabinentür hindurch. Er war davon ausgegangen, zwei nackte Frauenfüße zu sehen, aber er sah Füße mit Sneakers. *Zwei* Paar Füße. Einmal weiße, einmal schwarze Sneakers.

Jetzt bekam das leise Stöhnen eine Bedeutung. Anscheinend wurde in der Kabine leidenschaftlich geküsst. War es Liana, die da so heftig rumknutschte? Vielleicht mit einem Kurgast, den sie heimlich treffen musste, weil es ihr bestimmt untersagt war, etwas mit den Gästen anzufangen? Nun, das war leicht festzustellen. Leise kam er wieder hoch und verließ die Duschen.

Er positionierte sich auf dem Flur in der Nähe der Männerduschen und hielt sein Handy in den Händen, um rechtzeitig so zu tun, als sei er damit beschäftigt. Während er wartete, kam ihm ein Gedanke: Wenn es tatsächlich ein Kurgast war, hätten die beiden doch dessen Zimmer gewählt und nicht die muffige Duschkabine?

Zwei Männer in verschwitzten Shirts, mit Sporttaschen in den Händen, traten aus dem Fitnessraum. Raphael nahm sein Handy schnell ans Ohr, als sie auf ihn zukamen.

»Ich verstehe, Paul, ja, okay«, faselte er. Sein imaginärer Gesprächspartner bekam noch zwei weitere »Okay« zu hören, bis die Männer endlich in ihrem Duschraum verschwanden. Raphael wollte das Handy vom Ohr nehmen, als sich die Tür der Damenduschen öffnete und Liana Petrescu herauskam.

Sie stutzte kurz, als sie Raphael sah, der sein Handy weiter ans Ohr presste. Raphael entschied spontan, Liana nicht wegen der ominösen Geschehnisse vor zwei Nächten anzusprechen. Erst wollte er wissen, wer mit ihr in der Duschkabine gewesen war.

»Danke, Paul, das ist nett«, sagte er, während er Liana kurz zunickte, als sie den Putzmittelwagen an ihm vorbeischob. Er bemerkte aus dem Augenwinkel, dass sie sich noch einmal nach ihm umschaute, während er weiter mit Paul quatschte, aber letztendlich verschwand sie um die Ecke zum Hauptflur. Und dann öffnete sich die Tür der Damenduschen erneut. Raphael war so überrascht, dass er vergaß, in sein Handy zu sprechen.

Die Person, die den Duschraum verließ, trug eine dünne blaue Wollmütze und hatte anscheinend kurzes Haar, denn es lugten nur ein paar hellblonde Spitzen in Nacken und Stirn hervor, aber sie war eindeutig kein Mann. Unter dem engen Pulli zeichneten sich pralle Brüste ab. Mindestens Körbchengröße C. Die schlanken Beine steckten in engen Blue Jeans.

Die junge Frau nickte ihm mit einem »Moin« zu und verschwand wie Liana den Gang hinunter. Am Hauptflur bog sie allerdings in die entgegengesetzte Richtung ab.

Liana Petrescu war Lesbe! Das erklärte natürlich, warum sie seinem Strahlelächeln gegenüber immun gewesen war. Und wer war die Blondine mit der Mütze? Raphael war sich sicher, sie noch nicht unter den Kurgästen gesehen zu haben.

Dann begann von einer Sekunde zur nächsten sein Nacken zu kribbeln. Die Blondine hatte kurze Haare! Und sie trug eine Mütze *im* Haus. Vielleicht, weil sie darunter eine Verletzung verbarg? Tobi hatte erzählt, dass er Liana Petrescu in der fraglichen Nacht im Treppenhaus begegnet war. Sie war auf dem Weg nach unten gewesen. Vielleicht in den Keller, um sich dort mit Blondi zu treffen? Und dann war dort irgendetwas passiert? War es vielleicht doch kein toter Mann gewesen, der dort blutend gelegen hatte, sondern eine noch sehr lebendige, aber verletzte Blondi?

Das galt es unbedingt herauszufinden, allerdings musste er erst einmal das grässliche Gespräch mit Holger vorbereiten. Da er nicht vorhatte, es tatsächlich zu führen, machte er sich erneut auf die Suche nach einer bestimmten Frau. Diesmal handelte es sich um Ellen aus der Gruppentherapierunde. Die Frau, die nicht Nein sagen konnte. Und pleite war.

Nach einiger Rumfragerei stand fest, dass sie gerade beim Töpfern war. Er legte sich vor dem Raum auf die Lauer und fing sie ab, als sie nach einer weiteren halben Stunde endlich herauskam. In den Händen hielt sie eine Figur aus glaciertem Ton.

»Ellen, hallo!« Er winkte ihr zu, als sie in die andere Richtung abbiegen wollte.

Erstaunt blickte sie ihn an, kam aber auf ihn zu. »Ja?«

»Ich bin Raphael. Ich war in der –«

»Ich weiß, wer du bist«, sagte sie mit einem Lächeln, das wohl aufmunternd wirken sollte.

»Natürlich«, murmelte Raphael. Er deutete auf das getöpferte Kunstwerk. »Hübsches Kätzchen.«

»Das ist eine Eule.« Sie hob das Teil und starrte es an.

»Oh, ja klar, jetzt seh ich's auch.«

Sie lenkte ihren Blick wieder auf ihn. »Was kann ich denn für dich tun?« Im gleichen Moment schlug sie sich vor den Mund. »Verdammt, das soll ich doch nicht mehr sagen.« Sie lächelte. »Sagt mein Therapeut.«

»Ein sehr guter Rat«, erwiderte Raphael. »Und in den meisten Fällen hat er bestimmt seine Berechtigung, aber …«, er setzte sein Sonnyboy-Lächeln auf, »vielleicht kannst du hier und jetzt noch mal eine Ausnahme machen? So unter Gruppenmitgliedern?«

Ihre hellen Augenbrauen zogen sich minimal zusammen, aber ihre Neugier siegte. »Um was geht es denn?«

Er nahm sie am Arm und zog sie ein Stück von der Tür weg, aus der immer noch Teilnehmerinnen den Kurs verließen. »Ich kann dieses Gespräch mit Holger nicht führen. Ich möchte mich mit ihm nicht über … darüber … unterhalten. Ich denke einfach, das, was Holger braucht, ist Aufmunterung, nicht das Gespräch mit einem Gleichgesinnten. Und da bist du mir in den Kopf gekommen.« Er strahlte sie an. »Du bist so ein positiver Mensch. Ja, ich weiß«, sagte er schnell, als sie aufbegehren wollte, »momentan hast du eigene Probleme, aber manchmal hilft es einem ja selbst, wenn man anderen helfen kann.«

Sie starrte ihn an. »Aber genau das ist doch mein Problem. Dass ich andauernd anderen helfe, statt Nein zu sagen.«

Raphael ignorierte den Einwand. »Du hast Holger schon während der Gruppentherapie gutgetan, hast ihn getröstet. Vielleicht könntest du das ja noch mal machen? Heute Abend? Du bietest dich als Zuhörerin an und sagst ihm aufbauende Sachen. Dass es völlig egal ist, dass er seinen Schwanz mit Namen anspricht, und was Frauen wirklich wichtig ist und so.«

»Sicherlich wäre das hilfreich, aber es ging ihm doch darum, sich mit einem Gleichgesinnten auszutauschen.«

»Das mache ich ihm schon klar, dass du die bessere Gesprächspartnerin bist.«

Ellen drückte die Toneule an ihren Bauch. »Also ich weiß nicht … Nein. Nein, ich muss jetzt tun, was mir gesagt wurde.« Sie straffte sich und sah ihm in die Augen. »Es tut mir leid, Raphael, aber ich kann dir nicht hel–«

»Hundert Euro«, fiel er ihr ins Wort.

»Was?« Ihre Augenbrauen bildeten jetzt fast eine Linie. »Du kannst mich doch nicht –«

»Zweihundert.«

Sie öffnete den Mund und schloss ihn wieder. Dann blickte sie über ihre Schulter zur Tür, vor der noch ein paar Frauen plauderten, und sah ihn wieder an. »Und wenn *er* nicht will?«

»Das kläre ich schon.«

»Na gut«, flüsterte sie.

Raphael zückte sein Portemonnaie und nahm vier Fünfziger raus. »Und: Gundis und dein Therapeut müssen das ja nicht unbedingt erfahren.«

»Bist du irre?«, flüsterte sie erschrocken und steckte die Scheine hastig in ihre Hosentasche. »Natürlich nicht. Ist ja nur 'ne Ausnahme.«

***

Miriam küsste Raphaels Brustwarze, dann legte sie sich in seinem Arm zurück und murmelte: »Schön war's.«

»Dito«, sagte Raphael mit geschlossenen Augen. Er atmete genauso heftig wie sie und wandte seinen Blick dem Fenster zu. Doch entgegen seiner Erwartung war die Scheibe nicht beschlagen, obwohl sie mehr als heftigen Sex gehabt hatten. Das Zwei-Zimmer-Appartement im ersten Stock eines Mehrfamilienhauses war dann wohl doch groß genug.

Als er angekommen war, hatte er aus dem Fenster geblickt.

Von hier aus sah man gerade noch einen Zipfel des Nieblumer Ententeichs, den der Mond in der Dunkelheit glitzern ließ.

Ein paar Minuten lang blieben sie so liegen, einvernehmlich schweigend. Ein weiterer Pluspunkt für sie, befand Raphael. Dann setzte Miriam sich auf, öffnete die Schublade ihres Nachtschränkchens und holte zu Raphaels Freude eine Zigarettenpackung heraus. Sie nahm zwei Zigaretten zwischen die geröteten Lippen, steckte sie an und gab eine an ihn weiter.

»Wenn du so weitermachst, muss ich ernsthaft darüber nachdenken, dich zu heiraten«, sagte er und nahm einen tiefen Zug. »Ich weiß nicht, wann ich zuletzt bei einer Frau im Schlafzimmer rauchen durfte. Selbst bei Raucherinnen ist das inzwischen ein No-Go.«

Miriam griff nach der muschelförmigen Porzellanschale auf dem Nachttisch, nahm den Deckel ab und stellte sie zwischen sich und Raphael. Dann setzte sie sich mit geradem Rücken im Schneidersitz hin und inhalierte tief. »Ach, ich liebe das … dieses Danach.«

Raphael versuchte, nicht auf ihren Intimbereich zu starren, aber anscheinend klappte es nicht, denn sie zog die Bettdecke über ihren Schoß. »Magst du mir noch einen Wein einschenken?«, bat sie und nickte zu seiner Bettseite, wo er Flasche und Gläser abgestellt hatte.

Er füllte beide Gläser nach und stellte ihres auf dem Nachttisch ab. »Ist dein Chef eigentlich krank?«, fragte er dabei. Schließlich war er nicht nur zum Vergnügen hier. »Er sah gestern Morgen so blass und irgendwie fertig aus.«

»Krank? Nicht dass ich wüsste.« Miriam schürzte die Lippen. »Der hat momentan einfach Stress. Man munkelt, er soll Teilhaber der Klinik werden, aber da er mir gegenüber noch keinen Ton darüber verloren hat, kann es auch ein Gerücht sein. Oder vielleicht ist es auch einfach noch nicht in trockenen Tüchern. Dann kann ich verstehen, dass er noch nichts sagt.«

Raphael nickte. Das konnte Jürgensens Blässe durchaus erklären.

»Allerdings sieht er auch meistens so aus, wenn Lena zu Besuch ist.«

»Lena?« Raphael bemühte sich, beiläufig zu klingen.

Miriam musterte ihn dennoch aufmerksamer. Sie schien zu überlegen, ob sie noch mehr sagen wollte. »Lena ist seine Tochter«, entschied sie sich zu einer Antwort. »Wenn sie in den Semesterferien zu Hause ist, ist oftmals dicke Luft.«

»Und weshalb ist die Luft dick?« Raphael formte zwei Rauchringe und blickte ihnen, scheinbar darauf konzentriert, hinterher.

Doch Miriam hatte offenbar beschlossen, ihm nichts weiter über ihren Chef zu verraten, denn sie sagte kurz angebunden: »Nichts, was dich interessieren müsste.« Sie drückte die Kippe in der Porzellanschale aus und sah ihn an.

Raphael lächelte. Sie wollte eine zweite Runde.

Sie lächelte zurück. »Ich würde jetzt gern schlafen. Ich muss morgen früh raus. Bin zum Frühstück verabredet.« Mit einem »Du findest allein raus, oder?« krabbelte sie unter die Decke. »Und danke noch mal. Das war ein *ein*malig schönes Erlebnis.«

Raphael war einen Moment lang sprachlos. Die Betonung des Wortes »einmalig« war deutlich gewesen. Er stand auf. So fühlte es sich also an, abserviert zu werden.

»Und tschüs«, sagte er, als er angezogen war. Da hatte sie die Augen schon geschlossen.

FÜNF

Samstagmorgen verließ Raphael die Klinik gleich nach dem Frühstück und fuhr zu seinem Haus in der Mühlenstraße. Von seiner Mutter erfuhr er, dass Johannes auf der Fähre war, die um zehn Uhr vierzig in Dagebüll abgelegt hatte. Er beschloss, ihn am Anleger abzuholen, und machte sich gleich auf den Weg.

Die Störche in dem kleinen Park an der Mühle klapperten um die Wette, während er zum Sandwall ging. Auf der Promenade war der Anteil an Familien mit Kindern erheblich, denn es waren Herbstferien, und auch der Wochenendtourismus sorgte für viel Betrieb. Junge Paare mit Kinderwagen, Männer und Frauen mittleren Alters mit und ohne Hund, Senioren mit und ohne Rollatoren ... Die Bänke vor der Kurmuschel waren ebenfalls gut besetzt. Die Sängerin der Band trug eine Steppjacke und Stiefeletten mit Fellbesatz, was sie allerdings nicht davon abhielt, Sommerflair zu verbreiten – mit »zwei kleinen Italienern«, die von Napoli und Tina und Marina träumten.

Vor der Confiserie Föhr wurde an den Stehtischen schon Weißwein und Aperol getrunken, während an den sonnigen Außenplätzen der Cafés und Restaurants noch gefrühstückt wurde. Leer gefutterte Wurst- und Käse-Etageren, Tee- und Kaffeekännchen dominierten das Bild auf den Tischen. Vereinzelt standen Leute in Lauerstellung herum, darauf wartend, dass einer der raren Tische in der Sonne frei wurde.

Raphael winkte, als er Maren Hacker und ihren Neffen, der eine große Tüte trug, aus dem Tommy-Hilfiger-Laden kommen sah. »Hallo! Haben Sie heute keinen Dienst, Hacki?« Er blieb bei dem Spitznamen.

»Nein, heute muss mein Kollege ran. Das Frühlings- und Herbstwochenende, wenn Sören kommt, halte ich mir immer frei.« Sie strahlte den jungen Mann an ihrer Seite an, der Raphael nur kurz gemustert hatte und sich mit seinem Handy beschäftigte. »Wenn er hier ist, fällt immer ein Stück für ihn ab, nicht wahr, Sören? Du profitierst davon, dass Tante Maren keine Kinder hat.« Sie tätschelte den Arm des Jungen, was er mit einem eher gequälten Lächeln beantwortete.

Raphael betrachtete ihn genauer. Körperlich hatte er von seiner Tante nichts, was natürlich von Vorteil war. Er war zwar nicht der Größte, aber schlank und muskulös. Sein Haar war an den Seiten quasi wegrasiert und in der Mitte blondiert. Ein Bürschchen, wie man sie tausendfach beim Bodybuilding in den Fitnessstudios antraf.

»Dann bis Montag, Raphael«, verabschiedete Hacki sich. »Ein schönes Wochenende für Sie.« Die beiden gingen in die entgegengesetzte Richtung davon. Raphael sah ihnen einen Moment lang nach. Was veranlasste einen Typ wie Sören, das Wochenende bei der Tante zu verbringen? Die Antwort lag klar auf der Hand. Sie erkaufte sich seinen Besuch mit Geschenken.

Bei der Erkenntnis kam er ins Grübeln, als er weiter Richtung Hafen ging. Wie viel verdiente man als Köchin? Konnte sie es sich erlauben, dem Neffen teure Klamotten zu schenken? Vermutlich ja, denn sie war kinderlos. Da gab man sein Geld schon mal für den geliebten Neffen aus. Trotzdem, da musste er noch mal nachhaken, warum Dierk Jürgensen Hacki nicht auf die Liste der für die Diebstähle in Frage kommenden Angestellten gesetzt hatte. Da sie sich bei der Essensausgabe als Urgestein bezeichnet hatte, war sie mit Sicherheit seit weit mehr als drei Jahren in der Klinik.

Raphael traf am Fähranleger ein, als die »Norderaue« gerade festmachte. Taxis standen bereit, um die neue Fuhre Touristen zu ihren Ferienwohnungen zu kutschieren. Das Hotel Upstalsboom hatte einen eigenen Kleinbus für die ankommenden Gäste gesandt. Raphael stellte sich neben ein älteres, sonnengebräuntes Pärchen, das wohl einen Enkel von der Fähre abholen wollte, denn der Mann hielt ein Pappschild mit der Aufschrift »Oma-und-Opa-Taxi für Lasse« in den Händen.

Johannes hatte kein Gepäck dabei, als er von der Fähre kam.

»Bleibst du nicht über Nacht?«, fragte Raphael ihn, nachdem sie sich umarmt hatten.

»Nein. Keine Lust, morgen so früh aufzustehen. Ich müsste ja schon die Sechs-Uhr-Fähre nehmen, um es pünktlich nach Sanderup zu schaffen.«

»Warum das? Hast du morgen was vor?«

Johannes verdrehte die Augen. »Jaaa. Ich bin Pastor.«

Raphael sah ihn verständnislos an. »Und?«

»Meine Güte. Ich habe Gottesdienst.«

»Ach so, ja … Kannst du das nicht mal ausfallen lassen? Ist doch eh immer nix los in der Kirche.«

»Du könntest dich ja mal blicken lassen.« Johannes sah Raphael an, während sie die Anlegestelle verließen. »Dann wäre es schon mal einer mehr, und dir könnte es nicht schaden.«

»Ihr müsst euer Marketing einfach optimieren. Es gibt ja nicht mal mehr Wein zum Abendmahl, sondern nur noch Traubensaft.«

Johannes schüttelte den Kopf. »Eines Tages wirst du tatsächlich wegen Alkoholproblemen in einer Klinik landen, das steht fest.«

»Was heißt denn ›tatsächlich‹? Ich hab mich in der ›Klinik am Kliff‹ nicht mit Alkoholproblemen angemeldet, sondern mit Burn-out.«

Johannes fing so schallend an zu lachen, dass sich die Leute nach ihnen umdrehten. »Ernsthaft? Burn-out?« Er wischte sich eine Träne aus dem Augenwinkel. »Wenn jemand niemals einen Burn-out erleiden wird, dann du.«

»He«, Raphael knuffte seinen Bruder in die Seite, »ich bin als Detektiv gefordert. Und dann hatte ich gestern noch ein Erlebnis, das mich schwer getroffen hat.«

»Was war es?«

»Ich wurde abserviert. Von einer Frau. *Ich.*«

Johannes lachte erneut. »Mein Tag wird immer besser. Wer war diese kluge Person? Und wie fühlte es sich an?«

»Miriam Fink, die Tippse von Jürgensen. Und es war … irgendwie demütigend.«

»Halleluja!« Johannes war stehen geblieben. »Endlich weißt du mal, Bruderherz, wie die Frauen sich fühlen, wenn du das machst.«

»Und die Predigt beginnt. Einen Tag zu früh.« Raphael ging weiter und deutete zum Fischgeschäft Scheel. »Ich lade dich auf ein Baguette ein, wenn du die Klappe hältst. Krabben oder Matjes?«

»Eigentlich hatte ich mich auf den Mittagstisch im Bi de Pump gefreut.«

Raphael stellte sich bei Scheel an den Tresen. »Du bist andauernd hier auf der Insel. Da müsstest du doch wissen, dass die Pumpe samstags Ruhetag hat. Also, Krabben?« Im gleichen Moment ging sein Handy. »Es ist Sina«, murmelte er mit Blick auf das Display überrascht und sah Johannes an.

»Aha?« Johannes lauerte gespannt, als Raphael das Gespräch annahm.

Das Telefonat war nur von kurzer Dauer. Raphael starrte sein Handy an, als Sina ihn weggedrückt hatte. »Sie will mich unbedingt gleich sprechen. Sie kommt in die Mühlenstraße.«

»Hat sie nicht gesagt, was sie von dir will? Ist was mit Hannah? … Es ist doch nichts mit Hannah?« Johannes hatte Panik in der Stimme.

»Meine Güte, Jo. Gut, dass du deine Tochter erst kennengelernt hast, als sie schon neun war. Das sind neun gewonnene Jahre ohne völlig überflüssige Panikattacken … Zwei Krabbenbaguettes mit Remoulade, bitte. Zum Mitnehmen.«

»Wenn du mal Vater bist, sprechen wir uns wieder.«

Raphael sah seinen Bruder mit geneigtem Kopf an. »Finde den Fehler.«

»Lass uns bei Waltraud auf Sina warten«, schlug Johannes vor, als sie Raphaels Haushälfte betraten. Er ging schnurstracks ins Büro und sprach mit hoher Stimme auf den Vogel ein. »Hallo, du Hübsche. Geht's dir gut? Kümmert sich Raph auch gut um dich?« Er steckte den Finger durch die Gitterstäbe, aber entgegen

Raphaels Erwartung – und auch ein wenig Hoffnung – hackte Waltraud Johannes nicht in den Finger, sondern knabberte zärtlich an dessen Nagel herum.

Raphael holte eines der verpackten Krabbenbaguettes aus der Tüte und legte es für Johannes auf dem Schreibtisch der Frauen ab. Er selbst biss sofort in sein Baguette. Kauend fummelte er eine Krabbe aus dem Brot und warf sie in den Käfig.

»Darf sie das essen?«, fragte Johannes.

»Zumindest schmeckt es ihr.« Raphael deutete von seinem Schreibtisch aus zum Käfig. Waltraud war von der Stange gehopst und pickte auf der Krabbe herum.

»Das heißt aber nicht, dass es gut für sie ist. Hast du dir überhaupt schon mal auf der Liste angeguckt, was Waltraud fressen darf und was nicht?« Johannes griff kopfschüttelnd nach dem DIN-A4-Blatt, das unter einem Eimer mit Körnerfutter lag. »Imme hat dir extra alles aufgeschrieben. Vor allem das, was sie nicht essen darf. Das ist wichtig.« Er hielt Raphael das Blatt vor die Nase.

Raphael nahm den Kopf zurück und las kauend, was dort alles rot und fett gedruckt aufgelistet stand. »Avocados sind giftig für dich?« Er sah Waltraud an. »Na, so was.«

Johannes ging zum Käfig und öffnete ihn. »Komm raus, meine Süße. Du brauchst mal ein bisschen Flugzeit.« Er trat vom Käfig weg, schloss schnell die Zimmertür, und keine fünf Sekunden später flatterte Waltraud durchs Büro und ließ sich auf der Gardinenstange nieder. Dann stieß sie sich wieder ab, flog zur Lampe, dass sie wackelte, und dann auf den Käfig.

»Wenn das Vieh hier irgendwohin kackt, insbesondere auf meinen Schreibtisch, dreh ich ihm höchstpersönlich den Hühnerhals um.«

Johannes schenkte sich die Antwort, weil es klingelte. »Das ist Sina!« Er klang eigentümlich atemlos.

Raphael öffnete die Haustür und ließ sie absichtlich lange offen, als er Sina hereinbat, aber Johannes hatte die Bürotür bereits hinter ihm geschlossen, damit Waltraud nicht wegfliegen konnte. Sina war in Uniform. Sie sah zerbrechlich darin aus, fiel Raphael auf. Überhaupt war sie immer noch bildhübsch.

Als Sina im Büro Johannes erblickte, blieb sie überrascht stehen. »Jo …«

»Hallo, Sina.« Er trat auf sie zu und reichte ihr steif die Hand. Sie drückte sie, und beide ließen sich so hastig wieder los, als hätten sie sich aneinander verbrannt.

»Was ist so dringend, dass du mich hier aufsuchst?«, fragte Raphael und ging genervt in Deckung, als Waltraud im Tiefflug das Regal hinter ihm ansteuerte.

Sina sah ihn an. »Ich möchte, dass du mir noch einmal genau schilderst, was du Mittwochabend erlebt zu haben glaubst.«

Raphael verspürte ein Kribbeln im Bauch. »Warum?«

»Heute Morgen wurde ein Mann von seiner Frau vermisst gemeldet. Als sie zuletzt von ihm gehört hat, befand er sich hier. Auf Föhr.«

»Ha!« Raphael sah Sina und seinen Bruder triumphierend an. »Ich wusste es! Wer ist der Typ? Was wollte er hier auf der Insel?« In seinem Hirn ratterte es. »Und wo ist die Leiche abgeblieben? Verbuddelt? Am Strand?«

»Immer mit der Ruhe«, sagte Sina und setzte sich auf Immes Stuhl. Sie zog ein Notizheftchen aus der Hosentasche. »Ich habe nichts von einer Leiche gesagt. Ich bin nur hellhörig geworden, als die Vermisstenanzeige reinkam. Also, an was erinnerst du dich?«

Raphael schilderte detailliert, was passiert war.

Sina sah ihn an, als er geendet hatte. »Kurze Haare, Augen und eine Nase … *Das* grenzt die Möglichkeiten natürlich ein.«

»Sarkasmus steht dir«, sagte Raphael, »aber in diesem Fall ist er unangebracht. Ohne mich hättet ihr nicht mal gewusst, dass in der Klinik irgendwas Schräges abgegangen ist. Etwas sehr Schräges.«

»Auffällig ist natürlich, dass du dich rein gar nicht erinnerst, wie du in dein Zimmer zurückgekommen bist«, sagte Sina. »Wie betrunken warst du denn? Ehrlich.«

Raphael rollte mit den Augen. »Ich war stark angetrunken, ja, aber ich hatte mich nicht komplett weggeschossen. Meine Wahrnehmung war schon noch so gut …«

»… dass du dich nicht erinnern kannst, wie du in dein Zimmer gekommen bist«, nahm Sina ihm das Wort ab. »Das fällt bei mir eindeutig unter *stark* alkoholisiert.«

»Aber ich wurde bewusstlos, vom Sturz«, verteidigte Raphael sich. »Und vielleicht war ich so lange weggetreten, dass der Täter genug Zeit hatte, mich in mein Zimmer zu schaffen?«

»Wie soll das gehen?«, schaltete Johannes sich ein. »Du bist ja nicht gerade ein Winzling.«

»Was weiß ich? Vielleicht hat der mir K.-o.-Tropfen gegeben? Und ich bin selbst raufgegangen, ohne es zu wissen?«

»Der *Mörder*«, Johannes malte Gänsefüßchen in die Luft, »hat dir im Nachhinein K.-o.-Tropfen gegeben? Die er zufällig bei sich hatte? Weil er ahnte, dass jemand im Blut seines Opfers ausrutschen würde und unauffällig in sein Zimmer gebracht werden müsste?«

»Ja, ist ja gut«, sagte Raphael. »Ich brainstorme nur. Vielleicht ist das für Sina hilfreich.« Er sah zu ihr. »Wer ist denn nun der Typ, der vermisst wird?«

»Das kann ich dir nicht sagen. Dienstgeheimnis. Und es steht noch nicht mal fest, ob der Mann wirklich verschwunden ist. Laut seiner Frau ist er dafür bekannt, sich mal ein, zwei Tage nicht zu melden. Jetzt sind natürlich schon fast drei Tage vergangen, aber … Waaah!« Sina sprang auf, weil Waltraud in einem waghalsigen Manöver die Stiftebox auf dem Schreibtisch angesteuert hatte und spektakulär damit umkippte. Mit heftigem Flügelschlagen startete sie durch und flog zum Käfig.

Raphael stand auf. »Das Viech kommt jetzt wieder da rein.« Er ging langsam auf den Nymphensittich zu und öffnete beide Hände, um ihn zu greifen, aber der Vogel ahnte, was kommen sollte, und flatterte zurück auf die Gardinenstange. »Flieg da jetzt rein!«, fuhr er ihn an und deutete zum Käfig.

»So wird das nichts«, sagte Johannes. »Sie fliegt in den Käfig zurück, wenn *sie* es will, nicht wenn du es willst. Aber du kannst sie reinlocken. Mit etwas Leckerem.«

»Ich kann 'ne Avocado holen.«

»Du bist ein Ekel.«

»In der Küche müssen noch Birnen sein.«

Johannes ging raus und schloss die Tür.

Raphael sah Sina an. »Jetzt sag mir schon, wie der Typ heißt. Wir sind doch quasi Kollegen.«

»Kollegen?« Sina tippte sich an die Stirn. »Kleiner Anfall von Größenwahn, was? Nur, weil du dich für den selbst ernannten Insel-Poirot hältst, hast du von Polizeiarbeit, von Recht und Gesetzen noch lange keine Ahnung.«

»Okay, stimmt, ich arbeite unkonventionell. Und darum ...« Ehe Sina es verhindern konnte, war er am Schreibtisch und schnappte sich ihr Notizheft.

»Gib das sofort her«, fuhr sie ihn an. Sie packte ihn am Arm, aber er hatte sich schon umgewandt und blätterte im Heft zurück. Er drehte sich fortwährend und wehrte sie mit der Linken ab, während er ihre letzten Einträge überflog. Da stand es: »Vermisst: Frederik Lahann, einundfünfzig Jahre«.

Sina hatte darunter eine Adresse notiert. »Rungholtstraße, Bredstedt«, las Raphael laut ab, während er immer mehr Mühe hatte, Sina abzuwehren. »Ist das der Wohnort von diesem Frederik Lahann?« Er wechselte das Heft in die linke Hand, als sie ihm in die Seite boxte, und hielt es hoch, als sie es ihm wegreißen wollte.

»Gib das ... jetzt her!« Sie zerrte wie wild an seinem Arm.

»Was ist denn hier los?« Johannes war eingetreten, ohne dass sie es bemerkt hatten.

»Dein Bruder ist ein selbstgefälliges Arschloch!«, fuhr sie Johannes an.

»Ist doch schon gut«, sagte Raphael grinsend und hielt ihr das Heftchen hin. Er hatte, was er wollte.

Sie riss es ihm aus der Hand. »Ich könnte dich anzeigen. Und dann könntest du dir mit deiner Gewerbeanmeldung zum Detektiv nur noch deinen arroganten Arsch abwischen.«

»Na, na, na«, stieß Raphael unbeeindruckt aus. »So ein süßes, zierliches Persönchen … und solche Ausdrücke.«

»Es reicht, Raph!« Johannes klang mehr als wütend. Er wandte sich an Sina. »Bitte, Sina, unternimm nichts, was ihn den Job kosten könnte. Das Detektivleben liegt ihm im Blut, glaub mir. Er muss nur noch an seinen Manieren arbeiten.« Raphael bekam einen weiteren wütenden Blick zugeworfen.

Sina kochte, das war ihr deutlich anzusehen, aber nach einigen heftigen Atemzügen sagte sie: »Bedank dich bei Jo, dass ich nichts unternehme, Raphael Freersen.« Sie stopfte das Heft in die Tasche ihrer Hose und sah ihn an. »Wenn auch nur eine einzige Information aus dem Notizheft diesen Raum verlässt, wenn du sie an irgendjemanden weitergibst oder sie für deine Zwecke missbrauchst, ist für dich Schluss mit Detektivspielen. Hast du das verstanden?«

Raphael schlug die Hacken zusammen und grüßte zackig mit Handkante an der Stirn. »Aye, Ma'm!«

Sina sah Johannes an. »Für diesen Schwachkopf opferst du dich immer noch auf? Er wird sich niemals ändern. Nie.« Mit einem Türknallen, das Waltraud von der Stange flattern ließ, ging sie.

Die beiden Männer starrten auf die Tür.

»Sag nichts«, befahl Johannes, als Raphael den Mund öffnete.

Gut, wenn sein Bruder es so wollte. Vielleicht hätte Jo seine Einschätzung, dass Sina in ihrer Uniform heiß aussah, wenn sie so wütend war, sowieso nicht geteilt.

»Ich hole uns mal einen Kaffee«, sagte Johannes. »Und dann reden wir über dieses mysteriöse Geschehen in der Klinik. Es gibt vielleicht eine harmlose Erklärung dafür. Dieser Vermisstenfall, den Sina bearbeitet, muss damit gar nichts zu tun haben.«

»Ich habe vor, das herauszufinden … Ich nehm einen doppelten Crema.« Der Kaffeevollautomat war das Einzige, was er in Schorschs Haus bisher neu angeschafft hatte. »Und dann entwerfen wir einen Schlachtplan.«

Nach dem Kaffee war Raphael zufrieden. Waltraud war zurück in ihrem Käfig – angelockt durch die saftige Abate Fetel, was sie wiederum sympathisch machte, denn es war auch seine Lieblingsbirnensorte. Und mit Johannes ließ es sich wunderbar brainstormen. Sie waren übereingekommen, Raphaels Erlebnis nicht als alkoholisches Hirngespinst oder als eine durch den Sturz entstandene Halluzination abzutun, sondern fabulierten anhand der These »Leiche oder schwer verletzte Person samt einer großen Menge Blut auf dem Kellerboden«.

Eine Menge grundlegender Fragen tauchte auf. Wer war die Person auf dem Boden? Welchen Grund hatte sie, sich nachts im Keller aufzuhalten? War sie einfach nur gestürzt, wie er selbst, oder gab es eine Tatwaffe? Eine Pistole? Ein Messer? Oder war derjenige niedergeschlagen worden? Solange sie nicht einmal die einfachsten Fragen beantworten konnten, waren die weiteren Fragen nach Täter und Motiv hinfällig.

»Der Schlüssel lag draußen unter der Matte«, sagte Johannes. »Jemand, der draußen stand, könnte die Aktion beobachtet haben, als der Hausmeister ihn dort deponiert hat. Oder deine Saufkumpane könnten dabei beobachtet worden sein, wie sie dir den Schlüssel wieder unter die Matte gelegt haben. Vielleicht war es ein Einbrecher, der von jemandem überrascht worden ist. Aber … wer sollte ihn überrascht haben?«, grübelte er gleich weiter.

»Dann wäre ja wohl auch von demjenigen, der ihn überrascht und ihm eins übergezogen hat, die Polizei informiert worden.«

»Aber in Panik handelt man nicht unbedingt logisch.« Johannes überlegte. »Und du sagst ja, am Morgen war kein Tröpfchen Blut mehr zu sehen. Es ist also bewusst entfernt worden.« Im gleichen Moment leuchteten seine Augen auf. »Die Polizei könnte das herausfinden. Die haben doch Möglichkeiten, Blut nachzuweisen, auch wenn es weggewischt wurde.«

»Sehr gut, Jo. Ich bin sowieso gespannt, ob und wann Sina und Polizeiobertrottel Müller in der Klinik auftauchen werden. Für einen Vermisstenfall wird ja bestimmt nicht gleich die Kripo anrücken. Da dürfen bestimmt erst mal die Inselbullen ran.«

»Okay«, Johannes blickte auf seine Armbanduhr, »dann bleib

dran und streck die Fühler in der Klinik weiter aus. Ich muss jetzt los.«

»Bist du mit Hannah verabredet?«, fragte Raphael. Aber hätte Sina dann nicht irgendwas gesagt?

»Nein«, kam auch schon die Antwort von Johannes. »Nicht mit Hannah. Mit Ava.« Er stand auf, nahm die Kaffeetassen und ging damit in die Küche. Da es keinen Geschirrspüler gab, stellte er die Tassen in die mit Kalkflecken übersäte Spüle. »Willst du hier eigentlich so weiterhausen«, fragte er Raphael, der ihm gefolgt war, »oder richtest du dich nur nicht persönlich ein, weil du im Grunde doch weg willst von der Insel?«

»Das mach ich schon noch.« Raphael steckte sich eine Zigarette an. »Ist Ava wieder fit?«

»Nicht so wirklich. Als wir telefonierten, war sie noch heiser.«

»Aha. Aber Lust auf Besuch hat sie anscheinend.«

Johannes sah ihn an. »Ja, wieso?«

Raphael hob die Schultern. »Nichts. Nur so.«

»Gerade wenn man krank ist, braucht man Besuch. Außer Tarik hat sie keine Familie in der Nähe.«

»Na, dann kann sie sich ja freuen, dass du den Weg von Flensburg nicht scheust, um ihr einen Tee zu kochen.«

Johannes' Augenbrauen zogen sich zusammen. »Ich weiß grad nicht, was dein Problem ist. Übrigens, das habe ich dir ja noch gar nicht erzählt: Demnächst werde ich noch weit mehr Zeit auf Föhr verbringen. Ich plane, meine Haushälfte nicht mehr zu vermieten, sondern sie selbst zu nutzen.«

Raphael war so baff, dass er schwieg.

»Ich möchte ein Kinderzimmer für Hannah haben«, fuhr Johannes gut gelaunt fort.

»Ich dachte, du wolltest im Pastorat in Sanderup ein Zimmer für sie einrichten?«

»Ja, aber hier ist es doch viel praktischer. Das Fährefahren schluckt immer so viel Zeit. In Sanderup kann sie mich ja trotzdem besuchen.«

Raphael sah seinem Bruder durch das Bürofenster hinterher,

als der sich schnellen Schrittes und pfeifend auf den Weg zu Ava machte. Wollte Jo wirklich nur wegen Hannah mehr Zeit auf Föhr verbringen?

***

Am Montagmorgen, Raphael wollte gerade zum Frühstück gehen, klopfte es an seiner Zimmertür in der Klinik.

»Ja?«

Es war Dierk Jürgensen, der mit einem »Guten Morgen, Herr Freersen« eintrat. »Haben Sie einen Moment für mich, bevor Sie frühstücken gehen?«

»Ja, natürlich.« Raphael fühlte Hitze aufsteigen. Jürgensen wollte definitiv von ihm hören, wie weit er in der Diebstahlsache war. Und da konnte er nichts vorweisen. Doch er täuschte sich.

»Sie haben der Polizei von Ihrem nächtlichen Erlebnis erzählt? Von Ihrem *vermeintlichen* Erlebnis?«, fuhr Jürgensen ihn barsch an. »Was haben Sie sich dabei gedacht? Sie schaden damit dem Ruf der Klinik. Ich habe Sie nicht hierhergeholt, damit Sie mehr Schaden anrichten als verhüten.«

»Immer mit der Ruhe. Das eine hat mit dem anderen nichts zu tun. Ich hatte mein Erlebnis einfach nur einer befreundeten Polizistin berichtet.« Da Raphael nicht direkt nach Frederik Lahann fragen konnte, formulierte er so: »Aber ist ja klasse, dass die Föhrer Polizei dem sofort nachgeht. Einem Ereignis, von dem man nicht mal weiß, ob es wahr ist oder ob ich es tatsächlich geträumt habe.«

Jürgensen schnaubte. »Es gibt wohl einen Vermissten. Einen Immobilienmakler, der hier auf Föhr war und angeblich verschwunden ist. Und da ist Ihre hanebüchene Story natürlich auf fruchtbaren Boden gefallen.«

»Ein Vermisster«, tat Raphael überrascht. »Interessant.« Und eine neue Info hatte er jetzt auch. Lahann war also Immobilienmakler.

»Und wir müssen das hier jetzt ausbaden! Etliche meiner Angestellten werden befragt. Was das für ein Gerede geben wird!« Wütend steckte Jürgensen die Hände in die beuligen Taschen seines dunkelblauen Sakkos.

Raphael war irritiert. »Warum werden die Angestellten befragt?«

»Weil dieser Mann sich bei uns in der Klinik aufgehalten hat. Ich hatte mit dem Herrn ein geschäftliches Gespräch. Aber das war zwei Tage *vor* Ihrer Keller-Story. Trotzdem wurde die Polizei natürlich hellhörig und ermittelt jetzt hier. Und all das, weil Sie nachts betrunken stürzen und halluzinieren.«

Raphael war baff. Lahann war hier gewesen. In der Klinik.

»Ich möchte Sie bitten, sich auf die Diebstähle zu konzentrieren«, fuhr Jürgensen fort. »Wie weit sind Sie in der Sache?«

»Ich habe meine Fühler in alle Richtungen ausgestreckt«, sagte Raphael ohne einen Funken Unsicherheit in der Stimme. »Ich hatte bereits mit allen Verdächtigen Kontakt. Und …«, gut, dass ihm das gerade einfiel, »eine Frage habe ich in dem Zusammenhang zu Frau Hacker, der Köchin.«

»Hacki?«, fragte Jürgensen. Seine Augenbrauen zogen sich zusammen. »Was ist mit ihr?«

»Sie arbeitet auch seit weit mehr als drei Jahren in der Klinik. Warum steht sie nicht auf der Liste der Verdächtigen?«

Jürgensen schüttelte mit einem kurzen Auflachen den Kopf. »Für Frau Hacker lege ich persönlich meine Hand ins Feuer. Abgesehen von dem absoluten Vertrauen, das sie bei mir genießt, gibt es aber auch einen praktischen Grund, warum sie nicht verdächtig ist: Sie hat keinen Zugriff auf die Zimmerschlüssel. Und sämtliche Zimmer, in denen Diebstähle stattfanden, wurden nicht aufgebrochen, sondern mit einem Schlüssel geöffnet, wie Sie ja wissen.«

»Okay. Danke.« Raphael war beruhigt.

»Ich hoffe, Sie kommen zügig zu einem Ergebnis«, gab der Klinikleiter Raphael mit auf den Weg, als er sich zum Gehen wandte. »Ansonsten sehe ich mich gezwungen, das Unternehmen abzubrechen.«

»Selbstverständlich«, sagte Raphael, während Jürgensen die Tür öffnete und auf den Flur trat. »Ich begleite Sie nach unten. Ich will frühstücken«, setzte er hinterher. Vielleicht konnte er dem Klinikleiter noch ein paar Details aus der Nase ziehen.

Raphael bemerkte einen Putzwagen neben Rogers Tür, als er seine Tür abschloss. Im gleichen Moment trat Liana Petrescu mit Wischmopp und Eimer aus dem Nachbarzimmer. Jürgensen und sie wirkten beide überrascht. Starr blickten sie sich einen Moment lang an, bevor Jürgensen ihrem leisen »Guten Morgen« mit einem knappen »Morgen« begegnete und strammen Schrittes davonging.

Raphael hatte Mühe, ihm zu folgen. »Gestatten Sie mir noch eine Frage«, sagte er auf der Treppe ins Erdgeschoss. »Sie sagten, die Angestellten würden bezüglich des Immobilienmaklers vernommen werden. Wieso das?«

Jürgensen antwortete, ohne die Schrittgeschwindigkeit zu verändern: »Das muss Sie nicht interessieren. Kümmern Sie sich einfach um das, wofür Sie bezahlt werden.«

SECHS

Der Montagvormittag verging schnell. Nach dem Physiotraining bei Hannes Behmer, bei dem sich der Therapeut rein gar nichts aus der Nase ziehen ließ, was ihn in der Diebstahlsache irgendwie weitergebracht hätte, nahm Raphael noch an der anschließenden Walking-Stunde am Strand teil.

Das Mittagessen in der Klinik nahm er Punkt zwölf hastig ein, denn er wollte vor der nächsten Anwendung um vierzehn Uhr dreißig noch zu seinem Haus fahren. Während er die Putenroulade herunterschlang, wanderte sein Blick über die Tische. Es gab etliche Blondinen, aber die, die mit Liana Petrescu im Duschraum rumgemacht hatte, war nicht dabei. Leider hatte er heute keine Zeit zu warten, ob sie noch kam. Oder gehörte sie zu den Angestellten? An den Tischen in der Nische, die für die Mitarbeiter reserviert war, war sie allerdings nicht zu sehen.

Auf Miriam Finks Augenzwinkern – sie saß mit sechs weiteren Kollegen an einem großen Tisch – reagierte er nicht, als sich ihre Blicke kurz trafen. Blöde Schnepfe.

Sein Blick wanderte zu einem der kleineren Tische, an dem zwei Personen zu Mittag aßen. Sie unterhielten sich dabei angeregt. Es waren der Hausmeister und Wencke Dammann. Raphael wunderte sich über diese Konstellation. Viktor Winkler und die unnahbare Empfangsdame … Sie wirkten irgendwie sonderbar zusammen. Warum saßen sie nicht mit am großen Tisch?

Er zuckte zusammen, als seine Tischnachbarin Katja ihn anstieß. »Was isst der Dalai Lama zum Frühstück?«

»Was?« Er starrte sie verständnislos an.

»Ein Buddhabrot.«

Alle lachten. Raphael brachte nur ein schräges Lächeln zustande. Langsam nervte Katja mit ihren blöden Witzen. Er verabschiedete sich von der Tischrunde und fuhr nach Wyk.

Im Büro packte Imme Hölderling gerade ihre Sachen zusammen. Sie hatte Feierabend. Statt seinen launigen Gruß zu erwidern, betrachtete sie ihn mit finsterem Blick. »Hast du an meinem Laptop gegoogelt, ob man Nymphensittiche essen kann?«

»Mal abgesehen davon, dass der Laptop nicht dir, sondern zur Büroausstattung gehört, also mir … Nein, ich habe nicht gegoogelt, ob man die essen kann, sondern ob sie schmecken. Das ist ein Unterschied.«

Imme stand auf und hängte sich ihre riesige Handtasche über die Schulter. Sie ignorierte ihn und trat an den Käfig. »Ich such dir ein neues Zuhause, Waltraud, ein schönes. Hier musst du nicht mehr lange bleiben.«

»Meine Güte, du glaubst doch nicht wirklich, dass ich das Viech essen würde? Ich googele lauter solche Sachen, schon seit Kinderzeiten. Jo und ich waren immer wissbegierig.« Er musterte den Vogel und Waltraud ihn. Als er näher an den Käfig trat, richtete Waltraud ihre Haube auf und taperte nervös auf der Stange hin und her.

»Siehst du? Jetzt hat sie Angst vor mir«, beschuldigte er Imme. »Weil du gesagt hast, ich würde sie essen wollen.« Er bückte sich und sah dem Sittich in die Knopfaugen. »Von deiner Sorte bräuchte ich mindestens zehn, um annähernd satt zu werden. Also chill weiter, Waltraud, du wirst nicht gerupft.« Als sie wieder lautstark keckerte, fügte er ein »Vorerst« an.

Er richtete sich auf und sah Imme an. »Hast du was von Ava gehört? Geht es ihr besser?«

»Sie hat mir eine WhatsApp-Nachricht geschickt«, erwiderte Imme versöhnlich. Anscheinend hatte er sie erfolgreich davon überzeugt, dass er keine Haustiere aß. »Sie kommt heute. Allerdings wird sie nicht viel zu tun haben. Die Post habe ich schon bearbeitet. Und sonst liegt ja nicht viel an. Was sich hoffentlich bald ändern wird. Ich habe dir die Telefonnummer von einem potenziellen Auftraggeber auf den Schreibtisch gelegt.«

Sie ging an seinen Schreibtisch und hob einen Notizzettel in die Höhe. »Eine Versicherungsgesellschaft, die einen Beschattungsauftrag auf der Insel zu vergeben hätte. Genaueres wollte mir die Frau am Telefon nicht erzählen. Das würde sie dann mit dir persönlich besprechen.«

Er nahm Imme den Zettel ab. »Okay, danke.« Es war eine der großen Versicherungen. »Da ruf ich gleich mal zurück. Beschattung klingt doch gut. Da habt ihr was zu tun, während ich in der Klinik abhänge.«

Immes Augen leuchteten auf. »Schön. Du weißt ja, ich bin gern draußen unterwegs.«

Als Imme weg war, wählte er die angegebene Nummer. Der Fall klang interessant. Die Sachbearbeiterin brauchte ihn, um einen Fall von eventuellem Versicherungsbetrug aufzudecken. Ein Wyker Kfz-Schlosser namens Harry Lüttje hatte einen schweren Autounfall erlitten, der angeblich zu einer Berufsunfähigkeit geführt hatte. Allerdings zweifelte die Versicherung diese Unfähigkeit an, die ein Arzt sowie ein Gutachter vom Festland attestiert hatten.

Raphael wurde mit der Sachbearbeiterin schnell handelseinig. Die Auftragsbestätigung würde er noch heute absenden. Mehr als zufrieden legte er auf. Lüttjes Beschattung war ein Job, den Imme und Ava übernehmen konnten. Und von dem fetten Bonus, den er zusätzlich zum Tagessatz bekäme, wenn er Lüttjes Betrug nachwies, würde er im Winter in die Karibik fliegen können.

Dann griff er erneut zum Hörer und rief auf der Wyker Polizeistation am Hafendeich an, um Sina zu sprechen. Aber er hatte Pech. Sie hatte keinen Dienst. Er überlegte kurz, sie zu Hause anzurufen, verwarf die Idee aber wieder, weil sie wahrscheinlich gleich auflegen würde. Da war ein Überraschungsbesuch effektiver.

Weil das Wetter schön war, verzichtete er darauf, den Wagen zu nehmen, sondern ging in den Schuppen. Ein aromatischer Duft, der vor seiner Reise nach London nicht da gewesen war, schlug ihm entgegen. Und schnell war klar, woher er kam. In einer Ecke waren vier Kisten mit Äpfeln aufgestapelt. Die

Ernte des Vorgartenbaums musste größer gewesen sein, aber wer auch immer sie abgeerntet hatte, hatte die Ausbeute wohl verteilt.

Er schob das alte Fahrrad seines Onkels heraus, obwohl der Rahmen für seine langen Beine eigentlich zu klein war. Vielleicht war es an der Zeit, sein Fahrrad aus Flensburg hierherzuholen. Es stand in der Garage seiner Eltern, seit er nach London gegangen war. Ein leicht unheimliches Gefühl beschlich ihn bei diesem Gedanken. Aber … ein Fahrrad herzuholen bedeutete ja schließlich nicht, dass man für immer bleiben wollte. Er konnte die Insel verlassen, wann immer er wollte. Ja, das konnte er.

Bevor er die Holztür wieder schloss, ging er in den dämmrigen Schuppen zurück und blickte sich um. Hatte Schorsch die Patronen für die Walther vielleicht hier irgendwo versteckt? Möglichkeiten gab es zuhauf. Auf den mit Staub überzogenen hölzernen Regalen lagerte alles Mögliche. Alte Farbdosen, rostige Konservendosen mit in Terpentin getunkten Pinseln, kleine Kisten und Kästchen mit Schrauben, Nägeln und sonstigem Kleinkram, Werkzeuge, Gartengeräte … Wenn er wieder hier war, würde er sich die möglichen Verstecke vornehmen.

Im Rausgehen nahm er sich einen der grünen Äpfel aus der oberen Kiste und aß ihn auf, während er am Krankenhaus vorbei den Rebbelstieg hinaufradelte. Innerhalb weniger Minuten hatte er die Gartenstraße erreicht, wo Sina mit ihrem Mann und der neunjährigen Hannah in einem weiß verputzten Einfamilienhaus wohnte. Ein Fenster erinnerte an ein Kirchenfenster, denn es bestand aus lauter kleinen bunten Scheiben, und wirkte völlig deplatziert.

Raphael fiel ein großes Trampolin im Vorgarten auf. Bei seinem letzten Besuch hatte es dort nicht gestanden. Überschüttete Sönke Ahmling Hannah jetzt aus Eifersucht auf Johannes mit Geschenken?

Sina öffnete ihm, nachdem er geklingelt und das Apfelgehäuse auf den Rasen geworfen hatte. Sofort verzerrte sich ihr Gesicht. »Raphael. Was willst du hier?«

»Ich bin gleich wieder weg. Ich möchte nur eine kleine Auskunft zu meinem Erlebnis in der Klinik. Jürgensen sagte, ihr vernehmt die Angestellten zu Frederik Lahann … Warum? Und welche Angestellten?« Während er hastig sprach, wanderte sein Blick über ihr Gesicht. Sie sah blass aus. Dunkle Ringe lagen unter ihren Augen.

»Ernsthaft?« Sie schüttelte den Kopf. »Du glaubst wirklich, ich beantworte dir diese Fragen?«

»Ja. Denk doch mal nach, Sina. Ich könnte euch quasi bei euren Ermittlungen unterstützen, weil ich vor Ort bin. Sobald ich etwas rausgefunden habe, sag ich es dir.«

»Verschwinde einfach.« Sie wollte die Tür ins Schloss drücken, aber Raphael stellte blitzschnell einen Fuß auf die Schwelle. Anstatt sie weiter zu dem Fall zu bedrängen, fragte er: »Geht es dir gut? Hat er dich wieder geschlagen?« Sein Blick wanderte von ihrem Gesicht über den Hals zu den Armen, die allerdings von einem langärmligen Shirt bedeckt waren.

»Nein. Hat er nicht.«

Für Raphaels Geschmack war das Dementi allerdings etwas zu schnell und zu atemlos gekommen. Dass Sina keine Blessuren im Gesicht hatte, musste nicht bedeuten, dass Sönke Ahmling nicht zugelangt hatte. Vielleicht war er jetzt schlauer und suchte sich Stellen aus, wo blaue Flecken nicht so offensichtlich waren. Aber würde Ahmling seine Wut so kontrollieren können? Und momentan musste er richtig wütend sein. Es musste ihn wahnsinnig machen, dass seine Adoptivtochter nun wusste, dass er nicht ihr richtiger Vater war, und dass Hannah und Johannes dabei waren, ein gutes Verhältnis zueinander aufzubauen.

»Ich glaube dir das nicht, Sina.«

»Kannst du mich nicht einfach in Ruhe lassen, Raphael?« Sina begann zu weinen, was ein mehr als mulmiges Gefühl bei ihm auslöste. »Mir geht es einfach nicht gut, hörst du? Geh einfach.«

»Na gut.« Er nahm den Fuß aus der Tür. »Nur eines noch: Der vermisste Lahann ist doch Immobilienmakler. Und er hat ein Gespräch mit Jürgensen geführt. Könnte es darin um die

Klinik gegangen sein? Jürgensens Sekretärin hat mir gesagt, dass Jürgensen hofft, Teilhaber der Klinik zu werden.«

»Was?« Sina sah ihn irritiert an. »Teilhaber? Keine Ahnung.« Sie überlegte kurz und sinnierte dann laut: »Gespräche bezüglich der Klinik würde Frederik Lahann mit dem Besitzer führen, nicht mit dem Klinikleiter.«

»Ja, das denke ich auch. Aber falls die Klinik tatsächlich verkauft werden soll, wird Jürgensen darüber nicht glücklich sein. Sein Traum von der Teilhaberschaft löst sich damit in Luft auf.«

»Und darum tötet er den Boten?« Sina verzog spöttisch die Lippen. »Wohl kaum.«

Mist. Da hatte sie recht. »Aber irgendetwas geht dort vor sich«, stieß er aus. »Und nur durch mich seid ihr überhaupt darauf gekommen, in der Klinik zu ermitteln. Dafür kann ich doch wohl eine winzige Gegenleistung erwarten?« Er setzte den bewährten Dackelblick auf.

Sina verdrehte die Augen. »Du vergisst anscheinend, dass ich dich schon länger kenne. Spar dir also diesen Blick und warte unser Ermittlungsergebnis einfach entspannt ab. Du verdienst doch sowieso keinen Cent daran, solltest du etwas herausfinden.«

»Ich kann auch selbstlos sein.«

Sinas Lachen klang erbärmlich, wohl weil es ihr nicht gut ging.

»Du musst mir ja keinen Namen nennen«, sagte er schnell, bevor sie die Tür zuschlug. »Wir machen es so: Ich nenne abwechselnd ein paar Namen von Klinik-Angestellten, und du hustest, wenn ein Name dabei ist, der mich weiterbringen könnte. Du kannst ja nichts dafür, wenn du eine Krankheit ausbrütest.«

Sina stöhnte auf, und vorsichtshalber stellte er seinen Fuß wieder auf die Schwelle. »Viktor Winkler«, begann er zügig die Aufzählung und wartete eine Sekunde, aber Sina hustete nicht. »Hannes Behmer.« Schweigen. »Maren Hacker.« Er riss die Augen auf, weil Sina eine Art Grunzen von sich gegeben hatte. »War das jetzt ein Husten? Oder eher –«

»Verschwinde endlich!«, fuhr sie ihn an, versetzte ihm einen kräftigen Stoß und knallte die Tür zu.

Warum waren Weiber immer so uneindeutig? Selbst beim Husten? Nun, er würde sein Glück bei Hacki versuchen.

Bei seinem Haus in der Mühlenstraße angekommen, stellte er das Rad wieder in den Schuppen. Und weil noch Zeit war, bis Ava kam – so lange wollte er bleiben –, fing er an, im Schuppen nach den Patronen zu suchen. Allerdings wurde er auf den von Spinnweben überzogenen Regalen nicht fündig. In einem modrigen Schrank fand sich vieles, aber keine Patronen. Er stellte einen alten Behälter mit einem Unkrautvernichter zurück, auf dem ein schwarzer Totenkopf signalisierte, dass der Inhalt vermutlich nicht biologisch abbaubar war.

Im Haus suchte er seine Boxhandschuhe für das Klinik-Training heraus und legte sie in den Wagen. Dann stellte er den Kaffeeautomaten an und gönnte sich einen doppelten Espresso, bevor er in der kleinen Abstellkammer auf Patronensuche ging. Er schob gerade staubige Gläser mit eingemachten Senfgurken und Kürbissen zur Seite, als Avas Stimme hinter ihm erklang.

»Hallo, Raphael. Ich hatte ein Geräusch gehört …«

»Oh, hallo, Ava.« Er trat aus der Kammer. »Es ist schon zwei?«

Ava nickte. »Räumst du auf?« Sie klang nicht nur verschnupft, sondern auch heiser.

»Du hörst dich aber noch nicht gut an. Du hättest zu Hause bleiben sollen.«

»Es geht schon.« Sie lächelte schief. »Donnerstag ist Tariks Kinderparty. Da werde ich noch viel mehr gefordert.«

»Oh, schön. Jo und ich haben unsere Geburtstagspartys immer geliebt. Habt ihr ein Motto?«

»Ja, es wird eine Piratenparty.«

»Ah.« Einen Moment lang musterten sie sich schweigend. Unter ihrer Nase war die Haut rot und wund. Auch ihre Lippen waren röter als sonst. Die Schicht Make-up, die sie ständig auflegte, um die wulstigen Narben abzudecken, ließ aber kaum Blässe durchscheinen.

Als sie den Blick senkte, wurde Raphael bewusst, dass er sie angestarrt hatte. Schnell berichtete er von der Versicherung, die den Beschattungsauftrag vergeben hatte. Ava war nicht ganz so begeistert wie Imme, als er sie fragte, ob sie sich vorstellen könne, Harry Lüttje zu beschatten.

»Ich weiß nicht, ob ich das kann. Was ist, wenn er es bemerkt?«

»Das kriegst du schon hin. Ich lasse euch Schorschs Wagen hier, wenn es losgeht. Da könnt ihr euch in der Straße auf die Lauer legen und Haus und Grundstück beobachten.«

Auch von seinem Erlebnis in der Klinik erzählte er. Da Ava nicht wirklich überrascht wirkte, hatte Imme wohl schon geplaudert. Als er auf Frederik Lahanns Verschwinden zu sprechen kam, weiteten sich ihre wundervollen dunklen Augen allerdings. »Wie unheimlich«, sagte sie. »Und du glaubst wirklich, dass er es war, der dort im Keller lag?«

»Das gilt es herauszufinden. Du kannst auf jeden Fall schon mal das Internet durchforsten und alles rauskopieren und -schreiben, was du über Lahann findest.« Er blickte auf seine Armbanduhr. »Ich muss dann auch wieder los.«

»Okay, ich google gleich mal.«

Raphael blickte ihr lächelnd hinterher, als sie über den Flur zum Büro ging. Ihre Augen hatten aufgeleuchtet. Eindeutig. Es war ihr nicht bewusst, aber sie *war* eine gute Detektivin.

***

Dienstagmorgen sagte Raphael nach dem Frühstück mit der Begründung, er habe Schmerzen in der Schulter, das Bogenschießen ab. Eine bedauerliche Entscheidung, denn es hätte sicherlich Spaß gemacht, aber da er den Fall für die Versicherung angenommen hatte, wollte er sich Harry Lüttje ansehen, bevor er Imme und Ava das Observieren überließ. Hardesweg, lautete die Adresse in Wyk-Boldixum, die die Versicherungskauffrau ihm genannt hatte.

Im Wagen seines Onkels machte er sich von Nieblum-Goting aus auf den Weg nach Wyk. Er passierte die Feuerwache und die Wrixumer Mühle und fuhr schließlich mit gedrosseltem Tempo an dem Einfamilienhaus von Lüttje vorbei. In der Einfahrt Neuer Weg drehte er um, fuhr zurück und passierte das Haus erneut. Es war ein unauffälliges Grundstück mit einem Backsteinhaus aus den Siebzigern, kleinem Vorgarten und einer Garage, die leer war, wie das offen stehende Tor verriet. Kleine Kinder schien es nicht zu geben, denn es standen keinerlei Spielgeräte im Garten.

Raphael parkte den Wagen ein Stück entfernt, aber noch nah genug, um die Haustür im Blick zu haben. Er rauchte zwei Zigaretten im Wagen. Als sich weiterhin nichts tat, stieg er aus und spazierte am Grundstück vorbei. Der Garten war tipptopp gepflegt. Es gab kein Unkraut in den Beeten, selbst die Fugen zwischen den Gehwegplatten enthielten kein Fitzelchen Grün. Nur ein paar Blätter von der nahen Buche hatte der Wind auf den kurz gehaltenen Rasen geweht – es wurde halt Herbst. Raphael war sich nicht sicher, ob es eine bahnbrechende Entdeckung war, dass ein nicht arbeitsfähiger Mann einen gepflegten Garten hatte. Zumal Lüttjes Frau dafür verantwortlich sein konnte.

Allerdings, das fiel Raphael auf, als er nach ein paar Minuten wieder am Haus vorbei zurückging: Auch die Garage war ordentlich und blitzsauber. Er blieb davor stehen, holte sein Handy raus und tat, als telefoniere er, während er das Innere der Garage betrachtete. Sie war gefliest und mustergültig aufgeräumt. Eine Leiter hing waagerecht an der linken Wand, über einem Regal, auf dem Putzlappen, Bürsten und Glasreiniger standen. Darunter lagerten Reifen, in der Ecke stand ein Felgenbaum. Garagen waren Männersache. Niemals hätte Frau Lüttje die Reifen und Geräte so hingestellt. Frauen würden selbst in Garagen dekorative Gestaltungsmöglichkeiten finden. Ergo war Harry Lüttje durchaus fähig, Haus und Hof in Schuss zu halten.

Und dann musste Raphael sein imaginäres Telefonat laut weiterführen, denn ohne Vorwarnung öffnete sich die Haustür. Ein Mann im ölverschmierten Blaumann trat mit einer Krücke heraus und sah zu ihm herüber.

»Ja, Paul, das verstehe ich«, laberte Raphael drauflos, während er den Mann kurz ansah, der jetzt den Gehweg am Haus langsam entlanghumpelte. Es war zweifellos Harry Lüttje. Ein Bein schien verkürzt zu sein, denn er bewegte sich in leichter Schieflage.

Raphael wandte den Blick gleich wieder ab und ging auf der Stelle ein, zwei Schritte hin und her und blickte zu Boden, so, als sei er völlig auf das Gespräch konzentriert. »Ja, Paul, deine Mitarbeiter wissen schon, was sie tun. Vertrau ihnen.«

Harry Lüttje verschwand um die Hausecke. Raphael überlegte noch, ob es nicht besser war zu gehen, als Lüttje bereits wieder auftauchte, mit einem Rechen in der freien Hand. Mit der Hand, die um die Krücke lag, schleifte er gleichzeitig einen grünen Gartenabfallsack über den Boden. Er ließ ihn fallen und begann, die Blätter auf dem Rasen mit einer Hand zusammenzuharken. Es war erbarmungswürdig zu sehen, wie stark er dabei humpelte und sich abmühte. Dieser Mann sollte arbeitsfähig sein? Wohl kaum.

»Alles Gute dann, Paul«, wünschte Raphael seinem neuen besten Kumpel, steckte das Handy in die Jackentasche und ging weiter, ohne Lüttje anzublicken. Er ließ auch den Wagen seines Onkels auf der anderen Straßenseite unbeachtet, denn er konnte nicht sicher sein, ob Lüttje ihn beim Einsteigen und Wegfahren nicht beobachten würde. In diesem Wagen sollten Imme und Ava sich ja schließlich auf die Lauer begeben. Er durfte nicht riskieren, den Clio in Lüttjes Augenmerk zu rücken. Notgedrungen ging er zu Fuß in die Mühlenstraße.

Als er die Haustür aufschloss, war die Bürotür geschlossen. Aus der Küche erklang das Geräusch des laufenden Kaffeeautomaten. Imme stand davor, mit dem Rücken zu ihm, und summte ein Lied. Er schlich sich an sie heran. »Ach nee, wenn die Katze aus dem Haus ist …«, sagte er streng, als er die Küche erreichte.

Imme stieß einen Schrei aus und fuhr herum. »Meine Güte!« Sie fasste sich an die Brust. »Kannst du dich nicht eher bemerkbar machen?«

Er grinste und deutete auf den Latte macchiato, auf den die Maschine gerade das Milchschaumkrönchen setzte. »Machst du mir auch einen?«

Sie drückte ihm ihr Glas in die Hand und nahm ein leeres aus dem Schrank. »Du kannst schon mal ins Büro gehen und versuchen, Waltraud mit einem Keks in den Käfig zu locken, Chef. Ich muss nämlich heute eher los. Meine Schwiegereltern machen mit dem DRK-Ortsverein einen Tagesausflug, und da muss ich meinem Mann auf dem Hof helfen. Minna soll heute noch kalben. Und weil sie beim letzten Mal fast verreckt wäre, muss immer einer ein Auge auf sie haben.«

»Minna … ah. Klar kannst du eher gehen, ohne mich zu fragen. Hier macht doch sowieso jeder, was er will.«

Waltraud schaukelte auf der Lampe, als er das Büro betrat. Raphael sah missmutig zu ihr hoch, während er das Macchiato-Glas auf seinem Schreibtisch abstellte. »Ab in den Käfig«, sagte er und ging zum Sideboard, nahm einen Keks aus der Tüte, biss ab und bröselte das letzte Stückchen in den Futternapf.

Waltraud beäugte die Aktion misstrauisch, wie er aus dem Augenwinkel bemerkte, darum ging er langsam zu seinem Schreibtisch zurück. Noch im Stehen griff er nach einer Notiz von Ava, die auf dem Schreibtisch lag. Sie hatte im Internet nicht viel Brauchbares über Frederik Lahann herausfinden können, außer der Tatsache, dass er nicht selbstständig, sondern einer von vielen Angestellten der Husumer Immobilienagentur Götje & Severin war. In den sozialen Medien war er nicht zu finden.

Raphael setzte sich, trank einen Schluck, und dann stieß er vor Schreck ein dunkles »Hilfe!« aus, weil Waltraud sich von der Lampe abgestoßen hatte, allerdings nicht Richtung Käfig flog, sondern flatternd auf seinem Arm landete. Der Vogel tappte über seinen behaarten Unterarm zum Handgelenk, was sich kitzlig anfühlte, hüpfte auf den Rand des Glases, das er nach wie vor hielt, und tauchte den Schnabel in den Milchschaum.

Raphael hielt den Arm vor Überraschung starr, die Finger um das Glas gekrampft, auf dem der Vogel jetzt mächtig flatterte, weil der Glasrand anscheinend zu glatt für die Krallen war. Langsam stand Raphael auf und ging, das Glas samt Vogel mit ausgestrecktem Arm weiter haltend, Richtung Käfig. Und obwohl er kaum daran geglaubt hatte, flog Waltraud durch die Käfigtür auf die Stange. Schnell schloss er die Tür mit der linken Hand.

»Oh, toll«, sagte Imme, die gerade eintrat. »Gut gemacht, Chef. Die Kekse liebt sie.«

Er hob das Glas. »Ich hab sie mit dem Latte reingelockt.«

»Ja klar.«

»Ehrlich.« Er beugte sich zu dem Sittich. »Du bist jetzt ein wenig in meiner Achtung gestiegen, Waltraud. Wer Kaffee liebt, ist schwer in Ordnung.« Er kam wieder hoch und sah Imme an. »Und nun zu dir, werte Assistentin. Wenn du irgendwann mal wieder arbeitest und nicht auf Mamakühe achten musst, kannst du dich an die Fersen von Harry Lüttje heften. Er sieht nicht gerade aus wie ein Schwerverbrecher.« Er berichtete von seinem Aufenthalt vor Lüttjes Haus.

»Folge ihm einfach überallhin und notiere, was er so treibt. Ich bring euch morgen, spätestens übermorgen Schorschs Auto hierher und fahr dann mit meinem zur Klinik zurück.« Er verabschiedete sich mit den Worten: »Und bring das Kalb heil zur Welt. Es geht schließlich nichts über ein leckeres Wiener Schnitzel.«

Er ging über den Sandwall zurück, holte sich beim Eisdänen in der Königstraße eine XL-Portion Softeis im Zimtmantel und schlenderte am Glockenturm vorbei die Große Straße hoch. Bei Tante Emma deckte er sich mit Zigaretten ein, bevor er den Wagen seines Onkels im Hardesweg abholte – nachdem er sich vergewissert hatte, dass Harry Lüttje nicht zu sehen war. Dann fuhr er zur Tankstelle in der Boldixumer Straße.

Während er zusah, wie die Euro-Anzeige an der Zapfsäule ratterte, fiel ihm ein, was Sina gesagt hatte: »Du verdienst doch sowieso keinen Cent daran, solltest du etwas herausfinden.« Damit hatte sie recht, und das war nicht gut. Schließlich hatte er zwei Büroangestellte, zwei Putzfrauen und zwei Autos. Das Geld flog ihm quasi aus der Tasche. Er musste also selbst initiativ werden.

Noch auf der Tankstelle rief Raphael online das Telefonbuch auf und gab den Namen Frederik Lahann und den Wohnort ein. Zufrieden stellte er fest, dass es eine Festnetznummer gab.

Nach dem zweiten Klingeln erklang eine Frauenstimme: »Susanne Lahann.« Selbst diese zwei Worte ließen ihre Angespanntheit durchklingen.

»Guten Tag, Frau Lahann«, meldete er sich. »Mein Name ist Raphael Freersen. Ich bin Privatdetektiv auf der Insel Föhr. Ich hatte am Mittwoch ein Erlebnis, das Sie vielleicht interessieren könnte.« Und dann berichtete er von dem nächtlichen Ereignis im Keller.

Er endete mit den Worten: »Sie können sich natürlich mit den Ermittlungen der Polizei zum Verschwinden Ihres Mannes zufriedengeben und abwarten, was dabei herauskommt, aber wenn Sie rasche Ergebnisse wollen, dann dürfen Sie mich gern wieder anrufen. Denn ich vermute, Sie möchten erst einmal in Ruhe überlegen, ob Sie tatsächlich einen Privatdetektiv anheuern wollen.«

Er nannte ihr die Konditionen. Am anderen Ende war es einen Moment lang ruhig. Nur das schwere Atmen von Susanne Lahann war zu hören. »Ich melde mich bei Ihnen«, sagte sie schließlich. »Und … danke für Ihren Anruf.«

Passend zur Mittagszeit traf Raphael wieder in der Klinik ein. Jetzt war Maren Hacker fällig. Da er das Zusammentreffen allerdings als zufällig gestalten wollte, fragte er sie bei der Essensausgabe nicht, wann sie Feierabend hatte, sondern legte sich eine Stunde später hinter der Klinik auf die Lauer. Er war sich sicher, dass sie das Gebäude durch den Hintereingang verlassen würde, denn dort befanden sich die Fahrradständer. Die Zeit vertrieb er sich damit, auf einer der Gartenbänke zu sitzen und zu chatten, oder er drehte kleine Runden auf der weitläufigen Rasenfläche. Aber er blieb immer in der Nähe, weil er die Köchin nicht verpassen wollte.

Es wurde vierzehn Uhr dreißig, bis Maren Hacker durch die Hintertür trat, gemeinsam mit einer blonden Frau. »Einen schönen Feierabend für Sie, Frau Hacker«, sagte die Frau.

»Danke, Frau Jürgensen«, sagte Hacki. »Für Sie auch noch einen schönen Tag.«

Raphael merkte auf. Das war also Jürgensens Frau. Mit einem knappen »Guten Tag« eilte sie Richtung Reetdachhaus an ihm vorbei.

Maren Hacker ging mit forschen Schritten auf den Fahrradständer zu, ohne einen Blick nach rechts und links zu werfen. Sie hatte die Kochkleidung gegen eine jägergrüne Cordhose und eine blaue Windjacke getauscht.

Raphael sprang von der Bank auf. »Hacki!«, rief er fröhlich und trat gemächlich auf sie zu. »Na, endlich Feierabend? Wann fangen Sie denn morgens an?«

Sie kam aus der Beuge hoch, nachdem sie sich Klemmen um die weiten Hosenbeine gelegt hatte, und sah ihn an. »Ach, Sie sind es, Raphael. Ja, jetzt geht es in die Mittagsstunde. Um sechs war ich schon hier.« Sie legte ihre Tasche in den Fahrradkorb und zog das Rad aus dem Ständer. Raphael registrierte, dass es kein E-Bike, sondern eine alte Möhre war.

»Ach, Hacki«, er stellte sich vor den Hinterreifen, »ich habe gehört, dass die Polizei Sie auch zu Frederik Lahann befragt hat?«

Ihr verwirrter Blick ließ ihn schon befürchten, sie hätte keine Ahnung, wovon er sprach, aber ihre Verwirrung hatte andere Gründe. »Und was haben Sie damit zu tun, Raphael? Sie waren doch bei dem Spieleabend gar nicht dabei.«

Pling! In Raphaels Hirn leuchteten die Lämpchen auf. Jackpot. Um sie am Ball zu halten, gab er die Kurzfassung seines Kellererlebnisses zum Besten.

»Was? Das ist ja ein Ding.« Mit großen Augen starrte sie ihn an.

Die Polizei hatte sein Erlebnis also ihr gegenüber nicht erwähnt. Raphael registrierte zufrieden, dass sie ihr Fahrrad in den Ständer zurückschob. Sie war angefixt und wollte mehr hören. Genau wie er.

»Was denn für ein Spieleabend, Hacki?«, hakte er nach. »Sie haben mit Frederik Lahann gespielt? Woher kennen Sie ihn?«

»Na, ich kenn den gar nicht«, sagte sie. »Wir hatten unseren monatlichen Spieleabend mit den Kollegen, und da sind Herr Jürgensen und dieser Herr Lahann zufällig dazugestoßen. Und Herr Lahann wollte dann gern ein, zwei Runden mitspielen.«

»Dazugestoßen … Wo kamen die denn her?«

»Die sind im Garten spazieren gegangen, glaub ich. Der Lahann war ja der Besuch vom Chef. Und wir saßen auf der Terrasse vorm Speisesaal. Normalerweise spielen wir im Personal-Aufenthaltsraum, aber es war ja ein so schöner lauer Abend.«

»Aha. Wieso wollte der Lahann mitspielen? Habt ihr gepokert? Oder was habt ihr Tolles gespielt?«, fragte Raphael irritiert.

Maren Hacker lachte laut auf. »Gepokert! Ich weiß nicht mal, wie das geht. Nein, wir haben ›Ich habe noch niemals …‹ gespielt.« Ihre Wangen röteten sich. »Das ist ein Trinkspiel. Eigentlich trinke ich ja nur ein, zwei Gläser Wein beim Spieleabend, aber bei diesem Spiel werden Kurze ausgeschenkt.«

Raphael griente. »Hacki, ich bin der Meister der Trinkspiele. Ich kenn es als ›Never have I ever‹. Ich denke, Sie werden es hier genauso gespielt haben wie ich in London.«

»Ich weiß nicht«, sagte sie. »Derjenige, der dran war, hat etwas genannt, das er noch nie getan hat. Zum Beispiel: Ich habe noch niemals … eine Oper gesehen. Oder: Ich habe noch niemals einen Hummer gegessen. Dann müssen alle, die das schon mal getan haben, den Schnaps trinken, der vor ihnen steht.«

»Genau. Kann durchaus schnapslastig werden, nicht? Je nachdem, was gefragt wird.« Er zwinkerte ihr zu.

»Allerdings. Mir wird jetzt noch schlecht, wenn ich daran denke.« Sie wedelte mit der Hand vor ihrem runden Gesicht herum. »Ich bin am nächsten Morgen kaum aus dem Bett gekommen. Was war mir übel!«

»Und das haben Lahann und Jürgensen mitgespielt?«, fragte Raphael. »Ein Saufspiel?«

»Na, der Chef wollte ja eigentlich nicht, aber Herr Lahann fand es lustig. Sie haben aber nur zwei Runden mitgemacht. Wobei der Herr Lahann dann …« Sie stockte, vertieft in die Erinnerung.

»Ja?«, hakte Raphael nach. »Was war mit Lahann?«

»Der hat was Komisches gesagt, als er dran war.«

»Aha?«

»Er hat gesagt: Ich habe noch niemals einen Menschen getötet.«

In Raphaels Nacken begann es zu kribbeln. »Das hast er gesagt? Dass er noch niemals einen Menschen getötet hat?«

Maren sah ihn mit großen Augen an. »Unheimlich, oder? Das habe ich auch dem Polizisten erzählt. Und der hat das gleich aufgeschrieben. Ist ja auch 'ne komische Aussage, oder? Gut, das Spiel ist natürlich auch ziemlich dumm, und man kann sich ja irgendeinen Blödsinn aus der Nase ziehen, aber so was hätte von uns keiner gesagt, so was Schreckliches.«

»Interessant«, murmelte Raphael, in dessen Kopf es ratterte. Hatte Lahann diese Bemerkung nur aus Jux und Tollerei von sich gegeben, oder hatte sie eine Bedeutung gehabt? »Wer war denn an dem Abend noch dabei, Hacki? Wer gehörte zu der Spielrunde?«

»Ach, wir waren nur eine kleine Runde. Thomas Böttcher, mein Beikoch, war krank, und Viktor hatte was anderes vor.«

»Viktor Winkler, der Hausmeister?«

»Genau.«

»Und wer war dabei?«

»Wir waren eine reine Frauenrunde. Miriam Fink war dabei, Wencke Dammann und Liana. Wobei Wencke am liebsten gegangen wäre, als der Chef mit dem Herrn Lahann auftauchte, das hat man ihr deutlich angesehen. Das mit den Schnäpsen war ihr wohl peinlich vor dem Chef. Ach, und Gundis war ausnahmsweise auch mit von der Partie. Die ist Therapeutin und spielt nur ganz selten mal mit. Aber an dem Abend war sie dabei.«

»Gundis.« Raphael verzog innerlich die Miene. »Die kenn ich. Und das waren alle?«

Maren nickte.

»Hat Lahann selbst oder Jürgensen zufällig gesagt, warum Lahann sich hier aufgehalten hat?«

»Na, gesagt haben die uns das nicht. Aber der war bestimmt da, weil doch die Schwiegermutter vom Chef verstorben ist.« Sie sah zu Jürgensens Haus. »Der Herr Lahann soll bestimmt den Immobilienkram von der alten Frau Ottinger regeln. Der Polizist sagte ja, der ist Immobilienmakler.«

»Ah, okay.« Das war natürlich eine Möglichkeit. Raphael blickte zu dem großen Haus hinüber. Vermutlich befand sich oben eine Einliegerwohnung, die bei der tollen Lage direkt am Meer bestimmt schnell an einen willigen Käufer gebracht wäre.

»So, jetzt mach ich mich aber mal auf den Weg«, sagte Maren und zog ihr Rad wieder aus dem Ständer. Sie sah Raphael an, als sie ihr Bein über den Rahmen hob. »Da kann ich ja gleich vor Aufregung gar nicht schlafen. Wenn das wirklich der Herr Lahann war, der da im Keller lag … Furchtbar.« Sie tätschelte Raphaels Arm. »Hoffentlich findet die Polizei schnell raus, was da los war.« Sie schwang sich auf das Rad und fuhr los.

»Ach, Hacki!«, rief Raphael ihr hinterher, sodass sie noch einmal abstieg und sich nach ihm umdrehte. Er ging zu ihr. »Nachdem Lahann das mit dem Töten gesagt hatte … hat da jemand einen Schnaps getrunken?«

»Was?« Sie sah ihn mit großen Augen an. »Natürlich nicht. Es hat ja wohl keiner von uns einen Menschen getötet.« Mit einem Winken radelte sie davon.

Raphael sah ihr hinterher, bis sie um die Ecke der Klinik verschwand. Was hatte Lahann getrieben, diese Behauptung aufzustellen?

Natürlich konnte es sich dabei um einen Jux gehandelt haben. Aber die Tatsache, dass er im Keller über einen blutenden Körper gestolpert und Lahann verschwunden war, ließ durchaus eine andere Erklärung zu. Jemand aus der Runde *hatte* getötet. Und Lahann wusste es.

Hatte er dafür büßen müssen?

SIEBEN

Der Mittwochmorgen begann mit einem ruhigen Frühstück und einem Einzeltherapiegespräch bei Dr. Paulsen, bei dem Raphael wieder aus dem verbalen Zauberkästchen plauderte. Bei dem anschließenden Kurs im Schwimmbad ging es dann weniger ruhig zu, denn zur Wassergymnastik legte Kursleiter Hannes Behmer eine CD in einen Ghettoblaster ein und … los ging's.

Raphael wusste nicht, ob er lachen oder weinen sollte, als die Truppe, die Arme an den Beckenrand gekrallt, zu »Goldener Reiter« Übungen im Wasser machte. »An der Umgehungsstraße … kurz vor den Mauern unserer Stadt«, grölte eine Mittfünfzigerin neben ihm ausgelassen mit, während ihre unrasierten Waden im perfekten Rhythmus auf das Wasser klatschten. Und weil alle gut drauf waren und er den Song von Joachim Witt kannte, stimmte Raphael schließlich mit ein: »Hey, hey, hey, ich bin der goldene Reiter. Hey, hey, hey, ich bin ein Kind dieser Stadt.«

Raphael summte den Song noch, nachdem er geduscht und sich angezogen hatte. Mit der Sporttasche in der Hand ging er die Treppen hinauf, als sein Handy klingelte. Auf dem Display stand Sinas Name. Das passte gut. Er hatte sie sowieso kontaktieren und mit Hackis Aussage konfrontieren wollen, denn die Polizei hatte Lahanns Spruch »Ich habe noch niemals einen Menschen getötet« mit Sicherheit auch hochinteressant gefunden.

»Was kann ich für die Dorfpolizei tun?«, meldete er sich launig.

Statt der erwarteten patzigen Antwort erklang allerdings ein zittriges »Raphael?«, dann ein Schluchzen.

»Sina?«, fragte Raphael alarmiert und setzte die Tasche auf einer Treppenstufe ab. »Sina? Was ist los? Rede mit mir.«

»Ich … brauche Hilfe, ich weiß nicht, wohin, Raph, ich …« Sie weinte auf. »Kannst du kommen?«

Raphaels Herzschlag beschleunigte sich. Er nahm die Sporttasche und lief die Treppen hinauf. Er musste den Autoschlüssel aus seinem Zimmer holen. »Ich fahre sofort los und bin in zehn, fünfzehn Minuten bei dir.« Er hielt das Handy ans Ohr gepresst, während er ihrem Schluchzen lauschte. »Was ist passiert, Sina? Hat er dich wieder geschlagen?«

»Nein ... ja ...« Sie weinte bitterlich. »Er ... Er hat Hannah ...« Schluchzend brach sie ab.

»Was?« Vor unbändiger Wut blieb Raphael abrupt stehen. »Diese Drecksau!« Neben Sinas Weinen hörte er jetzt ein weiteres Schluchzen im Hintergrund. »Wo seid ihr?«, fragte er. »Zu Hause?«

»Nein, ich habe sie genommen und bin mit ihr weggefahren. Wir sind im Auto. Wir stehen am Strandaufgang neunundzwanzig beim Hundestrand. Bitte komm!«

»Alles wird gut, Sina. Bleibt ganz ruhig«, sagte er, bemüht, seine eigene Stimme unter Kontrolle zu halten. »Ich bin gleich bei euch.«

Als Raphael den Strandweg zum FKK-Strand hinauffuhr, dachte er kurz daran, wie er vor wenigen Wochen genau hier mit Ava im Dalika-Gorden-Fall ermittelt hatte. Aber der Gedanke verflog genauso schnell, wie er gekommen war, als er Sinas Wagen entdeckte, einen schwarzen VW Golf.

Er parkte rechts daneben und war einen Moment lang verwirrt, weil niemand vorn im Wagen saß. Doch auf dem Rücksitz war Bewegung. Er stieg aus und öffnete die hintere Tür des Golfs. Sina hielt Hannah im Arm. Leise und tröstend sprach sie auf sie ein. »Ich wusste nicht, wohin«, sagte sie, als Raphael vor der Autotür in die Knie ging.

»Verdammt!«, stieß er aus, während er Sinas Gesicht scannte. Ihre Unterlippe war aufgeplatzt. Eine Blutspur verlief über das Kinn. Auf ihrer blauen Bluse schimmerten feuchte Flecken. Als sie seinen Blick bemerkte, wischte sie sich mit den zitternden Fingern über das Kinn. Nicht zum ersten Mal, wie die roten Schlieren auf ihrer Hand bezeugten.

»Und Hannah?« Raphaels Frage war an Sina gerichtet, weil er Hannahs Gesicht nicht sehen konnte, das sie an die Brust der Mutter gepresst hielt.

»Sie blutet nicht«, murmelte Sina in Hannahs Haar, während sie das schluchzende Mädchen weiter wiegte. »Er hat sie nicht geschlagen. Er … Er hat sie gestoßen, sodass sie fiel.«

Hannah begann nach diesen Worten, laut zu weinen.

»Na toll!« Wütend kam Raphael wieder hoch. Alles in ihm brannte darauf, sofort zu Sönke Ahmling zu fahren, um ihm die Fäuste in das ekelhafte Gesicht zu schlagen, aber Hannah und Sina waren jetzt wichtiger. »Ich bring euch jetzt erst mal zu einem Arzt. Oder ins Krankenhaus?«

»Nein, nicht!«, schluchzte Sina verzweifelt. »Bitte nicht, Raphael.« Ihre zitternden Finger tasteten über die Wunde an der Lippe. »Es hört schon auf. Ich muss es nur sauber machen.«

Auch Hannahs Kopf war hochgeruckt. »Ich will nicht ins Krankenhaus«, stammelte sie und sah Raphael zum ersten Mal an. Der Blick aus den verweinten Kinderaugen schnitt ihm ins Herz. Sönke Ahmling würde nicht mehr seinen Namen wissen, wenn er mit ihm fertig war.

Da Sinas Platzwunde aber tatsächlich zu bluten aufhörte und sie ihn noch einmal verzweifelt darum bat, gab Raphael sich geschlagen. »Also gut«, sagte er. »Ich bring euch jetzt erst mal zu mir. Und dann sehen wir weiter.«

Er ging zu seinem Wagen, schloss ihn ab – die Zentralverriegelung in Onkel Schorschs alter Möhre funktionierte nicht mehr – und setzte sich ans Steuer von Sinas Wagen. Der Sand auf dem Weg wirbelte hinter dem Wagen auf, als er Gas gab.

Zehn Minuten später saßen Sina und Hannah auf dem verschlissenen Sofa seines Onkels. Raphael kam mit einem dampfenden Becher aus der Küche und stellte ihn vor Hannah ab. »Ist nur löslicher Kakao. Und Sahne ist aus, aber ich dachte …« Er brach ab. Tranken Mädchen heißen Kakao, wenn es ihnen schlecht ging?

Sina schenkte ihm ein dankbares Lächeln, während sie nach

dem Becher griff und ihn Hannah reichte. »Raphael hat recht. Das wird dir guttun, Liebling.«

»Danke«, kam es leise von Hannah, die in Abständen noch trocken aufschluchzte.

Gott, war sie süß.

Raphael schluckte, bevor er an den alten Nussbaumschrank trat, die Tür mit der ziselierten Glasscheibe öffnete und ein Schnapsglas herausnahm. Vom Sideboard nahm er die Flasche Whisky, schenkte das Glas voll und stellte es vor Sina ab. »Ich glaube, *das* tut *dir* gut.«

Sina schüttelte den Kopf. »Nein, ich –«

»Du trinkst das jetzt. Du zitterst wie ein Wackelpudding bei Erdbeben.«

Sina griff nach dem Glas. Dass Raphael mit dem Wackelpudding recht hatte, bewies die Tatsache, dass sie die Hälfte verschüttete, während sie das Glas zum Mund führte.

»Der gute Laphroaig«, sagte Raphael mit Blick auf die Whiskyflecken auf dem Tisch und Sinas Jeans, um die Stimmung ein wenig aufzulockern. Doch Sinas schmerzerfülltes »Aah«, als der Alkohol die wunde Stelle an der Lippe berührte, zeigte, dass es wohl der falsche Zeitpunkt für Scherze war. Er schenkte noch einmal nach.

»So«, sagte er dann. »Ihr wollt keinen Arzt. Das muss ich hinnehmen, obwohl ich es weder verstehe noch gutheiße. Aber ich werde jetzt die Polizei anrufen. Und Johannes.«

Beide Köpfe auf dem Sofa ruckten hoch. Sina rief: »Nein, nicht die Kollegen! Und auch nicht Johannes! Wir kriegen das hin. Bitte!«

Hannah begann wieder zu weinen, laut, verzweifelt. »Wird Papa jetzt verhaftet?«, schluchzte sie und sah ihre Mutter mit weit aufgerissenen Augen an. »Papa soll nicht verhaftet werden! Bitte, Mama!«

»Dein *Papa* hat dich gestoßen.« Raphael versuchte, seine Stimme unter Kontrolle zu halten. »Er hat deine Mutter blutig geschlagen. Und das nicht zum ersten Mal. Er wird das immer wieder tun, Hannah. Dein Adoptivvater ist ein gewalttätiger Choleriker.«

Hannah weinte herzzerreißend, und Sina warf Raphael einen bösen Blick zu. »Hör auf!«

»Warum deckst du diesen Kerl immer wieder?«, gab Raphael zornig zurück. »Er ist ein Schwein!«

»Ja!«, entgegnete sie genauso laut. »Und jetzt, nachdem er Hannah ...« Sie stockte und streckte sich dann. »Wir werden nicht zu ihm zurückgehen. Aber jetzt muss Hannah erst einmal zur Ruhe kommen.« Sie setzte ein festes »Keine Polizei!« hinterher.

»Na gut.« Raphael stand auf und verließ das Wohnzimmer. Er ging ins Büro, schloss die Tür hinter sich, zog sein Smartphone aus der Hosentasche und drückte eine Kurzwahltaste.

»Jo?«, sagte er, als sein Bruder sich meldete. »Du musst sofort nach Föhr kommen.«

Das Gespräch dauerte nur wenige Minuten. Als Raphael auflegte, sah er den Nymphensittich im Vogelkäfig an. »Und ich dachte, *ich* sei schon wütend, Waltraud.«

Zweieinhalb Stunden später stürzte ein blasser Johannes an Raphael vorbei ins Haus. »Wo sind sie?«, begrüßte er den Bruder.

Raphael deutete zum Wohnzimmer, und Johannes eilte dorthin. Als Raphael den Raum betrat, kniete Johannes schon vor Hannah und hielt mit einer Hand ihre, während seine andere Hand das Mädchen abtastete. »Und dir geht's wirklich gut? Du hast nichts gebrochen, mein Schatz?«

Schluchzend schüttelte sie den Kopf. Sie hatte in der letzten Stunde nicht mehr geweint, aber Johannes' Sorge brachte wohl alles wieder hoch.

Dann sah Johannes Sina an. »Mein Gott«, murmelte er.

Raphael blieb schweigend im Hintergrund. Sina hatte sich zwar das Blut vom Kinn abgewaschen, aber die Platzwunde war noch deutlich zu sehen. Die Lippe war dick geschwollen, die Haut um die Lippen herum begann sich bläulich zu verfärben.

»Sina«, sagte Johannes und stand auf. »Geht es dir gut?« Er setzte sich zwischen Hannah und sie.

Raphael glaubte, Jo würde Sina über die Wange streicheln, aber er zog die Hand wieder zurück. Vielleicht auch, weil Sina von ihm abrückte, als ihre Knie sich berührten. »Ich lass euch mal allein«, sagte Raphael und wandte sich zur Tür. »Ich bin nebenan bei unserer Mutter, falls mich einer braucht.«

Draußen sprang er über die dichte Buchsbaumhecke und klingelte an der Tür von Johannes' Haushälfte. »FRIESENGLANZ« stand hier in den gleichen Holzbuchstaben über dem Türrahmen, die bei ihm das »FRIESEN LÜCK« ergaben. Allerdings war das G nicht so akkurat lackiert wie die anderen Buchstaben, was Raphael stutzen ließ. Genauso schäbig sahen die Buchstaben auf seiner Seite aus. Das war sein G! Onkel Schorsch hatte es vermutlich bei seiner Hälfte abgenommen und hier angebracht, damit die Feriengäste, an die er vermietet hatte, alles zu ihrer Zufriedenheit vorfanden.

Seine Mutter öffnete erst nach dem zweiten Klingeln. Anscheinend hatte sie eine ausgiebige Mittagsstunde gemacht, denn ein Kissenabdruck prangte an ihrer linken Wange.

»Raphael, mein Schatz«, sagte sie. »Das ist ja schön, dass du mich besuchst.« Sie trat zur Seite. »Komm rein. Möchtest du einen Kaffee? Oder etwas anderes?«

Raphael trat ein und küsste seine Mutter auf die zerknitterte warme Wange. »Ich möchte in der Tat etwas anderes, Mama. Ich möchte, dass du packst und nach Hause fährst.«

»Was?« Die Müdigkeit war schlagartig aus ihrem Gesicht verschwunden. »Den Teufel werde ich tun. Dein Vater soll ruhig mal sehen, was –«

»Ja, Mama, das verstehe ich«, unterbrach er sie, »aber dann musst du ins Hotel ziehen. Jo braucht die Wohnung für Sina und Hannah.« Er klärte seine Mutter auf über das, was sich ereignet hatte, und sah sich anschließend der dritten weiblichen Person gegenüber, die vor sich hin schluchzte.

Er war noch dabei, sie zu beruhigen, indem er ihr mangels in dieser Haushälfte vorrätigen Alkohols einen Kräutertee kochte, als Johannes in die Küche gestürmt kam. Raphael trat automatisch einen Schritt zurück.

»Du hast das gewusst?«, schrie Johannes ihn an und packte ihn mit der Rechten am Shirt. »Du hast gewusst, dass Sina von ihrem Mann geschlagen wird?« Er nahm die zweite Hand dazu und drückte Raphael an den Türrahmen. »Und du erzählst mir das nicht?« Er schüttelte Raphael wie wild. Seine Stimme brach vor Wut weg, als er schrie: »Warum nicht? Warum hast du es mir nicht gesagt?«

Frauke Freersen hatte vor Schreck das Weinen vergessen. »Johannes!«, rief sie entsetzt und packte ihn am Arm. »Johannes, bitte! Lass deinen Bruder los.«

Doch Johannes' Finger lösten sich keinen Millimeter aus Raphaels Shirt. »Ich dachte, wir sind Brüder, Raph.« Er klang jetzt erstickt. »Brüder!« Dann ließ Johannes ihn los, aber nicht ohne ihn vorher noch einmal an die Wand zu pressen. Der angewiderte Gesichtsausdruck, den er dabei trug, tat Raphael mehr weh, als wenn er ihm die Faust in den Magen gerammt hätte.

Frauke nahm Johannes am Arm und bugsierte ihn zu einem der Korbküchenstühle. »Jetzt setz dich erst mal hin und beruhige dich, mein Schatz.«

»Beruhigen?«, schrie Johannes, blieb aber sitzen. Er deutete auf Raphael. »Er hat das gewusst! Er hat zugelassen, dass Hannah verletzt wird. Dass Sina blutig geprügelt wird.«

»Jetzt reicht's.« Raphael trat an den Tisch und beugte sich zu Johannes. »*Ich* habe nicht zugelassen, dass Hannah gestoßen wird. *Sina* hat das zugelassen, indem sie diesen Kerl nicht längst verlassen hat. Ich hatte dir nur noch nichts gesagt, weil sie mich darum angefleht hat. Wieder und wieder. Und sie hat geschworen, dass er Hannah bisher nicht angerührt hat. Allerdings hatte ich mir vorgenommen, es dir bei unserem nächsten Treffen zu sagen.«

»Ja, klar wolltest du das«, spuckte Johannes bitter wie Galle aus. »Du hast ja immer eine Ausrede parat. Du bist nie schuld an irgendetwas.«

Frauke Freersen stand wimmernd am anderen Tischende und sah von einem Sohn zum anderen. »Was kann ich tun?«

Beide beachteten sie nicht. Raphael setzte sich seinem Bruder gegenüber. »Ich schwöre bei Gott, Jo, ich wollte es dir wirklich sagen.«

»Lass ja Gott aus dem Spiel«, spie Johannes aus. »Er ist dir doch genauso egal wie alle anderen.«

Frauke wimmerte erneut auf. »Kaffee? Vielleicht möchtet ihr einen Kaffee?«

»Nein!«, fuhren Raphael und Johannes sie gleichzeitig an, um dann im nächsten Moment innezuhalten.

»Entschuldige, Mama«, sagte Johannes.

»Dito«, hängte Raphael an.

Johannes holte tief Luft. »Mama, ich muss dich um etwas bitten. Es tut mir sehr leid, ich hatte dir diese Wohnung schließlich angeboten, aber jetzt …«

»Ich hab sie schon rausgeschmissen«, nahm Raphael ihm das Wort ab. »Sie zieht in ein Hotel.«

Johannes musterte ihn unter zusammengezogenen Augenbrauen. Als er den Mund öffnete, sagte Frauke schnell: »Nicht mehr schreien, Jungs, bitte. Ich geh packen. Und …«, sie tätschelte dabei Johannes' Arm, »mach dir keinen Kopf, mein Schatz. Natürlich mache ich für Sina und Hannah gern Platz.« Sie beugte sich zu Johannes und küsste ihn auf den wirren Schopf. »Du musst jetzt für sie da sein.«

»Allerdings«, sagte Johannes ernst und zog sein Handy aus der Jackentasche.

»Wen rufst du an?«, wagte Raphael zu fragen.

Er bekam sogar eine Antwort. »Die Polizei.«

Eine Viertelstunde später fuhr Johannes mit dem Mini seiner Mutter zur Polizeistation am Hafendeich, um Sönke Ahmling wegen Misshandlung seiner Tochter anzuzeigen. Er hatte sich nicht von Sina erweichen lassen, es nicht zu tun. Selbst Hannahs Flehen war an Johannes abgeprallt.

»Papa soll nicht verhaftet werden! Er tut das auch nie wieder! Bestimmt!«, hatte sie gerufen.

»Es tut mir leid, mein Schatz«, hatte Johannes sich verabschiedet, »aber was ich jetzt tue, tue ich zu eurem Besten, auch wenn es auf dich jetzt anders wirkt, Hannah.«

Raphael blieb derweil bei Sina und Hannah, die nach wie vor auf dem Sofa hockten. Er war dankbar, als Ava um vierzehn Uhr kam. Aber statt sie über die Beschattung Harry Lüttjes zu informieren, starrte er sie nur ungläubig an. Ava war so heiser, dass sie kaum zu verstehen war.

»Du gehst jetzt sofort wieder nach Hause«, ordnete er an, streng, ohne zu lächeln, damit sie es kapierte. »Du siehst aus wie der Tod auf Latschen, Ava. Ich will dich hier vor nächster Woche nicht wiedersehen.«

Sie öffnete den Mund zu einem Widerwort, aber was auch immer sie hatte sagen wollen, wurde von einem Hustenschauer übertönt.

»Die Kinderparty hast du doch wohl abgesagt?«, fragte er, als sie sich erschöpft auf den Bürostuhl setzte, um Luft zu holen.

Sie schüttelte den Kopf. »Das kann ich nicht machen«, krächzte sie. »Zum einen freut Tarik sich so darauf, und …«, sie hustete wieder, »… ich möchte Imme nicht sagen, dass die Party ausfällt. Ihre drei sind auch eingeladen. Imme und Tjark wollen den Nachmittag morgen nutzen, um auf dem Festland mal einen Tag allein zu verbringen. Das können sie so selten.«

»Siehst du?«, sagte Raphael, als Avas bellendes Husten Waltraud laut keckern ließ. »Sogar der blöde Vogel hält dich für nicht zurechnungsfähig«, sagte er, »und darum werde ich das in die Hand nehmen und die Kinderparty für dich schmeißen. Hier bei mir.«

Ihr ungläubiges »Was?« kam so heftig, dass sie wieder husten musste.

»Ich richte für Tarik die Piratenparty aus.« Er deutete nach draußen. »Der Garten ist riesig. Das Wetter soll gut werden«, behauptete er, ohne es zu wissen. »Und du wirst schön im Bett liegen und chillen. Hast du noch Piratensachen zum Dekorieren? Die nehm ich dann mit, wenn ich Tarik abhole. Du musst nur dafür sorgen, dass die anderen Kids hierherkommen statt zu euch.«

»Aber –«

»Keine Widerrede. Befehl vom Chef.« Raphael warf sich mit einem breiten Grinsen in die Brust. »Ich war schon zu meinen Jugendzeiten der Partyplaner-King in unserer Clique. Ich werde ja wohl für ein paar Stunden ein paar Kiddies bespaßen können.«

***

Als Raphael in Goting in den Großbergweg Richtung Klinik abbog, flogen zwei Fasane aus dem Maisfeld auf, wohl aufgescheucht durch die Joggerin, die gut zweihundert Meter vor ihm in zügigem Tempo lief. Dass es eine Frau war, erkannte er sofort, obwohl die Person eine Mütze trug. Das enge Laufshirt betonte eine schmale Taille, die braun gebrannten Beine waren schlank und trainiert.

Er warf einen Blick zur Seite, als er an ihr vorbeifuhr, und stieg im selben Moment auf die Bremse. Es war die Blonde, mit der Liana im Duschraum rumgemacht hatte. Er ließ die Scheibe auf der Beifahrerseite herunter und rief ihr zu, als sie zu ihm aufgeschlossen hatte: »Hi! Soll ich Sie mitnehmen?«

Schwer atmend blieb sie neben der Beifahrertür stehen und beugte sich zum Fenster herunter. Ein feiner glänzender Schweißfilm lag auf ihrem straffen Dekolleté. »Eine selten blöde Anmache«, sagte sie spöttisch. »Sie sehen doch, dass ich jogge.« Dann lief sie weiter.

Raphael fuhr wieder an, blieb aber im Schritttempo neben ihr. »Ich hab Sie nicht angemacht. Ich steh nicht auf Lesben.«

Abrupt blieb sie stehen. Er hörte ihr schweres Atmen, dann sah sie ihn an. »Was wollen Sie von mir?«

»Ehrlich gesagt würde ich einfach nur gern wissen, ob Sie unter der Mütze eine Verletzung haben.«

»Was?« Die hellblonden Augenbrauen über den blauen Augen zogen sich zusammen. »*Sie* haben anscheinend eine Verletzung. *Im* Kopf.« Und wieder lief sie davon.

»Dann frag ich eben Liana«, sagte Raphael, als er wieder neben ihr war.

Sie blieb erneut stehen. »Wer sind Sie, verdammt noch mal?«, fuhr sie ihn durchs Fenster an.

Eine berechtigte Frage ihrerseits, aber Raphael war noch nicht bereit, seine Identität preiszugeben. Wenn er Blondi die Wahrheit sagte, würde sie es Liana erzählen, woraufhin sich in Windeseile in der Klinik herumsprechen würde, dass er Detektiv war, und dann war er den Job los. Jürgensen hatte ihn sowieso schon auf dem Kieker.

»Ich bin vor einer Woche nachts im Keller über Sie gestolpert, als Sie dort verletzt lagen«, schoss er ins Blaue.

»Was?« Ihre Mimik spiegelte die völlige Ratlosigkeit ihrer Stimme wider. Sie musste schon eine begnadete Schauspielerin sein, wenn das nicht echt war. Einen Moment lang musterte sie ihn, dann zog sie ein Handy aus dem Gürtel. »Wenn Sie mich noch weiter belästigen, rufe ich die Polizei.«

Da sie nicht aussah, als scherze sie, tippte Raphael sich mit Fingergruß an die Stirn und sagte: »Sorry, bin schon weg.« Dann gab er Gas. Im Rückspiegel sah er, wie sie ihm noch einen Moment lang hinterherblickte. Dann steckte sie das Handy weg und lief weiter.

Wer war sie, verdammt? Oder war das gar nicht mehr von Belang? Ihre ratlose Miene hatte ihm die Antwort geliefert, die er brauchte. Sie war es nicht, die dort im Keller gelegen hatte. Und doch blieb diese fiese kleine Stimme im Kopf, die flüsterte: Du kannst nicht sicher sein, solange du sie nicht ohne Mütze gesehen hast.

Im Klinikzimmer machte Raphael es sich auf dem Bett gemütlich. Den Rücken ans Bettende gelehnt, die langen Beine ausgestreckt, nahm er seinen Laptop auf den Schoß und rief ein

Word-Dokument auf. Als Überschrift gab er ein: »Ich-habe-noch-niemals-einen-Menschen-getötet-To-do-Liste«. Darunter listete er auf, was er zu tun hatte: nach Verbindungen zwischen Lahann und den Frauen aus der Spielrunde suchen. Dann folgten drei Unterthemen: Alter, berufliche Berührungspunkte, örtliche Berührungspunkte.

Grübelnd blickte er an die weiß gestrichene Wand vor sich. Wencke Dammann und Psycho-Gundis waren in etwa im gleichen Alter wie Frederik Lahann. Liana Petrescu und Miriam Fink waren deutlich jünger. Liana um die fünfundzwanzig, Miriam vielleicht dreißig Jahre. Aber das Alter musste keine Rolle spielen. Ob es einen beruflichen oder örtlichen Zusammenhang gab, galt es herauszufinden.

Es ärgerte ihn, dass er hier hocken musste. Viel lieber hätte er mit Johannes, Imme und Ava zusammengesessen und gebrainstormt. Aber Ava war krank, Johannes sauer auf ihn, und Imme spielte Hebamme bei einem Rindvieh. Ein wenig gefrustet klappte er den Laptop zu, stand auf und packte seine Sporttasche. Die Boxstunde, zu der er sich angemeldet hatte, begann in zehn Minuten, und er durfte nicht vergessen, wofür Jürgensen ihn gut bezahlte.

Als er sich seine Boxhandschuhe um den Hals hängte, klingelte sein Handy. »Frau Lahann«, sagte er gespannt, als er das Gespräch angenommen hatte. Er lauschte, machte Notizen und verabschiedete sich schließlich mit einem gut gelaunten: »Sie werden es nicht bereuen, Frau Lahann. Ich werde herausfinden, was mit Ihrem Mann passiert ist. Und Sie denken daran, mir sein Foto zu schicken? … Danke, auf Wiederhören. Und bitte informieren Sie mich, wenn Sie Neues von der Polizei hören.«

Er blickte auf die Notizen. Lahann fuhr einen schwarzen Hyundai Tucson. Auch das Kennzeichen hatte er jetzt. Susanne Lahann hatte versprochen, ihm ein Foto ihres Mannes zu senden. Da sie sich mit dem Scanner im Arbeitszimmer ihres Mannes nicht auskannte, wollte sie es abfotografieren und ihm per WhatsApp schicken.

Pfeifend machte er sich auf den Weg nach unten. Der Rubel rollte!

Der Fitnessraum der Klinik war mit Grumpys Boxclub in Flensburg nicht zu vergleichen, aber es gab einen Punchingball, einen Sandsack und eine Maisbirne. Raphael machte sich mit dem Springseil warm, bevor er erst die Birne, dann den Sandsack bearbeitete. Es tat gut, sich abzureagieren. Und der Fitnesstrainer freute sich, zur Abwechslung mal jemanden dazuhaben, der das Boxen auch im normalen Leben als Hobby betrieb.

Dann betrat Barockengel Holger in Trainingskleidung den Fitnessraum. Raphael wurde mulmig, und er tat, als sehe er ihn nicht, aber Holger marschierte schon auf ihn zu. »Raphael«, er stupste ihn an, »hast du eine Minute für mich?«

»Oh, hallo, Holger, ja klar.«

Holger klang ein wenig atemlos, obwohl er noch nichts getan hatte. »Ich wollte dir nur Danke sagen, Raphael. Dafür, dass du Ellen überredet hast, mit mir zu reden. Wir sind uns«, er bekam tatsächlich rote Wangen, »nähergekommen. *Näher.* Du verstehst?«

Raphael starrte ihn an. »Ihr habt gepoppt?«

Holger blickte sich peinlich berührt um, nickte dann aber nicht ohne Stolz.

Raphael war ehrlich verblüfft. Er, Raphael Freersen, besaß anscheinend Amor-Qualitäten. Er hatte zwei Menschen zusammengeführt. Gut, zwar unbeabsichtigt, aber immerhin. »Ja, dann herzlichen Glückwunsch. Halt sie fest. Ellen ist 'ne tolle Frau.«

»Ja? Findest du auch, nicht?« Holger strahlte.

»Klar, wer nicht? Und vor allem«, er zwinkerte Holger zu, »sie kann nicht Nein sagen.«

Holgers Lächeln wurde breit. Er boxte Raphael auf den Oberarm. »Du wieder!«

Sechzig Minuten später trafen sie in der Umkleide erneut aufeinander. Da Raphael absolut keine Lust verspürte, Holgers

Enrico kennenzulernen, ignorierte er den Fitness-Duschraum und ging nach oben. Er würde auf seinem Zimmer duschen.

Mit seiner Sporttasche stieg er die Treppen in den zweiten Stock hinauf und schlug oben den Weg nach links zu seinem Zimmer ein. Er stockte, als er erkannte, wer ihm da auf dem Flur entgegenkam. Es war Mützen-Blondi. Sie hatte die Laufkleidung gegen Jeans und eine enge pinkfarbene Fleecejacke getauscht. Auch sie war von der erneuten unerwarteten Begegnung offensichtlich überrascht, wie ihre zögerlichen Schritte zeigten.

»Na, so was«, sagte Raphael, während er sie musterte. Sie trug wieder eine Mütze. Diesmal eine bunte, gestrickte. »Vielleicht sollten wir uns langsam mal vorstellen, so oft, wie wir uns begegnen. Hätte ich gewusst, dass wir auf demselben Flur wohnen, hätte ich Sie dort besucht und nicht auf der Straße angequatscht. Mein Name ist Raphael Freersen.« Er hielt ihr die Hand hin.

Sie ignorierte die Geste und schwieg.

»Welches ist denn Ihr Zimmer?«, hakte er in freundlichem Plauderton nach.

»Keines«, sagte sie. »Ich bin im falschen Stockwerk ausgestiegen.« Sie ging an ihm vorbei zum Fahrstuhl und drückte den Knopf, doch die Tür öffnete sich nicht. Der Fahrstuhl setzte sich aus dem unteren Bereich in Bewegung.

Das musste natürlich nichts bedeuten. Jemand konnte den Fahrstuhl gleich nach ihr benutzt haben, um nach unten zu fahren, aber Raphael war sich sicher, dass sie ihn angelogen hatte. Was hatte sie hier gemacht? Blondi wurde immer geheimnisvoller.

Während sie in den Fahrstuhl stieg, öffnete er die Tür zu seinem Zimmer. Vielleicht konnte Jürgensen ihm etwas zu ihr sagen? Der kannte natürlich nicht alle Kurgäste persönlich, aber er hatte Zugriff auf die Patientendaten und konnte herausfinden, wer sie war. So viele junge Frauen gab es hier schließlich nicht. Ein Blick auf die Uhr verriet, dass Jürgensen vielleicht noch in seinem Büro anzutreffen war. Raphael warf die Sporttasche in die Ecke und verließ sein Zimmer wieder – ungeduscht.

Miriam Fink stand hinter ihrem Schreibtisch, als Raphael das Vorzimmer betrat. Sie war dabei, Feierabend zu machen.

»Hi! Ist dein Chef noch da?«

»Ja, freut mich auch, dich zu sehen.«

Sie klang zickig, was ihm Genugtuung bereitete. Zu gern hätte er ihr eine gleichgültige Antwort serviert, aber er schluckte sie hinunter und sagte stattdessen: »Sorry, du hast recht, so viel Zeit muss sein. Also, hi, Miriam. Ich freu mich wirklich, dich zu sehen. Insbesondere, weil du mir bestimmt ein paar Fragen beantworten kannst.«

»Wie bitte?« Sie musterte ihn mit zusammengezogenen Brauen, während sie ihr Handy in die Handtasche steckte. »Was für Fragen?«

»Zu dem Spieleabend letzte Woche Montag: Tust du mir den Gefallen und schilderst mir, was sich dort abgespielt hat, als Frederik Lahann und dein Chef dazukamen?«

Sie zog den Taschenreißverschluss zu. »Wie bitte?«

»Mich interessiert besonders die Stelle, als Lahann sagte: ›Ich habe noch niemals einen Menschen getötet.‹«

Miriam starrte ihn an. »Ich … verstehe nicht.«

»Ich weiß, was da an dem Abend abgegangen ist. Ich möchte es nur noch mal aus deiner Sicht hören.«

Sie setzte sich zurück auf ihren Stuhl. »Woher weißt du davon? … Bist du von der Polizei?« Ihre Augenbrauen bildeten jetzt quasi eine Linie.

»Ich bin Privatdetektiv. Ich ermittle hier eigentlich in einer anderen Angelegenheit, aber –«

»Was?«, fiel sie ihm ins Wort. »Du bist Privatdetektiv?«

»Wie ich sagte. Und ich würde mich riesig freuen, wenn du mir noch einmal erzählen würdest, was du bereits der Polizei zu dem Abend gesagt hast.«

Einen Moment lang musterte sie ihn schweigend, dann hatte sie sich gefangen und stand wieder auf. »Ich habe jetzt Feierabend. Dir muss ich gar nichts sagen. Also, wenn du Herrn Jürgensen noch sprechen möchtest, bevor er geht, melde ich dich an.«

»Ich werde deine Antwort an meine Auftraggeber weitergeben«, sagte er mit desinteressierter Stimme und unverbindlichem Lächeln.

Sie sah ihn an. »Wer sind deine Auftraggeber?«

»Dir muss ich gar nichts sagen. Also, wenn du mich dann bitte bei deinem Chef anmelden würdest ...« Er deutete zu der Zwischentür.

Sie zögerte einen Moment, dann sagte sie: »Also gut, ich bin neugierig. Ich beantworte dir ein paar Fragen, und du sagst mir, wer deine Auftraggeber sind.«

»Prima. Glaubst du, dass Lahann die Aussage ›Ich habe noch niemals einen Menschen getötet‹ mit Bedacht gemacht hat?«

»Natürlich nicht. Das war doch Quatsch.«

»Was macht dich da so sicher?«

Sie antwortete nicht gleich. »Na, weil es eben Quatsch ist«, sagte sie schließlich. »Von uns wird wohl kaum eine jemanden umgebracht haben.«

Raphael musterte sie. *Umgebracht* haben. Wieso veränderte sie die Aussage? War es einfach nur eine Interpretation des Gesagten? »Kennst du Frederik Lahann?«, fragte er geradeheraus. »Seid ihr euch schon mal begegnet?«

»Nein, natürlich nicht.«

»Ihr wart eine reine Frauenrunde, richtig?«

»Nun, zu dem Zeitpunkt, als er es sagte, nicht. Außer Lahann war ja noch der Chef dabei.«

»Stimmt. ... Ist dir denn Lahanns Aussage gar nicht merkwürdig vorgekommen? Habt ihr, du oder jemand anderes, nicht nachgehakt, warum er das gesagt hat?«

Sie überlegte. Oder tat sie nur so, als überlege sie? Er konnte sie schlecht einschätzen.

»Nun, ich denke, es hat niemand nachgehakt, weil es niemand ernst genommen hat. Und dann sind sie ja auch gleich aufgestanden und gegangen. Und jetzt sag mir, für wen du hier ermittelst.«

Er lächelte. »Nein.«

»Wie bitte?«

»Es war eine *ein*malige Befragung. Mehr Infos brauche ich von dir nicht, also ist es mir egal, ob du jetzt sauer bist oder nicht.«

Sie verzog die Lippen hämisch. »Ach so … Da ist noch einer mächtig sauer, weil er abserviert wurde. Armes Jungchen.« Sie spitzte die Lippen und schmatzte in seine Richtung.

Er ärgerte sich darüber, lächelte aber weiter. »Ich würde jetzt gern deinen Chef sprechen.«

Sie nahm die Tasche auf, blickte sich noch einmal auf dem Schreibtisch um und ging an ihm vorbei. »Klopf selbst, Arschloch.« An der Tür drehte sie sich noch einmal um. »Und wasch dich mal. Du stinkst.« Dann war sie weg.

Raphael kam nicht umhin, ihr Respekt zu zollen. Sie hatten viel gemeinsam. Aber da sie eine Megazicke war, warf diese Erkenntnis auch ein wenig Schatten auf sein Selbstbild.

Er trat an die Zwischentür und klopfte. Das »Herein« kam umgehend.

»Herr Freersen«, sagte Dierk Jürgensen, als Raphael eintrat. »Haben Sie den Dieb ermittelt?« Er klang provozierend.

»Da bin ich mir nicht sicher«, sagte Raphael, dem in diesem Moment einschoss, dass er Mützen-Blondi ja durchaus für die Diebstahl-Geschichte nutzen konnte. Das würde Jürgensen beweisen, dass er fleißig recherchierte, und die Wahrscheinlichkeit erhöhen, dass der Klinikleiter sich bemühte, ihren Namen zu ermitteln.

Er trat zu Jürgensen an den Schreibtisch, ohne sich auf den Besucherstuhl zu setzen, der ihm auch nicht angeboten wurde. »Ich bin in der Klinik mehrfach einer Frau begegnet, die sich auffällig verhielt. Gerade erst trieb sie sich auf dem Flur herum, in dem mein Zimmer liegt, obwohl sie dort selbst nicht wohnt, wie sie mir sagte. Sie behauptete, mit dem Fahrstuhl gefahren und im falschen Stockwerk ausgestiegen zu sein.«

»Aha.« Jürgensen klang überrascht. Er hatte zweifellos damit gerechnet, dass Raphael in der Lahann-Angelegenheit zu ihm kam. »Und was wollen Sie jetzt mit dieser Erkenntnis anfangen?«

»Ich will wissen, wer sie ist. Und Sie könnten das am PC checken. Es dürfte nicht schwer sein, den Kreis der Patientinnen einzuschränken. Die Frau ist noch keine dreißig. Wenn Sie mir die Namen der in Frage kommenden Frauen auflisten, filtere ich sie schon heraus.«

»Moment«, sagte Jürgensen, weil sein Telefon klingelte. Er nahm den Hörer ab. »Hella, ich ruf dich gleich zurück. Ich bin gerade in einem Gespräch … Ja, ich bin pünktlich zum Abendessen da.«

Raphael trat ans Fenster und sah hinaus auf den Parkplatz. Er grinste, als er Holger und Ellen eng umschlungen Richtung Strand laufen sah.

»So, wo waren wir stehen geblieben?«, fragte Jürgensen, als er aufgelegt hatte.

Raphael wandte sich zu ihm um. Sein Blick streifte dabei die beiden dunkel gerahmten Fotografien auf dem Schreibtisch. Das größere der Bilder zeigte Jürgensens Frau, die braun gebrannt mit weißer Bluse in die Kamera strahlte. Hella hieß sie also. Das andere zeigte vier Personen. Jürgensen, seine Frau, einen jungen Mann … und Blondi!

Er trat einen Schritt näher an den Schreibtisch. Sie war es eindeutig. Auf dem Bild trug sie keine Mütze. In Raphaels Kopf begann es zu rattern. Er durfte jetzt keinen Fehler machen. Wenn er den Klinikleiter mit seiner Vermutung konfrontierte, würde der ihn umgehend vor die Tür setzen. Daher sagte er im Vorbeigehen nur »Ihre Familie?« und deutete auf das Foto.

Die Antwort war ein knappes »Ja«.

»Kann es sein, dass ich Ihre Tochter hier schon in der Klinik gesehen habe?«, fragte Raphael im Plauderton und blieb vor dem Schreibtisch stehen.

»Ja, das kann durchaus sein, aber jetzt zu dieser Frau, die Ihnen verdächtig vorkam.«

»Sie ist dunkelhaarig und Mitte bis Ende zwanzig«, sagte Raphael.

Jürgensen nickte. »Ich werde sehen, was ich für Sie tun kann. Das Ergebnis gebe ich Ihnen telefonisch durch.«

»Danke.« Raphael ging zur Tür.

Nachdem er sie hinter sich geschlossen hatte, blieb er einen Moment im Vorzimmer stehen. Mützen-Blondi war Jürgensens Tochter, Lena hieß sie, wie er sich jetzt erinnerte. Mit allem hatte er gerechnet, aber nicht damit.

Diese Tatsache erklärte dann auch, warum der Klinikleiter Liana Petrescu so kühl behandelt hatte, als sie sich auf dem Flur begegnet waren. Zweifellos wusste er Bescheid, was die beiden Frauen anging, und es schien ihm nicht zu gefallen.

ACHT

Das Plätschern der Nordseewellen übte eine beruhigende Wirkung aus, stellte Raphael fest, als er Donnerstagvormittag nach zwei Anwendungen am Nieblumer Strand entlangging, direkt am schaumigen Spülsaum. Das tat nach der kurzen Nacht gut. Er hatte nicht einschlafen können, nachdem er um elf zu Bett gegangen war. Zu viele Gedanken hatten in seinem eigentlich müden Kopf miteinander gerungen.

Jürgensen wusste mit Sicherheit von dem Verhältnis seiner Tochter zu Liana, aber Raphael wollte nicht glauben, dass es Jürgensen dabei um die Tatsache ging, dass Lena lesbisch war, denn homophob wirkte der Klinikleiter keinesfalls. Die Abneigung gegen Liana beruhte wohl eher auf der Tatsache, dass sie eine Reinigungskraft war. Um seinen Ruf war Dierk Jürgensen sicherlich besorgt, wenn das Gerücht stimmte, dass er Teilhaber der »Klinik am Kliff« werden sollte.

Raphael ging weiter und richtete seinen Blick nach vorn. In einiger Entfernung spazierten zwei Personen nebeneinander. Bei genauerem Hinsehen erkannte er eine der beiden Frauen. Das war definitiv Gundis. Ihr rotes Haar stach in den Grautönen der herbstlichen Umgebung hervor. Sie hatte den Arm um die Schulter der anderen Frau gelegt, bei der es sich anhand der Statur und Haarfarbe um Hella Jürgensen handeln konnte. Weinte Hella? Es wirkte so, obwohl der leichte Wind keinen Ton herüberwehte.

Auf jeden Fall schienen die beiden dicke miteinander zu sein. Oder war es eine Therapiestunde im Freien? Schließlich hatte Jürgensens Frau erst vor Kurzem ihre Mutter verloren und brauchte vielleicht seelischen Beistand. Oder war sie wegen etwas ganz anderem am Heulen? Der Detektiv in ihm war sofort bei Lahann. Wusste sie etwas?

Gedankenverloren ging Raphael weiter Richtung Wyk. Ab

und an streifte die Gischt die Sohlen seiner Sneakers. Manchmal zerbrach eine Muschel unter seinen Füßen, aber zumeist trat er sie einfach in den feuchten Sand. Er bückte sich zu einer besonders kleinen, perfekten Muschel hinunter und nahm sie zwischen die Finger. Genau solch eine Muschel in leichtem Blauton klebte auf Avas Bilderrahmen im Büro, in dem das Foto von Tarik am Strand steckte. Ob der Junge sich freute, dass Raphael heute Nachmittag die Party ausrichtete? Bisher hatte Tarik ihn eher mit Skepsis betrachtet, wenn sie aufeinandergetroffen waren.

Die Kinderparty hatte er jedenfalls perfekt durchgeplant während seiner Schlaflosigkeit. Er freute sich richtig darauf. Und darum ignorierte er auch die vorwurfsvolle Stimme in seinem Hinterkopf, die hämisch trällerte: Hast du momentan nicht Wichtigeres zu tun, als eine Horde Gören zu bespaßen?

Er zog sein Handy aus der Hosentasche und rief noch einmal die Fotos auf, die Susanne Lahann ihm geschickt hatte. Das erste zeigte den schwarzen Hyundai Tucson ihres Mannes, das zweite Frederik Lahann selbst. Er war dunkelblond, hatte blaue Augen und war weiß Gott keine Schönheit. Mit den ausgeprägten Hängewangen erinnerte er Raphael an Bilbo, den ständig sabbernden Mastiff seiner Schwester Eva. Vielleicht hatte Lahann stark abgenommen? Das würde die labbrige Haut erklären. Aber das Lächeln, mit dem er in die Kamera blickte, war durchaus sympathisch.

Raphael ging noch einen guten Kilometer weiter, bevor er stehen blieb, um eine Möwe zu beobachten, die dabei war, eine Wollhandkrabbe aus dem Meer zu ziehen. Zuerst sah es noch gut für die Krabbe aus. Immer wieder zogen die Wellen sie zurück. Doch die Möwe gab nicht auf und setzte nach. Als die Krabbe sich in Algen verhedderte, besiegelte dies ihr Schicksal. Es wurde ein Todeskampf. Immer wieder hackte die Möwe ihren spitzen Schnabel in den Panzer, riss eine Schere heraus, schluckte, riss ein Bein heraus, schluckte. Raphael tat es fast leid um die Krabbe, die sich immer noch bewegte, aber man musste den Dingen ihren Lauf lassen. In der Nahrungskette waren die Glieder fest verschweißt.

Die Möwe drehte die Krabbe, hackte in den Bauch und pickte geschickt das Fleisch heraus. Immerhin machte sie keine halben Sachen, sondern bearbeitete den Panzer, bis er sauber geleert war. Als die Möwe davonflog, drehte Raphael um und ging zurück.

Sein Blick suchte das Haus der Jürgensens, als er sich wieder der Klinik näherte. Er musste da rein. Vielleicht fand er etwas, das ihn weiterbrachte. Zum Beispiel Papiere, die bewiesen, dass Jürgensen Teilhaber werden sollte. Der beste Zeitpunkt zum Schnüffeln war zweifellos tagsüber, wenn Jürgensen in der Klinik war und seine Tochter sich dort rumtrieb. Jürgensens Frau würde er schon irgendwie aus dem Haus locken.

Ein weiterer Punkt, den er unbedingt abarbeiten musste, war ein Gespräch mit Wencke Dammann. Die Empfangsdame, die auf Jürgensens Verdächtigenliste für die Diebstähle stand, hatte ebenfalls am Spieleabend teilgenommen. Über sie wusste er noch gar nichts. Für den Anfang konnte Imme sich darum kümmern.

Er nahm sein Handy und rief im Büro an. Imme meldete sich geschäftsmäßig tüchtig mit »Friesendetektei Freersen, Hölderling, guten Tag«.

»Friesendetektiv Freersen, guten Tag, Frau Hölderling.«

»Ach, du bist es«, sagte sie mit der ihr eigenen ständig guten Laune. »Ich hab gar nicht auf die Nummer geachtet. Du bist ja der Kracher, Chef! Dass du für Ava die Kinderparty machst … Toll! Dadurch hast du mir und Tjark einen freien Nachmittag geschenkt. Meine Schwiegereltern weigern sich immer, alle drei Kinder auf einmal zu nehmen.«

»Ja, ja, hab ich schon gehört. Deine Gören werde ich schon einnorden.«

Imme lachte laut auf. »Das ist noch keinem gelungen. Aber du hast mich kaum deswegen angerufen, oder? Was kann ich für dich tun, Chef? Nein, Waltraud, ksch, weg da!«

Raphael verdrehte die Augen. »Du kennst doch fast jeden auf Föhr«, sagte er, während Imme im Büro weiter ksch-kschte. »Kennst du zufällig eine Wencke Dammann aus Nieblum? Sie ist verwitwet, kinderlos und wohnt in der Straße Bi de Süd.«

»Wencke Dammann, hm, nee, sagt mir gar nichts. Oh, Waltraud, jetzt reicht's! … Sie fliegt immer auf meinen Laptop, sobald ich ihn aufklappe«, klärte sie Raphael auf.

»Dann lass sie doch da hocken.«

»Aber sie sitzt mit dem Hinterteil zu mir und hat mir gerade auf die Tastatur gekackt.«

»Dann sperr sie gefälligst in den Käfig! Ich hab kein Geld für neues Büroequipment.«

Imme seufzte. »Liegt sonst noch was an? Bringst du den Wagen noch vorbei, damit ich Harry Lüttje morgen beschatten kann?«

Raphael nickte, obwohl sie es natürlich nicht sehen konnte. »Ja, ich lasse den Wagen in der Mühlenstraße, wenn ich heute Nachmittag da bin. Ich kann jetzt gefahrlos mit meinem Mercedes in die Klinik zurückfahren. Mein Inkognito ist mehr oder weniger aufgeflogen.« Er klärte Imme über die Geschehnisse auf.

»Na, dann pass mal gut auf dich auf, Chef. Denn wenn Frederik Lahann wirklich tot und nicht nur abgetaucht ist, wird derjenige, der ihn hat verschwinden lassen, nicht amüsiert sein, wenn du da ermittelst.«

»Ich pass schon auf mich auf. Gleich geh ich erst mal Bogenschießen, und dann brauche ich eine gute Ausrede, warum ich heute Nachmittag nicht an der Gruppentherapie teilnehmen kann.«

Tariks Party hatte absoluten Vorrang. Um den Verbleib von Frederik Lahanns Hyundai würde er sich morgen kümmern. Laut Susanne Lahann hätte ihr Mann seinen Wagen niemals auf dem Inselparkplatz in Dagebüll abgestellt, um zu Fuß rüberzukommen. Und wenn das Auto noch auf der Insel war, musste Lahann es auch sein. Tot oder lebendig.

***

»Fiete hat einen Dutt gemacht. Du musst seinen Popo abwischen.«

»Ich muss was?« Raphael starrte die sechsjährige Bente entsetzt an, die zu ihm in die Küche getreten war, wo er die Schnitzel für das Abendessen gerade in kindgerechte Hälften schnitt. Bente war Immes Tochter, und sie hatte ihren kleinen Bruder gerade ins Bad begleitet.

»Du musst Fiete –«

»Ja, ja, ich hab dich schon verstanden«, fuhr er ihr über den schokoladeneisverschmierten Mund, fasste sie an den Schultern und drehte sie Richtung Tür. »Hol deinen großen Bruder. Der soll ihm den Hintern abwischen.«

»Aber –«

»Kein Aber. Sonst gibt's kein Abendbrot.«

»Was gibt's denn?«

»Schnitzel.«

»Ich will aber Pommes.«

»Kinder mit 'nem Willen kriegen was auf die Brillen.« Wie er diesen Spruch seiner Oma immer gehasst hatte.

Bente kicherte, zog aber Richtung Wohnzimmer ab, aus dem ein Höllenlärm zu hören war. Raphael hatte den acht Kindern erlaubt, Sofa und Sessel als Piratenschiffe zu nutzen, nachdem sie eingesandet, aber glücklich vom Strand zurückgekommen waren – mit der Schatzkiste voller Überraschungseier, die er dort verbuddelt hatte.

Raphael ignorierte den bösen Blick von Oke, als der Richtung Bad stapfte, panierte die ersten Schnitzelhälften und legte sie in das sprudelnde Fett in der Pfanne.

Ava hatte ihm zwei Tüten Pommes mitgegeben. Sie fand, dass Pommes rot-weiß zum Abendessen nach Muffins, Eis und Naschkram völlig ausreichten. Aber als er die Kinder zur Schnitzeljagd an den Strand geschickt hatte, hatte Tarik gekichert und gesagt: »Schnitzeljagd ist toll. Schnitzel ist nämlich mein Lieblingsessen.«

Und darum war Raphael schnell zu Schlachter Friedrichs in der Mittelstraße gegangen, als die Kinder am Strand buddelten – die Aufsicht über die kleinen Schnitzeljäger hatte er kurzerhand zwei Teenies übertragen, die die Promenade entlangliefen und sich so einen Zehner verdient hatten.

Als die nächste Fuhre Fleisch in der Pfanne brutzelte, wendete er die Pommes auf dem Backblech. Ketchup und Majo standen auf einem Tablett bereit, ebenso in Stückchen geschnittene Paprika und Salatgurken. Einen Hauch Gesundheitsbewusstsein zu demonstrieren konnte nicht schaden.

Er nahm das Tablett, ging über den Flur und stieß mit dem Fuß die Tür zum Wohnzimmer auf, in dem es gefährlich ruhig geworden war. Der Schreck des ersten Moments, statt acht Kindern nur eines zu sehen, wich der Erkenntnis, dass sie anscheinend Verstecken spielten. Und der Kleinste musste suchen. Fiete hielt sich die Augen mit den dreckigen Händen zu und zählte: »… neun, zehn, zwölf, vierzig, dreißig, achtzig, zwanzig … Ich komme.«

Raphael wunderte sich, dass der Lütte die Augen überhaupt aufbekam, nachdem die schaumkussklebrigen Finger darauf gelegen hatten. Über beide Backen strahlend krabbelte Fiete auf das Sofa, lugte dahinter und schrie: »Hab euch!«

Hannah und ein blonder Junge, dessen Namen Raphael sich nicht gemerkt hatte, krabbelten hervor. Eigentlich gehörte Sinas Tochter nicht zu Tariks Gästen, aber Raphael hatte sie kurzerhand eingeladen, als sie zum Strand losgezogen waren und Hannah im Nachbargarten allein auf der Gartenbank gesessen hatte. Dass diese Aktion eventuell Sina milde stimmen könnte und sie ihm daraufhin vielleicht eine Auskunft zu Lahanns Wagen geben würde, konnte ein angenehmer Nebeneffekt sein. Das blieb abzuwarten.

Raphael stellte das Tablett auf dem gefliesten Couchtisch ab, unter dem Oke und Bente hockten, und rief: »Schnitzel! Pommes! Alle Piraten ran an den Tisch!«

Zwei weitere Kinder tauchten daraufhin hinter dem Sessel und neben dem Schrank auf. Nur Tarik fehlte noch. Weil alle anderen Kinder sich schon um den Tisch versammelten und ihre Finger in Ketchup und Majo tauchten, hielt Raphael es für besser, Fiete zu helfen, der zu trottelig war, Tariks Turnschuhe unter dem Vorhang zu sehen. »Da«, flüsterte er und deutete dorthin.

Fiete flitzte hin und zog den Vorhang weg. »Hab dich!«

Tarik kam hervor. Seine schwarze Augenklappe lag mittlerweile nicht mehr über seinem Auge, sondern pappte an der Stirn.

»Der hat dich verpetzt, Tarik«, brabbelte Bente und deutete mit dem Finger auf Raphael.

»*Der* will auch mal Feierabend haben«, murmelte Raphael und nahm ihr die Ketchup-Schale aus der Hand, in die sie erneut den Finger bohrte. Dann holte er aus der Küche die beiden Teller mit den Schnitzeln und die Pommes-Schüssel herein.

»Lecker!«, rief Tarik begeistert und setzte sich auf den Piratenkapitänsstuhl, der eigentlich der Plastikhocker aus dem Badezimmer war. Dessen Sitzfläche zierte jetzt allerdings ein Totenschädel mit überkreuzten Knochen – eigenhändig von Raphael aus schwarzer Bastelpappe ausgeschnitten, die seine Mutter hatte besorgen müssen. Wohl eine ihrer letzten Aktionen im selbst gewählten Föhr-Asyl, denn sie hegte die Hoffnung, dass ihr Mann baldmöglichst auf die Insel kommen würde, um sie zu holen. Auch Raphael glaubte, dass der Kaffeekönig von Flensburg alles daransetzen würde, seine Königin schleunigst wieder nach Hause zu bringen.

»Welche Schnitzel kann ich essen?«, fragte Tarik in seine Gedanken hinein, während die anderen Kinder dabei waren, Pommes und Fleisch auf ihre Pappteller mit Piratendekor zu füllen. »Welche sind Putenschnitzel?«

Raphael sah ihn an. Den schwarzhaarigen Jungen mit afghanischen Wurzeln. Den Muslim. *Fuck!* Raphael wurde heiß. Extra für Tarik hatte er sich doch die Arbeit mit dem Fleisch gemacht!

Er starrte auf die Teller mit den Schweineschnitzeln, dann wieder zu Tarik, der mit der Gabel in der Hand darauf wartete, in ein Stück Fleisch stechen zu können. Dieses süße hungrige Kind. »Die sind alle gleich. Sind alles Putenschnitzel.«

»Ach so.« Zufrieden nahm Tarik eine der panierten Hälften vom Fleischteller. Dann schaufelte er mit der Schaumkelle eine Ladung Pommes dazu.

»Du musst das Fleisch für Fiete klein schneiden«, wies Bente Raphael an. »Das kann er noch nicht allein.«

Während Raphael das Schnitzel für Mini-Hölderling in Häppchen schnitt, sah er zu, wie Tarik den ersten Bissen in den Mund nahm, kaute, schluckte …

Gut fühlte es sich irgendwie nicht an. Insbesondere, als Tarik sagte: »Das schmeckt ganz anders als bei Mama.«

Raphaels Hitzewallungen intensivierten sich. »Ist Bio-Pute.«

»Mama kauft auch nur Bio.«

»Deine Mama hat aber nicht die Raphael-Spezialwürzmischung.«

Tarik schnitt ein großes Stück Schnitzel ab. »Lecker.«

Zwanzig Minuten später waren alle satt und, da war Raphael sich sicher, Tarik ein Kandidat für die islamische Hölle. Er hatte zwei Schnitzel gefuttert.

Raphael holte die Tüte mit den Goodie-Bags, die Ava ihm mitgegeben hatte, und drückte sie Tarik zum Verteilen in die Hand. Für jedes Kind hatte Ava eine kleine Papiertüte individuell mit Namen und Piratenmotiven bemalt. Richtige kleine Kunstwerke waren entstanden, die sie mit Buntstiften und ein paar Süßigkeiten befüllt hatte.

»Jetzt ist Feierabend«, sagte Raphael in die Runde. »Hat es euch denn gefallen?«

Die euphorischen »Jaaa!«-Schreie ließen ein breites Grinsen auf seinem Gesicht erscheinen.

»Ist das noch über?«, fragte Tarik, nachdem er die Goodies verteilt hatte. Er deutete auf den Schnitzelteller, auf dem noch ein Fleischstück lag.

Raphael schluckte, dann nickte er. »Hau rein.« Wenn der Kleine schon im islamischen Fegefeuer landete, dann wenigstens mit vollem Bauch.

Doch Tarik nahm seine Serviette, faltete sie auf und legte das

Fleisch hinein. »Das nehm ich für Mama mit. Vielleicht hat sie Hunger.«

Raphaels innere Hitze nahm wieder Fahrt auf. »Deine Mama ist krank, die hat gar keinen Appetit.«

»Vielleicht aber doch.« Tarik sah ihn an. »Das ist doch so lecker.«

Raphael wurde warm ums Herz. Wie Kinder gucken konnten … Und dann noch mit diesen hübschen dunklen Augen. »Dann fahre ich euch jetzt nach Hause«, sagte er. »Mit dem Mercedes.«

»Juchhu!«, tönte es aus den Jungsmündern. Sie hatten sich schon bei der Ankunft gewünscht, mit dem coolen Oldtimer zu fahren, aber er hatte es abgelehnt.

»Aber vorher geht ihr Hände waschen. Mit Seife. Ich will hinterher keinen einzigen Dreckpfotenabdruck an den Sitzen sehen.«

»Tschüs, Tarik, das war toll«, verabschiedete sich Hannah glücklich mit der Gefriertüte in den Händen, die Raphael für sie auf die Schnelle mit Stiften und Süßigkeiten aus den anderen Tüten befüllt hatte. Fröhlich ging sie hinüber zur anderen Grundstückshälfte.

Raphael folgte ihr von der Haustür aus mit dem Blick. »Sag deiner Mama, dass ich gleich noch mal bei ihr klingle, ja?« Frederik Lahanns Wagen ging ihm nicht aus dem Kopf.

Nachdem die Musterung der Hände der Kinder generalstabsmäßig vonstattengegangen war und zwei Kandidaten die Nachmusterung erfolgreich bestanden hatten, ging Raphael mit den Kindern über den Rasen zum Auto. Dabei nahm er Anlauf, kickte spielerisch Tariks Hand an, in der er das eingepackte Schnitzel hielt, und schwups, flog es in die Luft. Raphael tat, als wolle er es auffangen, griff geschickt vorbei, und das Fleisch landete auf dem Gras. Leider war es nicht aus der Serviette gefallen. Es klebte daran. Er bückte sich und hob es so auf, dass das Schnitzel aus dem Papier fiel.

»Das macht nichts«, sagte Tarik und bückte sich schnell. »Drei

Sekunden darf man. Und ist ja nur Rasen. Mama isst das trotzdem noch.«

Dieses verdammte süße Kind. Jetzt reichte es. »Gib her«, sagte Raphael und nahm ihm das Fleisch aus der Hand. »Das kann Mama nicht essen. Hier hat Bobby Mommsen vorhin hingepinkelt.« Er ging zu den Mülltonnen und warf das Schnitzel hinein. Das anstrengendste Schnitzel *ever*.

»Schade«, sagte Tarik. »Das ist Verschwendung.«

»Wir müssen es ja nicht Greta sagen. Und jetzt ab ins Auto. Zwei nach vorn, der Rest nach hinten.«

»Das ist ja wohl nicht dein Ernst!«, ertönte Sinas Stimme hinter ihm. Es war ihre Polizeistimme.

Er wandte sich zu ihr um. »Was denn? Es sind doch nur ein paar Meter.«

»Der Hölderling-Hof liegt zwischen Alkersum und Nieblum! Außerdem hast du hinten nur zwei Gurte.« Sie trat an den Wagen. »Aussteigen, wer Hölderling heißt. Ich fahre euch nach Hause.«

Immes Kinder machten ein Riesenspektakel, aber Sina ließ sich nicht erweichen. Sie wollte nicht einmal zulassen, dass Tarik auf dem Beifahrersitz saß, sodass Raphael gezwungen war, die beiden Freunde von Tarik gemeinsam mit dem Geburtstagskind zu Fuß nach Hause zu bringen. Dann fuhr er Tarik mit dem Auto nach Hause.

Ava lebte mit Tarik in der Einliegerwohnung im Obergeschoss eines Hauses in der Straße Am Grünstreifen. Da Tarik einen eigenen Schlüssel hatte, schloss er selbst auf.

Als Raphael den Jungen in die Wohnung begleitete, hustete Ava im Wohnzimmer. Um zu signalisieren, dass er mit eingetreten war, rief er: »Hallo, Ava, ein Kind zurück. Ich hoffe, ich habe das richtige übrig behalten.«

»Mama!«, rief Tarik glücklich, während er seine Schuhe auszog und ordentlich unter die Garderobe stellte. »Das war eine tolle Party! Voll cool. Wir haben am Strand Schnitzeljagd gemacht. Wir mussten ganz viele Sachen rausfinden, und da war eine Schatzkiste verbuddelt, mit ganz vielen Überraschungseiern.«

»Einen Moment!«, rief Ava hektisch aus dem Wohnzimmer. »Bitte einen Moment, Raphael!«

Raphael wartete. Tarik war schon losgestürmt.

»Jetzt«, sagte Ava und hustete erneut.

Als Raphael das Wohnzimmer betrat, fummelte Ava noch an ihrem Kopftuch herum, und er wusste, weshalb er hatte warten sollen. Wie mochte es unter dem Tuch aussehen? Avas linke Gesichtshälfte war zwar stark vernarbt, aber nur bis zur Hälfte der Wange. Wahrscheinlich war, dass der Hauptteil der Säure seinerzeit die Schädelseite getroffen hatte.

Tarik umarmte seine Mutter, und sie drückte ihn fest. »Das freut mich, mein Schatz, dass du so eine schöne Party hattest.« Ihren Sohn noch im Arm haltend, sah sie Raphael an. »Das ist so nett gewesen. Ich danke dir, Raphael.«

»Ach was. Es hat mir selbst Spaß gemacht.«

»Das sehe ich«, sagte sie lächelnd mit Blick auf seine in Fetzen geschnittene Jeans, die ihm beim Nach-Hause-Bringen der Kinder schon etliche erstaunte Blicke von Touristen eingebracht hatte. Zu seinem Outfit gehörte außerdem ein weißes geknotetes Hemd, das er ebenfalls in Fetzen geschnitten hatte. Allerdings sah man es jetzt nicht, da er einen Hoodie darüber trug.

»Und Raphael hat ganz tolle Schnitzel gemacht«, erzählte Tarik weiter. »Die waren sooo lecker. Mit Spezialgemischung … würze … oder so was.«

»Aha?« Ava sah Raphael interessiert an. »Die Würzmischung musst du mir mal zeigen, wenn ich wieder im Büro bin.«

»Ach, ist nichts Besonderes«, winkte er hastig ab. »Ich habe einfach experimentiert. Salz, Curry, verschiedene Pfeffersorten … Woanders schmeckt es ja immer besser als zu Hause. Wie geht es dir?«

»Ich muss gestehen, der ruhige Nachmittag hat mir wirklich gutgetan, auch wenn ich sooo gern dabei gewesen wäre.« Sie knuddelte Tariks Schopf.

»Ja, dann …« Raphael winkte Tarik zu.

»Tschüs.« Tarik winkte aus den Armen seiner Mutter zurück. »Kann ich mal wieder in deinem Auto mitfahren?«

»Tarik«, ermahnte Ava ihn sanft. »Sag lieber Danke zu Raphael.«

»Danke!« Tarik strahlte ihn an.

»Alles gut«, sagte Raphael. »Und das mit dem Autofahren passt bestimmt bald mal wieder.« Er verabschiedete sich und lächelte immer noch, als er ins Auto stieg. Kinder waren ja grundsätzlich nervig, aber dieses Exemplar war ganz süß. Es fühlte sich gut an, den Kleinen glücklich gemacht zu haben. Saugut.

Das angenehme Gefühl verflog mit Karacho, als er zu Hause sein Wohnzimmer betrat. Der viel zitierte Schweinestall war das Ritz dagegen. Seufzend machte Raphael sich an die Arbeit. Er nahm die von den Kindern bemalte Piratenflagge ab – ein altes Bettlaken von Onkel Schorsch –, die er mit Heftzwecken an der Wand über dem düsteren Marschlandschaftsaquarell befestigt hatte, und warf sie aufs Sofa, auf dem nicht nur ein Pommes in der Ritze steckte, sondern auch diverse Ketchup- und Majoflecken prangten. Gut, das hässliche alte Ding musste sowieso verschwinden, wenn er auf der Insel blieb, doch für den Moment half ihm das wenig.

In der Küche sah es nicht besser aus. Zumindest roch es hier lecker nach Pommes und Gebratenem. Er biss in ein kaltes Schnitzel, das einsam in der Pfanne lag, und ging zurück ins Wohnzimmer, als ihm einfiel: Wozu leistete er sich zwei Putzfrauen? Da Frau Mommsen, wenn sie das hier sähe, mit einem Herzkasper im Wyker Krankenhaus landen würde, tippte er eine Nachricht an Hilke Öckersen in sein Smartphone: »Notfall! Brauche Sie hier dringend. Passt es morgen?«

Jetzt hieß es, im Fall Lahann voranzukommen. Er verließ das Haus wieder, sprang über die Buchsbaumhecke und klingelte bei Sina.

»Wer ist da?«, fragte sie ohne jede Angst, aber allein die Tatsache, dass sie die Tür nicht gleich aufzog, zeigte, dass sie vorsichtig war. Ihr Mann Sönke war im normalen Leben schon unberechenbar gewesen. Jetzt, da Sina ihn mit Hannah verlassen hatte, war seine Wut vermutlich ungezügelter denn je.

»Wie geht's dir?«, fragte Raphael, nachdem sie ihn hereingelassen und ins Wohnzimmer gebeten hatte.

»Wie soll's mir schon gehen? Sönke will, dass wir zurückkommen. Er hat geweint wie ein kleiner Junge und sich tausendmal entschuldigt, als wir heute Morgen telefoniert haben. Der da wurde vorhin abgegeben.« Sie deutete auf einen riesigen Blumenstrauß, der auf dem weißen Ikea-Esstisch stand.

»Du stellst dir Blumen von diesem Drecksack auf den Tisch?« Raphaels Stimme war Unverständnis pur. Mit zusammengezogenen Augenbrauen musterte er Sinas zartes Gesicht, das so bemitleidenswert blass und blaugeschlagen war. »Du hast doch wohl nicht vor, zu dem Kerl zurückzugehen?«

»Nein. Ich hatte die Blumen unausgepackt neben den Küchenmülleimer gelegt. Hannah hat sie in die Vase gesteckt, bevor sie ins Bett ging.« Sinas Augen füllten sich mit Tränen. »Sie glaubt, dass alles wieder gut wird.«

»Aber wie kann sie das denken?«, stieß Raphael wütend aus. »Sie hat doch schon vorher miterlebt, wie er dich verdroschen hat. Welches Kind wünscht sich denn so was für seine Mutter?«

»Oh, Raphael«, Sina lachte kläglich auf, »du hast von Kinderseelen wirklich keine Ahnung. Sie liebt ihn trotz allem. Er ist ihr Papa.«

»Er ist ein Dreckschwein!«

»Ja«, bestätigte Sina wütend, »ja, und auch wieder nein. Es … ist kompliziert. Er liebt Hannah. Er hätte ihr nie etwas getan, wenn …«, sie schluckte, »wenn Johannes nicht in unserem Leben aufgetaucht wäre. Sönke ist jetzt natürlich rasend eifersüchtig.«

Raphael schüttelte den Kopf. »Ich will davon nichts mehr hören. Es geht mich ja im Grunde auch nichts an, aber ich ertrage es nicht, dich so zu sehen! Wie kann man denn eine Frau oder ein Kind schlagen?« Er blickte auf ihr zerschundenes Gesicht, dann in ihre blauen Augen.

»Glaubst du denn, ich wäre noch bei ihm, wenn es Hannah nicht gäbe?«, brach es von einer Sekunde zur anderen aus ihr hervor. »Glaubst du wirklich, ich würde mich von einem Mann wieder und wieder schlagen lassen, wenn ich eine andere Möglichkeit gesehen hätte?«

Sie hob die Hand und verbot ihm den Mund, als er etwas erwidern wollte. »Ich habe es für sie ausgehalten. Nur für sie.« Sinas Stimme brach. »Ich konnte Hannah doch nicht auch noch diesen Vater nehmen.« Sie begann zu weinen.

»Sina …« Raphael trat zu ihr und zog sie ohne ein weiteres Wort in seine Arme. Sie schlang die Arme um ihn und weinte sich aus, während er fortwährend ihren Kopf an seiner Brust streichelte und einfach schwieg, bis ihr Weinen abebbte und sie sich von ihm löste.

»Dein Hoodie ist ganz feucht«, sagte sie mit Blick auf die dunklen Flecken, die ihre Tränen hinterlassen hatten. »Es tut mir leid, dass ich dich mit meinen Problemen belästigt habe. Du bist wahrscheinlich nicht rübergekommen, um dir das anzuhören.« Sie wischte sich energisch über die Wangen und lächelte kläglich.

Raphael war nicht undankbar, dass sie das Thema wechselte. Er war überfordert mit dem Gefühl, das ihr haltloses Weinen an seiner Brust in ihm ausgelöst hatte.

»Kannst du mir sagen, ob Lahanns Hyundai noch auf der Insel ist?«, kam er gleich zur Sache, als sie an ihre Handtasche ging, die neben dem Sofa lag, und eine Packung Taschentücher herausnahm. »Wenn ich bei der Fährgesellschaft anrufe, bekomme ich vermutlich keine Antwort. Dabei müssten die doch mit einem einzigen Blick in ihr System sagen können, ob der Wagen die Insel verlassen hat. Schließlich sind die Kennzeichen auf den Fahrkarten erfasst, und die Karten werden bei der Abfahrt von der Insel gescannt.«

War es ein gutes oder ein schlechtes Zeichen, dass sie nicht gleich antwortete? Sie sah ihn an, während sie sich schnäuzte, und Raphael fragte sich, ob die Nähe, die sie eben gemeinsam erlebt hatten, sie über ihren mächtigen polizeilichen Schatten springen lassen würde.

Erleichtert stellte er fest, dass es so war. »Ja, der Wagen ist noch auf der Insel.«

»Danke«, sagte er erleichtert und setzte sich auf das Sofa. »Das bedeutet, dass Lahann auch noch hier ist. Vermutlich allerdings ein paar Grad kälter als bei seiner Ankunft. Aber … könnte man dann nicht sein Handy orten? Die Polizei hat doch da Möglichkeiten.«

Sina hatte nur ein spöttisches Lächeln für seinen Vorschlag übrig. »Gut, dass die Insel den großen Meisterdetektiv Raphael Freersen hat, denn auf die Idee mit der Handyortung wären wir von der Polizei ja niemals gekommen.«

»Ja, ist ja gut.«

»Ein Handy kann nicht geortet werden, wenn die SIM-Karte entfernt oder das Handy ins Wasser geworfen wurde. Allerdings kann man rückwirkend Verbindungsdaten einholen, und glaub mir, das wird geschehen … Du brauchst es dir nicht gemütlich zu machen«, sagte sie, als er sich auf das Sofa setzte. »Diese Info bleibt die einzige für dich. Nicht nur, weil ich über den Fall momentan nicht mehr weiß, da ich nicht bei der Arbeit war, sondern weil ich es nicht darf. Du bringst mich mit jeder deiner Fragen in eine fürchterliche Bredouille. Und das weißt du.«

»Aber *du* weißt, dass du dich auf mich verlassen kannst« erwiderte Raphael ernst. »Deine Kollegen würden niemals von mir erfahren, dass ich Informationen von dir bekommen habe.«

Sina lachte hämisch auf. »Auch wenn du das glaubst: Meine Kollegen sind nicht dämlich. Irgendwann finden sie heraus, dass du einen Zwillingsbruder hast, der der Vater meiner Tochter ist. Und dann zählen sie zwei und zwei zusammen, wenn sie merken, dass Interna weitergegeben wurden.«

»Dann wollen wir für die Friesendetektei hoffen, dass deine Kollegen noch sehr lange nicht checken, dass es so ist.« Mit einem Grinsen stand er auf und trat zu ihr. »Danke, Sina. Ich revanchiere mich mal wieder mit Informationen. Gute Nacht.«

Er küsste sie auf die Wange. »Und ... es wird alles gut werden. Vielleicht nicht heute und nicht morgen, aber du wirst einmal wieder eine glückliche Frau sein. Weil du es verdient hast.«

NEUN

Frederik Lahanns Frau hatte Raphael nicht nur ein Foto ihres Mannes und eines von dessen Wagen gesandt, sondern auch das Autokennzeichen genannt. Da Ava und Imme freitags beide nicht arbeiteten, gab Raphael ihnen das Kennzeichen per WhatsApp durch, mit der Bitte, überall auf der Insel nach einem schwarzen Hyundai Tucson mit diesem Kennzeichen Ausschau zu halten, wenn sie unterwegs waren. Es musste doch möglich sein, das Fahrzeug zu finden. So groß war Föhr schließlich nicht.

Um bei der Empfangsdame Wencke Dammann weiterzukommen, versuchte Raphael es auf die direkte Art, da ihm nichts anderes einfiel. »Moin, Frau Dammann«, begrüßte er sie mit Sonnyboy-Lächeln, als er nach dem Frühstück zu ihr an den Tresen trat. »Sie empfinden mein Vorgehen vielleicht als plump, aber ich weiß, ich würde mir immer Vorwürfe machen, wenn ich es nicht gewagt hätte.«

»Um was geht es denn?«, fragte sie freundlich. Raphael fiel auf, dass sie hübsche Lippen hatte. Herzförmige. Solche Lippen wollten doch geküsst werden. Und für eine Ermittlung musste er eben mal das fortgeschrittene Alter der Lady ausblenden.

»Würden Sie mit mir was trinken gehen?«

Ihr Gesicht verschloss sich umgehend. Das Lächeln war wie weggezaubert. »Ist das ein Scherz? Wenn ja, fehlt mir der Sinn für Ihren Humor.«

»Das ist kein Scherz. Sie sind eine attraktive Frau, und ich –«

»Bitte!«, unterbrach sie ihn schroff. »Ich gehe nicht mit Patienten aus.« Die Härte in ihrer Stimme war bei ihrer nächsten Frage noch nicht verschwunden: »Kann ich sonst noch etwas für Sie tun?«

»Nein. Dann entschuldigen Sie bitte.« Er wandte sich ab und ging durch die Vordertür hinaus. Madame Dammann war eine harte Nuss. Aber die würde er schon geknackt kriegen.

Er schlug den Weg Richtung Strand ein und wandte sich dort nach links. Zu seinem Schrecken kam ihm Gundis entgegen. Die Psychotherapeutin sah aus wie ein Papagei. Wobei man den schönen Tieren damit Unrecht tat. Sie trug einen Kurzmantel im Zebralook, gepunktete Gummistiefel und riesige plüschige Ohrwärmer in ihrem wirren roten Haar. Hoffentlich laberte sie ihn nicht voll.

Aber sie schien es eilig zu haben. »Einen wunderbaren Tag für dich, Raphael«, wünschte sie ihm im Vorbeigehen in ihrer gedehnten Sprechweise. »Auch wenn Petrus heute schlechte Laune hat.«

Raphael konnte nicht anders, als stehen zu bleiben, sodass sie sich genötigt fühlte, es auch zu tun, als er sagte: »Ich habe nie begriffen, wieso ein vor zweitausend Jahren verstorbener jüdischer Fischer für unser Wetter verantwortlich gemacht wird.« Sie diskutierte bestimmt gern. Und so konnte er vielleicht auf den Spieleabend zu sprechen kommen.

Aber sie schenkte ihm nur ein fahriges Lächeln, sagte: »Keine Ahnung«, und ging weiter.

Raphael marschierte durch den Sand, bis er auf Höhe des Reetdachhauses der Jürgensens war. Er rauchte noch eine Zigarette und blickte aufs Watt, weil gerade ein Pärchen aus Richtung Wyk gelaufen kam. Er wartete, bis sie den Strandaufgang hochgingen, sah sich um und stapfte, als niemand zu sehen war, die Düne hinauf. Dort suchte er sich eine Mulde, in der er sich hinter Strandhafer verbergen konnte.

Dierk Jürgensen war in seinem Büro, davon hatte Raphael sich überzeugt, bevor er zu Wencke Dammann gegangen war. Da Hella Jürgensens Mini Cooper neben dem BMW ihres Mannes vor der Doppelgarage stand, ging er davon aus, dass sie im Haus war.

Er hockte sich hin. Jetzt hieß es warten, bis Lena Jürgensen oder ihre Mutter oder am besten gleich beide das Haus verließen. Wobei selbst das nicht hilfreich sein würde, denn Raphael hatte keine Ahnung, wie er hineingelangen sollte. Die einzige Möglichkeit schien die Terrassentür zu sein. Er hatte einen Schraubendreher dabei, um sie aufzuhebeln. Die nötigen Instruktionen dazu hatte er von seinem Kumpel Grumpy erhalten und schon einmal erfolgreich umgesetzt. Gregor »Grumpy« Denger war nicht nur Betreiber des kleinen Boxclubs vor den Toren Flensburgs, sondern auch ein Ex-Knacki, der sich mit Einbrüchen auskannte.

Die Zeit wurde lang. Er hockte im kalten Sand und wechselte mehrfach die unbequeme Position. Es machte sich bemerkbar, dass der Spätsommer vorbei war. Seine Jeans war mittlerweile an Knien und Hintern feucht, und wieder einmal verfluchte er den Umstand, hier auf der Insel gelandet zu sein. Detektiv … was für ein Scheißjob!

Er war dabei zu überlegen, ob er nicht doch wieder in der Rösterei seines Vaters anfangen sollte, als das Blatt sich wendete. Lena Jürgensen verließ ihr Elternhaus durch die Vordertür und rief über die Schulter: »Lass mich endlich damit in Ruhe, verdammt!«

Ihre Mutter folgte ihr nach draußen. »Lena! Jetzt sei nicht so bockig!« Hella Jürgensen hielt einen Müllbeutel in der Hand. Während Lena den direkten Weg zur Klinik einschlug, rief Hella ihr hinterher: »Um halb eins gibt's Mittag!« Dann wandte sie sich mit einem erbarmungswürdigen Seufzer nach rechts und verschwand um die Hausecke.

Raphael überlegte nicht weiter, als er sah, dass die Haustür noch offen stand, sondern sprintete los. Er hielt dabei den Blick auf Lena gerichtet. Wenn sie sich umdrehte, war er geliefert. Das war er vielleicht sowieso, denn er hatte keine Ahnung, wo sich die Mülleimer der Familie befanden. Die Chancen, dass Hella Jürgensen wieder um die Ecke bog, bevor er im Haus war, standen leider gut.

Der Sand stiebte, während er rannte. Er schreckte einen Austernfischer auf und entschied im Laufen, über die Lorbeerhecke zu springen, auf die er geradeaus zueilte, denn der Weg durch die Eingangspforte war ihm verwehrt, weil Lena es bemerken könnte.

Die Hecke wurde immer höher, je näher er kam, doch als er sie erreichte, zögerte er nicht und sprang über die Kirschlorbeeren. *»Shit!«*, fluchte er Sekunden später und rappelte sich vom Rasen auf, krampfhaft bemüht, nicht zu stöhnen. Sein rechtes Handgelenk schmerzte heftig vom Aufprall auf dem Boden.

Er schaffte es tatsächlich bis zur Haustür, bevor Hella Jürgensen wieder um die Ecke bog. Mit einem letzten Rundumblick – niemand war zu sehen – betrat er das Haus.

Nordisch karges Flair empfing ihn auf dem Flur – grauweißes Parkett, eine schlichte helle Kommode, ein riesiger Spiegel. Ins Auge fiel ein kunterbunter Kunstdruck auf Leinwand, in dem die Farbe Rot in verschiedenen Tönen dominierte. Raphael konnte es sofort zuordnen, weil er das Bild im Kunstunterricht am Gymnasium hatte nachmalen müssen. »Burg und Sonne« von Paul Klee. Er hatte eine Sechs dafür kassiert, weil er allen Dächern winzige qualmende Schornsteine verpasst hatte.

Hektisch sah er sich um. Vom Flur gingen mehrere Türen ab. Zwei davon standen offen. Eine Kochinsel war zu sehen, dahinter eine Einbauküche in Hellgrau. Die andere Tür gehörte zu einem Hauswirtschaftsraum. Eine Waschmaschine schnurrte leise vor sich hin. Die Maschine im Bad seines Onkels war dagegen ein Dinosaurier. Aber es blieb keine Zeit, sich im Erdgeschoss weiter zu orientieren. Hella Jürgensen durfte ihn nicht erwischen.

Immer zwei Stufen auf einmal nehmend, eilte er die weiß gestrichene Holztreppe hinauf, die dabei knarzte. Oben konnte er erst mal verschnaufen. Er würde es hören, sollte Hella Jürgensen die Stufen heraufkommen.

Im weitläufigen Obergeschoss führte die erste Tür, die er öffnete, in ein Schlafzimmer mit Boxspringbett. Hella war anscheinend eine perfekte Hausfrau. Die seidene weinrote Bettwäsche wies zwar knittrige Gebrauchsspuren auf, aber die Betten waren akkurat gemacht. Raphael zog die Schubladen beider Nachttische auf, doch dort gab es keine Papiere. Auch im Kleiderschrank fand sich nichts Brauchbares.

Auffällig war ein etwa eins dreißig hoher Stahlschrank in der Ecke zwischen Fenster und Kleiderschrank. Er war verschlossen. War das ein Tresor?

Raphael ging zu den Nachttischen zurück und suchte nach einem Schlüssel, doch zwischen Schmerztabletten, bestickten Taschentüchern, Smoking-Fliegen und weiterem Schnickschnack war nichts zu finden. Mit Bedauern wandte er sich zur Tür, nachdem er ein Foto von dem Schrank gemacht hatte. Vielleicht lagerten darin die Papiere, die er suchte. Er lauschte nach unten, als er den Raum verließ. Außer dem Surren der Waschmaschine drang kein Laut nach oben.

Das Zimmer neben dem Schlafzimmer gehörte anscheinend dem Sohn, wirkte aber unbewohnt, denn es war sehr aufgeräumt. Auf einem Regal standen Action-DVDs und eine Spielekonsole. Raphael öffnete den Kleiderschrank. Pullis und Shirts befanden sich darin und in den Schubladen ein wenig Unterwäsche und Socken. Der Junior studierte vielleicht ebenfalls irgendwo und kam nur sporadisch nach Hause.

Ein unpersönlicher weiterer Raum wurde wohl als Gästezimmer genutzt. Dort gab es nichts zu entdecken. Als Raphael auf dem Flur vorsichtig die nächste Tür aufzog, empfing ihn leises Brummen. Ein Roboterstaubsauger kam hinter einem Ledersofa hervor, stieß an den Sessel und änderte die Fahrtrichtung.

Schnell schloss Raphael die Tür hinter sich. Das war zwar nicht gut, weil er jetzt nicht hören konnte, wenn jemand die Treppe heraufkam, aber er konnte auch nicht zulassen, dass der Staubsauger auf den Flur fuhr. Schließlich war die Tür geschlossen gewesen.

Dieser Raum diente wohl als zweites Wohnzimmer. Vielleicht war es das Wohnzimmer der toten Frau Ottinger gewesen und das kleine Gästezimmer ihr Schlafzimmer. Der Blick von hier war grandios. Gut, jetzt bei Ebbe und grauem Himmel sah das Watt eher aus, als hätte Petrus nicht nur schlechte Laune, sondern auch noch mächtig Durchfall gehabt, doch wenn der Meeresboden in der Sonne glitzerte oder die Nordsee im Sommer den blauen Himmel widerspiegelte, musste der Ausblick herrlich sein.

Nun, er war nicht hier, um die Aussicht zu genießen. Raphael wandte sich dem Sideboard zu und öffnete die Schubladen nacheinander. Allerdings enthielten sie keinerlei Papiere, sondern nur Kerzen, Schleifenbänder und weiteres Deko-Gedöns. Die Mappen hinter der linken Sideboardtür entpuppten sich als Fotoalben. Er blätterte flüchtig durch das erste. Die Aufnahmen zeigten die üblichen Situationen, bei denen Menschen Fotos machten: Geburtstage, Urlaube, dazu ein paar Schnappschüsse, die Lena und ihren Bruder im Garten abbildeten. Sie hatten beide den Arm um die mageren Schultern einer alten Frau gelegt. Vielleicht die verstorbene Großmutter?

Raphael griff nach einem am PC erstellten Fotobuch, das Bilder neueren Datums enthielt. Doch nach dem ersten Umblättern legte er es zur Seite, stand auf und öffnete vorsichtig die Tür. Er war unruhig. War Hella schon wieder im Haus? Er schlich zum Treppenhaus und lugte über das Geländer nach unten. Die Haustür war zu. Aus der Küche kamen Geräusche. Wenig später bezeugte ein Brummen, dass er noch ein wenig Zeit zum Stöbern hatte, denn es war das Geräusch eines Mixers.

Doch durch das Brummen hindurch klang noch etwas anderes. Raphael verharrte einen Moment. Ein heftiges Schluchzen – Hella Jürgensen weinte. Weil sie Stress mit Lena hatte? Weil ihr Mann Stress mit Lena hatte? Oder hatte Hella Jürgensen einen ganz anderen Grund, so aufgelöst zu sein?

Nun, das würde er hier und jetzt nicht herausfinden. Er musste die Zeit nutzen. Und so eilte er ins Zimmer zurück und blätterte fahrig durch das Fotobuch. Lena trug auf allen Bildern die Haare kurz und sehr oft eine Mütze. Es war also eher ein Spleen von ihr und nicht der Beweis, dass sie darunter möglicherweise eine Kopfwunde verbarg.

Enttäuscht verließ Raphael den Raum, nachdem er nichts Verwertbares gefunden hatte. Vermutlich hatte Jürgensen ein Arbeitszimmer, in dem er wichtige Papiere aufbewahrte.

Voller Hoffnung, dass sich hinter der nächsten Tür dieses Arbeitszimmer verbarg, öffnete er sie, aber es war ein Bad mit großer Eckbadewanne und offener Dusche. Aus purer Verzweiflung zog er die Türen der Badschränke auf. Das offene Regal streifte sein Blick nur kurz, verharrte dann aber aus Neugier. Was war das? Neben einer Packung Papiertaschentücher lagen in einem Schälchen zwei leicht gebogene farbige Teilchen. Ein blaues und zwei braune. Waren das Kontaktlinsen? Anscheinend ja, denn das Plastikfläschchen daneben enthielt laut Aufschrift ein Pflegemittel für Silikon-Gel-Linsen. Aber zwei verschiedene Farben? Vielleicht ein weiterer Spleen der Mützentrulla.

Unten erstarb das Geräusch des Mixers. Gleich darauf erklangen Schritte auf dem Flur und dann, zu Raphaels Schrecken, auf der Treppe. Hier gab es keine Möglichkeit, sich zu verbergen. So schnell er nur konnte, huschte er aus dem Bad, zog die nächste Tür auf und verschwand in dem Zimmer. Ein hastiger Blick verriet, dass es wohl Lenas Zimmer war. Eine Jeans und ein buntes Tuch lagen auf dem Boden.

Wo konnte er sich verstecken, falls Hella hier reinkam? Die wehenden Vorhänge vor dem auf Kipp stehenden Fenster waren viel zu durchsichtig, um sich dahinter verbergen zu können. Unter dem Bett ging es auch nicht, denn es war ein geschlossenes Boxspringbett. Was war das nur für eine Scheißmode mit diesen Betten, unter die man nicht mehr kriechen konnte?

Eine Tür wurde aufgezogen. Raphael bekam einen Schreck, als gleich darauf Hellas Stimme zu hören war. »Komm, Robert, hier reicht es jetzt.« Obwohl die Stimme nur gedämpft durch die geschlossene Tür kam, klang Hella erschöpft.

Wer war Robert?

Die Antwort erschloss sich ihm, als Hella mit müder Stimme weitersprach. »Mal sehen, ob Lena dir Platz zum Fahren gelassen hat.«

Raphael hastete zum Schrank, der als Einziges ein wenig Schutz bot, allerdings keinen optimalen. Er stellte sich dahinter und presste Kopf und Rücken an die Wand. Dann öffnete sich auch schon die Zimmertür. Raphael stellte das Atmen ein. Wenig später surrte Robert an ihm vorbei. Er hörte ein Seufzen, dann flogen Jeans und Tuch aufs Bett. Sekunden, in denen nur das Brummen des Staubsaugers zu hören war, folgten. Dann wurde die Tür ins Schloss gezogen, und Raphael gestattete sich, wieder zu atmen, vor allem *auf*. Das war gerade noch mal gut gegangen.

Leise ging er durchs Zimmer und sah sich um. Lena war ein eher sportlicher Typ, aber über der Lehne des Schreibtischstuhls hing ein BH aus zarter schwarzer Spitze. Die passenden Strings und weitere Dessous lagerten in einer Schublade in der Kommode. Raphael nahm einen knallroten Slip mit Glitzersteinchen in die Hand. Bestimmt gefiel es Liana, Lena das sexy Teil auszuziehen. *Ihm* hätte es gefallen.

Als Robert gegen seinen Fuß stieß und beidrehte, legte Raphael den Slip zurück und schloss die Schublade. Auch der Nachttisch war unergiebig. Hier würde er keine die Klinik betreffenden Papiere finden.

Enttäuscht, weil er nichts gefunden hatte, trat er den Rückzug an. Auf dem oberen Flur war alles ruhig. Von unten drang die Stimme eines Nachrichtensprechers herauf. Hörte Hella in der Küche Radio? Oder saß sie im Wohnzimmer vor dem Fernseher? Es spielte keine Rolle, Hauptsache, sie sah ihn nicht.

Leise setzte er einen Schritt vor den anderen, während er runterging. Das Knarzen zweier Treppenstufen ging ihm durch Mark und Bein, und sein Gesicht verzerrte sich, aber er kam unbehelligt unten an. Hella war anscheinend in der Küche, denn dort wurden nacheinander zwei Schranktüren geöffnet und wieder geschlossen. Er huschte zur Haustür, zog sie auf und trat hinaus.

Durchatmend wandte er sich nach links zur Lorbeerhecke. Er wühlte sich hindurch und ging zurück zur Düne. Dort musste er eine Weile ausharren, bis kein Spaziergänger mehr in Sicht war, aber letztlich kam er, ohne erwischt worden zu sein, in der Klinik an. Er ging nach oben und schälte sich verärgert aus seiner verdreckten Jeans. Die Eindring-Aktion bei den Jürgensens hatte ihm außer angegriffenen Nerven nichts eingebracht.

Er stopfte die Jeans in seine Reisetasche, um im nächsten Moment innezuhalten. Er zog die Hose wieder heraus und starrte auf die feuchten Umrisse an den Knien. Flecken! Er ließ sie fallen und blickte sich nach der Jeans um, die über dem Stuhl hing. Es war die Hose, die er an jenem Mittwochabend getragen hatte, während des Sturzes im Klinikkeller. Er hatte sie bereits am Morgen danach nach Blutflecken abgesucht, war aber nicht fündig geworden. Sie war sauber. Und genau das machte ihn jetzt stutzig.

Er hielt die Jeans hoch und starrte auf den Stoff. Es gab keinen Fleck dort, wo Roger ihm an dem Abend in Wyk das Ei auf die Hose gerotzt hatte. Und das konnte nicht sein. Das Eigelb hatte einen ekligen Fleck hinterlassen.

Mit klopfendem Herzen stand er da und stierte auf die Hose. Sie war gewaschen worden! Jemand hatte sie in der Nacht gewaschen und getrocknet, während er geschlafen hatte. Um das Blut zu entfernen!

Raphael hielt die Jeans an die Nase und roch daran. Dann zog er einen seiner dünnen Baumwollpullover aus dem Schrank und schnupperte daran. Gab es einen Unterschied? Er war sich nicht sicher. Waschpulver roch doch unterschiedlich? Oder hatte derjenige ausgerechnet das gleiche Waschpulver benutzt wie er?

Die surrende Waschmaschine im Haus der Jürgensens kam ihm in den Sinn. War die Hose dort gewaschen worden? Wahrscheinlicher war allerdings, dass es in der Klinik erledigt worden war, in dem kleinen Raum im Erdgeschoss, in dem Patienten in Münzautomaten ihre Wäsche waschen und trocknen konnten. Jedermann hatte dort Zugang.

Raphael ließ sich auf den Stuhl fallen, als aus dem Nebenzimmer Helene Fischers »Atemlos« ertönte. Sein Zimmernachbar sang lautstark mit. Genervt schlug Raphael zweimal mit der flachen Hand an die Wand. »Roger, halt die Fresse!« Er brauchte einen klaren Kopf. Es gab in diesem Fall so viele Ecken und

Enden, an denen er ansetzen musste. Ab Montag mussten Imme und Ava ihm unbedingt helfen.

Er stand wieder auf und zog eine saubere Jeans aus dem Schrank. Er würde mit Liana Petrescu sprechen. Sie war in der Nacht die Treppen hinuntergegangen. Sie könnte etwas bemerkt haben, ohne dass es ihr bewusst war. Und wenn es nur eine laufende Waschmaschine war. Außerdem war sie beim Spieleabend dabei gewesen. Es war sicherlich interessant zu hören, wie sie die Situation mit Lahanns merkwürdiger Aussage gedeutet hatte.

***

Bis zum Mittagessen hatte Raphael die Reinigungskraft nicht gefunden, obwohl er durch die ganze Klinik gestreift war. Vielleicht hatte Liana heute frei und musste dafür am Wochenende Dienst schieben? Die anderen Angestellten nach Lianas Zimmer zu fragen, wagte er nicht.

Zumindest hatte er durch Googeln herausgefunden, wofür der Stahlschrank im Schlafzimmer der Jürgensens diente. Es war ein Waffenschrank. Also gab es in der Familie vermutlich einen Jäger oder eine Jägerin. Den Gedanken, die blutende Person im Keller könnte erschossen worden sein, hatte er schnell verworfen. Ein Schuss wäre in der Klinik gehört worden. Dennoch blieb in der hintersten Hirnecke ein Fragezeichenfragment zurück, denn mit einem Schalldämpfer …

An seinem Tisch im Speisesaal war die Stimmung gereizt, als er sich setzte.

»Das bilde ich mir nicht ein!«, fuhr Roger gerade Olli über den Mund. »Ich weiß genau, dass ich noch mehr Geld im Portemonnaie hatte.«

»Um was geht's?«, fragte Raphael nach einem »Mahlzeit allerseits«.

»Ach, der Herr Wandklopfer gibt sich die Ehre.« Rogers Blick war finster. »Was sollte das? Helene muss man so laut hören. Sie hat 'ne Megastimme.«

Raphael schnitt ein Stück von der Kohlroulade ab. »Du aber nicht.«

»Jetzt lass ihn bloß in Ruhe«, sagte Katja. »Sonst wird seine Laune noch schlechter. Roger sagt, dass ihm Geld fehlt.«

Raphaels Kopf ruckte hoch. »Was?« Er legte das Besteck zur Seite und schluckte den Bissen, den er im Mund hatte, hinunter. Er sah Roger an. »Was heißt das? Wieso fehlt dir Geld?«

Roger sah ihn nicht an, sondern traktierte seine Kohlroulade mit dem Messer. »Ich könnte schwören, ich hätte gestern noch zwei Fuffis mehr im Portemonnaie gehabt.«

Raphael wurde heiß. »Und da bist du dir ganz sicher?«

»Er hat gestern Nachmittag im Kliff-Café eine Runde nach der anderen geschmissen«, warf Tobi ein. »Gaby konnte gar nicht so schnell hinterherkommen mit den Getränken, wie er bestellt hat. Am Ende war er«, er deutete mit der Gabel auf Roger, »hackedun. Also, wir auch, aber wir vermissen kein Geld.« Er sah Raphael an. »Er weiß ja nicht mal, wie viel er bezahlt hat. Wahrscheinlich ist die Knete für die Zeche draufgegangen.«

Roger aß mit zusammengezogenen Augenbrauen weiter. »Ist halt lecker, der Manhattan aus dem Kliff-Café. Die Gaby macht den selbst«, fügte er hinzu, als würde das seinen Alkoholexzess rechtfertigen.

Raphael sagte nichts weiter dazu, aber in seinem Hirn rotierte es. Lena Jürgensen … Sie war ihm auf dem Flur im zweiten Stock entgegengekommen. Dass sie tatsächlich im falschen Stockwerk ausgestiegen war, glaubte er keine Minute. Was, wenn sie für die Diebstähle verantwortlich war?

Sie war Studentin, hatte Miriam Fink einmal über Jürgensens Tochter gesagt, und kam in den Semesterferien im Frühjahr und Herbst zu Besuch. Das deckte sich mit den Zeiten, in denen die Diebstähle begangen worden waren. Und für Lena war es keine Schwierigkeit, an den Generalschlüssel zu kommen. Sie konnte ihn bei ihrem Vater oder aber aus der Schreibtischschublade von Miriam Fink mopsen, wenn sie ihren Vater im Büro besuchte und die Assistentin nicht am Platz, sondern vielleicht beim Mittagessen war. Sein Blick wanderte zu der Nische, wo die Angestellten aßen. Miriam saß dort.

Raphael tunkte ein Stück Kartoffel in die dunkle Soße, während er weitergrübelte. Sollte Lena die Diebin sein, hatte Dierk Jürgensen keine Ahnung davon, ja nicht einmal einen Verdacht, denn dann hätte er ihn niemals beauftragt, den Täter oder die Täterin ausfindig zu machen.

»Na, du bist aber heute och nich jesprächig, wa?«, holte Tilly ihn aus seinen Gedanken. »Ist dir wieder ma 'ne tote Leiche übern Weg jelatscht?« Sie lachte, und die anderen stimmten mit ein.

Raphael stierte sie an. »Sorry, Leute, ich bin wirklich nicht ganz auf der Höhe. Mir brummt der Schädel.« Das war nicht gelogen. Er schob sein Dessert – eine Quarkspeise – zu Roger rüber, der es dankend annahm, und stand auf. Es gab viel zu tun. Und darum konnte er nicht bis Montag auf die Informationen warten, die Imme über Wencke Dammann gesammelt hatte.

Um den Kopf frei zu bekommen, lieh er sich eines der Fahrräder, die die Klinik für die Patienten bereithielt, und radelte los. Immes Adresse hatte er nicht im Kopf, aber so viele Höfe würde es zwischen Alkersum und Nieblum schon nicht geben. Natürlich hätte er auch telefonisch erfragen können, was sie in Erfahrung gebracht hatte, aber so hatte er gleich ein wenig Bewegung.

Als er den ersten Hof ansteuerte, wurde er dort vom Hofhund begrüßt. Misstrauisch radelte Raphael näher, aber der Mischling entpuppte sich als harmlos. Er kläffte nicht einmal, sondern tobte stürmisch um das Fahrrad herum. Dann erklang eine Mädchenstimme. »Hallo! ... Oke, komm mal her, der Partymann ist hier.«

Raphael sah zur Scheune, von wo das Rufen gekommen war. Hier war er richtig. Bente Hölderling saß mit baumelnden Beinen in der oberen Dachluke. In vier Metern Höhe!

Raphaels Herz begann zu klopfen. Er warf das Fahrrad in den Staub und rannte los. »Bleib ganz ruhig sitzen«, rief er und breitete die Arme aus, als er unter der Öffnung stand und hochschaute. »Jetzt krabbel ganz langsam zurück, hörst du? *Langsam* aufstehen und von der Öffnung wegtreten.«

Bente sah ihn von oben an. Ihre Verwirrung brachte sie mit einem gedehnten »Hä?« zum Ausdruck, was ihre Zahnlücken zum Vorschein brachte. Dann rutschte sie ein Stück zur Seite, um ihrem großen Bruder Platz zu machen.

Der hockte sich neben sie und sah zu Raphael runter. »Hallo! Was willst du denn hier?«

»Eigentlich wollte ich eure Mutter sprechen, aber jetzt muss ich erst mal zwei Kinder aus Lebensgefahr retten.«

»Echt?« Oke riss begeistert die Augen auf. »Wo sind die? Dürfen wir mitkommen?«

Raphael starrte ihn an. Wollte das Gör ihn verarschen? Allerdings sah er nicht so aus. »Ihr seid die Kinder, verdammt! Und jetzt weg da!«

»Hä?«, machte jetzt auch Oke verwirrt und bewies, dass Eloquenz in der Familie lag. »Hier sitzen wir immer. Das ist doch unser Heuboden.«

Raphael ließ die Arme sinken. »Ernsthaft? Das sind vier Meter bis nach unten. Wenn ihr aus der Öffnung fallt, seid ihr tot. Zumindest brecht ihr euch sämtliche Knochen im Leib.«

Die Kinder beugten sich gleichzeitig vor und blickten gen Boden, dann wieder zu Raphael. Bente begann zu kichern. »Wie sollen wir denn hier runterfallen? Wir sitzen hier doch.«

»Ist euer kleiner Bruder etwa auch da oben?«, fragte Raphael.

Oke tippte sich heftig an die Stirn. »Bist du verrückt? Der kann hier doch runterfallen! Fiete ist bei Oma.«

So langsam dämmerte Raphael, dass Kinder auf einem Hof anders groß wurden als der Rest der Welt. »Wo ist eure Mutter?«, fragte er, die Arme wieder fangbereit, denn Klein-Bente stand auf.

Sie deutete nach links, wo sich ein großer Stall befand. »Thekla kriegt grad ein Kalb. Papa und Mama helfen ihr.«

Raphael sah zur geöffneten Stalltür, aus der vereinzelt ein Muhen zu hören war. »Ich dachte, die heißt Minna.«

»Minna hat schon längst gekalbt«, kam es gelangweilt von Oke. »War nur ein Bullenkalb.«

»Was heißt denn hier ›nur‹?«, sagte Raphael. »Kerle sind doch wohl wertvoller als Weiber.«

Oke konnte den Spott nicht einordnen. Ernsthaft sagte er: »Wir brauchen aber Kühe. Das Besamen kostet mehr, als Papa für ein Bullenkalb kriegt. Ungefähr nur vierzig Euro.«

Raphael musterte den Jungen, aus dem bereits der Bauer sprach. »Hat der wertlose kleine Bulle denn wenigstens einen tollen Namen gekriegt?«, fragte er Bente, um sie mit einzubeziehen, denn sie fing an, vier Meter über dem Erdboden herumzuzappeln. »Die Namen dürft ihr doch bestimmt aussuchen, oder?«

»Du weißt wohl gar nix«, war die Antwort aus dem zahnlosen Mund. »Ein Bulle kriegt gar keinen Namen. Den verkauft Papa doch an den Mastbetrieb.«

»Na dann ... Fallt nicht raus. Jedenfalls nicht, solange ich hier bin.«

Raphael ging über den gepflegten Hof zum Stallgebäude, vorbei an fünf Hennen und einem Hahn, der – Raphael guckte zweimal hin – humpelte. Als er den Stall betrat, schlug ihm der typische Geruch nach Stroh und Silo entgegen, verbunden mit einer anheimelnden Wärme, dem Scharren von Rinderhufen und gemütlichem Muhen. Zwei Katzen lagen auf an der Wand aufgetürmten Strohballen, eine dritte schlich um einen Trog herum, aus dem die Kühe fraßen. Der Hofhund tobte an ihm vorbei. Dorthin, wo Imme in blauer Latzhose, Sweatshirt und Gummistiefeln vor einer Box stand, die Arme auf das Eisengatter gelegt. »Raphael!«, rief sie mit gedämpfter Stimme. »Das ist ja ’ne Überraschung.« Sie winkte ihn heran.

Tjark Hölderling, der in der Box stand, sah ihm neugierig entgegen. Sie hatten sich noch nicht kennengelernt. Immes Mann trug eine grüne Hose und ein kariertes Flanellhemd. Die Ärmel waren aufgekrempelt und entblößten sommerbraune Unterarme mit hellblonden Härchen. »Moin, ich bin Tjark.« Er wischte mit der Rechten kurz über seine Hose, bevor er sie Raphael entgegenstreckte.

Er ergriff die schwielige Hand mit einem herzlichen »Moin. Raphael« und erwiderte den festen Druck. Tjark Hölderling, der Immes eins neunzig nicht ganz erreichte, war ihm auf den ersten Blick sympathisch.

»Hast du schon mal eine Kuh kalben sehen?«, fragte Tjark und deutete auf die mächtige Schwarzbunte, die auf Stroh gebettet auf der Seite lag und ihren Kopf Richtung Hinterleib verrenkte. Zweifellos wollte sie sehen, was sie dort quälte.

»Nein.« Raphael starrte auf das handballgroße schimmernde Etwas, das der Kuh aus dem Hinterleib quoll. »Und muss ich auch nicht.« Er deutete auf das Hinterteil. »Soll das da rausgucken?«

Imme lachte auf. »Das ist die Fruchtblase, Chef. Wenn du genau hinsiehst, erkennst du schon die Vorderfüße. Dauert nicht mehr allzu lange, bis es so weit ist.« Sie sah ihren Mann an. »Wir sollten den Kindern schon mal Bescheid sagen.« Ihr Blick wanderte zu Raphael zurück. »Bei der Austreibungsphase sind sie gern dabei.«

»Echt?« Raphael blickte zu der glänzenden Blase. »Ihr habt schon ’n bisschen was von der Addams Family, oder?«

Tjark Hölderling lachte herzhaft. »Und du bist ein richtiges Stadtei, was? … Ich hol die Lütten.« Er marschierte in mächtigen Gummistiefeln an Raphael vorbei und scheuchte dabei den Hahn raus, der gerade in den Stall gehumpelt kam.

»Heino kräht immer so laut«, sagte Imme, als müsse sie sich dafür entschuldigen, dass der Hahn nicht reindurfte. »Und bei einer Geburt ist eine ruhige Atmosphäre für die Kühe wichtig … Und du willst was zu Wencke Dammann hören, Chef?«

Raphael nickte, den Blick immer noch fest auf die Blase gerichtet. Ekel-Faszinosum.

»Ich hab nichts Wichtiges für dich rausgefunden, sonst hätte ich dir geschrieben. Wencke Dammann lebt wohl seit dem frühen Tod ihres Mannes sehr zurückgezogen. Sie spielt, wie Jürgensen dir aufgeschrieben hat, Badminton beim WTB. Aber Bine, eine

Bekannte von mir, die da auch spielt, konnte mir nicht viel sagen, als ich sie nach der Dammann gefragt habe. Sie wusste nur, dass sie allein lebt. Sie sagt, sie verschwindet nach dem Training immer gleich nach Hause. Ist nicht der gesellige Typ.« Sie trat einen Schritt zurück, weil Thekla begann, sich aufzurichten.

»Oh Gott, darf die jetzt aufstehen?«, fragte Raphael mit Blick auf die Kuh, die ein wenig Mühe hatte, hochzukommen.

»Ja, die sucht sich ihre Lage selbst aus. Und es hilft ihr, wenn sie die Position verändert. Also, mehr hab ich zu der Dammann nicht rausgefunden. Einen Partner scheint sie nicht zu haben … Ja, Thekla, komm, meine Gute, jaaa, leg dich schön wieder hin.«

Die Kuh ließ sich nach einem Muhen schwerfällig auf dieselbe Körperseite in das Stroh zurückfallen, als Bente und Oke in den Kuhstall kamen, nicht rennend, sondern ruhig nebeneinandergehend. Gemeinsam blickten sie in die Box, wo die Fruchtblase wieder in der Kuh verschwunden war.

»Immer noch nicht weiter?«, fragte Oke und stieg auf einen Strohballen, um besser sehen zu können.

»Wir werden mal Hilfe leisten«, sagte Tjark, als die Vorderfüße in der Fruchtblase wieder auftauchten, und griff nach zwei bereitliegenden kurzen Stricken.

Interessiert und entsetzt zugleich sah Raphael zu, wie der Landwirt die Fruchtblase öffnete und die Stricke um die Vorderfüße legte, die aus der Kuh herausragten. Während einer Wehe zog Tjark mit all seiner Kraft, und das war nicht wenig.

Raphael verzerrte das Gesicht, als Imme ihm einen Vortrag über die Anatomie der Kuh hielt und erklärte, dass die Kraft ihrer Wehen Tjarks Kraft, der jetzt im Fünfundvierzig-Grad-Winkel auf den Hacken stand und zog, noch übertraf. Trotzdem gelang es ihm nicht, das Kalb herauszuziehen.

Oke wandte sich seinem Vater zu. »Soll ich den Geburtshelfer holen?«

Tjark nickte. »Man los.«

»Holt er jetzt den Tierarzt?«, fragte Raphael irritiert. »Oder wer ist Geburtshelfer?«

Bente sah ihren Vater an. Ihre Stimme troff vor Verachtung. »Du musst dich nicht wundern, Papa, der weiß gar nix.«

Tjark lachte leise. »*Das* ist der Geburtshelfer«, sagte er, als Oke mit einem metallenen Gegenstand wiederkam, der aus einer langen Stange mit einer eigenartigen Vorderkonstruktion und einer Zugvorrichtung bestand. Er löste die Stricke von den herausragenden Füßen des Kalbs und band stattdessen die Stricke des stählernen Konstrukts darum. Dann begann er, die Zugvorrichtung vor und zurück zu bewegen, wobei er das Vorderteil der Stange gegen die Kuh drückte.

»So viel Kraft kann man mit Armmuskulatur einfach nicht aufwenden«, sagte er, während Raphael mit großen Augen auf das blickte, was nun aus Theklas Hinterleib ragte. »Sind das die Beine? Und was ist das andere? Ist das das Maul? Wie kann das denn zusammen …?« Er schluckte, sah zu den Kindern, die beide auf dem Strohballen standen, und flüsterte Imme zu: »Das ist eine Missgeburt, oder? Da stimmt doch was nicht.«

Imme klopfte ihm lachend auf die Schulter. »Ganz im Gegenteil, das ist perfekt. Das sind die Vorderbeine, die du da siehst, und das kleine Mäulchen gehört auch genau da hin. Und nun pass auf, weil es jetzt ganz schnell geht.« Sie trat neben das Hinterteil der Kuh.

Und tatsächlich plumpste das Kalb innerhalb kürzester Zeit auf das Stroh, das in der gesamten Box verteilt lag. Imme hatte dabei den Kälbchenkopf gehalten. Noch während der Bauer die Stricke von den Klauen löste und Imme das kleine Mäulchen vom Schleim befreite, drehte Kuh Thekla sich herum.

»Sie ist eine gute Mama«, sagte Imme zufrieden und stand auf, als die Kuh umgehend begann, ihr vom Fruchtwasser nasses Kalb abzuschlecken. »Das macht sie jetzt so lange, bis das Fell trocken und flauschig ist.«

Raphael starrte auf die Nachgeburt, die dem Tier aus dem Hinterleib hing. »Sie hat nicht einmal geschrien«, sagte er verwundert. »Hat die keine Schmerzen ausgestanden?«

»Natürlich hatte sie Schmerzen, aber der Urinstinkt lässt sie so leise wie möglich gebären«, sagte Imme. »Um keine Raubtiere anzulocken.« Sie sah zu ihrem Mann. »Was ist es?«

Tjark hob den Hinterlauf des Kälbchens in die Höhe. »Eine Kuh.«

»Ich hol das Zuckerwasser für Thekla«, sagte Oke und flitzte davon.

Raphael betrachtete das gar nicht so kleine Etwas, von dem die Kuh abließ, als Oke ächzend mit einem vollen Zehnlitereimer ankam und ihn an eine Öffnung neben dem Gatter wuchtete. Innerhalb kürzester Zeit schlabberte Thekla den Eimer leer.

»Aber dieses Kalb kriegt doch jetzt einen Namen?«, fragte Raphael in die Runde.

Alle nickten. Imme zwinkerte ihm zu. »Raphaela können wir es leider nicht nennen. In diesem Jahr sind wir beim F.« Auf seinen verwirrten Blick hin klärte sie ihn auf. »Jahr für Jahr wechselt der Anfangsbuchstabe in der Reihenfolge des Alphabets.«

»Aber dann kann sie doch Faela heißen«, rief Oke begeistert. »Das passt.«

»Äh, nein.« Raphael sah den Kleinen an. »Ich werde mit ph geschrieben, nicht mit f.«

»Ach was, das ist dem Kalb doch wurscht«, winkte Imme ab. »Faela ist sehr schön.« Sie wuschelte Oke durch den blonden Schopf. »Tolle Idee.«

»Geht so«, brummte Raphael. »Ein jämmerliches F.« Aber ein wenig geschmeichelt fühlte er sich dennoch, insbesondere, als Tjark erwähnte, dieses Kalb sei ungewöhnlich groß und kräftig.

Als Raphael sich verabschiedete, sagte er zu Imme: »Montag hängst du dich an Harry Lüttje ran, okay? Und Ava sag ich Bescheid, dass sie ihn nachmittags beobachten soll. Das macht ihr Tag für Tag, jeweils zwei Stunden. Den Rest der Zeit grast ihr die Insel nach dem Hyundai von Lahann ab.«

Er zeigte ihr das Foto von Frederik Lahann und eine Abbildung des Wagens, dann sandte er ihr beides aufs Handy. Solange keine Leiche gefunden war, war alles möglich.

»Super.« Imme gab ihm einen Knuff auf den Oberarm. »Ich freu mich schon auf das Observieren, Chef. Imme Marple kriegt sie alle.«

Raphael knuffte zurück. »So will ich meine Mitarbeiter hören. Ich mach jetzt noch zwei Stunden den Mr. Stringer und leg mich bei Lüttje auf die Lauer.«

Die Garage im Boldixumer Hardesweg war leer, als Raphael den Wagen ein gutes Stück entfernt parkte. Nach einer halben Stunde verließ Frau Lüttje das Haus und ging zu den Nachbarn rüber. Somit war klar, dass Harry mit dem Wagen unterwegs war. Raphaels Geduld wurde belohnt, als ein schwarzer Mercedes eine weitere Stunde später – es war kurz nach siebzehn Uhr – in die Garage fuhr. Harry Lüttje stieg schwerfällig aus dem SUV aus. Er hatte nichts bei sich außer seiner Gehhilfe und nahm auch nichts aus dem Kofferraum, aber auffällig war, dass er wieder den schmutzigen Blaumann trug.

Wo fuhr man in einem verdreckten Overall hin? Für mindestens zwei Stunden? Raphael hätte gern gewusst, seit wann Lüttje unterwegs gewesen war. Auf jeden Fall war er so dreckig wohl kaum zum Shoppen gefahren, und auch nicht zu einem Besuch.

Dranbleiben, lautete die Devise für morgen.

ZEHN

Am Samstag fuhr Raphael gleich nach dem Frühstück nach Wyk in den Hardesweg, aber als er dort ankam, war Lüttjes Garage wieder leer. *Fuck!* Immer kam er zu spät. Er wartete erfolglos eine Stunde, dann fuhr er los, um den Nachbarn nicht aufzufallen. Eine Stunde später fuhr er noch einmal am Grundstück vorbei, aber Lüttje war immer noch nicht wieder da.

Frustriert machte er sich auf den Weg zurück in die Klinik. Harry Lüttje würde er in der kommenden Woche den Frauen überlassen. Er musste sich jetzt wieder dem verschwundenen Lahann widmen.

Er verbrachte den gesamten Nachmittag damit, die Insel nach dem Wagen von Lahann abzugrasen, blieb aber auch dabei erfolglos. Genervt und weil er keine Lust auf Gespräche im Klinik-Speisesaal hatte, ging er zum Abendessen in den Midlumer Krog. Als er sich das zweite Alsterwasser zu seiner Scholle bestellte, kam eine WhatsApp-Nachricht von Imme.

»Hast du dir das Foto von Frederik Lahann mal genau angesehen?«, stand dort in Verbindung mit einem Brillen-Smiley. Anscheinend war das aber noch nicht alles, denn über dem Chatverlauf stand: »Imme schreibt …«

Raphael rief Lahanns Foto auf und betrachtete es. Was meinte sie? Während er das Bild größer zoomte, folgte der zweite Teil von Immes Nachricht. »Er trägt ein Hörgerät. Ist fast nicht zu sehen, aber vielleicht hast du das Teil ertastet und geglaubt, es sei ein Ohrring?«

Raphael zoomte Lahanns Ohr weiter heran. Tatsächlich! Das Bild war jetzt sehr verpixelt, aber das durchsichtige Plastikteil konnte tatsächlich ein Hörgerät sein.

»Danke, Imme, super!«, tippte er ein. »Ich kläre das mit Lahanns Frau.«

Er ging direkt nach draußen vor das Restaurant, steckte sich eine Zigarette an und wählte die Nummer von Susanne Lahann. Sie ging gleich ran und bestätigte auf seine Nachfrage, dass es sich um ein Hörgerät handelte. »Ist das wichtig?«, hakte sie nach.

»Jein.« Er erzählte ihr, was er zu fühlen geglaubt hatte. »Ich habe bisher gedacht, dass es ein Ohrring war. Das ist jetzt ein neuer Aspekt. Vielen Dank, Frau Lahann.«

Er ging ins Restaurant zurück und ließ sich das Alster und einen Absacker in Form eines Kümmels schmecken. Dann schrieb er Imme: »Frau Lahann hat deine Beobachtung bestätigt. Gut gemacht, Watson!«

Die Antwort kam umgehend: »Oh Gott! Aus dem Mund von Raphael Freersen zwei Lobe an einem Tag! Ich werde nicht schlafen können.«

Mit einem Grinsen schickte er ihr den Mittelfinger-Smiley. Er verspürte durchaus Lust auf einen zweiten Schnaps, aber er konnte es sich nicht erlauben, seinen Führerschein zu verlieren. Darum bestellte er noch eine Cola und fuhr schließlich zurück in die Klinik, um so früh wie selten zuvor ins Bett zu gehen.

Da Raphael am Sonntagmorgen entsprechend früh wach war, joggte er zwei Stunden am Strand. Am Tresen im Speisesaal stellte er mittags zufrieden fest, dass Maren Hacker Dienst hatte. Daher trieb er sich am frühen Nachmittag am Hinterausgang der Klinik herum. Frischer Wind kam von der Seeseite und brachte den Duft der Nordsee nach Salz und Watt mit sich.

Als Maren Hacker das Klinikgebäude verließ, fing er sie am Fahrradständer ab. »Hacki!«, begrüßte er sie. »Haben Sie jetzt auch endlich Sonntag?«

»Ja. Jetzt freue ich mich auf eine schöne Mittagsstunde, und dann gibt's Bingo. Drücken Sie mir die Daumen für einen Dreier-Bingo, Raphael. Der Jackpot ist letzte Woche nicht gefallen.« Sie legte die Klammern um die weiten Hosenbeine und schloss das Fahrrad auf.

»Sie machen gar nicht den Eindruck, als würden Sie dem Geld so viel Wert beimessen«, sagte er, um sie aus der Reserve zu locken. Er wollte einfach sicher sein, dass Hacki nicht die Diebin war. Die Tatsache, dass ihr Neffe zu den Zeiten, in denen das Geld geklaut wurde, auf der Insel gewesen war, ließ sie immer noch nicht als Verdächtige ausscheiden, auch wenn Lena Jürgensen momentan in der Täter-Rangfolge mächtig weit vorn lag.

»Wenn's nur für mich wäre, würde es ja auch mehr als ausreichen, aber …« Sie zögerte, dann setzte sie hinterher: »Meine Familie braucht mich. Meine Schwester ist Witwe mit fünf Kindern. Sören, den Ältesten, haben Sie ja kennengelernt. Ein braver, fleißiger Junge. Die anderen vier sind noch minderjährig. Die Jüngste ist gerade mal acht. War gerade geboren, als ihr Vater starb. Seitdem schlägt Anke sich allein mit den Kindern durch. Mit einem Berg Schulden aus der Selbstständigkeit ihres Mannes.«

Sie zog das Fahrrad aus dem Ständer. »Sie hat es weiß Gott nicht leicht, aber die Lütten hat sie alle gut erzogen … Na ja, und ich hab ja keine Kinder. Da geb ich gern für meine Familie.«

»Sie sind ein guter Mensch, Hacki.«

Sie lachte bitter. »Ich und gut! Wenn Sie wüssten … Außerdem wäre ich dann schon nicht mehr da, denn die Guten sterben früh. Mein Schwager war ein Guter und gerade mal vierundvierzig Jahre alt, als es dem *lieben* Gott gefallen hat, ihn zu sich zu holen. Einen Vater von fünf Kindern! Von einem Tag auf den anderen war nichts mehr, wie es war.«

»Das tut mir leid«, sagte Raphael, aber gedanklich war er noch bei ihrem »Wenn Sie wüssten …«. Er fühlte sich nicht gut dabei, aber er musste es klären. »Hacki, vielleicht weiß ich es ja? Ich meine, warum Sie sich nicht für einen guten Menschen halten?«

Ihre Wangen überzogen sich mit flammender Röte. Sie löste eine Hand vom Lenker und machte eine wegwerfende Bewegung. »Ach … Das hab ich doch nur so dahingesagt.«

Raphael setzte alles auf eine Karte. »Und ich dachte schon, Sie meinten, dass Sie den Kurgästen das Geld aus den Zimmern stehlen. Im Frühjahr und im Herbst, wenn Sören zu Besuch ist. Um ihn noch besser unterstützen zu können, damit er seinen Meister machen kann.«

Er hoffte, dass sie ihn entgeistert ansehen und beschimpfen würde. Es tat unerwartet weh zu sehen, dass diese Hoffnung sich nicht erfüllte. Stocksteif stand sie da, starrte ihn an. Die Röte wich einer plötzlichen Blässe. Ihre Augen füllten sich mit Tränen.

Raphael griff nach dem Fahrrad, als sie einen Schritt zurückwankte und stammelte: »Woher …?« Die Tränen liefen jetzt über die properen Wangen.

»Ach, Hacki. Wirklich? Sie?« Er war weiß Gott kein guter Menschenkenner. Warum musste er ausgerechnet in diesem Fall recht behalten? »Ich bin aus diesem Grund in die Klinik gekommen. Ich bin Privatdetektiv und soll im Auftrag von Herrn Jürgensen herausfinden, wer den Patienten das Geld aus den Zimmern stiehlt.«

»Oh Gott … Ogottogott.« Maren Hacker schloss die Augen, aus denen die Tränen nur so strömten. »Ich schäme mich so entsetzlich. Ich …«, sie öffnete die Augen wieder, »ich bin eigentlich froh, dass es jetzt raus ist. Ich habe das Geld zwar nie für mich genommen, aber ich weiß, dass das Elend meiner Schwester kein Grund ist, andere zu bestehlen.« Sie atmete tief durch und machte sich gerade. »Ich bin bereit, dafür einzustehen.« Sie hielt ihm die Hände entgegen. »Nehmen Sie mich fest, Raphael.«

Er lachte unfroh auf und drückte ihre Arme nach unten. »Ich bin nicht die Polizei, Hacki. Ich nehme niemanden fest. Und Sie schon mal gar nicht.«

Sie wischte sich über die feuchten Wangen. »Dann wird Herr Jürgensen die Polizei rufen, nicht wahr?«

Raphael nickte. »Theoretisch: ja. Praktisch: nein.«

»Aber …« Sie sah ihn verwirrt an.

»Versprechen Sie mir, Hacki, dass Sie es niemals wieder tun werden? Dass Sie niemals wieder andere Menschen bestehlen werden?«

»Sie … Sie wollen mich nicht verraten?«

Raphael seufzte. »Natürlich nicht. Wie könnte ich Sie ans Messer liefern, Hacki? Ich habe Sie gern. Und wie Sie ja sagten: Sie haben es nicht für sich gestohlen.« Um den pädagogischen Aspekt nicht zu vernachlässigen, fügte er schnell hinzu: »Was es natürlich nicht besser macht. Stehlen ist kriminell.«

Maren Hacker brach erneut in Tränen aus. Sie begann so heftig zu schwanken, dass Raphael das Fahrrad einfach von sich stieß, um sie auffangen zu können. Er führte sie zu einer der Bänke, und als er bemerkte, dass einige Kurgäste aufmerksam wurden, sagte er: »Jetzt hören Sie auf zu heulen, Hacki, die Leute gucken schon. Sie tun es nie wieder, und gut ist.«

Ihr mittlerweile wieder ungesund roter Kopf ruckte hoch. Tapfer versuchte sie, sich zusammenzureißen. Aus tränenverschleierten Augen sah sie ihn an. »Sie haben Ihren Namen sehr wohl verdient, Raphael. Sie sind ein Engel.«

»Das können Sie irgendwann mal aufschreiben, damit ich es meinem Bruder zeigen kann. Und jetzt verschwinden Sie nach Hause und genießen Sie das Wochenende in dem Bewusstsein, dass kein Mensch etwas davon erfahren wird. Es bleibt Ihr und mein Geheimnis. Okay?«

Ehe er sich versah, packten ihn zwei zitternde Hände an den Schultern. »Danke!«, rief sie aus. »Danke, danke!« Zwei feuchte Küsse auf beide Wangen folgten.

Raphael lächelte. »Wie haben Sie es denn überhaupt geschafft, in die Zimmer zu gelangen? Sie haben doch keinen Schlüssel.«

»Das war gar nicht so schwer.« Sie sah ihn nicht an, während sie sprach, sondern nestelte mit den Würstchenfingern an einer Schlaufe ihrer Regenjacke. »Ich weiß von Miriam Fink, dass sie einen Schlüssel in ihrer Schreibtischschublade hat. Also bin ich, wenn sie in der Frühstückspause ihr Brötchen im Speisesaal gegessen hat, in ihr Büro gegangen und habe ihn genommen. Dann habe ich … es getan. Zwischen Frühstück und Mittag sind die Patienten ja alle bei ihren Anwendungen. Und in der Mittagspause habe ich den Schlüssel dann zurückgelegt.«

Raphael nickte verstehend. »Sie wissen schon, dass es pures Glück war, dass man Sie nicht erwischt hat?« Weil sie wieder zu weinen begann, setzte er schnell hinterher: »Alles ist gut, Hacki. Der dicke Roger wird's überleben, dass ihm zwei Fuffis fehlen.«

Maren Hacker schniefte, während sich ihre Augenbrauen zusammenzogen. »Was? Ich hab diesmal doch gar nichts geklaut, auch nicht für Sören. Ich«, ihre Wangen wurden wieder flammend rot, »hatte selbst genug angespart.«

Raphael war verwirrt. »Sie haben meinen Zimmernachbarn also nicht bestohlen?«

»Nein.«

Eigenartig. Dann hatte Roger entweder das Geld wirklich versoffen, oder aber … Er stand auf. »Hacki, wo befindet sich das Zimmer von Liana Petrescu?« Er blickte zu den Nebengebäuden. »Ich muss sie unbedingt sprechen.«

Doch Hacki deutete auf das Hauptgebäude hinter sich. »Im Dachgeschoss. Nach hinten raus gibt es zwei oder drei Zimmer für die Angestellten. In einem davon wohnt sie. In welchem, weiß ich allerdings nicht.«

»Danke, ich …« Raphael brach ab, weil der Wind laute Stimmen vom Haus der Jürgensens herüberwehte. Genau wie Maren Hacker und einige Kurgäste blickte er dorthin. Die Worte selbst waren nicht zu verstehen, aber die Lautstärke bewies, dass zwei Menschen sich anschrien. Ein Mann und eine Frau. Dann verstummten die Stimmen, und Dierk Jürgensen kam in großen Schritten aus dem Garten seines Hauses zur Klinik herübergeeilt. Er sprach eine Angestellte an, die am Hintereingang stand und rauchte. Die Frau sagte etwas und deutete zum Nebengebäude, dann Richtung Strand. Jürgensen erwiderte etwas, dann eilte er die Treppe zum Kellereingang hinunter und verschwand ins Haus.

»Der sucht wohl immer noch nach Viktor, der Herr Jürgensen«, sagte Hacki. Sie stand schwerfällig auf und ging zu ihrem Fahrrad, das auf der Seite lag. »Mich hat er auch schon nach ihm gefragt.«

Raphael war schneller als sie. Er hob das Rad auf und ruckte den Drahtkorb auf dem Gepäckträger zurecht, der sich durch den Sturz verschoben hatte. Nachdem er sich davon überzeugt hatte, dass das Rad keinen weiteren Schaden davongetragen hatte, schob er es zu Hacki hinüber. »Wieso sucht er den Hausmeister?«, fragte er.

Sie hob das rechte Bein über den Rahmen, der einen tiefen Einstieg hatte. »Keine Ahnung. Eigentlich müsste Viktor hier sein, denn er hat wohl Bereitschaft.« Ihr Blick wanderte zum Nebengebäude. »Aber sein Auto ist nicht da, also ist er weggefahren. Der wird schon wieder auftauchen.«

»Tschüs, Hacki«, verabschiedete Raphael sich hastig. Seine Neugier war geweckt. Im Laufen zog er seine Zigarettenpackung aus der Jackentasche und steuerte den Eingang an, wo die Angestellte rauchte.

»Na, hat Herr Jürgensen von Ihnen wissen wollen, wo Viktor steckt? Mich hat er auch gerade gefragt«, log er und zündete sich eine Zigarette an.

»Ach ja?« Erstaunt musterte sie ihn. Sie war eindeutig verwundert, dass ein ihr völlig Fremder den Hausmeister anscheinend so gut kannte. Aber sie stellte es nicht in Frage, sondern antwortete: »Ja, hat er.«

Raphael inhalierte tief und stieß den Rauch genüsslich aus. Er ließ sich betont Zeit, um nicht neugierig zu wirken. »Ich konnte ihm nicht sagen, wo Viktor steckt.« Er lächelte sie an, bevor er den nächsten Zug nahm. »Sie?«

»Nö. Als ich ihn bei meiner letzten Zigarettenpause sah, war er auf dem Weg zum Strand. Im Bademantel. Aber das ist schon zwei Stunden her.«

»Aha?« Raphaels Kopf wanderte automatisch zum klinikeigenen Strandübergang. »Viktor geht bei diesen Temperaturen schwimmen?«

»Schwimmen eher nicht. Der geht nur kurz rein zum Abhärten.« Sie drückte die Kippe in dem mit Sand gefüllten Betonaschenbecher aus. »Der geht auch Weihnachten in die Nordsee.« Sie nickte ihm zu. »Tschüs.«

»Tschüs.« Gedankenverloren rauchte er auf. Mit wem hatte Jürgensen auf seinem Grundstück gestritten? Mit seiner Frau oder seiner Tochter? Raphael hatte die Stimme nicht identifizieren können. Es konnte auch eine andere Frau gewesen sein. Und warum suchte er nach Winkler? Wieso fuhr Winkler weg, wenn er doch Bereitschaft hatte?

Fragen über Fragen. Und es kribbelte angenehm warm im Inneren, nach der Lösung suchen zu dürfen. Aber nun war erst einmal Liana Petrescu dran.

Im Dachgeschoss der Klinik duftete es blumig, als Raphael den düsteren Flur entlangging, was wohl daran lag, dass die Tür eines kleinen Bads offen stand. Anscheinend hatte gerade jemand geduscht, denn das kleine Dachfenster war beschlagen. Drei weitere Türen gingen vom Flur ab. Raphael steuerte die mittlere an, da sie nur angelehnt war. Er klopfte.

»Komm rein, *draga mea*«, erklang Lianas akzentschwere Stimme. »Ich trockne nur noch schnell mein Haar.«

Ein Fön begann zu brummen, als Raphael eintrat. *Draga mea*, das klang nett. Vielleicht das rumänische Pendant zu »mein Schatz« oder »mein Liebling«? Ihm war klar, dass ihre Einladung nicht ihm gegolten hatte, aber das störte ihn herzlich wenig. Es war ein günstiger Umstand, dass sie jemanden zu erwarten schien – vermutlich Lena –, denn ansonsten hätte sie ihm bestimmt die Tür vor der Nase zugeschlagen.

Ihr Zimmer war in etwa so groß wie seines, aber durch die Dachschrägung wirkte es wesentlich kleiner. Vielleicht war Liana darum zwangsläufig ordentlich? Das Zimmer war vollgestellt, und sie hatte durchaus nicht wenig Schnickschnack, aber alles schien seinen Platz zu haben. Hier lagen keine Klamotten herum. Kosmetika standen fein säuberlich aufgereiht auf zwei Regalen verteilt. Modeschmuck und Tücher hingen an kleinen Haken an einem lackierten Holzbrett.

Liana hatte die gleiche bunte Bettwäsche aufgezogen, die er schon bei vielen seiner Bettgenossinnen gesehen hatte – Ikea ließ grüßen. Eine geöffnete Tube mit Körperlotion lag auf dem Kopfkissen. Raphael nahm sie und schnupperte daran. Sie mochte Kokos.

Als die Badtür aufgezogen wurde, legte er die Tube hastig zurück und drehte sich um. Doch statt der erwarteten Liana tauchte in der Tür nur ihr Bein auf. Ein bemerkenswert hübsches Bein, schlank und straff. Ein dunkler seidener Strumpf lag eng bis zur Mitte des Oberschenkels an, ohne die darüber tätowierte schwarze Rose an der Außenseite des Schenkels zu berühren.

»Und«, erklang schmeichelnd Lianas Stimme, »gefallen dir meine neuen Strümpfe, *draga*?«

»Ehrlich gesagt: Ja!«

So schnell hatte wohl noch nie jemand ein Bein eingezogen und gleichzeitig einen Schrei ausgestoßen.

»Sorry«, sagte Raphael schnell. »Die Tür stand offen.« Er hörte sie im Bad rumoren und schimpfen. »Ich hatte laut ›Hallo‹ gerufen«, log er, »aber Sie haben mich anscheinend nicht gehört.«

In ein großes, trockenes Duschtuch gewickelt, trat Liana aus dem Bad. Schwarze BH-Träger lugten darunter hervor. Ihr Gesicht hätte in einem Pure-Wut-Contest den ersten Platz belegt. »Was wollen Sie hier? Verschwinden Sie! Sie können nicht einfach in meinen privaten Bereich eindringen!« Der rumänische Akzent kam beim Schimpfen noch mehr zur Geltung.

»Ich verschwinde sofort.« Er bemühte sich, nicht auf ihr Dekolleté zu blicken. »Aber bitte beantworten Sie mir vorher ein paar Fragen.«

»Nichts beantwortete ich! Ich rufe die Polizei, wenn Sie nicht sofort verschwinden!«

»Okay, die wird sowieso kommen«, sagte Raphael. »Schließlich hat Lena Jürgensen Kurgäste bestohlen.«

Sie schloss den bereits geöffneten Mund wieder und schnappte nach Luft wie ein Karpfen im Trockenen. »Was reden Sie?«, sagte sie dann wesentlich leiser als zuvor. Ihre Hände waren nach wie vor in das Handtuch verkrampft, obwohl sie die Enden ineinander verschlungen hatte.

»Ich habe keine Ahnung, warum Ihre Freundin das macht. Es interessiert mich auch nicht. Und wenn Sie mir ein paar Fragen zum Spieleabend beantworten, Liana, bleiben meine Lippen versiegelt. Dierk Jürgensen erfährt dann von mir kein Wort.«

Da sie mit sich kämpfte, stand fest, dass er richtig getippt hatte. Hacki war nicht die einzige Diebin. Warum, verdammt, beklaute die Tochter des Klinikleiters die Kurgäste?

»Was wollen Sie denn wissen?«, presste sie mit griesgrämigem Gesicht heraus.

»Ich möchte von Ihnen nur den Ablauf des Spieleabends geschildert haben. Ab dem Zeitpunkt, als Herr Jürgensen mit Herrn Lahann auftauchte.«

Das Mürrische in ihrem hübschen Gesicht wich Misstrauen. »Warum interessieren Sie sich dafür?«

»Das lassen Sie ruhig meine Sorge sein. Sie plaudern ja nichts Vertrauliches aus, Liana. Also …« Er machte eine auffordernde Handbewegung.

»Was soll ich denn dazu sagen?«, gab sie nach. »Es war nicht schön, dass Herr Jürgensen da war. Er …«, sie stockte, »… mag mich nicht.«

»Er weiß also von Ihnen und seiner Tochter?«

»Ja.«

»Mich interessiert aber eher ein anderer Aspekt.« Raphael fragte nach dem eigenartigen Satz, den Frederik Lahann gesagt hatte.

Liana nickte. »Ja, das war ein dummer Satz. Auch wenn es nur ein Spiel war. Das war nicht schön. Ein Leben ist wertvoll.«

»Ist Ihnen bei den anderen Teilnehmern etwas aufgefallen, nachdem Herr Lahann diesen Satz gesagt hatte? Wie waren die Reaktionen darauf?«

Sie überlegte. »Alle haben sich wohl gewundert.«

»Keiner hat danach einen Schnaps getrunken?«

»Ich weiß nicht … Nein, natürlich nicht. Aber es war dann ja auch unterbrochen, das Spiel.«

»Unterbrochen? Was heißt das?«

»Frau Jürgensen kam und hat gefragt, wann Herr Jürgensen kommt. Sie wollten wohl weg.«

»Aha.« Raphael musterte Liana. Das hatten weder Hacki noch Miriam Fink erwähnt. »Hat Herr Lahann den merkwürdigen Satz gesagt, bevor Frau Jürgensen kam? Oder als sie da war?« Die Frage war nicht unerheblich, denn dann gäbe es eine Verdächtige mehr.

»Hm …«, Liana überlegte mit an die Lippen gelegtem Zeigefinger, »das weiß ich nicht. Ich habe nicht darauf geachtet.«

»Okay, danke, Liana. Jetzt lasse ich Sie auch in Ruhe.« An der Tür drehte er sich aber noch einmal um. »Ihre neuen Strümpfe werden Lena übrigens zweifellos gefallen.«

»Verschwinden Sie endlich!«

***

Montagmorgen wurde Viktor Winkler immer noch gesucht. Raphael bekam es mit, als er auf dem Weg zum Frühstück an der Rezeption vorbeiging.

Dierk Jürgensen stand bei Wencke Dammann und sprach sichtlich erregt mit ihr. »Wenn Sie seinen Wagen hatten … wo ist dann er? Ich dachte, *er* sei mit seinem Wagen weg.«

Um hören zu können, was gesprochen wurde, ging Raphael zu den beiden Ständern mit Faschingskostümen, die seit zwei Tagen für die Patienten zum Ausleihen bereitstanden. Während er Bügel für Bügel beiseiteschob, begann Jürgensen, vor dem Tresen der Anmeldung hin und her zu laufen. Zwei Schritte vor, zwei Schritte zurück. Er schien zu überlegen, was er tun sollte.

Auch Wencke Dammann hatte an Souveränität eingebüßt. Raphael war sich nicht sicher, aber es sah aus, als hätte der Empfangsdrachen Tränen in den Augen. »Haben Sie die Polizei informiert?«, hörte er sie fragen.

Jürgensen schüttelte den Kopf. »Nein, ich dachte ja, er sei weggefahren. Aber nun …« Er sah auf, und sein Blick traf sich mit Raphaels.

»Kann ich helfen?«, fragte Raphael und ging auf den Klinikleiter zu. Er deutete zu den Ständern zurück. »Ich kam nicht umhin mitzuhören. Anscheinend wird Herr Winkler vermisst?«

»Alles ist gut, Herr Freersen.« Der Klinikleiter sprach mit gesenkter Stimme, weil ein weiterer Gast ein Froschkostüm am Bügel herauszog und es sich prüfend vor den Bauch hielt. »Der Hausmeister wird schon wieder auftauchen. Sie können …«

Was auch immer Dierk Jürgensen noch hatte sagen wollen, wurde verschluckt von markerschütternden Schreien, die aus Richtung Treppenhaus kamen. Alle Köpfe in der Halle ruckten herum. Es war eine Frau, die um Hilfe schrie.

Jürgensen und Raphael stürzten gleichzeitig Richtung Treppenhaus. Raphael war schneller. Als er die Tür zum Treppenhaus aufriss, erklangen die Schreie noch grässlicher, laut und schrill. Wer auch immer sie ausstieß, befand sich im Keller.

Raphael raste die Treppen hinunter, dicht gefolgt vom Klinikleiter. Chlorgeruch schlug ihm entgegen, als er unten war. Die Tür zum Schwimmbad stand offen. Eine Frau in kurzer Sporthose und Shirt, die er nicht kannte, stand auf der Schwelle und schrie sich mit geschlossenen Augen die Seele aus dem Leib. Immer nur das eine Wort: »Hilfeee!«

Er packte sie an den Schultern, während sein Blick das Schwimmbad scannte. Dort war nichts Ungewöhnliches zu sehen. Das ruhige Wasser schimmerte blau im Deckenlicht. Am Beckenrand lagen ein paar Schwimmnudeln und rote und gelbe Bälle für die Wassergymnastik bereit. »He, wir sind ja da!« Raphael schüttelte sie. »Was ist los?«

Sie schien ihn gar nicht wahrzunehmen.

»Frau Betke«, sprach Jürgensen, der neben ihn getreten war, sie energisch an. »Frau Betke!«

Doch auch er hatte keinen Erfolg. Bevor Raphael es tun konnte, handelte der Klinikleiter und ohrfeigte die Frau. Umgehend stoppte das Schreien. Sie starrte ihren Chef an. »Da!«, stieß sie aus und deutete in den Schwimmbereich. »Im Wasser!«

Da sie zusammenzusacken drohte, schob Raphael sie einfach

Dierk Jürgensen in die Arme und stürzte zum Becken. Auf den ersten Blick war nichts zu sehen, aber dann wurde klar, was die Frau so entsetzt hatte. Ein Mensch lag unten auf dem Grund. Die Umrisse eines Körpers zeichneten sich diffus am Beckenboden ab.

Raphael zögerte nicht. Mit einem Kopfsprung sprang er ins Wasser und war mit zwei kräftigen Zügen bei der leblosen Person. Es war ein Mann in Badehose. Und obwohl der Mann mit dem Gesicht nach unten dalag, wusste Raphael schon bevor er dessen Arm packte, dass es der Hausmeister war, denn die Haare, die geisterhaft im Wasser schwebten, waren lang und dunkel.

Er stieß sich mit der schweren Last kräftig vom Beckenboden ab und schnappte nach Luft, als er oben war. Hilfreiche Hände streckten sich ihm entgegen. Es waren der Klinikleiter und eine Frau, die wohl aufgrund der Hilfeschreie ebenfalls aus der Halle nach unten geeilt war. Die beiden griffen zu, mussten aber warten, bis Raphael sich am Beckenrand hochgestemmt hatte. Erst zu dritt gelang es ihnen, den leblosen Körper aus dem Wasser zu ziehen und an den Beckenrand zu hieven.

»Einen Rettungswagen, schnell! Und wir brauchen Dr. Brecht hier!«, schrie Jürgensen Wencke Dammann an, die wie erstarrt am Beckenrand stand, beide Hände an die Brust gepresst, und immer wieder »Oh Gott, oh mein Gott!« sagte. Da sie keine Anstalten machte, einen Rettungswagen zu rufen, zog Jürgensen sein Handy aus dem Sakko und setzte selbst den Notruf ab.

Raphael lief das Wasser aus den Haaren über das Gesicht, während er den kalten Körper umdrehte. Die Frau neben ihm stieß einen kurzen Schrei aus. Viktor Winkler brauchte definitiv keinen Arzt mehr. Das nasse schwarze Haar klebte an dem weißen, aufgedunsenen Gesicht. Die welke Haut erinnerte Raphael an seine Kindheit, wenn er mit Johannes ewig lange in der Badewanne gehockt hatte. Schrumpelhaut.

»Müssen … wir ihn beatmen?«, fragte die Frau Raphael mit weit aufgerissenen Augen. Der Ekel stand ihr ins Gesicht geschrieben.

»Da könnten wir genauso gut versuchen, eine durchsiebte Luftmatratze aufzupusten«, antwortete er, und sie nickte dankbar.

»Der Notarzt kommt gleich«, meldete Jürgensen. Er war fast genauso weiß wie Viktor Winkler.

Raphael fuhr sich mit beiden Händen durch das nasse Haar. »Ein Arzt ist überflüssig. Rufen Sie lieber einen Bestatter. Und die Polizei.«

Das schien das Stichwort für Wencke Dammann zu sein. Plötzlich kam Leben in sie. »Ja! Ja, rufen Sie die Polizei! Die Mordkommission!« Sie klang hysterisch. »Viktor …«, sie wich so weit zurück, bis sie eine Wand im Rücken hatte, »… er wurde ermordet!«

Dierk Jürgensen sprang auf. »Was reden Sie denn da?«, fuhr er sie an. »Das ist ein Unglücksfall! Unglücke passieren.« Hilflos blickte er zurück zum Leichnam. »Bestimmt war es ein Asthmaanfall.«

Raphael sah den Klinikleiter an. »Er litt unter Asthma?«

Jürgensen nickte, den Blick nicht von dem Toten abwendend. »Seit vielen Jahren.«

Raphael fragte nicht weiter nach. Dass Winkler unter Asthma gelitten hatte, war glaubwürdig, wenn er an dessen pfeifende Atemgeräusche dachte. Er stand auf und ging zu Wencke Dammann, die offensichtlich anderer Ansicht war.

»Das war kein Unglück«, stammelte sie. »Das war Mord!«

»Warum glauben Sie das?«, fragte er.

»Weil er etwas geahnt hat. Es hatte etwas mit dem Verschwinden von Herrn Lahann zu tun.«

»Jetzt hören Sie aber auf!«, fuhr Jürgensen seine Empfangsdame an. »Dann hätte er doch wohl der Polizei davon berichtet. Machen Sie hier jetzt keine Pferde scheu, Frau Dammann! Der Ruf der Klinik steht auf dem Spiel.«

»Meine Fresse!«, entfuhr es Raphael. »Das ist Ihre Sorge?« Er deutete zu dem Toten. »Da liegt Ihr Hausmeister! Tot!«

»Ja, ja.« Jürgensen ging wieder ein paar Schritte zurück Richtung Leichnam.

»Wissen Sie, was das für eine Ahnung war?«, fragte Raphael Wencke Dammann leise und hastig. »Was wusste er?«

Sie schluckte, überlegte. »Ich … Ich weiß nicht genau. Er hat nicht gesagt, was es war.«

Raphael musterte sie. Stimmte das? Sein Gefühl sagte ihm, dass sie ihm etwas verschwieg, allerdings war auf seine Gefühle genauso viel Verlass wie auf die Deutsche Bahn.

Wencke Dammann brach den Blickkontakt zu ihm ab, indem sie die Augen schloss und leise vor sich hin wimmerte.

Eine halbe Stunde später wussten alle Kurgäste und alle Angestellten der »Klinik am Kliff«, was passiert war. Ein Streifenwagen stand vor dem Hauptgebäude, ebenso ein Rettungswagen, in dem die noch unter Schock stehende Physiotherapeutin Frau Betke versorgt wurde.

Raphael war so lange wie möglich im Schwimmbad geblieben, aber letztlich, wie alle anderen auch, von den Föhrer Polizeibeamten – es waren junge Kollegen von Sina, die er beide noch nie gesehen hatte – hinausgeschickt worden. Getrennt voneinander wurden sie befragt.

»Danke, Herr Freersen«, sagte der Polizist, nachdem Raphael mit seiner Schilderung fertig war. »Dann sehen Sie mal zu, dass Sie aus den nassen Sachen rauskommen.«

»Das mach ich … Werden Sie hier die Ermittlungen weiterführen? Oder die Kripo?« Da Raphael nicht wusste, ob Wencke Dammann dem anderen Polizisten ihren Verdacht mitteilen würde, fügte er hinzu: »Frau Dammann, die Empfangsdame, glaubt nämlich, dass Herr Winkler ermordet wurde. Im Zusammenhang mit dem Verschwinden von Frederik Lahann.«

»Aha?« Der junge Beamte ließ ihn wiederholen, was Wencke Dammann genau gesagt hatte. Dann nickte er. »Die Kollegen von der Kripo werden noch auf Sie zukommen, Herr Freersen. Wenn ein unnatürlicher Tod nicht ausgeschlossen werden kann, ermitteln die Husumer Kollegen vom Sachgebiet 1.«

Raphael zog erstaunte Blicke und Kommentare von zwei Entgegenkommenden auf sich, als er pitschnass durch das Treppenhaus in den zweiten Stock hinaufging, aber er reagierte nicht darauf. Seine wilden Gedanken wollten gebändigt werden. Fest stand: Er musste der Kripo von seinem mysteriösen Erlebnis im Keller berichten. Er durfte es nicht für sich behalten, nur weil er den Bonus von Susanne Lahann nicht verlieren wollte. Außerdem würden die Bullen es sowieso irgendwann von irgendjemandem hören, denn schließlich hatte er mit vielen darüber gesprochen.

Erschöpft schloss er die Tür hinter sich, als er in seinem Zimmer war, und lehnte sich einen Moment dagegen. Er schloss die Augen, und das aufgedunsene Gesicht von Viktor Winkler erschien, worauf er sie umgehend wieder öffnete.

Im Bad schälte er sich aus der triefenden Kleidung und stellte sich unter die Dusche. Mit dem heißen Wasser würde hoffentlich auch der beißende Chlorgeruch verschwinden. Doch als er sich abtrocknete, hatte er das Gefühl, den Geruch nicht gänzlich losgeworden zu sein. Es schien, als hätten sich die Nasenschleimhäute mit dem Chlor vollgesogen.

Er verließ das Bad und stand unentschlossen im Zimmer. Was nun? Sich kurz hinzulegen war wohl okay. Schließlich zog man nicht alle Tage einen Toten aus dem Wasser. Aber auch im Liegen wollte das Unwohlsein nicht verschwinden. Viktor Winklers schwammiges weißes Gesicht hatte sich mit Widerhaken in seine Gedanken gehängt. Er konnte es nicht loswerden.

»Ich brauch wohl Ablenkung«, sprach er mit sich selbst, schwang sich hoch und griff nach dem Smartphone. »Ablenkung, die auch etwas bringt«, murmelte er weiter, während er die Nummer seines Bruders aufrief.

»Jo!«, sagte er erleichtert, als Johannes sich meldete. »Kannst du auf die Insel kommen? Ich brauch dich hier … Warum? Weil ich schon Selbstgespräche führe. Und mir platzt der Schädel. Der Fall um den verschwundenen Lahann scheint sich auszuweiten.«

Als Johannes erwiderte, dass er bereits auf der Insel sei,

schluckte Raphael das, was ihm auf der Zunge lag, schnell herunter. Jo kam neuerdings ziemlich oft auf die Insel … Aber er durfte ihn nicht wieder verärgern. Stattdessen berichtete er, was sich zugetragen hatte.

»Ich muss das brainstormen«, beendete er seinen Bericht. »Und das kann ich am besten mit dir. Ava und Imme werde ich auch Bescheid sagen. Um sechzehn Uhr im Café am Kliff? … Super, danke, Bruder.«

***

»Ich liebe diese Windbeutel.« Ava stach mit der Kuchengabel ein weiteres Stück des Brandteigs ab und ließ ein genüssliches »Hmm« folgen.

Imme nickte. Sprechen konnte sie nicht, da sie den Mund voll mit Apfelkuchen hatte.

»Von der Größe her ist es kein Wind-, sondern ein Orkanbeutel«, sagte Raphael angesichts des riesigen, mit Sahne und Kirschen gefüllten Gebäckstücks auf Avas Teller.

Imme kicherte und hielt sich schnell die Hand vor den Mund, damit nichts herausfiel.

»Darf ich?«, fragte Johannes Ava und hielt seine Gabel über ihren Windbeutel.

»Ja, natürlich.«

Mit zusammengezogenen Augenbrauen sah Raphael zu, wie sein Bruder ein Stück von Avas Kuchen abteilte und aß.

»Lecker.« Johannes schob seinen Teller mit Käsetorte zu Ava rüber. »Möchtest du meinen auch probieren?«

»Leute!« Raphael platzte der Kragen. »Ich hab euch hier nicht zum Kaffeekränzchen eingeladen. Ihr sollt mir helfen, den ganzen Mist zu ordnen, den ich recherchieren muss.« Er hatte als Einziger nur einen Kaffee vor sich stehen, weil sein Appetit gegen null ging.

»Immer mit der Ruhe, Chef«, schmatzte Imme und ließ ihren Blick über das Inventar wandern. »Ist echt schick geworden hier.« Sie sah Raphael an. »Gaby und Achim haben renoviert.« Dann hob sie die Stimme und rief Richtung Tresen, wo die Besitzer des Cafés gerade in ein Gespräch vertieft waren: »Gaby! Achim! Superschick geworden bei euch. Und der Kuchen ist so lecker wie eh und je.«

»Danke, Imme!«, rief Gaby und strahlte.

»Vorher war viel Orange und Karo«, klärte Imme Raphael weiter über die Inneneinrichtung auf. »War auch sehr schön, aber jetzt dieses Grau in Verbindung mit der neuen Deko und den alten Schwarz-Weiß-Fotografien ... Toll.«

»Wenn jetzt noch einer irgendetwas sagt, was nichts mit unserem Fall zu tun hat, schrei ich«, sagte Raphael und meinte es ernst. »Was sagt ihr denn jetzt zu Viktor Winkler?«

Bevor Kaffee und Kuchen gebracht worden waren, hatte er allen erzählt, was in der Klinik passiert war. Auch von dem Gespräch mit der Husumer Kripo. Die beiden Kriminalbeamten hatten ihn ausführlich zu seinem Kellererlebnis befragt.

»Die Obduktion wird zeigen, ob es ein Unglück war oder ob jemand nachgeholfen hat«, sagte Johannes. »Solange kann man nichts ausschließen.«

»Ich habe zum Thema Asthma gegoogelt«, erwiderte Raphael. »Schwimmen wird für Asthmatiker als Sport sogar empfohlen. Der Chlormief in dem kleinen Klinik-Schwimmbad ist allerding enorm. Keine Ahnung, ob das irgendwas auslösen kann. Anscheinend ist er mit seiner Erkrankung auch nicht gerade sensibel umgegangen. Laut Internet sind kalte Luft plus Anstrengung pures Gift für Asthmatiker, aber von einer Angestellten der Klinik weiß ich, dass Winkler sogar im Winter in der Nordsee baden gegangen ist.«

»Wir müssen einfach abwarten«, sagte Johannes. »Wenn es tatsächlich Mord war, wirst du es schnell mitkriegen, denn dann wird die Mordkommission in der Klinik anrücken.«

»Ja, aber es kann noch Tage dauern, bis das Obduktionsergebnis vorliegt«, wandte Raphael ein. »Was wollen wir bis dahin unternehmen?«

»Du musst noch einmal mit dieser Wencke Dammann sprechen«, schlug Ava vor. »Sie muss dir unbedingt sagen, was sie weiß.«

»Sie wird es der Polizei gesagt haben«, meinte Johannes. »So wie du es geschildert hast, Raph, scheint sie ja wirklich davon überzeugt zu sein, dass Viktor Winkler ermordet wurde. Daher wird sie alles daransetzen, dass es aufgeklärt wird.«

»Aber warum hat sie *mir* dann so wischiwaschi geantwortet?« Raphael hob die Hand Richtung Tresen, bevor er seinen Bruder wieder ansah. »Sie wollte das, was sie wusste, nicht erzählen. Da bin ich mir sicher. Und das passt nicht zusammen: einerseits hysterisch zu schreien, er sei ermordet worden, und dann nicht mit der Sprache rauszurücken.«

»Vielleicht kann Sina rausfinden, ob sie der Polizei etwas dazu gesagt hat?«, fragte Imme und schob mit der Gabel ein Stück Apfelkuchen von der Größe eines quadratischen Post-its in ihren überdimensionalen Mund. »Schie hat mir heute früh über den Zschaun geschagt, dasch schie ab übermorgen wieder arbeiten wird.«

Raphael nickte. »Ich hatte ohnehin vor, Sina anzusprechen. Vielleicht kann sie uns sagen, was genau Lahann in der Klinik beziehungsweise bei Jürgensen wollte. Soll die Klinik verkauft werden? Das muss doch rauszufinden sein. Dass Lahann wegen der Wohnung von Jürgensens verstorbener Schwiegermutter da war, glaube ich nicht, obwohl die Köchin es meinte. Es gibt gar keine abgeschlossene Wohnung in Jürgensens Haus.«

»Lasst gefälligst Sina aus dem Spiel«, sagte Johannes barsch. »Sie hat schon genug Probleme. Da muss sie sich nicht auch noch beruflich in die Nesseln setzen.«

Raphael verdrehte die Augen. »Amen … Meine Güte, Jo, warum sollen wir unsere Verbindungen nicht nutzen? Keiner von uns wird sie je verpfeifen. Und sie soll ja keine Staatsgeheimnisse preisgeben, sondern uns nur einen kleinen Tipp geben.«

Johannes warf Raphael einen bösen Blick zu. »Wenn du es

nicht schaffst, Detektivarbeit zu leisten, ohne ständig Sina zu bedrängen, dann solltest du es lassen.«

Raphael schwieg, weil die Bedienung an den Tisch kam, um die Bestellung aufzunehmen. »Drei Manhattan, bitte«, orderte er. »Und ein Wasser, richtig?«, fragte er Ava. Sie nickte.

»Zwei Manhattan und zwei Wasser«, korrigierte Johannes die Bestellung.

»Ich dachte, du schläfst bei mir?«, fragte Raphael, als die Kellnerin ging.

»Und deshalb muss ich Alkohol trinken? Es soll tatsächlich Leute geben, die auch ohne leben können.«

»Puh, ist ja gut, Vater Teresa.«

Imme grinste. »Wäre nicht gerade Melkzeit, hätte ich Tjark angerufen. Der hätte gern einen mitgetrunken.«

»Das holen wir nach«, sagte Raphael. »Ich mag deinen Mann.« Dann fiel ihm ein: »Hat sich eigentlich bei Harry Lüttje was ergeben?« Er sah von Imme zu Ava. »Ihr wart doch heute beide an ihm dran?«

»Er ist gegen neun weggefahren«, begann Imme. »Ich bin ihm hinterher, aber in Alkersum habe ich ihn verloren, weil ein Trupp Radfahrer die Straße versperrt hat. Die wollten zum Museum abbiegen, und dabei sind zwei ineinandergefahren. Als ich endlich weiterfahren konnte, war er weg. Ich bin noch bis Dunsum gefahren, dann über Utersum zurück, aber seinen Wagen hab ich nirgends entdeckt.«

»Da du bei der Inseldetektei Freersen quasi noch in der Ausbildung bist, werde ich Gnade walten lassen«, sagte Raphael. »Aber beim nächsten Mal schiebst du behindernde Radler einfach mit dem Wagen zur Seite.«

»Ja, Massa, natürlich, Massa.« Dann tippte Imme sich gegen die Stirn.

»Als ich um Viertel nach zwei an Lüttjes Haus war, war er noch nicht wieder da«, sagte Ava. »Oder schon wieder weg. Bis zu deinem Anruf habe ich dort gewartet. Bis dahin war die Garage leer.«

»Wir müssen die Observierungszeiten irgendwie ändern«, überlegte Raphael und sah Ava an. »Könntest du vielleicht die nächsten Tage zwei Stunden eher beginnen und Imme direkt ablösen? Um zwölf? Dann wüssten wir, ob er mittags nach Hause kommt. Wenn es bei dir nicht passt, mach ich es.«

Ava überlegte kurz. »Das kriege ich hin. Die Ferien sind zu Ende, und Tarik ist um die Zeit noch in der Schule.«

»*Das* nenne ich Einsatz«, sagte Raphael und deutete auf Ava. Dann zwinkerte er ihr zu.

Unerwarteterweise erntete er dafür ein Lächeln. Und das war nach wie vor etwas, das Ava selten an ihn vergab. Vielleicht fühlte es sich deswegen warm in seiner Brust an? Einen Moment lang hielt sie seinen Blick, dann griff sie nach der Kaffeetasse und trank einen Schluck.

Raphael spürte, dass Johannes ihn ansah. Als er sich ihm zuwandte, stellte er fest, dass es kein freundlicher Blick war, mit dem er gemustert wurde, und das wurmte ihn. Was war Jos Problem?

Als sie sich um achtzehn Uhr draußen alle voneinander verabschiedeten, blickte Ava auf die gepflegte Minigolfanlage vor dem Café. »Ich muss unbedingt mal mit Tarik hierherkommen. Seit die Anlage am Schwimmbad weg ist, haben wir nicht mehr gespielt.«

»Ich spiele auch gern«, sagte Raphael. »Vielleicht habt ihr ja mal Lust auf ein, zwei Runden zu dritt? Ich wohne ja momentan um die Ecke.« Er deutete zur Klinik.

»Super«, kam direkt die Antwort, allerdings nicht von Ava, sondern von Johannes. »Vielleicht an einem Samstag? Dann könnte ich es einrichten. Ich könnte auch Hannah fragen, und wir spielen zu fünft.«

»Das ist gut«, sagte Ava, und dass sie dabei erleichtert klang, ärgerte Raphael.

»Ja.« Johannes sah Raphael an. Ohne zu lächeln. »Ich finde auch, dass das gut ist.«

ELF

Dienstagmorgen sah Raphael nach einer Joggingrunde am Strand eine Weile drei Mitarbeitern der Stadt dabei zu, wie sie die Strandkörbe auf eine Plattform luden und mit einem Trecker abtransportierten. Die Herbstferien waren zu Ende, also wanderten die Körbe ins Winterlager. Drei Strandkörbe direkt am Klinikübergang wurden allerdings ausgespart. Anscheinend gehörten sie der Klinik und blieben noch stehen.

Nach dem Frühstück telefonierte er mit Susanne Lahann, nachdem er im »Insel-Boten« den Artikel über den »Unglücksfall« in der Klinik gelesen hatte. Er wollte vermeiden, dass seine Auftraggeberin davon aus der Presse erfuhr, obwohl die Wahrscheinlichkeit eher gering war, dass überregional über den Tod des Hausmeisters berichtet wurde.

Susanne Lahann brach nach seinem Bericht in Tränen aus. Er versuchte, sie zu trösten, indem er die Tod-durch-Asthma-Theorie anführte. Aber natürlich befürchtete sie, dass der Tod des Hausmeisters mit dem Verschwinden ihres Mannes in Zusammenhang stand.

Sie hatte die Hoffnung, dass ihr Mann noch lebte und wieder auftauchen würde, definitiv aufgegeben, denn sie beendete das Gespräch mit einer flehenden Bitte: »Lassen Sie nichts unversucht, Herr Freersen! Wenn er tot ist, dann ist es so. Aber ich möchte ihn wenigstens beerdigen können. Ich brauche Gewissheit!«

Anschließend beschloss Raphael, den Autoschlüssel aus seinem Zimmer zu holen, um zu Wencke Dammann zu fahren. Er hatte bereits auf dem Weg zum Speisesaal gesehen, dass der Empfang heute mit einer jungen Frau besetzt war. Vermutlich hatte die Dammann sich nach dem gestrigen Schock krankschreiben lassen.

»Raphael!«

Er wandte den Kopf Richtung Eingangstür und sah Barockengel Holger auf sich zueilen. Was wollte der denn jetzt schon wieder? Mit einem verkrampften Lächeln begrüßte er ihn. »Na, alles gut?«

»Besser als gut.« Holger grinste breit. Mit Blick über seine Schulter senkte er die Stimme. »Extra für mich hat Ellen ihrer, na, du weißt schon, auch einen Namen verpasst.«

»Äh, bitte ... was?« Jetzt warf auch Raphael einen Blick über die Schulter.

Holger rückte noch näher an Raphael heran und blies ihm flüsternd seinen Nikotinatem ins Gesicht. »Enrico hatte vor dem Frühstück schon ein Date. Mit *Esmeralda*.«

Raphael starrte sein Gegenüber an. Wo blieb der wasserstoffblonde Guido Cantz, um zähnebleckend auf die versteckte Kamera zu deuten?

Holger strich sich langsam und genüsslich über die Brust. »Ellen ist abgegangen wie 'ne Rakete.«

Raphael bekämpfte seine Sprachlosigkeit mit einem hilflosen »Ja, super«.

Holgers Blick wanderte an Raphael hinab. »Wenn dein Goliath sich mal austoben will ... Ellen hat 'ne echt scharfe Freundin. Die macht gerade Urlaub auf Amrum. Ich könnte da vielleicht was für dich deichseln.«

»Äh, danke. *Nein* danke. Und ich muss dann auch.« Mit einem Schlag gegen den Oberarm verabschiedete Raphael sich und eilte zum Vordereingang, um erst mal eine zu rauchen. Esmeralda. Er würde Ellen nie wieder in die Augen blicken können.

Kurz entschlossen – um frische Luft zu bekommen und vor allem, um das Bild von Enrico und Esmeralda loszuwerden – holte er sich statt des Autoschlüssels am Empfang einen Schlüssel für die klinikeigenen Fahrräder. »Hat Frau Dammann heute frei?«, fragte er dabei die junge blonde Frau am Tresen. Gritje Gerdes stand auf ihrem Namensschild. Sie war süß.

Gritje nickte. »Ja, Frau Dammann hat frei. Viel Spaß beim Radeln. Sie werden kräftig treten müssen. Es ist stürmisch. Ich hätte auch noch ein E-Bike da.«

»Autsch.« Er zwinkerte ihr zu. »Anscheinend muss ich an mir arbeiten, wenn ich aussehe, als bräuchte ich beim Radfahren motorisierte Unterstützung.«

Sie blieb professionell. »Ich wollte es nur empfohlen haben.«

»Danke, aber das bisschen Wind schreckt mich nicht. Wir Norddeutsche wissen doch: Sturm ist erst, wenn die Schafe keine Locken mehr haben.« Dass sie den Spruch schon etliche Male gehört hatte, bewies ihr Lachen. Ein Höflichkeitslachen.

Auf dem Weg zu den überdachten Fahrradständern klingelte Raphaels Handy. Es war Imme. »Moin, Frau Hölderling«, begrüßte er sie. »Ich hoffe, du willst nicht wieder freimachen, um zukünftigen Steaks auf die Welt zu helfen?«

Sie ging nicht darauf ein, sondern berichtete aufgeregt. Sie war Harry Lüttje gefolgt, der in Arbeitskleidung mit seinem Mercedes davongefahren war. »Der ist in einer alten Scheune verschwunden. Auf einem Feld bei Oldsum, das, soweit ich weiß, Thies Wohlfarth gehört, einem Landwirt. Ich musste weiterfahren, anzuhalten wäre zu auffällig gewesen. Aber ich stehe hier jetzt in dreihundert Metern Entfernung und werde sehen, wenn er da wieder wegfährt.«

»Sehr gut«, lobte er sie. »Bleib einfach dran. Auch Ava soll das Geschehen aus der Ferne beobachten, wenn ihr die Schicht wechselt. Aus der *Ferne*, verstanden?«

»Ach, schön«, sagte Imme fröhlich. »Du hast Angst um uns.«

»Ich hab nur keine Lust, neue Assistentinnen einzuarbeiten. Es war nervig genug, mit euch klarzukommen.«

Mit einem »Du mich auch, Chef«, legte Imme lachend auf.

Raphael schwang sich auf das Fahrrad. Bevor er sich mit Harry Lüttje beschäftigte, musste er erst mal im wichtigeren Fall vorwärtskommen.

Wie recht Empfangs-Gritje gehabt hatte, wurde ihm nach den ersten hundert Metern Radeln klar. Er musste gegen den ablandigen Wind kräftig in die Pedale treten, als er den Großbergweg Richtung Nieblum entlangfuhr, und hasste die vier Rentner, die ihn auf ihren E-Bikes fröhlich grüßend überholten. Der übermannshohe Mais links und rechts wogte geräuschvoll, während er Meter um Meter vorwärtskam. Und dann musste er tatsächlich bremsen, weil direkt vor ihm ein Fasan in beachtlichem Tempo aus dem rechten Feld getrippelt kam, um die Seite zu wechseln. »Blöder Vogel«, murmelte Raphael. »Du kannst doch fliegen, warum läufst du?«

Sein Atem ging hastig, als er die Dorfmitte Nieblums erreichte. Wencke Dammann wohnte in einem wunderschönen alten Kapitänshaus mit bemoostem Reetdach und weiß verputztem Mauerwerk. Zwei Linden säumten den Eingangsbereich. Die Vordertür gehörte allerdings zur rechten Haushälfte, die anscheinend an Feriengäste vermietet wurde, wie ein Schild verriet. Ein Audi A8 mit Münchner Kennzeichen stand auf der Kopfsteinpflaster-Auffahrt.

Raphael ging um das Haus herum und blieb vor dem Seiteneingang stehen, einer zweigeteilten weißen Klönschnacktür mit blauen Ornamenten. Dass er richtig war, bewies das blau-weiß getöpferte Namensschild, auf dem winzige Möwen den Namen »Dammann« umrahmten.

»Sie?«, begrüßte Wencke Dammann ihn, als sie die Tür aufzog. Sie sah nicht begeistert aus, und so hatte er wohl davon profitiert, dass die Seitentür im Gegensatz zur Vordertür kein Fenster hatte, sonst hätte sie ihm vielleicht nicht geöffnet.

»Hallo, Frau Dammann«, begrüßte er sie freundlich, »ich würde mich gern mit Ihnen über Herrn Winkler unterhalten. Insbesondere über Ihre Vermutung, er sei ermordet worden.«

Ihr Gesicht verfinsterte sich noch mehr. »Warum sollte ich Ihnen –«

»Ich bin Privatdetektiv«, fiel er ihr ins Wort. Er musste ehrlich sein, um etwas erfahren zu können. »Eigentlich ermittle ich für Herrn Jürgensen wegen einer anderen Angelegenheit in der Klinik, aber der Auftrag wurde ausgeweitet.« Das war zwar gelogen, aber jetzt war Klotzen angesagt, nicht Kleckern.

»Privatdetektiv!« Sie musterte ihn skeptisch.

Raphael zückte seinen Gewerbeausweis, um sie zu überzeugen. »Sie wollen doch auch, dass der Tod von Herrn Winkler schnellstmöglich aufgeklärt wird? Ich versuche herauszufinden, ob sein Tod etwas mit dem Verschwinden von Herrn Lahann zu tun hat. Es ist nämlich so: Ich glaube, dass ich am Tag meiner Ankunft über Lahanns Leiche gestolpert bin. Im Keller. Ich –«

»Ich weiß«, nahm sie ihm diesmal das Wort ab. »Viktor hat mir von Ihrem *Erlebnis* berichtet.«

»Ach ja?« Sie schien also wirklich dicke mit dem Hausmeister gewesen zu sein. Und das verwunderte ihn abermals. Viktor Winkler und Wencke Dammann … Zwei unterschiedlichere Typen gab es kaum.

»Also gut«, sagte sie, trat zur Seite und deutete in den kleinen Flur. »Bitte.«

Die Bodendielen knarzten, als sie ihn ins Wohnzimmer lotste, das sehr klein und sehr gemütlich war. Alte Kacheln zierten die obere Hälfte einer Wand. Auf der gegenüberliegenden Seite gab es einen Alkoven mit grau-weiß karierten Vorhängen, die von grauen Bändern zurückgehalten wurden. Unmengen gestickter Kissen lagen in der Nische. Raphael verstand nicht viel von Dekoration, aber es war deutlich, dass Wencke Dammann Wert auf Details legte und es verstand, den Charme alter Zeiten mit der Moderne zu verbinden, denn es gab auch einen Flachbildfernseher der neuesten Generation und einen Bluetooth-Lautsprecher. Trotz aktuellster Technik hatte sie sich augenscheinlich nicht von einer ansehnlichen Sammlung von DVDs und CDs trennen können, die in einer alten Kommode lagerten, deren linke Tür offen stand.

Wencke Dammann bot ihm nichts an, als sie sich auf einem kleinen Sofa und einem dazu passenden Sessel gegenübersaßen, aber das war Raphael egal. Er war einfach nur dankbar, dass sie ihn hereingebeten hatte. Als sein Blick auf ein aufgeschlagenes Buch fiel, auf dem ein Kugelschreiber lag und eine Seite eng beschrieben war, nahm sie es schnell an sich, klappte es zu und legte es neben sich auf dem Sofa ab. Sie schrieb Tagebuch. Wie gern er einen Blick hineingeworfen hätte!

»Herr Jürgensen hat Sie also beauftragt herauszufinden, was mit Viktor passiert ist … Interessant.« Sinnierend blickte sie aus dem Butzenscheibenfenster, wo in wenigen Metern Entfernung ein paar Touristen vorbeispazierten und das Haus betrachteten.

»Warum ist es interessant?«, hakte er nach.

Sie sah ihn an. »Interessant ist vielleicht der falsche Ausdruck. Erfreulich, meinte ich. Es ist erfreulich, dass Viktor so viel Wertschätzung erhält, dass Sie damit beauftragt wurden. Herr Jürgensen hätte ja auch einfach das Obduktionsergebnis abwarten können.« Wieder dachte sie nach.

»Warum glauben Sie an Mord?«, fragte Raphael in ihre Gedanken hinein.

Sie sah ihn an. »Viktor war so ein guter Schwimmer. Und er war abgehärtet. Er nahm immer ein Bad in der Nordsee.«

»Etwas, das er als Asthmatiker im Oktober bei kühlen Wassertemperaturen unbedingt hätte unterlassen sollen«, gab Raphael sein gegoogeltes Wissen preis.

Wencke Dammann nickte. »Ja, aber Viktor war zutiefst davon überzeugt, dass Abhärtung ihn schützt.«

»Aber das kann doch nicht Ihr einziger Grund sein, warum Sie glauben, dass er ermordet wurde. Dafür klangen Sie gestern viel zu überzeugt … Sie wissen doch etwas, Frau Dammann.« Er versuchte, ihren Blick zu halten, aber sie wich ihm aus und sah wieder aus dem Fenster.

»Ich war wohl etwas voreilig«, sagte sie. »Das muss der Schock gewesen sein.«

»Ernsthaft?« Durch seine Stimme klang hindurch, dass er ihr kein Wort glaubte.

Sie sah ihn an. »Wenn ich nichts weiter für Sie tun kann …« Das war ein Rauswurf.

»Bevor ich gehe, habe ich noch eine Frage. Sie waren doch bei dem Spieleabend dabei, an dem auch Ihr Chef und Frederik Lahann kurz teilnahmen. Erinnern Sie sich an den Satz, den Lahann zum Thema ›Ich habe noch niemals …‹ von sich gab?«

»Das mit dem Töten?« Sie verzog angeekelt die Lippen. »Eine

widerliche Aussage. Von einem unsympathischen Menschen. Ich war froh, als Frau Jürgensen kam und sie gingen.«

»Hat Frau Jürgensen Lahanns Aussage gehört?«

Wencke Dammann sah ihn erstaunt an. »Was? Ich weiß nicht …« Sie sah wieder aus dem Fenster, dann zurück zu ihm. »Ist das wichtig?«

»Es interessiert mich einfach nur.«

»Ich kann mich nicht erinnern. Vielleicht hat sie es gehört, vielleicht auch nicht.« Sie stand auf, und Raphael blieb nichts anderes übrig, als ihr auf den Flur zu folgen.

Aber er wollte die Zeit nutzen, bis sich die Tür hinter ihm schloss. »Sie hatten Winklers Auto am Sonntag ausgeliehen«, sagte er. »Warum?«

»Weil mein Wagen in der Werkstatt ist. Der Anlasser streikt.«

Das würde er überprüfen. »Darf ich fragen, wohin Sie mit Winklers Wagen gefahren sind?«

»Fragen dürfen Sie. Sie bekommen nur keine Antwort. Auf Wiedersehen, Herr Freersen.« Sie schloss die Tür, und Raphael ging zum Fahrrad. Er hatte nicht damit gerechnet, dass sie ihm erzählen würde, wohin sie sonntags fuhr, aber den Versuch war es wert gewesen.

Da er keine Lust verspürte, direkt in die Klinik zurückzufahren – obwohl er mit dem Rückenwind fliegen würde –, schob er das Fahrrad über die Straße, wo gerade ein Trecker mit Anhänger über das Kopfsteinpflaster rumpelte, und steuerte das Cappuccino an. Im Outdoorbereich des Cafés, den ein bepflanzter Steinwall umgab, war trotz des Winds viel los, denn es war eine geschützte Ecke, und wer sich als Tourist auf Föhr aufhielt, war immer wetterfest angezogen. Fast alle Stühle und Strandkörbe waren besetzt.

Ihm lief bereits das Wasser im Mund zusammen, als er sah, was gegessen wurde. Apfelstrudel mit Vanilleeis, dicke Waffeln mit Erdbeeren und Eierlikör, Eisbecher, alles gekrönt mit Sahnehäubchen. Dazu heiße, durchwärmende Getränke. Genau das brauchte er jetzt.

Er schloss das Rad an einem der Fahrradständer an, während neben ihm ein Vater ein Kleinkind aus einem Fahrradanhänger hob, abstellte und dann ein weiteres abschnallte.

»Willst du auch Eis essen?«, fragte das höchstens dreijährige Kind Raphael.

»Yep.«

Das Kind sah mit dem Kopf im Nacken zu seinen eins dreiundneunzig hinauf. »Ich will mit bunte Sssokostreusseln. Du auch?«

Über Raphaels Nase bildete sich eine Falte. »Mit bunte*n* *Sch*okostreu*s*eln.«

Das Kind wandte sich seinem Vater zu. »Der Mann will auch mit bunte Sssokostreusseln.«

»Nein«, war die Antwort des Vaters, der dem anderen Kind gerade den Helm abnahm. »Der Mann hat dich nur ungebeten verbessert, Klara.«

»Das ist ein Mädchen?«, fragte Raphael, die Rüge ignorierend. »Sieht man ja gar nicht.«

Der Vater richtete sich mit dem anderen Kind im Arm auf und sah ihn an. »Weil sie keine rosa Jacke mit Glitzereinhorn trägt?«

»Das würde die Kenntlichmachung jedenfalls vereinfachen«, erwiderte Raphael mit Blick auf die Kleine, die eine blaue Jacke und eine graue Mütze mit Schäfchenbommeln trug.

Der Vater verzog keine Miene. »Ich habe gerade keine Lust, mit Ihnen über Geschlechterklischees und Kindererziehung zu sprechen. Einen schönen Tag … Komm, Klara.«

Als Raphael den Innenraum des Cafés zehn Minuten später mit seinem Tablett verließ, um draußen einen Platz zu suchen, hielt er Abstand zu Bommelmützen-Klara, die mit Vater und Bruder oder Schwester – das Kleine trug Bundeswehr-Grün – in einem Strandkorb Platz genommen hatte. Er wollte seinen Café crème und die Friesenwaffel mit Pflaumenmus unvollgequatscht genießen.

Während er es sich schmecken ließ, dachte er über Wencke Dammann nach. Sie hatte überrascht gewirkt, dass Jürgensen ihn – angeblich – beauftragt hatte, etwas über Winklers Tod herausfinden. Und sie verschwieg etwas, da war er sicher. Aber warum? Was hatte sie davon, wenn sie Verdächtigungen zurückhielt? Die einzige einigermaßen nachvollziehbare Antwort darauf war, dass sie Angst hatte, entlassen zu werden. Vielleicht hatte Jürgensen ihr damit gedroht? Dass der Klinikleiter nicht zögerte, Worten Taten folgen zu lassen, hatte er in der Vergangenheit anscheinend bei anderen Angestellten schon bewiesen. Zumindest hatte Winkler das behauptet.

Raphael beschloss, die Föhrer Kfz-Werkstätten abzutelefonieren, um herauszufinden, ob Wencke Dammanns Wagen sich tatsächlich in Reparatur befand, und auszuschließen, dass es einen anderen Grund gab, warum sie Winklers Wagen ausgerechnet am Tag seines Todes ausgeliehen hatte.

Er trank den letzten Schluck Kaffee genüsslich aus, nahm das Tablett und ging damit zur Durchreiche am Haus.

Klein-Klara strahlte ihn mit schlumpfeisverschmiertem Mund an, als er am Strandkorb vorkam. »Mein Eis ist sson gessmolzen.« Sie zeigte ihm ihre Waffel, an der es an allen Seiten blau herunterlief.

»Ssrecklich«, antwortete er und erntete dafür ein verächtliches »Tss!« des Vaters.

»Was denn?« Raphael blieb stehen. »Jetzt ist es auch wieder verkehrt?«

Der Mann schüttelte den Kopf. »Tun Sie bitte allen ungeborenen Kindern einen Gefallen: Werden Sie nie Vater.«

»Hab ich nicht vor.«

Als Raphael zum Fahrradständer ging, wurmte ihn die Bemerkung dennoch. Er hatte gerade einen erstklassigen Kindergeburtstag absolviert. Das sollte der Typ ihm erst mal nachmachen. Mit den Blagen zu McDonald's oder ins Schwimmbad fahren konnte schließlich jeder, aber er hatte den Kiddies einen perfekten Piratentag bereitet. Gut, er hatte dabei einen Mini-Muslim mit Schweinefleisch vollgestopft, aber wer war schon perfekt?

Die Rückfahrt zur Klinik war herrlich. Der Sturm trieb ihn nur so über die lange, gerade Strecke durch die Felder. Als er die Empfangshalle der Klinik betrat, um den Fahrradschlüssel bei der süßen Gritje zurückzugeben, kam ihm eine Frau in einem weißen Schutzanzug entgegen, die einen silberfarbenen Koffer bei sich hatte. Die Spurensicherung!

Neugierig ging er Richtung Treppenhaus, verharrte aber im Schritt, als er das rot-weiße Flatterband sah. Auch der Fahrstuhl war gesperrt. Dass niemand den Keller betreten durfte, konnte bedeuten, dass die Kripo seiner Aussage nachging und versuchte, Blutspuren zu finden. Luminol hieß das Zeug, mit dem man auch scheinbar weggewischtes Blut wieder sichtbar machen konnte. Er hatte es gestern Abend noch gegoogelt. Nun, wenn sie etwas entdeckten, würde er es schon irgendwie erfahren.

Er wandte sich zum Speisesaal, den Lena Jürgensen gerade verließ. Fast hätte er sie nicht erkannt, weil sie mal keine Mütze, dafür aber ein kurzes dunkelrotes Wollkleid und lange schwarze Stiefel trug. Heiß sah sie aus. Sie löffelte etwas aus einem Dessertschälchen, während sie die Halle Richtung Ausgang durchquerte, ohne ihn wahrzunehmen. Er ging in den noch leeren Speisesaal, wo es herrlich nach Linseneintopf duftete.

»Ist Hacki da?«, fragte er über den Tresen eine der Küchenhilfen, die dabei war, Dessertschälchen mit Schokoladenpudding auf Tabletts zu stellen. Das hatte Lena also gefuttert.

Die junge Frau nickte Richtung Küche, die vom Tresen aus nicht komplett einsehbar war. »Steht am Herd.«

»Ich müsste sie mal dringend sprechen«, sagte Raphael und schenkte ihr sein Hallo-schönste-Frau-der-Welt-Lächeln. »Dauert auch nur eine Minute.«

Es funktionierte, sie strahlte zurück. »Ich hol sie mal. Moment.«

Maren Hackers Pausbacken zeigten das übliche Hektikrot, als sie angeeilt kam. Die graublonden Löckchen, die unter dem Kopftuch hervorlugten, klebten vereinzelt an ihrer schweißfeuchten Stirn. Ihr war deutlich anzusehen, dass sie wirklich im Stress war, es sich aber auch nicht mit ihm verderben wollte, da er sie nicht verpfiffen hatte. Und in diesem Moment hatte er eine Eingebung.

»Mrs. Patmore!«, stieß er aus.

»Was?« Sie sah ihn mit großen Augen an.

»Mir ist gerade eingefallen, an wen Sie mich die ganze Zeit erinnert haben, Hacki. An Mrs. Patmore. Das ist eine Köchin aus einer englischen Serie. ›Downton Abb–‹«

»Wollen Sie wohl ruhig sein!«, unterbrach sie ihn, hektisch mit den Händen wedelnd, und sah sich nach hinten um. Dann beugte sie sich am Tresen vor. »Ich will doch als Mrs. Patmore zum Kostümfest gehen. Ich kenne ›Downton Abbey‹. Hab ich als DVDs.«

»Na dann …« Er lächelte. Er hatte die Serie in London geguckt. Sam Wright und Sean Gallagher waren Fans der adligen Familie und deren Bedienstete und hatten ihn zum Mitgucken genötigt. Er hatte wider Erwarten Gefallen daran gefunden. Die Erinnerung an die Freunde in London verflüchtigte sich allerdings schnell, als ihm klar wurde, was die Köchin gerade gesagt hatte.

»Das Kostümfest findet statt?«, fragte er ungläubig. »Ich hätte erwartet, dass es aus Pietätsgründen abgesagt wird. Schließlich hat gerade der Hausmeister sein Leben gelassen.«

»Herr Jürgensen besteht darauf, dass es stattfindet. Und er erwartet, dass wir alle kommen. Er sagt, es ist Tradition, und die Kurgäste freuen sich darauf. Einige private Gäste reservieren ja immer extra für diese Zeit.«

Sie beugte sich noch weiter vor und flüsterte: »Er will ja unbedingt Teilhaber der Klinik werden, sagt man. Da will er es sich wohl nicht mit der Familie Führmann verderben. Und da die privaten Buchungen von Jahr zu Jahr weniger werden …« Sie ließ offen, was das bedeutete.

»Es werden weniger?«, fragte Raphael verblüfft. »Ich dachte, die Zahl der Leute, die eine Kur brauchen, steigt stetig.«

»Ja, für die normalsterblichen Kassenpatienten gilt das wohl auch. Aber Privatpatienten … Die werden hier natürlich bevorzugt. Und die sind es, die bei uns wegbleiben. Warum, ist doch wohl klar, wenn man sich hier genau umblickt.« Maren Hacker begann, ihre Würstchenfinger zu kneten. »Ich kann jetzt wirklich nicht länger reden, Raphael, mein Essen …« Sie warf einen Blick Richtung Herd.

»Was meinen Sie?«, fragte er, ohne auf ihre Not einzugehen.

»Na, hier wird einfach zu wenig investiert. Langsam, aber sicher wird alles marode. Das Schwimmbad, die Heizungsanlage … Den Konvektomat, den ich vor drei Jahren beantragt habe, hab ich mir mittlerweile abgeschminkt, und Elektro Kottke ist bei uns im Dauereinsatz, um unsere alten Herde immer wieder gängig zu machen.«

Raphael dachte über ihre Worte nach. Es stimmte wohl, was Hacki sagte. Auch das muffige Bad, das zu seinem Zimmer gehörte, war renovierungsbedürftig. Und hatte nicht auch Viktor Winkler gesagt, dass er für Jürgensen unentbehrlich sei, weil er den Laden am Laufen hielt?

»Aber wie kann Jürgensen Gebäude und Inventar verkommen lassen, wenn er doch hofft, Teilhaber zu werden?«, sprach Raphael laut aus, was ihm durch den Kopf schoss.

»Na, wir glauben, dass der Chef die Führmanns mit tollen Bilanzen beeindrucken will, indem er einspart, wo er nur kann.«

Raphael jagten die Gedanken durch den Kopf. Ja, das würde zu Jürgensen passen, einerseits, aber so dumm, so blauäugig würde er doch nicht sein? Selbst Raphael als BWL-Loser wusste, dass man investieren musste, wenn man mithalten wollte. Und zahlungskräftige Stammgäste erwarteten nun mal optimale Leistungen und Komfort.

»Jetzt muss ich aber wirklich«, sagte Maren Hacker und war schon im Gehen, als Raphael einfiel, warum er sie hatte sprechen wollen.

»Hacki«, hielt er sie zurück, »nur noch eine Frage: Können Sie mir vielleicht sagen, wohin Wencke Dammann am Sonntag gefahren ist? Sie hatte sich Winklers Auto geliehen.«

»Wencke?« Irritiert durch den Themenwechsel sah sie ihn an.

»Die besucht sonntags immer ihre Familie, soweit ich weiß. Sie erzählt ja nie viel Privates, aber das hat sie irgendwann mal erwähnt. Ihre Eltern leben irgendwo in Dithmarschen. In Meldorf, glaub ich. Hauptsächlich fährt sie wohl wegen ihrer Schwester dahin. Die lebt bei den Eltern. Ist wohl schwer behindert, soweit ich weiß.«

»Aha.« Das ergab Sinn und war enttäuschend unspektakulär. »Danke, Hacki. Und jetzt ab mit Ihnen an den klapprigen Herd. Ich freu mich auf die Linsensuppe.«

***

Obwohl der Eintopf so lecker gerochen hatte, hatte Raphael aufgrund akuten Friesenwaffel-Völlegefühls letztlich doch auf das Mittagessen verzichtet und stattdessen auf seinem Zimmer die Föhrer Kfz-Werkstätten abtelefoniert. Dazu hatte er sich als Nachbar von Wencke Dammann ausgegeben, der den Wagen für sie abholen sollte. Bei einer Werkstatt in Oevenum hatte er Glück. Ihr Wagen befand sich tatsächlich dort. In dem Punkt hatte sie nicht gelogen.

Nun legte er sich lang auf sein Bett und starrte die Decke an, an der mehrere Flecken zeigten, wo Vorbewohner Mücken oder dergleichen totgepatscht hatten. Beim Streichen wurde also auch gespart.

Und nun? Was konnte er als Nächstes tun? Auf jeden Fall musste er Erkundigungen über Hella Jürgensen einholen. Er hatte bei den Befragungen der anderen Spielrundenteilnehmerinnen nicht herausgefunden, ob sie Lahanns Aussage gehört hatte.

Er nahm sein Handy zur Hand und googelte im Liegen ihren Namen. Viel brachte es nicht. Sie tauchte zweimal in Presseartikeln des »Insel-Boten« auf, wenn es um Wohltätigkeitsveranstaltungen der Kirche ging, wohl weil sie im Kirchengemeinderat war, wie er aus einer Meldung herauslas.

Vielleicht war es an der Zeit, sie einfach direkt anzusprechen? Das konnte natürlich auch nach hinten losgehen und barg die

Gefahr, dass Jürgensen ihn rauswarf. Andererseits konnte er dem Klinikleiter dann damit drohen, dass er Lena auffliegen ließ, die sich am Geld mindestens eines Gastes bedient hatte. Aber das musste ein Weilchen warten. Es war Zeit für ein Mittagsschläfchen.

Raphael erwachte daraus zwei Stunden später durch das Klingeln seines Handys, dankbar, denn ein Alptraum hatte ihn gequält. Viktor Winklers weißes Schrumpelgesicht war im Wasser vor ihm geschwebt, das dunkle Haar hatte es wie eine geisterhafte Mähne umwabert.

Mit Herzklopfen fummelte er sein Smartphone von der Bettdecke. Es war die Nummer der Friesendetektei. War Ava vom Observieren zurück? »Ja? Ava?«, meldete er sich.

Sie war es tatsächlich. Sie klang aufgeregt. Allerdings nicht entsetzt aufgeregt, sondern freudig. »Ich glaube, Herr Lüttje repariert Autos in der Scheune. Ein Mann kam angefahren. Herr Lüttje hat das Scheunentor weit geöffnet und dann das Auto selbst in die Scheune hineingefahren. Der Mann ist mit ihm reingegangen … Das habe ich alles fotografiert. Ich habe so getan, als würde ich dort spazieren gehen, und mich dann hinter einem der Weidenbäume versteckt. Nach zehn Minuten ist der Mann wieder rausgekommen und von einer Frau in einem Wagen abgeholt worden. Soll ich dir die Fotos auf dein Handy schicken?«

»Nein.« In Raphael brodelte es. »Ich komme ins Büro.«

Als er sein Haus fünfundzwanzig Minuten später betrat, war sein Ärger noch nicht verraucht. Und der Lärm, der ihn empfing, machte es nicht besser. Seine Putzfrau Hilke Öckersen saugte gerade den Flur, was Waltraud nicht zu gefallen schien, denn es keckerte laut aus dem Büro, obwohl die Tür geschlossen war.

Da Hilke Öckersen ihm den Rücken zugewandt hielt, hatte sie ihn anscheinend nicht hereinkommen hören. Sie stieß einen spitzen Schrei aus, als sie sich halb umwandte und den alten Holzschirmständer anhob, um darunter zu saugen. Es knackte, als sie ihn fallen ließ. »Du meine Güte«, stieß sie aus, die Hand auf die flache Brust gepresst. »Da haben Sie mir aber einen schönen Schrecken eingejagt.«

Im selben Moment wurde die Bürotür mit einem »Was ist los?« von Ava aufgerissen.

»Nix ist los«, grummelte Raphael und zog den Stecker aus der Steckdose, um Ruhe zu haben.

»Ich hatte mich nur erschrocken«, erklärte die Putzfrau Ava und deutete auf Raphael. »Er stand da plötzlich.«

»*Er* wohnt hier«, sagte Raphael und schickte ein »Oh!« hinterher, weil Waltraud aus dem Büro gesegelt kam, auf die Garderobe flatterte und von dort direkt die Küche ansteuerte.

»Sind die Fenster zu?«, fragte Ava hektisch und eilte schon Richtung Küche.

»Ja«, sagte Hilke Öckersen, »aber die Hintertür ist auf. Ich hab ja die Küche gerade gefeudelt.«

Raphael stieg über den Sauger, ging Ava hinterher und sah gerade noch Waltrauds Schwanzfedern unter dem Türrahmen verschwinden.

»Oh nein! Waltraud!« Ava rannte nach draußen.

Raphael und Hilke Öckersen folgten ihr. Alle starrten zur Dachrinne des Schuppens, wo Waltraud sich niedergelassen hatte. »Da kann man dann mal das schöne alte Wort ›entfleucht‹ benutzen, oder?« Raphael sah Ava an.

Sie ignorierte ihn und ging langsam auf den Schuppen zu. »Waltraud«, lockte sie den Vogel mit leise schmeichelnder Stimme, der aber doch die Panik anzumerken war. »Komm, meine Süße.« Sie wandte sich um und sagte leise zu Raphael: »Schnell, hol den Käfig!«

»Warum flüsterst du? Glaubst du, sie versteht das?« Er tat dann aber, was sie gesagt hatte, weil ihr Blick es gebot. Wow! Die dunklen Augen konnten wahrhaft Feuer sprühen.

Als er mit dem Käfig zurückkam, hatte Waltraud die Position gewechselt. Mit flatternden Flügeln hockte sie auf einem Ast des Birnbaums neben dem Schuppen.

Hilke Öckersen sah ihn an. »Das tut mir so leid, Herr Freersen. Das wollte ich doch nicht!« Ihre blassblauen Augen waren kurz vorm Überlaufen.

»Ist nicht so schlimm«, sagte er, worauf er von Ava mit einem Eisblick bedacht wurde. Okay, es galt wohl, etwas gutzumachen.

Langsam und vorsichtig stellte er sich neben sie und hielt den Käfig mit geöffneter Tür in die Höhe. »Komm, putt-putt«, lockte er den Vogel mit sanfter Stimme. »Komm fein in dein Gefängnis zurück.« Er hielt den Käfig noch ein Stückchen höher.

»Gut, *dass* sie nichts versteht«, sagte Ava mit bissiger Stimme. »Das ist kein Gefängnis, sondern ihr Zuhause.«

»Wohl kaum.« Raphael verzichtete auf Flüstern. »Ihr Zuhause ist in Australien, wo sie in Nomadenmanier in einem Schwarm das Inland unsicher machen würde, wäre sie nicht in diesem Ding«, er schüttelte den Käfig, »eingekerkert.«

Hilke Öckersen sah ihn mit offenem Mund an.

»Wikipedia«, klärte er sie auf. »Hab ich gelesen, als ich ›Nymphensittich‹ gegoogelt habe.«

»Du meine Güte«, sagte Ava. »Sie ist doch nicht frei geboren. Waltraud stammt aus einer Zucht, die Zoohandlungen beliefert.«

»Ja, natürlich ist sie nicht im Outback aus dem Ei geschlüpft, sondern in ... was weiß ich ... Wanne-Eickel oder so«, gab Raphael zu. »Aber die Käfighaltung entspricht deshalb doch nicht ihrer Natur.« Er blickte zu Waltraud hoch, die das Flattern eingestellt hatte und ruhig auf dem Ast hockte. »Genieß deine Freiheit, Waltraud. Flieg mit den Möwen um die Wette, übers Meer, übers Watt ...«

»Flieg mit den Möwen?« Ava verdrehte die Augen. »Sie ist ein Haustier! Und wir müssen sie beschützen.«

Raphael wollte nicht klein beigeben. »Aber vielleicht ist ein schöner Sommer in Freiheit mehr wert als zehn Jahre im Käfig?«

»Sommer? Wir haben Anfang Oktober! Sie wird in acht Wochen tot sein! Erfroren!«

»Bis dahin wird eher ein Falke sie geschnappt haben«, warf Hilke Öckersen ein, und Ava riss entsetzt die Augen auf.

»Na gut«, gab Raphael sich geschlagen, »bei so viel Drama ...«

Den Käfig weiter in die Höhe haltend, ging er langsam zu der Bank am Schuppen, immer mit Blick auf Waltraud. »Schau, Süße, hier steht dein Käfig«, er stellte ihn auf der Bank ab, »und da flatterst du rein, wenn dir unbehaglich wird.«

Hatte Waltraud ihn verstanden? Sie stieß sich ab und flog über die Köpfe der Frauen hinweg. Allerdings nicht in den Käfig, sondern am Haus vorbei Richtung Straße.

Mit einem »Nein, oh nein, bleib hier!« rannte Ava hinterher. Raphael und Hilke Öckersen folgten ihr nach vorn. Waltraud flatterte über die Straße zur Mühle und ließ sich dort auf dem linken der beiden Flügel nieder.

»Das war's«, sagte Ava mit tränenerstickter Stimme. »Sie wird nie wieder in den Käfig zurückfinden.«

»Oh Gott, oh Gott!«, jammerte die Putzfrau und begann zu weinen. »Und ich bin schuld.«

Raphael nickte. Das war schon mal gut. Nicht auszudenken, wenn *er* Schuld gehabt hätte. Ava hätte ihm das, wenn überhaupt, nur schwer verziehen.

»Ich hol den Käfig und stell ihn hier vorn auf die Hecke«, sagte er. »Wir tun ein paar Leckerlis rein … Mehr können wir nicht tun.«

»Ich bin schuld«, sagte Ava mit Blick auf die Mühle, die mit nur zwei Flügeln auch ein wenig Bedauern verdient hatte. »Ich hätte die Bürotür sofort wieder schließen müssen.«

Hilke Öckersen tätschelte ihr den Arm. »Aber Sie waren doch auch erschrocken. Über meinen Schrei. Sie wollten nur schauen, was los ist.« Ihr Blick wechselte zu Raphael. »Wenn er nicht reingekommen wäre, hätte ich nicht geschrien, und Sie hätten nicht die Tür aufgemacht. Also …«

»Ach, jetzt ist *er* schuld?« Raphael tippte sich auf die Brust. »Weil *er* sein eigenes Haus betreten hat, ohne zu klingeln? … Alles klar, Ladys. Wenn's euch hilft.« Er ging zurück in den Garten, nahm den Käfig und stellte ihn vorn mit geöffneter Tür mittig auf der Buchsbaumhecke ab, die die beiden Grundstückshälften trennte.

»Ich hole Kekse«, sagte Ava und ging ins Haus.

Als wäre das noch nicht genug Drama, erklang vom Grundstück gegenüber ein »Huhu! Was ist denn bei Ihnen los, Herr Rickers?«. Mine Margarete Mommsen, in grauer Jerseyhose, rosafarbenem Pulli und frisch dauergewellt, kam über die Straße getrippelt.

»Waltraud ist entflogen«, klärte Raphael sie auf, während ihm heiß wurde. Triple M wusste nichts von der zweiten Putzfrau, die er eingestellt hatte, weil sie selbst wegen ihrer schlechten Augen den meisten Dreck beim Putzen übersah.

»Ach, das nette Vögelchen mit den hübschen roten Wangen …« Frau Mommsen blickte zur Mühle, obwohl ihr Sichtfeld vermutlich höchstens bis zur Hecke ging. »Jetzt wird ihn der Falke holen.«

Raphael war froh, dass Ava noch nicht zurück war. Ihm wurde noch heißer, als Frau Mommsen den Blick von der Mühle abwandte und Hilke Öckersen musterte. Und dann fragte sie auch schon: »Und wer sind Sie?«

»Ich?« Hilke Öckersen sah die alte Frau an. »Ich bin die Put–«

»Meine Cousine«, fiel Raphael ihr hastig ins Wort und legte den Arm um die mageren Schultern von Hilke Öckersen. »Das ist meine Cousine. Aus Wanne-Eickel.«

»Tatsächlich?«, sagte Frau Mommsen erstaunt. Sie beäugte die Cousine. »Ich hätte schwören können, ich hätte Sie schon öfters hier in Wyk gesehen.«

Hilke Öckersen hatte sich unter Raphaels Umarmung versteift. »Ich bin … was?« Sie starrte zu ihm hoch.

»Gebürtig in Wanne-Eickel natürlich«, spann Raphael weiter drauflos und drückte das steife Brett herzlich an sich. »Hilke wohnt seit ein paar Jahren hier in Wyk, nicht wahr?« Er hoffte, dass die Warnung in seinem Blick bei ihr ankam.

»Ach, wie nett«, sagte Frau Mommsen und reichte Hilke die Hand. »Ich bin die Putzfrau von Herrn Rickers.« Sie deutete über die Straße. »Ich wohne gegenüber.«

Hilke stierte die alte Frau an. »Sie sind … was?« Sie sah wieder hilflos zu Raphael, der sie immer noch im Klammergriff hielt.

Er hatte die Nase voll. »Ist das Bobby, der da bellt?«, sagte er und tat, als lausche er.

Frau Mommsen tat es ihm nach. »Hm, ich höre nichts. Aber ich gehe lieber mal gucken. Aadjis.« Sie trippelte zurück, und Raphael atmete auf.

Ava kam mit einer Kekspackung aus dem Haus, mit zögerlichem Schritt, was, wie ihm einfiel, eventuell daran liegen konnte, dass sein Arm immer noch um Hilke Öckersens Schultern lag. Schnell ließ er sie los. »Sorry, Frau Öckersen, aber Frau Mommsen soll nicht wissen, dass ich Sie eingestellt habe. Sie ist die andere Putzfrau, von der ich Ihnen bei Ihrer Einstellung berichtete.«

»Ach so, ja. Na dann … Dann gehe ich jetzt wieder an die Arbeit?«

Eine Frage, die einer Cousine Raphael Freersens würdig war. »Bitte.« Er deutete zur Tür.

Während Hilke Öckersen ins Haus ging, wandte er sich Ava zu, die die gesamte Kekspackung in den Käfig bröselte.

»Vielleicht trägt der Wind den Duft dorthin, und sie findet so den Weg zurück«, sagte sie und sah zur Mühle, wo Waltraud anscheinend den weiten Blick genoss, denn sie hockte immer noch auf dem Flügel. »Es sind ihre Lieblingskekse.«

»Bestimmt«, log Raphael und betrachtete den Gebröselberg. Mit Rücksicht auf Avas Gemütszustand schenkte er sich den Nachsatz: Das wird ein Fest für die Ratten heute Nacht.

Ava straffte die Schultern. »Möchtest du dir jetzt die Fotos ansehen, die ich von Herrn Lüttje geschossen habe?«

»Unbedingt.«

Sie gingen zusammen ins Haus zurück. Ava rief die Fotos auf ihrem Laptop auf, und Raphael sah sich die Bilder an. Er stand so nah hinter ihr, dass ihm ihr Parfüm in die Nase stieg. Sie duftete nach Mandelöl und etwas Orientalischem, das er nicht zuordnen konnte.

»Wie ich es mir gedacht habe, als Imme die Scheune erwähnte«, sagte er. Auf den Fotos war deutlich zu erkennen, dass sich hinter dem geöffneten Scheunentor eine gut eingerichtete Werkstatt samt Hebebühne befand. Auch Lüttjes Mercedes stand darin. Seinen Wagen parkte er ganz offensichtlich nicht vor der Scheune, damit niemandem auffiel, dass er sich dort aufhielt.

Ava drehte sich auf dem Bürostuhl und sah zu ihm hoch. »Er repariert dort Autos, nicht wahr?«, fragte sie aufgeregt. »Schwarz. Für Geld.«

Raphael nickte, während er ihre Narben betrachtete, die unter dem mit Silberfäden durchwirkten weißen Kopftuch verschwanden. Was musste sie für Schmerzen ausgestanden haben durch die Säure. Und danach durch die Transplantationen.

»Was wirst du jetzt unternehmen?«, fragte sie und wandte sich ab.

Raphael ging zu seinem Schreibtisch und versuchte, nicht auf die Stelle zu achten, wo Waltrauds Käfig normalerweise stand. Vereinzelt lagen ein paar Körner um den leeren Platz.

»Das werde ich mir in Ruhe überlegen. Eigentlich hätte ich darauf gedrungen, dass du und Imme euch für zwei, drei Tage weiterhin auf die Lauer legt und beobachtet, was dort vor sich geht, aber darauf werde ich jetzt verzichten.«

Ava sah ihn erstaunt an. »Warum das?«

»Weil ich stinksauer bin«, sagte Raphael mit ernster Stimme. »Ich bin nicht aus der Klinik hierhergekommen, um mir die Fotos anzugucken, sondern um dir den Marsch zu blasen.«

Avas Gesicht zeigte, dass sie keine Ahnung hatte, wovon er redete. So klang dann auch ihr »Wie bitte?«.

»Ich hatte deutlich gesagt, dass ihr im Auto bleiben und nur aus der Ferne beobachten sollt. Und du erzählst mir am Telefon fröhlich, dass du zur Scheune spaziert bist und dort Fotos gemacht hast.« Er stand wieder auf. »Was, wenn Lüttje dich bemerkt hätte? Wenn er gesehen hätte, dass du ihn fotografierst?«

»Ich stand hinter einer Weide. Und ich dachte, du freust dich über die Bilder. Aber ich verstehe.« Avas Stimme war steif wie ein Rumgrog. »Es hätte dich den Auftrag kosten können, wenn er mich bemerkt hätte. Entschuldige, es wird nicht wieder vorkommen.«

»Scheiß auf den Auftrag!« Raphael war wütend. »Es hätte mich *dich* kosten können! … Also, als Assistentin«, fügte er schnell hinzu. »Ich hab auch schon zu Imme gesagt, dass ich keinen Bock auf neue Mitarbeiter hab. Das kostet Zeit und Geld. Also bringt euch gefälligst nicht in Gefahr. Wenn ihr innerhalb der Stadt jemanden knipst … okay. Aber da draußen in der Pampa bei der Scheune hätte dir niemand zu Hilfe eilen können, wenn der Typ ausgerastet wäre.« Wobei: Imme hätte Harry Lüttje mit einmaligem Ausholen von den Füßen gefegt. »Wir wissen nichts über ihn«, legte Raphael nach. »Er könnte sonst was sein!«

»Sonst was? Er hat Zwerge im Garten.«

»Zwerge.« Raphael starrte sie an. »Na, dann … Ich hatte vergessen, dass es eine polizeiliche Strategie ist, bei verdächtigen Mördern, Vergewaltigern et cetera nachzuschauen, ob sie Gartenzwergbesitzer sind, weil sie dann automatisch als Täter ausscheiden.«

Ava lag etwas Patziges auf den Lippen, das war ihr deutlich anzusehen, aber nach einer Sekunde des Überlegens schenkte sie sich die Antwort und wandte sich ihrem Laptop zu. »Ich schicke dir die Bilder.«

»Danke.« Er stand auf. »Ich werde jetzt zur Klinik zurückfahren und mir auf dem Weg die Scheune einmal ansehen.«

Ihre Verabschiedung fiel unterkühlt aus. Ava war sauer, weil er nicht genug gewürdigt hatte, was sie durch die Fotos bewiesen hatte.

Scheiß drauf. Sauer war nicht so schlimm wie in Gefahr.

ZWÖLF

Die Scheune befand sich nahe Oldsum, idyllisch eingebettet zwischen einem riesigen abgeernteten Stoppelfeld, auf dem sich Scharen von Möwen und Krähen die Reste teilten, und einer Viehweide, auf der eine Herde Rotbunte gemütlich wiederkäute. Das große, leicht verkommen wirkende grün gestrichene Holzgebäude mit Wellplattendach lag zurückgesetzt von der Straße. Raphael fuhr langsam an der Auffahrt vorbei. Von einer der Weiden am Straßenrand aus musste Ava die Fotos geschossen haben.

Der Hof, zu dem die Scheune wohl gehörte, lag ein gutes Stück entfernt inmitten der fetten Marschlandschaft. Hatte der Bauer die Scheune an Lüttje vermietet? Kannte man sich so gut, dass der Bauer zuließ, was dort abging? Und wie konnte solch ein Schwarzgeschäft auf einer kleinen Insel wie Föhr überhaupt funktionieren? Es würde sich doch sofort herumsprechen. Und die Föhrer Kfz-Werkstätten würden kaum zulassen, dass ihnen Harry Lüttje die Kunden abspenstig machte.

Raphael rief am Handy noch einmal die Fotos auf, die Ava gemacht hatte. War die Tatsache, dass Lüttje in verdreckter Arbeitskleidung einen Wagen in eine Scheune fuhr, beweiskräftig genug für die Versicherung? Wohl kaum. Sie brauchten noch mehr solcher Aufnahmen. Von weiteren Wagen, die Lüttje in der Scheune reparierte. Aber das sollte kein Problem sein. Imme musste sich eben vormittags weiter auf die Lauer legen und Übergaben fotografieren. Ava würde dann vermutlich beleidigt sein, weil er ihr genau das verboten hatte, aber damit konnte er leben.

Als Raphael das Handy weglegte, um den Wagen zu starten, schoss ihm etwas ein, das seinen Herzschlag erhöhte. Eine Scheune! Er starrte zu Lüttjes Schwarzarbeitsstelle. In dieser Scheune konnte man vermutlich locker sechs Autos verstecken, wenn man wollte. Was, wenn derjenige, der Lahanns Hyundai hatte verschwinden lassen, auch Zugang zu solch einer Scheune hatte? Das war weit hergeholt, ja, aber nicht unmöglich. Wo sonst konnte man auf dieser kleinen Insel dauerhaft einen Wagen verstecken?

Seine Nachmittagsbeschäftigung war gesichert. Er würde die Insel nach einsam gelegenen Schuppen und Scheunen abfahren. Und morgen früh würde er Thies Wohlfarth einen Besuch abstatten, dem Bauern, dem die Scheune gehörte, in der Lüttje seine Schwarzkohle verdiente.

***

In der Klinik schien Wencke Dammann ihren Schock über den Tod des Hausmeisters Viktor Winkler überwunden zu haben, denn sie stand am Mittwochmorgen, als Raphael zum Frühstück ging, neben dem Tresen der Rezeption und unterhielt sich mit einer Patientin im Rollstuhl. Allerdings sah sie immer noch blass und fertig aus. Selbst aus der Entfernung konnte er Augenringe ausmachen, bei denen einem Panda der Bambus vor Neid im Hals stecken geblieben wäre.

Ein Blick Richtung Treppenhaus und Fahrstuhl verriet, dass beides wieder freigegeben war. Raphael nahm sein Handy und wählte Sinas Nummer. Vielleicht wusste sie, ob die Spurensicherer etwas gefunden hatten.

Sie ging nicht ran. Zu seinen Gunsten ging er davon aus, dass sie vor lauter Beschäftigung an ihrem ersten Arbeitstag nicht dazu kam, seinen Anruf anzunehmen.

Am Tisch im Speisesaal war der tote Hausmeister Gesprächsthema, als Raphael sich als Letzter der Runde mit seinem Tablett niederließ.

»Echt schade, dass der gerade hopsgeht, wenn wir hier sind«, schmatzte Roger mit so vollem Mund, dass Rührei herausspritzte. »Auf dem Kostümfest hätten wir bestimmt viel Spaß gehabt.«

Doppelt angewidert zog Raphael sein Tablett ein Stück zur

Seite, sodass Olli gezwungen war, ebenfalls zu rücken. »Das Fest findet statt«, gab Raphael sein Wissen weiter.

»Echt?« Roger klang hocherfreut. »Dann kann ich meine Mütze ja doch noch auspacken. Ich geh als DJ Ötzi. Oder ich guck noch mal bei den Leih-Kostümen.«

Tillys Pietätsgefühl war noch nicht abgestorben. »Nicht dein Ernst, wa?« Sie starrte Raphael an und stellte die Teetasse, aus der sie gerade trinken wollte, wieder zurück auf den Unterteller. »Die machen hier 'nen Ringelpiez mit Anfassen, wo der jerade abjenippelt is?«

Raphael hob die Schultern. »Ich versteh es auch nicht.«

»The show must go on«, haute Roger fröhlich raus und kassierte dafür von Tilly ein verächtlich gemurmeltes »Backpfeifenjesicht«.

Raphael hatte keine Lust, etwas zu erwidern. Seine Gedanken waren wieder bei Lahann. Wo steckte der Leichnam? Und wo das Auto? Seine gestrige Fahrt über die Insel hatte nichts erbracht. Er hatte etliche Scheunen angesteuert und in einige unverschlossene hineingeschaut, aber Lahanns Wagen hatte er dabei nicht entdeckt.

Wenn der Wagen doch nur gefunden würde! Dann hätte man vielleicht auch die Leiche, schließlich bot der Kofferraum sich dafür an. Natürlich war auch die Nordsee ein heißer Renner bezüglich der Frage, wo man auf Föhr einen Toten verschwinden lassen konnte. Irgendwann wurde Lahann vielleicht von einem Amrumer Touristen am Strand gefunden.

Er biss in eine Brötchenhälfte mit Schinken, als sein Handy ging. Es war eine WhatsApp-Nachricht von Imme, die in Onkel Schorschs Wagen im Hardesweg Lüttjes Grundstück beobachtete. Sie schrieb, dass Lüttje in Arbeitskleidung mit seinem Wagen weggefahren war.

Raphael schickte ihr das Daumen-hoch-Emoji. Imme wusste Bescheid, wie sie sich zu verhalten hatte. Er hatte vor dem Frühstück schon mit ihr telefoniert und ihr Instruktionen gegeben. Da sie nun wussten, wohin Lüttje aller Voraussicht nach fuhr, musste sie ihm nicht direkt folgen, sondern konnte sich Zeit lassen. Ausgestattet mit Kamera und einem Teleobjektiv, bei dem Onkel Schorsch glücklicherweise nicht an Geld und somit nicht an Qualität gespart hatte, musste sie dann einfach nur warten und hoffen, dass Kundschaft zur Scheune kam.

»Na, der Quark scheint ja nicht versalzen zu sein«, sagte Roger und sah Katja an, die sich ein Schälchen mit Fruchtquark befüllt hatte und genüsslich löffelte.

»Was heißt das?«, fragte Raphael irritiert.

»Der Schokopudding gestern Mittag hatte es in sich«, klärte Roger ihn auf. »Ich hab das Zeug umgehend wieder ausgespuckt.«

»Allerdings«, bestätigte Tobi.

Raphael ahnte, dass der Ekel in Tobis Gesicht sich nicht auf das Salz bezog, und war mehr als dankbar, dass er Rogers Spuckaktion nicht miterlebt hatte. Salz im Pudding. Da hatte Hacki sich mächtig vergriffen. Doch gleichzeitig mit diesem Gedanken trat ein anderes Bild vom Vortag in den Vordergrund. Lena Jürgensen, die aus dem Speisesaal kam und genüsslich aus einem Schälchen löffelte … Ihr Pudding war also nicht versalzen gewesen. Und sie hatte sich in der Küche aufgehalten. Vielleicht war gar nicht Hacki für das ungenießbare Dessert verantwortlich? Nun, das war nicht sein Problem. Er aß auf und fuhr zum Wohlfarth-Hof.

Der Hofhund kam ihm entgegengekläfft, noch bevor er den Motor abgestellt hatte. Der kurzhaarige, jagdhundähnliche Mischling umrundete knurrend das Auto, sodass Raphael es vorzog, erst einmal sitzen zu bleiben. Er ließ das Fenster ein Stück herunter. Laute Musik, die aus einer ins Stallgebäude führenden Tür herausdrang, war zu hören. Bauer Wohlfarth schien Metal-Fan zu sein, denn Raphael erkannte »The Bard's Song« von Blind Guardian, einer Band, die er live erlebt hatte, als er 2011 mit Sam, Sean und Johannes auf dem Wacken Open Air gewesen war.

Er drehte die Scheibe noch ein Stückchen herunter und sagte, als der Hund ihn ankläffte: »Braves Hundchen, halt schön die Fresse und geh mal dein Herrchen holen.«

Die Antwort war ein böses Knurren.

Raphael knurrte zurück und zuckte zusammen, als der Hund mit gefletschten Zähnen an der Scheibe hochsprang. »Ey! Blöde Töle!« Besorgt sah er von innen an dem Lack unterhalb der Scheibe herunter. Am besten sagte er gar nichts mehr, um das Viech nicht noch mehr zu reizen.

Er beäugte den Hof, der längst nicht so gepflegt war wie der Hof der Hölderlings. Hier bröckelte der gräuliche, ehemals wohl weiße Putz von den Wänden des Hauses. Die hölzernen Fensterrahmen, die ihren letzten Grün-Anstrich in der Steinzeit erhalten hatten, blätterten still vor sich hin. Auch die teilweise betonierte Hofstelle war nicht aufgeräumt wie bei Imme und ihrem Mann. Unkraut wucherte überall, wo der Beton Risse zeigte, und über einem Freigärhaufen flatterte eine unvollständig befestigte Abdeckplane im Wind. Rostige, nicht mehr im Gebrauch befindliche landwirtschaftliche Geräte standen neben zwei alten Autowracks, auf denen Hühner hockten. Zumindest gab es also Eier von frei laufendem Geflügel. Wegen des außerdem vorhandenen Misthaufens schloss Raphael das Fenster schließlich wieder, was den Hund zu einem erneuten Knurren veranlasste.

Im selben Moment trat ein Mann aus dem Stall. Überrascht blickte er auf Raphael im Wagen und kam näher. Raphael drehte die Scheibe wieder ein Stück herunter.

»Ruhig, Otto!«, wies der Bauer den Hund an und bückte sich zu Raphael. »Moin. Kann ich was für Sie tun? Otto, aus, hab ich gesagt!«

»Haben Sie den vom Friedhof der Kuscheltiere?«, fragte Raphael mit Blick auf die gefletschten Zähne des Hundes.

Der Bauer lachte. »Sie können ruhig aussteigen. Otto tut nix.«

Da Otto seine Beißerchen immer noch zeigte und Raphael sich nicht sicher war, wie Otto das Wort »nix« auslegte, sagte er: »Passt schon. Ich habe auch nur eine Frage: Die alte Scheune da hinten beim Stoppelfeld«, er deutete in die entsprechende Richtung, »gehört die Ihnen?«

»Ja, schon. Wieso?«

»Ach, ich bin Hobbyfotograf und ständig auf der Suche nach besonderen Motiven. Staub in Sonnenstrahlen, Licht, das sich bricht, wenn es durch Holzlatten fällt und so«, laberte er drauflos. »Ich würde da gerne mal reinschauen, wenn es möglich ist.«

Der Landwirt sah ihn mit gerunzelter Stirn an. »Echt? So was ist 'n Fotomotiv?«

»Absolut. Was befindet sich denn in der Scheune? Heu und Stroh?«

Thies Wohlfarth kratzte sich die Stirn unter den schwarzgrauen Locken. »Nee, da ist 'ne kleine Werkstatt drin. Mit Hebebühne und allem Pipapo.«

Raphael versuchte, seinen inneren Freudentanz im Zaum zu halten. Allerdings währte der Tanz nicht lange, denn der Bauer fügte hinzu: »Gehört meinen Jungs. Sind leidenschaftliche Schrauber. Die basteln in jeder freien Minute an Autos rum.«

Fuck. Mit der Antwort hatte Raphael nun gar nicht gerechnet. Da musste er Wohlfarth jetzt was anbieten. »Ihre Söhne? Ich dachte, ich hätte da einen älteren Mann in Arbeitskleidung reingehen sehen, als ich gestern dran vorbeigefahren bin.«

Wohlfarth nickte. »Denn haben Sie wohl Harry gesehen. Der gibt meinen Jungs manchmal Ratschläge.«

»Von Ratschlägen saut man sich den Blaumann so ein?«, fragte Raphael mit einem unschuldigen Lachen.

Aber damit hatte er sich jetzt eindeutig zu weit aus dem Fenster gelehnt. Das Gesicht des Landwirts verschloss sich. »Suchen Sie sich einfach 'ne andere Scheune für Ihren Holzlatten-Licht-Tüdelkram«, sagte er und tippte sich zum Abschied an die Stirn. »Schönen Tach noch. Komm, Otto.« Er zog den Hund, der immer noch Lefzen-Gymnastik machte, vom Wagen weg, damit Raphael wenden konnte.

Unzufrieden fuhr Raphael zur Klinik zurück. Wahrscheinlich waren die Söhne des Bauern wirklich Schrauber. Auf jeden Fall hatte Wohlfarth damit eine gute Ausrede, sollte eine der ortsansässigen Kfz-Werkstätten das Geschehen dort hinterfragen, auch im Hinblick auf Harry Lüttje. Seinen dreckigen Blaumann konnte er schließlich noch aus alten Zeiten haben.

In diese Gedanken war Raphael noch vertieft, als er die Klinik durch den Haupteingang betrat. In der Halle war nicht viel los, denn es war Mittagszeit. Auffällig war, dass die Anmeldung nicht besetzt war, was daran lag, dass Wencke Dammann gerade die Tür ansteuerte, die zum Treppenhaus führte. Raphael wäre nicht weiter darüber gestolpert, aber die Tatsache, dass sie sich durch einen Blick nach links und rechts vergewisserte, ob jemand sie sah, war verwunderlich. Da sie nicht hinter sich blickte, blieb er unbemerkt. Sie zog die Tür auf und verschwand dahinter.

Mit langen Schritten durchquerte Raphael die Halle, öffnete die Tür zum Treppenhaus und lauschte. Es waren keine Schritte mehr zu hören, was nur bedeuten konnte, dass sie in den ersten Stock hinauf oder in den Keller gegangen war.

Raphael folgte seinem Instinkt und ging eine Etage tiefer. Die Türen auf dem kleinen Gang waren alle geschlossen, aber hinter der Tür, die auf den großen Flur führte, waren hastige Schritte zu hören. Vorsichtig drückte Raphael die Klinke herunter. Es war nicht abgeschlossen. Und das war ungewöhnlich. Hatte die Dammann einen Schlüssel? Dierk Jürgensen hatte die Empfangsdame nicht mit aufgezählt, als er ihm die Besitzer der Zweitschlüssel genannt hatte.

Raphael öffnete die Tür einen winzigen Spalt. Licht hatte Wencke Dammann nicht angemacht, obwohl der Flur kein Fenster hatte, aus dem es nach draußen fallen konnte. Es war zu hören, dass irgendwo eine Tür ins Schloss fiel.

Raphael öffnete die Tür zum Flur ganz. Niemand war zu sehen. War die Dammann in der Werkstatt verschwunden? Oder im Heizungsraum?

Auf seinen Sneakers tappte er leise zur Werkstatt und drückte die Klinke langsam herunter. Die Tür gab nach. Vorsichtig öffnete er sie ein weiteres Stück. Wencke Dammann stand vor einem der Regale und ließ ihren Blick darübergleiten. Sie musste sich dabei mit dem Licht begnügen, das die schmalen Kellerfenster hereinließen, denn auch hier hatte sie sich nicht getraut, die Neonröhren anzuknipsen.

Raphael verhielt sich ruhig und beobachtete sie von der Tür aus. Was suchte sie?

Sie wandte sich dem nächsten Regal zu, schob etwas zur Seite, wurde aber anscheinend nicht fündig, denn ohne etwas herauszunehmen ging sie weiter. Dadurch verlor Raphael sie aus den Augen, aber er traute sich nicht, die Tür noch weiter zu öffnen. Geräusche verrieten, dass Sachen bewegt wurden. Dann wurde ein Schrank geöffnet und wieder geschlossen. Wieder erklangen Schritte. Sie war ein Stück weitergegangen. Dann herrschte Stille.

Raphael wartete noch einen Moment, dann öffnete er die Tür so weit, dass er eintreten konnte. Er hatte gehofft, dass sie es nicht bemerken würde, aber das klappte nicht. Wencke Dammann stand mit Blick zur Tür und starrte ihn mit großen Augen an. »Herr Freersen …«

»Hallo, Frau Dammann.« Er richtete den Blick auf das, was sie in der Hand hielt. Es war eine Heckenschere.

»Was machen Sie hier?«, fragte sie mit betont fester Stimme.

»Das Gleiche wollte ich Sie gerade fragen.«

»Ich?« Sie blickte auf die Heckenschere in ihrer Hand und legte sie hastig auf der Werkbank ab. »Ich … suche nur nach einer vernünftigen Gartenschere. Meine ist kaputt und … Ich wollte mir hier eine ausleihen.«

Er ging zu ihr. »Und warum machen Sie das im Dunkeln? Bei Licht sucht es sich doch viel angenehmer.«

Selbst in der düsteren Ecke war zu erkennen, dass ihre blassen Wangen sich verfärbt hatten. »Ich wollte nicht gesehen werden. Ich …«, sie zögerte, »ich habe einfach Viktors Schlüssel benutzt.«

»Aha. Und woher haben Sie den? Aus seiner Wohnung?«

Sie schüttelte den Kopf. »Ich habe noch Viktors Autoschlüssel. Ich konnte ihn ja nicht mehr zurückgeben. Und ich wusste, dass einer der anderen Schlüssel daran der Klinikschlüssel ist.«

Raphael war verwirrt. »Er hatte den Generalschlüssel am Autoschlüssel?«

»Ja … nein. Also er hatte zwei. Einen hier dran«, ihre Hand glitt zur Blazertasche, wo sich wohl der Autoschlüssel befand, »und einen an seinem Schlüsselbund, das er immer bei sich trug.«

Okay, das konnte Raphael sich vorstellen. Falls einer der Schlüssel mal weg oder nicht auffindbar war, hatte Winkler einen Reserveschlüssel gehabt. Was er allerdings nicht glaubte, war, dass Wencke Dammann eine Gartenschere suchte. Insbesondere, weil sie die Heckenschere jetzt wieder von der Werkbank nahm und an einen Nagel an der Wand hängte, wo sie sie offenbar abgenommen hatte.

»Die ist mir jetzt doch zu groß«, sagte sie dabei. »Ich brauche etwas Kleineres.« Sie ließ ihren Blick kurz wandern. »Aber ich habe keine Ahnung, wo ich hier so etwas finde. Und Viktor kann ich ja leider nicht mehr fragen.«

Einen Moment lang sahen sie sich an. Sie log, obwohl sie nicht zögerlich geklungen hatte.

»Und was machen Sie hier?«, fragte sie erneut.

»Ich bin Ihnen gefolgt, weil ich neugierig war, was Sie hier im Keller zu suchen haben«, gab er zu.

»Das wissen Sie ja jetzt«, kam es patzig von ihr. Nach einem weiteren Moment des Schweigens sagte sie: »Dann gehen wir jetzt wieder hoch. Und ich gebe Viktors Schlüsselbund direkt bei Frau Fink ab.« Sie deutete zur Tür, die in genau diesem Moment aufgezogen wurde.

Es war Hella Jürgensen, die das Licht anknipste und sie anstarrte. Ihr Blick, der einen Moment lang auf Raphael verharrt hatte, wanderte weiter zu Wencke Dammann. »Was tun Sie beide hier?«

Die Empfangsdame machte sich gerade. »Oh, ich wollte mir nur ein Werkzeug ausleihen. Und dann kam Herr Freersen rein, wohl weil er dachte, ich sei ein Einbrecher oder so was.« Sie lachte künstlich auf.

»So in etwa«, sagte Raphael und lächelte Hella Jürgensen an. »Und Sie sind auf dem Weg zu Ihrem Mann?«

Sie kam ein paar Schritte näher und ließ den Blick fahrig wandern, über Raphael und Wencke Dammann und über die Werkbank. »Ja, genau. Und dann hörte ich hier drinnen Stimmen ...«

»Nun, dann können wir jetzt ja alle beruhigt wieder gehen.« Raphael deutete zur Tür, um den beiden Frauen den Vortritt zu lassen.

»Genau.« Wencke Dammann griff nach einer Rosenschere, die an einem Haken an einem Holzbrett hing.

Raphael warf noch einen Blick zur Heckenschere. Sie war alt, das bezeugten die abgenutzten Griffe, aber die Schneiden waren sauber und blank. Winkler hatte seine Geräte in Schuss gehalten.

Schweigend gingen sie zusammen nach oben, nachdem Wencke Dammann hinter ihnen abgeschlossen hatte. In der Halle im Erdgeschoss eilte sie gleich zum Empfangstresen, weil dort zwei Leute warteten. Hella Jürgensen verabschiedete sich wortlos mit einem Kopfnicken und steuerte das Büro ihres Mannes an.

Raphael ging in sein Zimmer. Würde die Dammann die Schlüssel wirklich abgeben? Vermutlich ja, denn sie konnte nicht sicher sein, dass er nicht ihren Chef darauf ansprechen würde. Oder dass Hella Jürgensen ihrem Mann nicht vom Schlüssel zum Keller berichtete, den die Empfangsdame hatte.

Was, verdammt, hatte die Dammann im Keller gesucht? Definitiv keine Gartenschere.

***

Als die »Nordfriesland« Mittwochnachmittag in Wyk Richtung Dagebüll ablegte, war Raphael an Bord. Auf dem beengten Platz, der für die Raucher vorgesehen war, rauchte er zwei Zigaretten, während er zusah, wie die grüne Insel immer kleiner wurde. Als er fünfzig Minuten später von der Fähre herunterfuhr, glitt sein Blick über die Kfz-Reihen am Dagebüller Anleger, die darauf warteten, sich auf die Fähre schlängeln zu dürfen. Jeden Tag dasselbe Prozedere: Die Fähren spuckten die erholten, braun gebrannten Urlauber zurück aufs Festland, während die von Berufsleben und Autofahrt gestressten Bleichgesichter sich darüber freuten, dass ihr Urlaub begann.

Raphael dagegen hatte seine Boxausrüstung dabei. Es wurde höchste Zeit, sich bei Grumpy mal richtig zu verausgaben. Gut, die Patronen für die Walther, die sein Kumpel für ihn besorgt hatte, waren ein weiterer Grund für die Stippvisite in dem kleinen Boxclub. Vorher allerdings würde er seinem Vater einen Besuch abstatten.

Er brauchte knapp eine Stunde, bis er Flensburg erreichte. Da in der Westerallee laut R.SH geblitzt wurde, fuhr er weiter bis zur Marienallee und bog dort in die Emil-Nolde-Straße ein. Als er bei seinem Elternhaus im Marienhölzungsweg eintraf, stand sein Vater im vorderen Beet und massakrierte eine der drei Buchsbaumkugeln. Er trug eine grüne Arbeitshose, einen blauen Seemannspulli und eine Schiebermütze – sein Garten-Outfit, seit Raphael denken konnte.

Obwohl in den Monaten April bis Oktober wöchentlich ein Gärtner kam, um das riesige Grundstück »in Schuss zu halten«, wie der Kaffeekönig es nannte, übernahm er das Schneiden der Buchsbaumkugeln immer selbst. Mit Grauen erinnerte Raphael sich an das Drama in der Kindheit, als er und Johannes den Kugeln den Geometrie-Look verpasst hatten. Ihre Mutter hatte dem Vater eine Beruhigungstablette geben müssen. Dann hatte Hajo Freersen den quadratischen, den dreieckigen und den kegelförmigen Buchsbaum höchstpersönlich ausgegraben und drei neue Pflanzen eingesetzt, während er und Jo ihn dabei von ihren Zimmern aus beobachtet und einige neue Schimpfwörter gelernt hatten. Der vom Vater auf eine Woche festgesetzte Stubenarrest nach der Schule, den sie nicht gemeinsam absitzen durften, war an Tag drei glücklicherweise von der Mutter aufgehoben worden.

Hajo Freersen sah auf, als Raphael die knirschende Kieselauffahrt hinauffuhr und ausstieg. »Hallo, Raphael«, begrüßte er ihn kühl, »womit habe ich die außerordentliche Ehre eines Besuchs des nordfriesischen Insel-Poirots verdient?«

Raphael beschloss, nicht darauf einzugehen, auch wenn es mehr als schwerfiel. »Hallo, Vater«, sagte er stattdessen. »Ist es ein ungeschriebenes Gesetz, Buchsbaum im Oktober berupsen zu müssen? Irgendwie macht das neuerdings jeder, den ich treffe.«

»Den Feinschnitt sollte man eigentlich bis Ende September erledigen.« Hajo hackte ein weiteres winziges Etwas ab, das gewagt hatte, über das exakte Rund der Kugel zu linsen. »Du solltest es auch mal versuchen. Bei meinem letzten Besuch auf Föhr sah deine Hecke aus wie die Frisur von Boris Johnson.«

Raphael lachte laut heraus. »Wow, der war richtig gut.«

Das wiederum ließ seinen Vater die Augenbrauen zusammenziehen, was signalisierte: Ein Lob aus dem Mund des Versagersohns konnte nichts Gutes bedeuten. Auch wenn Hans-Joachim Freersen den britischen Premierminister hasste. Der Brexit war der düstere Dämon, der über dem Tochterunternehmen des Kaffeeimperiums in London schwebte. Logistik, Personal- und Finanzstrukturen – all das raubte dem Kaffeekönig von Flensburg seit Monaten Nerven und Schlaf.

»Du weißt schon, dass Mama nicht von allein wiederkommen wird, sondern darauf wartet, dass du sie von Föhr nach Hause holst?«, lenkte Raphael das Thema auf die wirklich wichtigen Dinge.

Das Gesicht seines Vaters nahm das hübsche Dunkelrot der Kaffee-Steinfrüchte an, die für ihn in Lateinamerika, Indien und Afrika geerntet wurden. Hajo Freersen warf die Heckenschere auf den Rasen und trampelte wie die fleischgewordene Wut Richtung Haus. Das geschnaubte »Willst du da Wurzeln schlagen?« deutete Raphael als Einladung und folgte ihm.

Hajo steuerte das Esszimmer an. Von der Spiegelplatte des goldfarbenen Servierwagens mit den edlen Tröpfchen nahm er eine ziselierte Karaffe. »Möchtest du auch einen Rémy?«

Junge! Sein Vater schien wirklich aufgebracht zu sein. Dass der Kaffeekönig *vor* dem Abendessen Schnaps trank, kam eigentlich nur vor, wenn die SG Flensburg-Handewitt ein Heimspiel verlor.

Er schüttelte den Kopf. »Ich fahre heute Abend noch zurück.«

»Seit wann hindert dich denn Autofahren am Trinken?«

Raphael hätte seinem Vater die höhnisch verzogene Oberlippe gern übers Kinn gezogen und an der Innenseite der Ohrläppchen festgetackert, aber er riss sich zusammen. Für seine Mutter. Was ihn ein wenig stolz auf sich selbst machte.

»Den Teufel werde ich tun«, stieß Hajo aus, nachdem er den Cognac in einem Zug hinuntergestürzt und sich kurz geschüttelt hatte. »Deine Mutter kann nicht erwarten, dass sie auch noch dafür hofiert wird, dass sie mich hier einfach sitzen lässt.«

»Nun ja, für jemanden, der die schwangere Freundin seines Sohns mit Geld aus der Stadt getrieben hat, eine doch überdenkenswerte Aussage, würde ich meinen.« Raphael warf Arabica und Robusta, den beiden Papageien, einen genervten Blick zu, weil sie in ihrem Käfig krakeelten. Die Menge an Streu, die die Vögel rundherum auf dem glänzenden Mahagoni-Sideboard verteilt hatten, zeugte davon, dass die Hausfrau abwesend war.

Hajo Freersen folgte seinem Blick. »Sie sind außer Rand und Band, seit deine Mutter weg ist … Die ganze Welt hat sich gegen mich verschworen.« Er stellte das leere Glas auf dem Servierwagen ab und trat mit den Händen in den Hosentaschen vor Raphael. »Sag deiner Mutter, ich erwarte sie mit offenen Armen zu Hause. Aber ich werde sie nicht holen.«

»Ich bin nicht dein Sprachrohr. Sag es ihr selbst.«

»Aber sie hat dich doch hierhergeschickt.«

»Nein, das hat sie nicht. Sie ist Nordfriesin. Dafür ist sie viel zu stolz.« Er machte eine kleine Pause, damit es beim Vater ankam. »Und jetzt muss ich mich auch schon wieder verabschieden. Ich will noch boxen.«

»Ach herrje. In der dreckigen Spelunke dieses Kleinkriminellen?«

Raphael sah seinem Vater einige Sekunden lang schweigend in die Augen, bevor er eisig sagte: »Gregor Denger hat seine Strafe abgesessen und seine zweite Chance verdient. Mehr als manch anderer.«

Als Raphael den Boxclub betrat, wurde ihm klar, dass die Bemerkung seines Vaters nicht völlig aus der Luft gegriffen war. Bei den drei Türken und den beiden Deutschen, die gerade trainierten, kamen bestimmt ein paar Jährchen Knast zusammen, wären sie für alles, was sie getan hatten, gefasst worden. Aber Grumpy selbst war geläutert.

Der alte Kumpel kam ihm strahlend entgegen. Zwischen seinen oberen Schneidezähnen klaffte eine Lücke, als hätte Mose das gelbe Meer geteilt – der Kumpel rauchte ohne Filter.

»Raph! Schön, dich zu sehen.«

»Ich freu mich auch, Grumpy.« Ihre Rechten griffen kraftvoll ineinander. »Wo steckt Sunny?«, fragte Raphael mit Blick zu dem kleinen Tresen, wo Grumpys Tochter normalerweise zu finden war. Sie betrieben den kleinen Club gemeinsam, wenn Sunny nicht gerade als Taxifahrerin oder in einem Nagelstudio jobbte. Ihre Friseurlehre hatte sie jedenfalls nicht beendet.

»Die ist im Förde Park shoppen.« Gregor Denger deutete auf Raphaels Sporttasche. »Du kommst also nicht nur wegen der blauen Bohnen?«

»Nein. Ich hätte gern meinen Vater geschlagen, von dem ich gerade komme, aber vielleicht hast du ja einen Statthalter für mich?«

Gregor lachte. »Klaro. Aber mit Gesichtsschutz. Mach dich warm, dann kannst du dich an Cem messen. Die anderen sind zu gut für dich.«

»Na, schönen Dank auch.« Raphael sah die drei Türken an,

von denen zwei an den Sandsäcken trainierten. Der dritte machte sich mit einem Springseil warm, so schnell und fast lautlos, dass es aussah, als schwebe er zwei Zentimeter über dem Boden. Welcher war Cem? Äußerlich glichen sie sich. Alle drei waren massiv tätowiert, trugen exakt geschnittene Vollbärte und das schwarze Haar kurz und gestylt.

»Du trainierst einfach viel zu selten. Und jünger wirst du auch nicht«, begründete Gregor seine deprimierende Aussage, was es nicht besser machte. »Cem ist der am linken Sandsack. Er hat dir übrigens auch die Patronen besorgt.«

»Oh, dann kann ich ihn doch nicht hauen.«

Gregor lachte wieder lauthals. »Glaub mir. Er wird *dich* hauen.«

Als Raphael mit der letzten Fähre kurz vor einundzwanzig Uhr in Wyk ankam, tat ihm alles weh. Alles. Cem Öztürk hatte ihn nach Strich und Faden verdroschen. Dennoch fühlte Raphael sich auf eine eigenartige Weise gut. Auch er hatte ein paarmal zulangen und bei dem fast einen Kopf kleineren, aber durchtrainierten und wendigen Türken ein paar gezielte Treffer setzen können. Es war einfach dieses Sich-Austoben, das bei allem Schmerz jede Menge Dopamin freigesetzt hatte. Er und Cem hatten die Handynummern getauscht, um sich demnächst mal in Flensburg auf einen Kaffee in der Sishabar an den Norderhofenden zu treffen.

Gedankenverloren fuhr Raphael von der Fähre. Erst als er den Mercedes auf die Auffahrt seines Hauses in der Mühlenstraße lenkte, wurde ihm bewusst, dass er zur Klinik hätte fahren müssen.

Beide Haushälften lagen dunkel da. Sina und Hannah schliefen also schon. Ohne weiter zu überlegen, stellte er den Motor aus. Er würde heute hier schlafen. Er quälte sich aus dem Autositz, zündete sich eine Zigarette an und trat auf den Bürgersteig.

Wie ruhig es hier war. Die Touristen lagen wohl platt von der Nordseeluft in ihren Betten. Nur der Wind fuhr mit leichten

Böen durch die Bäume an der Straße und ließ das Laub rascheln. Im Licht der Straßenlaternen war immer wieder ein Blatt zu erkennen, das herabsegelte, leicht und würdevoll, ohne Angst vor dem Zerfall. Weil alles Natur war. Weil dieses Blatt zu Erde werden würde und neues Leben daraus erwachsen konnte. Alles hier, in der Mühlenstraße, in Wyk, auf der gesamten Insel, roch nach Leben. Nach See und Salz, nach Grün und Wald, nach Vermodern und Würze und Wiederwerden.

»Freersen, du wirst nicht nur alt, sondern auch wunderlich«, murmelte Raphael, durchaus erschrocken, als ihm bewusst wurde, was er gerade gedacht hatte. Über den Sinn des Lebens konnte er nachdenken, wenn er hundert war.

Er schnippte den Zigarettenstummel auf die Straße und verjagte den Impuls, die Kippe wieder aufzusammeln, um sie vernünftig zu entsorgen. Scheiße, scheiße. Er sollte vielleicht doch wieder von dieser Insel verschwinden. Die machte was mit ihm. Etwas, das ihm Angst bereitete.

Er ging über die Auffahrt zum Haus und schloss die Tür auf, als ein Geräusch seine Aufmerksamkeit weckte. Ein Scharren. Er lauschte, und dann war klar, woher das Scharren kam.

»Das gibt's doch nicht«, entfuhr es ihm, den Blick auf den Grenzbuchsbaum gerichtet, wo der Käfig als dunkler Schemen zu erkennen war. Vorsichtig einen Fuß vor den anderen setzend ging er darauf zu. Hatte der blöde Vogel tatsächlich zurückgefunden? Oder hockte eine Ratte darin?

Als er noch drei Schritte vom Käfig entfernt war, begann darin etwas zu flattern. »Duzi-duzi«, flötete Raphael panisch, »flieg jetzt nur nicht wieder raus!« Sollte er lieber ruhig bleiben? Er entschied sich für Hektik, stürzte vorwärts und schlug die kleine Käfigtür zu. Er hob den Käfig an und hielt ihn in den schwachen Lichtschein, den die Straßenlaterne herüberwarf. Schwarze Knöpfchenaugen starrten ihn an. »Waltraud.«

Ein Gladiator hätte nicht triumphaler in die Arena einziehen können als er mit dem Käfig in sein Haus. Breit grinsend stellte er ihn an seinen angestammten Platz im Büro und betrachtete den Nymphensittich, der auf dem Käfigboden hockte und an dem Keksgebrösel knabberte, das Ava angesichts der enormen Menge zweifellos nachgefüllt hatte.

Raphael zog sich einen Stuhl zum Sideboard und betrachtete den Vogel, der ihn ignorierte. »Du hast deine Chance gehabt und dich tatsächlich hierfür entschieden?« Er ließ seinen Blick durch das Büro wandern, in dem jedes Teil noch den Geist von Onkel Schorsch ausströmte. Das Nussbaummobiliar, der alte Schreibtisch, die staubigen Aktenordner …

»Hoffentlich hast du wenigstens heißen Sex gehabt, mit einem flotten Amsel-Kerl oder einem Turteltäuberich.«

Der Gedanke an heißen Sex ließ ihn kurz überlegen, ob es sich lohnen würde, noch einen Abstecher zu Pitschi's oder zum Lipsi Beachclub zu machen, um ein süßes Schnittchen abzugreifen, aber als er aufstand, verabschiedete er sich von der Idee. Wenn er heute Nacht stöhnte, dann nicht vor Lust, sondern vor Schmerz.

DREIZEHN

Donnerstag verließ Raphael sein Haus in der Mühlenstraße, bevor Imme eintraf – worauf sie ihn mit Anrufen und WhatsApp-Nachrichten bombardierte, die mit Vogel- und Herzchen-Emojis geschmückt waren. Sie wollte natürlich wissen, wieso Waltraud wieder da war. Raphael ignorierte die Vogel-Fragen – er hatte keine Zeit für diesen andauernden Firlefanz – und schrieb Imme nur, dass sie Harry Lüttje heute nicht zu observieren brauchte.

Es lag leichter Nebel über den Feldern, als er bei der Wohlfarth-Scheune eintraf. Er verzichtete darauf, die Auffahrt hinaufzufahren, um Lüttje nicht durch das Motorengeräusch vorzuwarnen, und parkte an der Straße. Hinter einer der Weiden am Straßenrand blieb er stehen und sah sich um. Die auf der Nachbarweide grasenden Kühe erschienen im Nebel schemenhaft. Es war ein friedlicher Anblick, und Raphael atmete tief durch. Bei der Scheune war alles ruhig. Falls Harry Lüttje da war, hatte er seinen Wagen wieder reingefahren.

Raphael ging die Auffahrt hinauf, trat an das Tor und lauschte. Ein Klappern war zu hören, dazu Stimmen. Er presste sein Ohr dichter an das Holz. Die Stimmen schienen aus einem Radio zu kommen. Anscheinend hörte Lüttje die Nachrichten.

Raphael umrundete die Scheune, um zu sehen, ob es auf der anderen Seite einen weiteren Zugang gab, aber das große doppelseitige Scheunentor an der Vorderseite war der einzige.

Er nahm sein Smartphone in die Hand, um schnell agieren zu können, wenn es darum ging, Beweisfotos zu schießen, dann drückte er die Klinke herunter. Das Tor ließ sich nicht öffnen, aber Raphael hatte damit gerechnet, dass Harry Lüttje drinnen abschloss.

Mit der flachen Hand schlug er gegen die Tür. »Herr Lüttje?« Er lauschte. Bon Jovis »Bed of Roses« wurde im Radio gespielt. Aber nicht lange. Plötzlich war alles still in der Scheune.

Raphael wartete. Lüttje anscheinend auch.

»Herr Lüttje«, Raphael schlug noch einmal gegen die Tür, »ich weiß, dass Sie da sind. Also machen Sie bitte auf. Mein Wagen braucht einen neuen Auspuff.«

Es dauerte. Lüttje schien mit sich zu kämpfen. Da er hier schwarz agierte, nahm er natürlich nur Aufträge an, die er vorher abgesprochen hatte. Dass jetzt ein Fremder vor dem Tor stand, musste ihn beunruhigen.

Raphael hob die Hand, um noch einmal zu klopfen, als ein Schlüssel im Schloss gedreht wurde. Dann trat Harry Lüttje, die Rechte schwer auf die Krücke gestützt, aus der Scheune, wobei er das Tor nur ein kleines Stückchen aufzog und gleich wieder hinter sich schloss. Seinem Blaumann entstieg der Geruch von Öl, auch seine Hände waren dunkel gefärbt.

»Na, grad 'nen Ölwechsel vorgenommen?«, war Raphaels Begrüßung.

»Wer sind Sie?« Lüttjes Gesicht war Argwohn pur. »Was wollen Sie von mir?«

Raphael musterte sein Gegenüber. Lüttje strahlte Argwohn aus, ja, aber aus der Nähe betrachtet fiel auch das Ausgezehrte in seinem hohlwangigen Gesicht auf. Die Schmerzen, die er zweifellos ausstand, hatten ihren Stempel hineingedrückt und waren wohl auch für den feinen Schweißfilm verantwortlich, der auf seiner Stirn lag.

»Mein Name ist Freersen, und ich wollte Sie fragen, ob Sie mir einen Auspuff unter meinen Oldtimer bauen können.« Er deutete hinter sich, wo das Cabrio halb auf der Straße und halb auf dem Grünstreifen stand.

Lüttje humpelte zwei Schritte vor. »Wow!« Seine blassblauen Augen leuchteten auf. »Ein Mercedes-Benz 500 SE. Baujahr Ende der Achtziger.«

Raphael nickte. »1988. Sie sind ein Kenner.« Und das machte ihn sympathisch.

Doch Lüttjes Gesicht nahm schnell wieder den abweisenden Ausdruck an. »Ich repariere keine Autos für andere«, sagte er.

»Ich bin Hobbybastler. Ich arbeite nur an meinem eigenen Wagen.«

»Ach so? Mir wurde gesagt, ich soll Sie fragen. Sie würden das machen.« Raphael zwinkerte. »Ich weiß natürlich Bescheid. Kein Wort kommt über meine Lippen.«

Lüttjes Nervosität nahm zu. Er wischte sich die freie Hand immer wieder am Blaumann ab. Kein Wunder, dass er schwitzte. Vermutlich weitete sich die Schwarzarbeit durch von ihm keineswegs gewünschte Mundpropaganda immer mehr aus. Und er konnte es sich kaum leisten, jemanden abzuwimmeln, denn derjenige könnte ihn verpfeifen.

Raphael empfand Mitleid mit dem Mann – insbesondere, weil er seine Leidenschaft für Oldtimer teilte, aber ihn zu verschonen würde nichts bringen. Föhr war eine Insel. Viel zu klein, um seine Unternehmung nicht sowieso demnächst auffliegen zu lassen. Die Kfz-Werkstätten hier würden über kurz oder lang davon erfahren und ihn anzeigen. Und dem musste er zuvorkommen, um den Aufklärungsbonus der Versicherung einzukassieren.

»Darf ich mir die Werkstatt kurz angucken?«, fragte er Lüttje und deutete auf das Scheunentor. »Ich möchte meinen Liebling natürlich in guten Händen wissen.«

Lüttjes Gesicht war anzusehen, dass er ihm nicht glaubte. »Warum gehen Sie dann nicht in eine Mercedes-Werkstatt?«, fragte er. Blöd war er nicht.

»Weil Sie mir empfohlen wurden. Als sachkundiger Mechaniker. Und«, er zwinkerte wieder, »wir sparen doch alle gern ein bisschen, oder? Zum Beispiel die Mehrwertsteuer.«

»Wer hat Sie denn empfohlen?«

Das war die Frage, die Raphael am meisten gefürchtet hatte. »Hach, wie heißt der noch?«, spann er rum. »Dieser Blonde aus Wyk. Der den VW fährt …« Raphael nahm Lüttje nicht übel, dass dessen Gesicht sich immer mehr verfinsterte. Darauf wäre nicht mal ein Grundschüler reingefallen.

»Wie gesagt, ich arbeite nur an meinem eigenen Wagen.« Dass

Lüttjes Stimme dabei zitterte, ließ es nicht glaubhafter wirken. »Bitte gehen Sie jetzt.«

Einen Moment lang sahen sie sich schweigend an, dann deutete Raphael zum Scheunentor. »Ich weiß, dass da drinnen Ihr fetter Mercedes-Benz GLS steht. Den leisten Sie sich auf Kosten aller Versicherungsnehmer, indem Sie Berufsunfähigkeitsrente abgreifen und dabei hier schwarz absahnen. Das ist nicht gerade die feine Art, oder?«

Lüttjes Gesicht nahm eine noch käsigere Farbe an. »Wer sind Sie?«

»Ich bin Privatdetektiv«, entschloss Raphael sich für die Wahrheit. »Ich habe im Auftrag der Versicherung Fotos gemacht, die belegen, dass hier Schwarzgeschäfte stattfinden, ausgeführt von einem Mann, der vorgibt, nicht mehr arbeiten zu können.«

Lüttje schluckte. Der Schweißfilm auf seiner Stirn wurde so stark, dass sich einzelne Tropfen lösten und ihm in die Augen rannen. »Sie sind ein Drecksack«, flüsterte er, während er die Schweißtropfen fortwischte.

Raphael versteifte sich. »Ich bin der Drecksack? Jetzt pass mal gut auf, Humpelstilzchen. *Du* bist hier der Drecksack. *Du* bescheißt die Versicherung.«

»Humpelstilzchen …« Lüttjes Stimme brach. »Ja, das ist das, was von mir noch übrig ist. Eine lächerliche Figur.« Die Finger um die Krücke waren weiß vor Anstrengung.

»Aber eins kann ich Ihnen sagen: Ich habe noch nie auch nur einen Pfennig Geld verlangt für das, was ich hier für Freunde oder die Wohlfarth-Jungs mache. Ja, ich werde mal zum Essen eingeladen, und ja, ich freu mich über die Flasche Aquavit und die Tüte Trüffelpralinen, die mir zugesteckt werden, aber ich nehme kein Geld! Und nein, keine unserer Insel-Werkstätten hat ein Problem damit, dass ich hier rumbastle. Weil da Menschen arbeiten, keine Maschinen. Menschen, die mich mein Leben lang kennen und mögen und die wissen, dass ich mir kein Schwarzgeld in die Taschen stecke, sondern einfach versuche, hier mal für einen Moment meine Schmerzen zu vergessen. Ich habe vielleicht meine Arbeitskraft verloren, aber nicht meine Würde.«

Raphael schluckte. Eine Ohrfeige hätte sich nicht schmerzhafter anfühlen können. Aber wahrscheinlich waren das einfach nur die Nachwirkungen der gestrigen Abreibung im Boxring. Er durfte jetzt nicht weich werden. Wenn er das, was er bisher an Fotos und Informationen hatte, der Versicherung schickte, wäre vermutlich Schluss für Lüttjes Nachbar- und Freundschaftshilfe, egal ob er Geld nahm oder Schokokekse.

Harry Lüttje starrte ihn an, schwitzend, schwer auf die Krücke gestützt. Und Raphael war das erste Mal im Leben sprachlos. Er wusste einfach nicht, was er sagen sollte. Und weil das so war, drehte er sich einfach um und ging die Auffahrt hinunter zu seinem Auto, stieg ein und fuhr los. Aus dem Augenwinkel sah er, dass Lüttje nach wie vor wie festgefroren dastand und ihm nachblickte.

Fuck! Was sollte er jetzt tun? Der Versicherungsbonus war fest eingeplant für den Winterurlaub in der Karibik. Er konnte unmöglich seine Mutter dafür um Geld anpumpen. Seinen Vater schon mal gar nicht.

Als Raphael auf das Klinikgelände fuhr, fiel ihm direkt der Wagen mit Husumer Kennzeichen auf, der vor dem Eingang stand. War die Kripo zurück? Hatten sie im Keller Blut sichtbar machen können? Da Sina ihn heute Morgen am Telefon abgewimmelt hatte, wusste er nichts. Er beschloss, die Spurensicherung, genau wie das Problem Lüttje, erst einmal beiseitezuschieben. Imme und Ava sandte er eine WhatsApp-Nachricht. Sie sollten das Observieren vorerst gänzlich einstellen. Immes Nachfrage, was los sei, ignorierte er. Er musste sich erst einmal selbst darüber klar werden, was er tun wollte.

In der Klinik würde er sich jedenfalls heute Psycho-Gundis schnappen, von der er noch nichts zum Ablauf des Spieleabends gehört hatte, am besten noch vor der Gruppentherapie am Nachmittag. Genauso fällig war Hella Jürgensen, auch auf die Gefahr hin, dass der Klinikleiter ihn dann rauswarf.

Als Raphael die Klinik betrat, rief Wencke Dammann ihn, obwohl sie an der Rezeption gerade ein Telefonat führte. »Herr Freersen!« Er ging zu ihr.

»Einen Moment bitte, Herr Lüders«, sprach sie in den Hörer, dann wandte sie sich an ihn. »Sie werden mal wieder gesucht, Herr Freersen. Sie hatten um acht Uhr fünfundvierzig einen Physiotherapie-Termin bei Herrn Behmer.«

Das stimmte. »Äh, ja.«

Wencke Dammanns Gesicht war ausdruckslos, als sie sagte: »Mir ist es egal, was Sie hier treiben, Herr Freersen. Aber da ich ja nun weiß, warum Sie wirklich hier sind, sollten Sie vielleicht Ihre Termine absagen, wenn Sie sie nicht wahrnehmen wollen.«

»Ich werde mich bemühen. Und da wir uns gerade so nett unterhalten … Ich muss Gundis«, er stockte, als ihm einfiel, dass er ihren Nachnamen gar nicht kannte, »also Psychogelaber-Gundis sprechen. Ist sie schon im Haus?«

Pikiert hob Wencke Dammann ihre Augenbrauen. »Gundis ist jeden Tag im Haus, auch vormittags.« Sie blickte auf einen Planer an der Wand hinter sich. »Sie leitet bis neun Uhr fünfundvierzig eine Gruppentherapie in Raum dreizehn. Anschließend hat sie ja vielleicht ein paar Minuten für Sie übrig.« Sie nahm den Telefonhörer wieder auf. »Herr Lüders? Entschuldigung, jetzt bin ich wieder für Sie da.«

Raphael wartete vor Raum Nummer dreizehn, aus dem Stimmen zu hören, aber nicht zu verstehen waren. Kein Wunder, dass das Gruppengespräch eine Pflichtveranstaltung war. Ansonsten würden die armen Würstchen da drinnen herausgestürmt kommen wie einst die hungernden Franzosen auf die Bastille.

Als die Teilnehmer den Raum schließlich geballt verließen, nahm Raphael den tiefen Stoßseufzer eines Mannes und den genervten Gesichtsausdruck einer jüngeren Frau wahr. Gundis hatte zweifellos wieder alles gegeben. Sie war dabei, Spaghetti von Kreppband zu befreien, als er eintrat. Es war wohl besser, er fragte nicht, was hier abgegangen war.

»Raphael! Hallo!«, begrüßte sie ihn in ihrer lang gezogenen Sprechweise mit einer Freude, als sei er nach zwanzig Jahren aus dem Koma erwacht. »Was kann ich für dich tun? Wir sehen uns doch heute Nachmittag.«

»Mir kurz den Ablauf des Spieleabends schildern, an dem Frederik Lahann teilgenommen hat. Und, ich vergaß: Hallo, Gundis!« Er musste sich zwingen, den Blick von dem gestrickten grünen Hubschrauber abzuwenden, der in ihrem aufgetürmten Haar steckte.

Über ihrer Nasenwurzel zeichnete sich die vorhandene Längsfalte jetzt stärker ab. »Bitte? Was soll das?« Sie legte die Nudeln aus der Hand.

»Ich bin Privatdetektiv«, outete Raphael sich betont cool, obwohl es sich immer noch abgefahren anfühlte, wenn er es aus seinem eigenen Mund hörte. Am liebsten hätte er sich mit »Uga-Uga« auf die Brust gehauen.

Bei Gundis erzielte die Äußerung dieselbe Wirkung wie bei den anderen. »Wie bitte? Privatdetektiv?«, reagierte sie ungewöhnlich flott, wobei ihre roten Augenbrauen Samba tanzten.

Wieder einmal sagte Raphael sein Sprüchlein auf und fügte hinzu: »Für dich als Psychotherapeutin muss Lahanns Satz, er habe noch niemals einen Menschen getötet, doch besonders interessant gewesen sein.«

Sie ging nicht darauf ein, sondern dachte nach. »Sie ermitteln hier als Privatdetektiv in *dieser Angelegenheit*?«, sagte sie schließlich und musterte ihn auf eine Art und Weise, die ihn an Fräulein Rottenmeier denken ließ. Er und Johannes hatten in der Kindheit keine Folge der japanischen Trickfilmserie mit der dauergrinsenden und mit offenem Mund sprechen könnenden Heidi verpasst.

»Ja«, antwortete er knapp.

Sie nahm die Spaghetti wieder auf. »Die Kripo ermittelt doch und hat mich befragt«, sagte sie dabei. »Ich wüsste nicht, warum ich Ihnen gegenüber davon etwas wiederholen sollte.«

»Oh«, stellte Raphael fest. »Plötzlich gilt das Du nicht mehr?«

Sie hielt inne und sah auf. »Natürlich nicht.« Alles Freundliche war aus ihrer Stimme verschwunden. »Ich kann wohl davon ausgehen, dass *Goliath*«, ihre Lippen verzogen sich spöttisch, »gar nicht Goliath heißt?«

»Verdient hätte er den Namen«, sagte Raphael nicht ganz so ernst.

»Sie sind armselig«, sagte sie nach einem weiteren Moment des Schweigens. »Holger so zu täuschen ... Ich möchte Sie bitten zu gehen.« Sie deutete zur Tür. »Ich habe Ihnen absolut nichts mehr zu sagen.«

Rothaariges Biest. Aber das hatte er sich selbst zuzuschreiben. Natürlich war sie nicht sauer, weil er Holger getäuscht hatte, sondern weil sie ebenfalls darauf reingefallen war. Es musste sie tief in ihrem Therapeutenstolz treffen, so verarscht worden zu sein.

Da er wusste, dass aus Gundis kein Wort mehr herauszuholen war, ging er. Mit einigem Bedauern, denn es wäre tatsächlich interessant gewesen zu erfahren, wie sie als Therapeutin über Lahanns Äußerung dachte. Andererseits, so toll war sie in ihrem Job ja nun auch nicht, denn dann wäre sie auf sein Spielchen nicht reingefallen.

Und nun? Sollte er es wagen, Hella Jürgensen zu befragen? Das würde vermutlich seinen Rauswurf zur Folge haben. Und das ließ ihn ins Grübeln kommen. Gundis hatte er zweifellos überrascht mit der Aussage, er sei Detektiv. Das war eigenartig. Schließlich wussten Hacki und Liana davon, auch Miriam Fink und Wencke Dammann. Diese durchaus spektakuläre Neuigkeit wäre doch in jedem anderen Betrieb sofort weitergetratscht worden, insbesondere da die Frauen sich untereinander gut kannten. Warum hatten es alle für sich behalten?

Hacki hatte es natürlich nicht erwähnt, weil er herausgefunden hatte, dass sie die Diebin war, fiel ihm ein. Und Liana wollte zweifellos keinen weiteren Ärger mit Jürgensen. Gut, Miriam Fink würde es sich wohl ebenfalls nicht mit ihrem Chef verscherzen wollen. Aber Wencke Dammann … Welchen Grund hatte sie? Fürchtete sie ebenfalls Konsequenzen? War es ihrer grundsätzlichen Zurückhaltung geschuldet, dass sie es für sich behielt, oder aber der Tatsache, dass er sie im Keller erwischt hatte? Bei der Suche nach … ja, nach was? Da war er auch noch keinen Schritt weiter. Nun, er musste wohl Nägel mit Köpfen machen.

Entschlossen verließ er die Klinik durch den Hintereingang, durchquerte den kleinen Klinikpark und steuerte das Grundstück der Jürgensens an. Von der Seeseite wehte ein schwacher Wind den Geruch von Meer, Tang und Salz herüber. Über der Nordsee brummte eine Cessna Richtung Amrum. Vielleicht hatten Touristen einen Rundflug gebucht, wie sie vom Wyker Flughafen aus angeboten wurden.

Das Reetdachhaus lag ruhig da. Jürgensen war zweifellos in der Klinik, denn es war noch nicht einmal elf Uhr, überzeugt hatte er sich davon diesmal allerdings nicht. Da Jürgensens schwarzer BMW und der curryfarbene Mini vor der Garage standen, ging Raphael davon aus, dass Hella zu Hause war. Dass es Lenas Mini war, war nicht anzunehmen, denn das Kennzeichen trug die Initialen von Hella Jürgensen.

Auf dem von Lavendel und Heidekraut gesäumten Weg zum Haus blieb Raphael abrupt stehen. Sein Kopf ruckte noch einmal zu den Autos und dem mächtigen weißen Garagentor herum. Es war eine Doppelgarage. Warum also standen beide Wagen davor und nicht darin? Das war an dem Tag, als er ins Haus eingedrungen war, auch so gewesen. Waren die Jürgensens zu faul, die Wagen reinzufahren? Wohl kaum. Das Garagentor hatte schließlich einen Motor.

Was befand sich in der Garage? Vielleicht Lenas Wagen? Sie würde ihr Auto kaum in Dagebüll auf dem Parkplatz lassen, wenn ihr Aufenthalt hier von längerer Dauer war und die Parkgebühren die Kosten der Überfahrt weit überschritten hätten. Vielleicht besaß sie nicht einmal ein Auto. Sie war Studentin. Andererseits … Papi hatte Knete. Aber selbst wenn ihr Auto in der Garage stand, wäre noch Platz für ein weiteres Fahrzeug, und diese Erkenntnis ließ Raphaels Herz einen Tick schneller schlagen. Befand sich Lahanns Hyundai vielleicht in viel größerer Nähe als gedacht?

Er musste da rein! Er musste wissen, was sich in der Garage befand.

Mit Blick auf die oberen Fenster des Hauses kam die Ernüchterung. Vielleicht stand ja der Wagen der verstorbenen Großmutter darin? Auf dem Foto hatte die alte Frau klein und schmächtig ausgesehen, aber das hieß ja nicht, dass sie nicht mehr Auto gefahren war.

Er ging die letzten Schritte zu der grün-weißen Haustür und klingelte.

Die Tür wurde Sekunden später aufgezogen. Allerdings nicht von Hella Jürgensen, sondern von Lena. Anscheinend wollte sie das Haus gerade verlassen, denn eine große Ledertasche hing an ihrer Schulter. Und sie trug wieder eine Mütze, diesmal mit Spinnenmotiven.

»Stricken Sie die eigentlich selbst?«, begrüßte Raphael sie und deutete auf ihren Kopf.

»Was wollen Sie hier?« Ihre hübschen Lippen waren geringschätzig verzogen. »Mich bei meinen Eltern verpetzen?«

»Verpetzen …« Jetzt verzog Raphael seine Lippen. »Dieses Wort passt in Bezug auf die versalzenen Desserts tatsächlich. Weil solch eine lächerliche Aktion eines bockigen Kleinkinds würdig wäre. Da Sie aber außerdem in Zimmer eindringen und Patienten bestehlen, würde allerdings ›Strafanzeige stellen‹ besser passen, finden Sie nicht auch?«

Ihre blau getuschten Wimpern begannen leicht zu zittern. »Was wollen Sie von mir?« Sie blickte hinter sich und zog die Tür ein Stück weiter ran.

»Würden Sie nicht auf Frauen stehen, hätte ich einen konkreten Vorschlag, aber leider …« Er ließ den Satz mit einem Zwinkern offen, was ihre Wut allerdings nicht schmälerte.

»Sie sind ein Ekel«, zischte sie.

»Es gibt ein paar Menschen, die würden das umgehend bestätigen. Eigentlich will ich von Ihnen gar nichts, sondern von Ihrer Mutter, aber wo wir schon so nett plaudern: Verraten Sie mir, warum Sie das getan haben, dann *verpetze* ich Sie auch nicht, weder bei Ihren Eltern noch bei der Polizei. Ich würde es einfach nur gern verstehen. Sie haben es doch nicht nötig, Geld zu klauen. Und diese lächerliche Puddinggeschichte … Sie machen das doch nicht nur, um Ihren alten Herrn zu ärgern?«

»Doch, genau das!«, stieß sie leise, aber heftig aus. »Er hasst es, dass ich mit Liana zusammen bin, und lässt es sie immer spüren. Und darum lasse ich ihn auch etwas spüren. Die Klinik ist sein Ein und Alles, und somit treffe ich ihn am meisten, wenn seine Patienten verärgert sind.« Ein zufriedenes Lächeln umspielte ihre Lippen.

»Ich hätte Ihren Vater nicht für homophob gehalten«, sagte Raphael.

»Das ist er auch nicht. Es geht nicht darum, dass ich eine Beziehung zu einer Frau habe. Mit einer rumänischen Ärztin als Lebensgefährtin seiner Tochter könnte er durchaus leben. Aber eine Putzkraft … Er ist einfach nur ein Arschloch.«

Es war also genau so, wie er es vermutet hatte. »Ist Ihre Mutter zu sprechen?«, besann er sich auf das zurück, warum er geklingelt hatte.

»Nein.«

»Aber ihr Auto ist doch da.«

»Meine Mutter leidet unter starker Migräne und liegt im Bett. Kann ich ihr etwas ausrichten?«

»Nein. Oder doch. Sagen Sie ihr, dass ich wieder auf sie zukomme, wenn es ihr besser geht.«

Lena nickte und wollte die Tür schließen, doch eine Frage hatte Raphael noch. »Gibt es einen Grund, warum die Wagen Ihrer Eltern nie in der Garage stehen? Das ist eigenartig.«

Mit zusammengezogenen Brauen musterte sie ihn. »Ich wüsste nicht, was Sie das angeht. Aber wenn es Sie glücklich macht: In der Garage stehen momentan Möbel meiner verstorbenen Großmutter. Mein Bruder und ich wollen einiges davon in unsere Studentenbuden schaffen.«

»Ah.« Das klang logisch. Und enttäuschend. »Dann sagen Sie Ihrer Mutter gute Besserung.«

***

Als Raphael nachmittags um drei sein Büro betrat, strahlte Ava ihn an. »Hallo, Raphael.«

»Hallo, Ava.« Er strahlte zurück.

Sie deutete zur Gardinenstange, auf der Waltraud hockte und ihr Gefieder putzte. »Das war so eine wunderbare Überraschung. Ich habe vor Freude geweint ... Wie hast du es angestellt?«

Diese pure Freude, dieses Leuchten in ihren Augen ... Aus genau dem Grund war er hergefahren. Er hatte es sehen wollen. »Nun, ich ...« Er stockte. Jetzt zu sagen »Ich habe einfach nur die Käfigtür geschlossen, denn Waltraud saß schon darin« war zu belanglos. Und wenig heldenhaft.

»Es war Nacht. Ich hatte gerade noch die letzte Fähre bekommen, nachdem ich meinen Vater in Flensburg besucht und im Boxclub einen Türken verdroschen hatte.« Er hockte sich auf die Kante ihres Schreibtisches. »Und dann geh ich hier den Aufgang hoch, und da sitzt er vor der Hecke.«

»Er? Waltraud ist eine Sie.«

»Erzähl ich hier die Geschichte oder du? Ich rede nicht von Waltraud, sondern von einem Kater. Ein Monstervieh.« Mit den Händen zeigte er die Ausmaße eines Hausschweins an.

»Was? Oh, sorry.« Sie verzog entschuldigend die Lippen.

»Da sitzt *er* also. Dieser unheimliche schwarze Kater. Ich hab ihn in der Dunkelheit nur gesehen, weil seine Augen so diabolisch grün leuchteten.« Er machte eine kleine dramatische Pause, bevor er fortfuhr.

»Ich hätte ihn ignoriert, aber dann hörte ich Waltrauds Piepsen. So klein, so zart. Ein Rascheln verriet mir, dass sie auf der

Hecke rumhopste. Mein Herz begann zu rasen. Sie war da! Und der Kater hörte es natürlich auch. Also bin ich zur Hecke geschlichen, leise, leise, und habe Waltraud zugeflüstert, dass ihr Retter nah ist. Und als der Kater zum Sprung ansetzte, bin ich ebenfalls zur Hecke gehechtet und hab mit beiden Händen zugegriffen. Und dann hatte ich sie.«

Ava hatte schon bei der Stelle mit seinem rasenden Herzen begonnen, mit den Augen zu rollen, dennoch wagte er hinzuzufügen: »So war es.« Das »Ich schwör« verkniff er sich.

Ava verschränkte die Arme vor der Brust. »War von dieser herzzerreißenden Geschichte irgendetwas wahr?«

Er grinste. »Waltraud hockte in deinem Keksberg im Käfig, als ich auf sie aufmerksam wurde. Ich musste nur noch die Tür zumachen.«

»Egal, du könntest mir sonst was erzählen«, sagte Ava fröhlich. »Ich bin dir einfach nur dankbar, dass du zur rechten Zeit am rechten Ort warst und sie wieder da ist.«

Er nickte. »Und dir geht's besser? Deine Rudolph-Nase ist jedenfalls verschwunden.«

Sie rückte mit dem Stuhl ein wenig zur Seite. Vermutlich, weil er nach wie vor auf ihrem Schreibtisch hockte und sie intensiv musterte. Darum stand er auf und ging zu seinem Platz.

»Ich bin gekommen, um mir hier in Ruhe ein paar Gedanken bezüglich Harry Lüttje zu machen«, schwindelte er. »Ich muss mir darüber klar werden, was ich der Versicherung melde. Das Observieren ist jedenfalls beendet.«

»Ach ja? Magst du mir erzählen, was passiert ist?«

»Natürlich.« Er gab das Gespräch mit Lüttje so detailgetreu wie möglich wieder.

»Freundschaftsdienste für Menschen, die er gut kennt und die ihn von seinen Schmerzen und Sorgen ablenken …« Sie überlegte. »Das klingt nett. Und ich wünsche mir für ihn, dass es stimmt.«

»Höre ich da ein wortloses Aber hinterherklingen?« Raphael sah sie erwartungsvoll an.

»Nun, deine Menschenkenntnis …« Sie brach ab. Ihre Wangen färbten sich leicht, wobei das Rot die Narben auf der transplantierten Seite ausließ.

Raphael erschrak. Nicht über das wirre Muster, das sich auf ihrer Haut abzeichnete, sondern über die Tatsache, dass er gern darübergestreichelt hätte. »Du stellst sie also in Frage, meine Menschenkenntnis in Bezug auf Lüttje?«, sagte er ernster als gewollt.

»Entschuldige, ich …«

»Nein«, nahm er ihr schnell das Wort ab. »Du hast ja recht.« Er zwinkerte ihr zu. »In Menschenkenntnis steh ich auf Fünf minus.«

»Warum gehst du nicht zu einer der Werkstätten«, schlug Ava vor. »Wenn seine Aussage stimmt, wissen die dort doch Bescheid. Und wenn sie sich nicht daran stören, dass er in der Scheune herumbastelt, dann könntest du vielleicht ja auch …« Erneut brach sie ab.

»Auf meinen Bonus verzichten«, beendete er den Satz für sie. Brummend setzte er hinterher: »Wäre ja auch zu schön, wenn ich als Detektiv mal was verdienen würde. Aber«, griff er ihren Vorschlag auf, »ich werde gleich mal eine Insel-Werkstatt anfahren.«

Waltraud sorgte für einen Themenwechsel, indem sie auf Avas aufgeklappten Laptop flog. »Pass auf«, sagte er. »Imme sagt, sie kackt gern auf die Tastatur.«

Ava sah ihn an, dann lachten sie beide los. Und gerade als er sich freute, dass die Stimmung so gelöst war, kam der Dämpfer.

»Bevor du gehst, musst du mir unbedingt noch dein Rezept für die Putenschnitzel verraten«, sagte Ava. »Tarik redet immer noch davon.«

»Echt? Ist ja witzig.« Raphael stand auf. »Dabei war es nichts Besonderes. Ich hab einfach ins Gewürzfach gegriffen. Salz, verschiedene Pfeffersorten … Curry war auch dabei, glaub ich. Dazu eine leckere Semmelbrösel-Ei-Panade …«

Sie sah ihn intensiv an, und dabei zogen sich ihre Augenbrauen minimal zusammen. *Time to go.*

»So, ich fahr dann mal. Tschüs, ihr beiden.« Er sah nicht Ava an, sondern Waltraud, die auf dem Laptopdeckel seitlich hin und her taperte.

Er war schon fast aus der Bürotür, als Ava ihn zurückhielt. »Raphael?«

»Ja?« Er drehte sich um.

Sie klang ganz ruhig. »Würdest du es zugeben, wenn du ihm ein Schweineschnitzel zubereitet hättest?«

»Was?« Er stieß ein ungläubiges Lachen aus. »Natürlich war es kein Schwein. Was glaubst du denn?«

»Dann ist es ja gut«, sagte sie, ohne rot zu werden, was ihm zeigte, dass sie keineswegs ein schlechtes Gewissen wegen ihrer Anschuldigung hatte, sondern ihm nicht glaubte. »Denn anderenfalls hätte er lieber einfach nur Pommes gegessen statt etwas, das mit unserem Glauben nicht vereinbar ist.«

»Aber es *war* Pute!« Und diesmal musste es wohl sein. »Ich schwör's.«

»Dann«, Ava schluckte, »entschuldige bitte. Ich dachte wirklich …«

»Schon gut«, winkte er ab. Da konnte man mal großzügig sein. »Hab einen schönen Feierabend«, verabschiedete er sich hastig und bedauerte, kein Katholik zu sein. Dann hätte er zwei, drei Rosenkränze beten können, um seinen Meineid wieder auszubügeln. Jetzt musste der liebe Gott ein Nachsehen mit ihm haben. Schließlich hatte er sich mit Johannes eine Plazenta teilen müssen, und die darin enthaltene Heiligkeit reichte offensichtlich nur für einen.

Als er über die Straße zu seinem Mercedes ging, sah er auf Höhe des Parks an der Mühle Sina und Hannah angelaufen kommen. Er trat auf den Bürgersteig zurück, um auf die beiden zu warten. Da Sina wieder arbeitete, wusste sie vielleicht, ob die Spurensicherung mit dem Luminol Blutspuren auf dem Kellerflur der Klinik nachgewiesen hatte. Ob sie es ihm verraten würde, stand auf einem anderen Blatt.

»Hallo, Lieblingsnichte«, begrüßte Raphael Hannah, als sie

bei ihm waren, und freute sich über das Strahlen der Kleinen. »Dir natürlich auch ein herzliches Hallo«, wandte er sich an Sina.

»Ist Mama auch eine Lieblingsirgendwas von dir?«, fragte Hannah mit Fältchenstirn, weil sie überlegte.

»Deine Mama ist ganz viel irgendwas mit ›Lieblings-‹ für mich«, sagte Raphael mit Blick auf Sina. »Sie ist meine Lieblingsnachbarin, Lieblings-fast-mal-Schwägerin, Lieblingspolizistin … Und in diesem Zusammenhang insbesondere für eine einzige Frage, die ich gleich stellen werde, auch meine Lieblingsinformantin.«

Hannah sah ihn an. »Was ist Informantin?«

»Geh schon mal rein, Spatz«, sagte Sina hastig, zog den Haustürschlüssel aus der Jackentasche und drückte ihn Hannah in die Hand. »Spinnst du?«, fuhr sie ihn an, als Hannah im Haus war. »Wie kannst du so etwas in Hannahs Gegenwart sagen?«

»Du hast doch gehört: Sie weiß gar nicht, was das ist.« Sinas »Tz!« ignorierend, fragte er: »Hast du etwas von der Kripo gehört? Wurde Blut nachgewiesen?«

Da Sina bockig aussah, legte er nach. »Ich bin derjenige gewesen, der darauf ausgerutscht ist und euch davon berichtet hat. Da muss ich doch auch berechtigt sein zu erfahren, ob –«

»Herrje, nein, es wurde kein Blut entdeckt!«, blaffte Sina.

»Oh.« Raphael war baff. Damit hatte er nicht gerechnet.

»Aber«, Sina senkte ihre Stimme, obwohl das einzige weitere Lebewesen in der Nähe ein Storch am Himmel war, »es war wohl auffällig, dass in dem von dir genannten Bereich mehr als akkurat geputzt und desinfiziert worden ist, ebenso in einem Teilbereich der Werkstatt.«

Raphael starrte sie an. »Das ist dann doch der Beweis, dass ich recht hatte, oder? Darum seh ich deine Kripokollegen immer in der Klinik. Die ermitteln weiter!«

Sina sagte weder Ja noch Nein, sondern verabschiedete sich mit einem nicht amüsiert klingenden »Auf Wiedersehen, Lieblings-penetranter-Nervtöter«.

Mit einem Lächeln sah er ihr nach. Dankbar. Es war ein gutes Gefühl, endlich bestätigt zu bekommen, dass er nicht alkoholbedingt phantasiert hatte. Und die Kripo würde dranbleiben. Jetzt konnte er sich beruhigt auf seine Baustellen konzentrieren.

Er stieg in seinen Mercedes und fuhr die erste der Insel-Werkstätten an. Er parkte den Wagen neben der Waschanlage und ging zur Werkstatt, deren Rolltor hochgefahren war. Ein Taxi stand auf der linken Hebebühne, auf der rechten ein Polo mit Blümchen auf der Motorhaube.

»Sind Sie hier der Meister?«, fragte er einen Mann in Arbeitskleidung, der aussah, als sei er ein Meister, und trat auf ihn zu.

»Ja. Bin ich.«

Ha! Von wegen Fünf minus in Menschenkenntnis. Gut, es waren nur drei Männer anwesend, davon war einer ein schmächtiger höchstens Achtzehnjähriger.

»Ich habe eine Frage, Herr Lamprecht«, begann er nach einem Blick auf das Namensschildchen an der Arbeitskleidung. »Bezüglich einer etwas, sagen wir mal, heiklen Angelegenheit.«

Der Meister legte den Drehmomentschlüssel, den er in der Hand hielt, auf einem Regal ab. »Na, nun bin ich neugierig.«

Raphael wollte nicht lange drum herumreden. »Kennen Sie Harry Lüttje?«

»Harry, ja, den kenn ich. Was ist mit ihm?«

Raphael atmete tief aus. »Er hilft in einer Scheune auf der Insel bei der Reparatur von Autos. Oder besser gesagt: Er behauptet, er leiste Freundschaftsdienste. Wissen Sie davon? Und dulden es?«

Meister Lamprechts Gesichtszüge verfinsterten sich deutlich. »Wer sind Sie? Polizei, oder was?«

»So ähnlich.« Raphael sah Sinas Kopf vor sich, den sie jetzt verächtlich schütteln würde. »Ich bin Privatdetektiv und ermittle für eine Versicherung.«

»Dann dürfen Sie jetzt gehen. Der Harry, der ist ’n feiner Kerl. Hat viel mitgemacht. Und klar weiß ich, dass er bei Wohlfarth den Jungs ’n bisschen zur Hand geht und Tipps beim Schrauben gibt. Und nun tschüs.« Er drehte sich einfach um und ging zu der Hebebühne mit dem Taxi.

So viel dazu. Raphael ahnte, dass er bei den anderen Werkstätten die gleiche Antwort bekommen würde, und beschloss, sich die Fahrt dorthin zu sparen. Insbesondere, weil er sich, wie er gerade feststellte, diese Antwort ein wenig erhofft hatte. Und das war durchaus besorgniserregend. Langsam, aber sicher entwickelte er sich auf dieser bekloppten Insel zu einem emotionalen Weichei.

Darauf brauchte er jetzt ein kühles Bierchen.

Aber vorher wollte er noch etwas anderes erledigen. Ihm war eingefallen, dass er ein sicheres Versteck für die Patronen hatte suchen wollen. Er fuhr zu seinem Haus zurück und parkte den Wagen auf der Auffahrt. Ein Blick auf die Armbanduhr verriet, dass Ava noch keinen Feierabend hatte. Sollte er trotzdem reingehen? Er entschied sich dagegen, denn, das musste er sich eingestehen: Die Putenschnitzel-Lüge hallte in Form eines mulmigen Bauchgefühls noch in ihm nach. Die Patronen mussten also warten.

Er ging die Mühlenstraße hinunter, um das Leonardo da Vinci anzusteuern, denn neben dem Durst auf ein kühles Helles machte sich jetzt auch Hunger bemerkbar. Und da kam eine Pizza in Form einer Quattro Stagioni gerade recht. Doch als er an der Straßenecke in die Feldstraße Richtung Sandwall abbog, entschied er sich spontan um, weil sein Blick auf ein Restaurant-Schild fiel, auf dem ein weißbärtiger Kapitän einen Wal auf seinem Schoß hielt. »Zum glücklichen Matthias« stand darunter, und das brachte etwas in seinem Inneren zum Klingen. Erinnerungen an Schorsch.

Was hatte der Onkel ihnen in der Kindheit nicht alles über den glücklichen Matthias erzählt – Matthias Petersen, den legendären Inselsohn, der als Kommandeur auf einem Walfänger wahre Berühmtheit und Reichtum erlangt hatte. Raphael hatte noch die begeisterte Stimme seines Onkels im Ohr. Eine Zeit lang hatten er und Johannes auch Walfänger werden wollen.

Genau genommen bis 1994, als Michael Schumacher als erster Deutscher Weltmeister in der Formel 1 wurde.

Und doch erinnerte Raphael sich noch gut an den Grabstein von Matthias Petersen auf dem Süderender Friedhof, den Schorsch ihnen gezeigt hatte. Die Inschrift darauf hatte der Onkel zwar lesen, aber nicht übersetzen können, und sie als Kinder schon mal gar nicht. Jetzt, mit dem großen Latinum in der Talartasche, würde Johannes es wohl hinkriegen. Vielleicht sollte er tatsächlich einmal mit seinem Bruder dort hingehen. Schon wegen des in Stein gemeißelten Bildes, das er noch vor seinem inneren Auge sah. Als Kind hatte es ihn beeindruckt. Wer hatte schon einen Wal auf seinem Grabstein? Und dass Baby Matthias an einem Heiligabend geboren worden war, irgendwann sechzehnhundert-schieß-mich-tot, hatte ihn damals ebenfalls fasziniert. Wie toll muss es sein, an Heiligabend Geburtstag zu haben – das waren seine Kindergedanken gewesen. Raphael lächelte, als er das Restaurant betrat. Wie blöd musste es sein, an Heiligabend Geburtstag zu haben.

Da es noch nicht einmal siebzehn Uhr war, war ein Tisch in dem gemütlichen, maritim dekorierten Gastraum frei. Raphael ließ sich eine der Spezialitäten des Hauses, Spareribs XXL mit Aioli und Baguette, und dazu ein großes Jever schmecken. Als er das Restaurant verließ, nahm er den Weg über die Promenade. Ein Abendspaziergang zu Pitschi's mit Aussicht auf einen Feierabend-Whisky konnte nicht schaden.

Während er die herrlich frische Abendluft in Kombination mit dem Qualm einer Zigarette in seine Lungen sog, sah er sich in der Dämmerung um. Winzige Lichter auf den Warften zeigten, dass die Halligbewohner das Licht in ihren Häusern angeknipst hatten. Als er einer Fähre nachblickte, die gen Amrum fuhr, bemerkte er, dass der Schlafstrandkorb nicht mehr an seinem angestammten Platz stand. Wahrscheinlich überwinterte er mit den übrigen Strandkörben in der Lüttmarschhalle.

Er war gerade am Schwimmbad vorbei, als er bereute, den Promenadenweg gewählt zu haben, denn im Schein einer Lampe sah er Mine Margarete Mommsen mitsamt adipösem Bobby an der Leine angetrippelt kommen. Okay, gab es irgendwo ein Versteck? Da ihre Augen megaschlecht waren, konnte sie ihn noch nicht entdeckt haben.

Hastig wandte er sich um und lief die paar Schritte zum Schwimmbad zurück. In der Ecke hinter der gefliesten Stranddusche ging er in Deckung. Allerdings hatte er die Rechnung ohne Bobby gemacht. Sein Frauchen wäre zweifellos vorbeigegangen, aber der Hund zog sie an der Leine Richtung Dusche und hob sein Bein. Raphael wandte sich um und tat, als betrachte er die Außenrutsche des Wellenbads, die es bald nicht mehr geben würde, denn das Schwimmbad sollte zugunsten eines neuen abgerissen werden. Aber auch das half nichts.

»Herr Rickers?«

Er stellte sich taub, hörte aber an den Trippelschritten, dass sie auf ihn zukam. Und dann bohrte sich auch schon ein Finger in seine Seite. »Huhu!«

Er schnippte die Kippe durch den Maschendrahtzaun und wandte sich um. »Frau Mommsen! Das ist ja eine Überraschung.«

Mine Margarete Mommsen strahlte ihn an. »Fast hätte ich Sie ja gar nicht gesehen, aber Bobby hat Sie erschnüffelt.« Mit einer für ihr Alter beachtlichen Behändigkeit bückte sie sich zu ihrem Hund und tätschelte den breiten kurzhaarigen Rücken. »Jaaa, bist ein guter Bobby, jaaa.«

Sie kam wieder hoch und blickte von Raphael zum Schwimmbad. »Was machen Sie denn hier in der Ecke? Ist das ein Auftrag? Beobachten Sie hier jemanden?« Ihre feinen weißen Augenbrauen zogen sich zusammen, während sie über ihre Schulter blickte. »Oder werden wir beobachtet?«

Raphael verdrehte die Augen. Triple M sah eindeutig zu viele Agentenfilme. Aber das konnte er jetzt nutzen, um sie loszuwerden. »Frau Mommsen, ja, ich ermittle hier.« Er senkte seine Stimme verschwörerisch. »Und ich muss Sie daher dringend bitten, umgehend zu verschwinden, um meine Deckung nicht auffliegen zu lassen.«

»Oh, natürlich!« Mit weit aufgerissenen Augen sah sie sich um. Dann sagte sie, ebenfalls im Flüsterton: »Viel Erfolg. Falls Sie mal Hilfe brauchen sollten … Bobby und ich stehen zur Verfügung. Meine Augen sind zwar nicht mehr die besten, aber ich habe gute Ohren.«

»Super, Frau Mommsen. Nichts geht über menschliche Fledermausohren. Darauf werde ich bestimmt mal zurückkommen. Aber jetzt«, er schob sie von sich, »husch-husch.«

Da sie sich im Gehen immer noch mal umwandte, während sie am Aquamarin vorbeiging, blieb er in seiner Ecke, bis sie außer Sicht war. Lieber blöd rumstehen, als sich womöglich noch einen Vortrag über Triple Ms letztes Kaffeekränzchen anhören zu müssen.

Sina und Hannah schienen noch mal weggegangen zu sein, denn in der rechten Haushälfte war alles dunkel, als Raphael nach einem Absacker bei Pitschi's in die Mühlenstraße zurückkam. Er betrat seine Hälfte und ging schnurstracks in die Küche. Dort öffnete er das schmale Schubfach unter dem Herd, in dem er Mittwochabend auf die Schnelle die Schachtel mit den Patronen versteckt hatte. Aber die Küche war dafür definitiv nicht der optimale Platz, weil hier jeder rumwuselte: seine Putzfrauen, sein Bruder, Imme, Ava, womöglich noch Tarik oder Hannah.

Er wog die Schachtel in der Hand. Zu gern hätte er *seine* Walther PPK – Hammer! – direkt damit befüllt und auf ein paar Dosen geschossen, aber Föhr war nicht der geeignete Ort. In der Dunkelheit schon mal gar nicht. Wenn er mal wieder nach Flensburg fuhr, würde er in den Wald gehen und dort ballern.

Er ging mit der Schachtel in den Schuppen und sah sich nach einem geeigneten Versteck um. Hinter den alten Farbdosen auf dem obersten Regal schien es günstig. Im Gegensatz zu seinem Onkel, der bestimmt den Tritt gebraucht hatte, der zusammengeklappt neben der Werkbank stand, kam er ohne sich zu recken daran. Er schob den Pappkarton hinter eine alte Kunststoffdose mit Motoröl. Perfekt.

Im Rausgehen fiel sein Blick auf die Heckenschere des Onkels, die auf dem Regal neben der Schuppentür lag, und er verharrte. Auch diese Schere hatte einen so abgewetzten Griff wie die Heckenschere, die Wencke Dammann im Keller der Klinik in den Händen gehalten hatte. Er nahm die Schere vom Regal und ließ sie im Schein der alten Funzel, die den Schuppen nur schwach erhellte, auf- und zuklappen. Doch trotz des dürftigen Lichts war etwas klar zu erkennen: Die Schere seines Onkels wies erhebliche Gebrauchsspuren auf. Schorsch hatte sie sicherlich abgewischt, bevor er sie weggelegt hatte, aber er hatte sie nicht so grundgereinigt, wie der Hausmeister es in der Klinik getan hatte.

Er überlegte. So, wie die Schere seines Onkels aussah, hatte auch die seines Vaters ausgesehen. Sauber, aber doch mit deutlichen Gebrauchsspuren.

Warum also waren die Schneiden der alten Schere in der Klinik so blank gewesen? Sein Herzschlag nahm ein wenig Fahrt auf. Er war davon ausgegangen, dass Wencke Dammann nicht die Heckenschere, sondern etwas ganz anderes gesucht hatte. Aber war das so?

Raphael warf die Schere des Onkels aufs Regal zurück und eilte aus dem Schuppen. Er musste zurück in die Klinik. In den Keller. Denn vielleicht hatte jemand die dortige Schere so wahnsinnig gründlich gesäubert, weil etwas daran gewesen war, von dem nichts mehr zu finden sein sollte.

Blut.

VIERZEHN

Als Raphael am Freitagmorgen um sieben Uhr dreißig die Augen öffnete, war er sofort hellwach, und das lag nicht an dem Lärm, der durch das offene Fenster von den Feldern hereindrang. Die Heckenschere! Gestern Abend hatte er nichts mehr erreichen können. Im Keller war die Tür zum Flur – wie zu erwarten – verschlossen gewesen. Ebenso die rückwärtige Kliniktür, die in den Kellerraum führte. So hatte er sich gedulden müssen, was ihn erst spät hatte einschlafen lassen. Insbesondere, weil seine Gedanken um die vielen Warums gekreist waren.

Warum sonst hätte der Hausmeister die Heckenschere so akkurat putzen sollen, wenn nicht, um Spuren daran zu vernichten? Das warf die nächste Frage auf. Warum sollte Winkler Lahann die Schere über den Schädel gezogen haben, sodass er blutend im Keller gelegen hatte? Denn das war vielleicht passiert. Doch wenn seine Vermutung stimmte: Warum hatte Viktor Winkler die Heckenschere dann nicht einfach entsorgt? Und was hatte Wencke Dammann mit dem Ganzen zu tun?

Immer wieder war dabei Winklers bleiches Gesicht mit der im Wasser wabernden Haarmähne vor seinem inneren Auge erschienen. Jemand hatte Winkler ermordet. Und das führte zum nächsten Warum. Warum hätte das jemand tun sollen? Die Antwort war einfach. Weil Winkler im Auftrag gehandelt hatte. Doch für wen? Kam da die Dammann ins Spiel? Oder war der Klinikleiter derjenige gewesen, dem Lahanns merkwürdiger Satz beim Spiel gegolten hatte? War er für Lahanns Tod und/oder Verschwinden verantwortlich? Wäre Winkler so weit gegangen, für Jürgensen die Drecksarbeit zu erledigen, wenn der ihn darum gebeten hätte?

Verdammt, er musste sich diese elende Heckenschere jetzt endlich anschauen. Vielleicht hatte er sich ja einfach getäuscht, und die Schere war gar nicht so blank geputzt gewesen, wie er dachte.

Er sprang aus dem Bett, stöhnte, weil Öztürks Treffer immer noch schmerzten, und zog das Rollo hoch, um zu sehen, woher der Krach draußen kam. Ein Mähdrescher zog geräuschvoll seine Bahnen über das Maisfeld. Ein Trecker mit großem Anhänger fuhr direkt daneben, auf das Tempo des Dreschers abgestimmt, sodass der abgedroschene Mais direkt über ein langes Rohr in den Hänger abgeführt wurde. Raphael hätte dem lärmenden, staubigen Treiben gern länger zugeschaut, aber ihm fehlte die Ruhe. Er stieg aus Boxershorts und Shirt und stellte sich unter die Dusche. Während das warme Wasser eher dürftig auf ihn niederregnete – der Wasserdruck in der Klinik war unterirdisch –, befand er seinen in der Nacht gefassten Plan nach wie vor für gut.

Er würde den Generalschlüssel aus Miriam Finks Schreibtisch mitgehen lassen. Dort hatte Hacki ihn sich auch gemopst. Und erst nachdem er die Heckenschere in der Kellerwerkstatt selbst in Augenschein genommen hatte, würde er entscheiden, ob er der Polizei etwas davon erzählte oder nicht. Wie er es anstellen wollte, Miriam aus dem Büro zu locken, stand noch nicht fest. Es erschien ihm unerträglich, bis zu ihrer Mittagspause zu warten, aber vielleicht musste es sein, denn er konnte sich schlecht die ganze Zeit über vor ihrem Büro aufhalten, um zu sehen, ob sie es irgendwann verließ.

Zuerst einmal konnte ein vernünftiges Frühstück nicht schaden. Und dann würde er auch wohl oder übel an einer der vormittäglichen Anwendungen teilnehmen müssen, um nicht unnötig aufzufallen.

Er rasierte sich mit dem Elektrorasierer, weil ihm für eine Nassrasur die Ruhe fehlte, dann zog er Unterwäsche, Jeans und einen dunkelblauen Pulli an. Als aus dem Nebenzimmer Andrea Berg herüberklang, schlüpfte er schnell in seine Sneakers. »Ich werde lächeln, wenn du gehst«, sang Roger den Berg-Song lautstark mit, als Raphael an seiner Zimmertür vorbeiging. »Ich auch«, murmelte er.

Er eilte die Treppen hinunter, weil ihm einfiel, dass Miriam

Fink vielleicht noch gar nicht im Haus war. Sollten Jürgensen oder Dr. Paulsen schon in ihren Büros sein, wäre die Tür zum Vorzimmer offen, und er konnte sich vielleicht bedienen.

Im Gang im Erdgeschoss verharrte er vor der Bürotür von Miriam Fink. Es war fünf vor acht. War sie schon da? Er lauschte. Es war ruhig hinter der Tür. Ohne zu klopfen – er wollte Jürgensen und Paulsen nicht aufmerksam machen –, öffnete er die Tür.

Fuck.

Miriam Fink sah ihn an. »Ah, Raphael. Perfekt.« Sie stand hinter ihrem Schreibtisch und hielt einen Telefonhörer in der Hand. »Dich wollte ich gerade anrufen.« Sie legte das Telefon auf die Station und deutete zur Tür des Klinikleiters. »Herr Jürgensen möchte dich sprechen.«

Raphael ahnte, dass der Grund dafür ihn nicht erfreuen würde, im Gegensatz zu Miriams Anblick. Sie trug enge schwarze Hosen und eine cremefarbene Bluse, durch die zart wie ein Versprechen ein Spitzen-BH schimmerte.

Als er Jürgensens Büro betrat und in dessen Gesicht sah, fand er seine Vermutung bestätigt.

»Was wollten Sie von meiner Frau?«, begrüßte der Klinikleiter ihn wenig freundlich.

Lena hatte ihrer Mutter also gesagt, dass er sie sprechen wollte. Und Hella hatte es ihrem Mann erzählt. Da war jemand aufgeregt. »Guten Morgen, Herr Jürgensen«, blieb Raphael ruhig und freundlich.

»Ja, ja, guten Morgen, ich will wissen, was Sie von meiner Frau wollten.« Jürgensen klappte den Ordner zu, der aufgeschlagen vor ihm lag, und lehnte sich in seinem Schreibtischstuhl zurück, ohne Raphael einen Platz anzubieten. »Ich habe Sie engagiert, um herauszufinden, wer für die Diebstähle verantwortlich ist. Meine Frau wohl kaum.«

Raphael setzte sich ohne Aufforderung. »Ich wollte Ihre Frau wegen des Spieleabends befragen«, entschied er sich für die Wahrheit. »Man hat mir erzählt, dass sie dazukam, um Sie abzuholen.«

Jürgensens Gesicht färbte sich knallrot. »Was fällt Ihnen ein, meine Frau dazu befragen zu wollen?« Seine Stimme zitterte. »Das ist eine Unverschämtheit! Der *Fall* Lahann, wenn es denn überhaupt einer ist, obliegt der Polizei.«

Er ruckte in seinem Stuhl nach vorn. »Ich habe die Nase voll, Herr Freersen. Sie sind mit sofortiger Wirkung von Ihrem Auftrag entbunden. Stellen Sie mir in Rechnung, was ich Ihnen schulde.«

Raphael nickte. »Die Rechnung folgt. Meinen Auftrag habe ich übrigens erfüllt, sodass ich Ihnen versichern kann, dass es keine weiteren Diebstähle geben wird.«

Jürgensens Augenbrauen zogen sich zusammen. »Was heißt das?«

»Mehr werde ich dazu nicht sagen, auch wenn Sie sich auf den Kopf stellen.«

»Raus!«, blaffte Jürgensen. Sein Finger wies zur Tür. »Sie verlassen umgehend die Klinik!«

»Nein, das werde ich nicht tun.«

»Wie bitte?« Der Klinikleiter stand so abrupt auf, dass der lederne Drehstuhl ein Stück nach hinten rollte.

»Ich bleibe, bis ich *kuriert* bin.« Raphael lächelte. »Zahlen werde ich ab sofort privat. Oder besser gesagt: Frau Lahann zahlt.«

Jürgensen starrte ihn an. »Frau Lahann? Was reden Sie da?«

»Frau Lahann hat mich beauftragt herauszufinden, was mit ihrem Mann passiert ist.« Zumindest dieser Teil stimmte. Dass sie keineswegs seinen Aufenthalt hier finanzieren würde, wusste Jürgensen ja nicht.

Dessen Gesichtshaut nahm ein immer ungesunderes Rot an. Seine Stimme brach vor Wut. »Sie verschwinden jetzt sofort aus meiner Klinik, oder ich lasse Sie von der Polizei abholen!«

»Und mit welcher Begründung? Und was heißt überhaupt ›*meine* Klinik‹? Soweit ich weiß, gehört die Klinik der Familie Führmann, Sie sind hier nur der Geschäftsführer. Und wenn Sie mich unbegründet beziehungsweise aus privaten Interessen rauswerfen, sorge ich dafür, dass die Aktion in die Presse kommt. Ob das der Familie Führmann gefällt, wage ich zu bezweifeln. Also halten Sie den Ball flach, Herr Jürgensen. Es wäre doch von Vorteil, wenn der Fall Lahann schnell aufgeklärt wird, oder? Und«, das konnte er auch ruhig noch einwerfen, »ob Ihre Tochter mit der Putze rummacht, ist mir völlig egal. Das wird von mir niemand erfahren, wenn das Ihre Sorge ist.«

Innerlich bibberte Raphael. Er hatte vielleicht zu hoch gepokert. Sollte Jürgensen ihn rauswerfen, würde es definitiv schwerer werden zu ermitteln.

Jürgensen überlegte. Deutlich war ihm anzusehen, dass die Erwähnung der Führmanns ihn unter Druck setzte. »Gehen Sie mir aus den Augen«, murmelte er schließlich, vor Wut schwer atmend, und wedelte mit der Hand Richtung Tür. »Aber lassen Sie sich gesagt sein: Wenn Sie bei Ihren *Ermittlungen* auch nur noch ein einziges Mal meine Frau, meine Tochter, meine Patienten oder Mitarbeiterinnen belästigen, sind Sie draußen. Haben Sie das verstanden?«

»Laut genug war es ja.« Raphael stand auf und musterte den Klinikleiter. »Ihnen ist klar, dass Sie den Eindruck machen, als ob Sie etwas verbergen wollen, Herr Jürgensen? Es muss doch in Ihrem Interesse sein, dass die Fälle schnell aufgeklärt werden, damit die Artikel über die mysteriösen Vorkommnisse in Ihrer Klinik aus der Presse verschwinden.«

»Mysteriös?« Jürgensen platzte der Kragen. »Es steht doch nicht mal sicher fest, dass Herr Lahann unfreiwillig verschwunden ist«, schrie er. »Vielleicht amüsiert der sich irgendwo. Wäre ja anhand aller Erkenntnisse nicht das erste Mal. Und Sie mit Ihrem Wahn, Sie hätten einen Körper ertastet! Stinkbesoffen waren Sie!«

Raphael wurde immer ruhiger, je lauter Jürgensen wurde. »Und dass Ihr Hausmeister tot am Boden Ihres Schwimmbads liegt? Das ist auch kein mysteriöses Vorkommnis?«

»Allerdings nicht«, schrie Jürgensen weiter. »Das war nämlich einfach ein Unglück!«

Raphael lachte auf. »Das wird sich noch herausstellen.«

Jürgensen stemmte sich mit beiden Händen neben dem Ordner ab und lehnte sich so weit vor, dass Raphael sich im Stuhl automatisch an die Rückenlehne presste. »Das hat sich bereits herausgestellt, Herr Freersen.« Der Klinikleiter schrie nicht mehr, sondern klang triumphierend. »Das Obduktionsergebnis liegt nämlich seit gestern Abend vor. Seine Schwester hat mich informiert. Viktor Winkler ist ertrunken. Ohne jede Gewalteinwirkung von außen. Sein Asthma ist ihm im Schwimmbad zum Verhängnis geworden, nachdem er den Erkenntnissen nach vorher wohl noch in der Nordsee baden war. Wie es aussieht, hatte er durch den Anfall nicht mehr die Kraft, aus dem Becken zu kommen.«

Raphael stand auf. Seine Gedanken überschlugen sich. Winkler war nicht ermordet worden? Mit dieser Mitteilung brachen etliche der um seine Warum-Fragen gebauten Darum-vielleicht-Gerüste zusammen. »Danke für die Mitteilung«, sagte er, weil er nicht wusste, wie er sonst einigermaßen würdevoll Jürgensens Büro verlassen konnte.

»Gehen Sie mir aus den Augen.«

Nichts lieber als das. Raphael zog die Tür hinter sich ins Schloss und gestattete sich ein tiefes Atemholen, denn Miriam Fink saß nicht an ihrem Schreibtisch, sondern war im Büro von Dr. Paulsen. Durch die nur angelehnte Tür waren die Stimmen der beiden zu hören. Vor ihr hätte er keine Schwäche zugeben wollen.

Winkler war also ertrunken, weil er eine chronische Krankheit unterschätzt beziehungsweise ihr einfach zum Opfer gefallen war. Das war zweifellos tragisch, aber auch ernüchternd. Er, Raphael Freersen, war nicht Sherlock Holmes, der raffinierten Verbrechen auf die Spur kam, sondern einfach ein x-beliebiger Detektiv, der mit der Aufklärung von Versicherungsbetrug und anderen Kinkerlitzchen über die Runden kommen musste.

Erst in dem Moment fiel ihm auf, wie günstig die Situation war. Miriam war nicht am Platz! Mit zwei Schritten war er an ihrem Schreibtisch und zog so leise es ging die obere Schreibtischschublade auf.

Allerhand Sammelsurium lag in den einzelnen Fächern des Kunststoffeinsatzes. Stifte, große Büroklammern, Marker, uraltes Tipp-Ex, Klammernachschub für den Tacker und die Klischee-Nagelfeile. In einem der kleinen Fächer lagen zwei einzelne Schlüssel. Kurzerhand nahm er beide an sich, schob die Lade sachte wieder zu und ging auf leisen Sohlen hinaus.

Jetzt, in der Frühstückszeit, war nicht allzu viel los in der Halle. Einerseits war das gut, andererseits konnte es Wencke Dammanns Aufmerksamkeit auf ihn lenken, denn sie stand hinter dem Tresen der Rezeption und starrte Löcher in die Luft. Kurz entschlossen suchte er am Handy im Schutz einer der Kleiderstangen, an der die Kostüme hingen, die Telefonnummer der Klinik heraus, weil er sie nicht im Kopf hatte, und wählte. So musste Wencke Dammann ihm den Rücken zukehren, als sie sich dem Telefon zuwandte und das Gespräch annahm.

Hastig ging er den Gang entlang und verschwand im Treppenhaus. Er eilte die Treppe hinunter, fasste an die Tür, die auf den Flur führte, wo er gestürzt war, und stellte erwartungsgemäß fest, dass sie verschlossen war. Er steckte den ersten der beiden Schlüssel ins Schloss, hatte natürlich Pech und nahm den anderen. Sein Herzschlag beschleunigte sich wieder angenehm, als der Schlüssel sich drehen ließ. Raphael öffnete die Tür, sperrte hinter sich ab und eilte in die Werkstatt. Um nicht überrascht zu werden, schloss er sich auch dort ein.

Er steuerte die Wand an, an der die Heckenschere hing, nahm sie vom Nagel und ließ die Schneiden auf- und zuklappen. Eindeutig! Sie waren so unnatürlich sauber, wie die Schneiden einer alten Heckenschere nur sein konnten. Er ließ seine langen schlanken Finger darübergleiten, dann hielt er sich die Schere an die Nase. Sie roch nicht nach Desinfektionsmittel, aber das Zeug war vermutlich längst verflogen.

Sollte er seinen Verdacht, Lahann sei damit niedergeschlagen worden, der Polizei mitteilen? Natürlich, meldete sich sein Gewissen, was denn sonst? Aber da war noch diese andere Stimme, die sich spöttisch an die Stirn tippte: Spinnst du? Irgendwann musst du auch mal Geld verdienen, Freersen. Lass dir den Bonus von Susanne Lahann nicht durch die Lappen gehen.

Hm … Sollte er vielleicht erst mal mit Sina sprechen, bevor er die Kripo informierte? Andererseits konnte er dann auch gleich zur Polizei gehen, denn zweifellos würde Sina ihm genau das sagen.

Kurz entschlossen ging er durch die Werkstatt. Im Herbstlicht, das spärlich durch die Kellerfenster hereinfiel, suchte er nach einem Versteck für die Heckenschere. Solange er sich nicht sicher war, wie er weiter vorgehen wollte, durfte sie nicht wegkommen. Schließlich hatte auch Wencke Dammann nach der Schere gesucht.

Raphael entschied sich für ein Regal, auf dem zwei Koffer mit Bohrmaschinen standen. Er rückte sie ein Stückchen vor, sodass die Schere dahinterpasste. Nun war sie von vorn nicht zu sehen.

Und jetzt? Grübelnd lehnte er sich gegen die Werkbank. Er musste unbedingt noch einmal mit Wencke Dammann ins Gespräch kommen. Sie wusste etwas, sonst hätte sie kaum nach der Heckenschere gesucht.

Er verließ Werkstatt und Keller, schloss sorgsam wieder ab und steuerte, als er wieder in der Halle war, schnurstracks den Empfangstresen an. Er würde Wencke Dammann direkt mit seiner Theorie konfrontieren. Vielleicht konnte er sie so aus der Reserve locken. Allerdings befand sie sich in einem Gespräch mit einer älteren Dame, die wohl gerade angereist war, wie ein Koffer neben ihr verriet.

Das konnte dauern, denn die Oma war anscheinend schwerhörig. Nach jedem Satz der Dammann fragte sie: »Wie bitte?« Nun, dann konnte er die Zeit nutzen und gucken, ob Miriam Fink am Platz war. Falls nicht, würde er die Schlüssel wieder in ihrem Schreibtisch deponieren.

Diesmal hatte er allerdings Pech. »Ja?«, fragte sie, als er den Kopf ins Büro steckte, und blickte wieder auf den Tischkalender, auf dem sie gerade etwas wegradierte.

Jetzt musste er natürlich irgendwas sagen. Nach der Uhrzeit zu fragen war langweilig … »Du hast nicht zufällig Lust auf ein weiteres Date?«

Sie blickte kurz hoch, dann radierte sie weiter. »Okay. Wann?«

»Äh …« Sie wollte wirklich? »Heute Abend?«

Sie sah nicht mal auf. »Alles klar. Um zwanzig Uhr bei mir.«

»Dann … bis heute Abend.« Er zog die Tür wieder zu. Die Frau war echt eigenartig. Aber vor allen Dingen war sie scharf, und daher gestattete er sich ein vorfreudiges Grinsen.

Die schwerhörige Oma stand am Fahrstuhl, als er in die Empfangshalle zurückging. Schnurstracks steuerte er die Rezeption an, wo Wencke Dammann etwas in einen PC eingab. »Frau Dammann, moin.«

Sie zog ihre Lesebrille ein Stück nach unten und blickte ihn darüber hinweg an. »Guten Morgen, Herr Freersen.« Sie bemühte sich sichtlich um geschäftsmäßige Freundlichkeit, wirkte aber angespannt.

»Ich hab da mal eine Frage bezüglich Herrn Winkler, oder auch zwei.«

»Ja?« Ihr Blick wurde lauernd.

»Es geht um die Heckenschere, die Sie neulich im Keller in der Hand hielten.« Mit Bedacht machte er eine Pause. »Um die perfekt von allen Spuren gesäuberte Heckenschere.«

Wencke Dammann hatte schon bei seinem ersten Satz die Luft angehalten. Jetzt verzog sie die hübschen Lippen zu einem zitternden Kurzlächeln. »Was? Ich verstehe nicht.«

»Jetzt hören Sie auf mit dem Scheiß!«, fuhr Raphael sie mit gedämpfter Stimme an. Sie brauchte vielleicht Wind von vorn, um etwas preiszugeben. »Halten Sie mich für blöd? Ich weiß, dass Sie Bescheid wissen.«

Ihre Finger zitterten ebenfalls, als sie die Brille abnahm. »Was wissen Sie denn?«

Falsche Frage. Nichts wusste er. »Das, was Herr Winkler Ihnen erzählt hat.«

Ihre verächtlich zuckende Lippe verriet, dass er verloren hatte. »Sie stochern doch nach wie vor im Dunkeln, Herr Freersen. Vielleicht sollten Sie es einfach gut sein lassen.«

Sie senkte die Stimme. »Ich habe heute Morgen von Herrn Jürgensen erfahren, dass Viktors Tod ein Unglücksfall war, kein Mord. Also lassen wir ihn in Frieden ruhen.« Sie wandte sich ab und begann, auf der PC-Tastatur herumzuhacken, ohne die Brille die Nase hochzuschieben. Raphael war sich sicher, dass bei ihr die gleichen Hieroglyphen zu finden sein würden wie letztens bei Imme.

Auch wenn ihre Theorie, Winkler sei ermordet worden, widerlegt worden war … Sie wusste etwas, das sie zurückhielt. »Ich würde zu gern mal einen Blick in Ihr Tagebuch werfen«, sprach er aus, was ihm gerade durch den Kopf ging. »Dann hätte ich wohl die Infos, die mir fehlen.«

Ruckartig schoss ihr Kopf hoch. »Sie sind ein …« Was auch immer er war, sie sprach es nicht aus, aber ihr Gesicht signalisierte ihm die passenden Worte: Widerling, Ekelpaket, abartiger Mensch … Damit konnte er leben. Sehr viel weniger gut leben konnte er mit seiner Dummheit. Er hätte einfach bei ihr eindringen und nach dem Tagebuch, das er bei seinem Besuch in ihrem Haus gesehen hatte, suchen sollen. Nun war sie vorgewarnt und würde es verstecken.

Er konnte schlecht jetzt, solange sie noch hier war, bei ihr einbrechen. Nicht am helllichten Tag, in einer Straße in Nieblum, durch die Touristen massenweise spazierten, um die alten Kapitänshäuser zu betrachten und zu knipsen. Chance vertan, Freersen. Beim nächsten Mal einfach die Fresse halten, wenn du 'ne gute Idee hast.

Über sich selbst verärgert steuerte er den Speiseraum an und nahm sich einen Teller. Er häufte Vollkornbrot, Rührei, Schinken und Tomatenscheiben darauf und ging zu seinem Tisch, wo bis auf Roger bereits alle satt waren. Die Plätze von Tilly und

Olli waren leer, allerdings standen die Tabletts noch dort, was bedeutete, dass sie draußen eine rauchten.

Tobi blätterte in der BILD. Katja schien schlechte Laune zu haben, denn sie begrüßte ihn nicht mit einem Witz, sondern starrte wieder aus dem Fenster, nachdem sie seinen Gruß mit einem knappen »Morgen« erwidert hatte. »Ich wünschte, ich wäre im Sommer hier gewesen«, murmelte sie mit Blick auf die Nordsee. »Da hätte man schön baden und ins Watt rauslaufen können.«

»Ins Watt kannst du doch auch jetzt gehen«, sagte Raphael, nachdem er den ersten Happen Rührei heruntergeschluckt hatte. »Falls du keine Gummistiefel dabeihast – im Antikladen Ecke Sandwall in Wyk kannst du dir bei Inken welche ausleihen.«

Ihre Mundwinkel waren griesgrämig verzogen, als sie ihn ansah. »Gummistiefel hab ich. Ich mein, so richtig im Watt laufen. Barfuß. So, dass der Schlick durch die Zehen quaddelt. Ich will den Rillen auf dem Meeresboden nachspüren, meine Füße in warmen Pfützen baden, und ich will mit dem großen Onkel in die Wattwürmerhaufen bohren und schwarze Drecknägel haben, wenn ich unter der Dusche stehe.«

»Jetzt hast du es geschafft.« Raphael lächelte sie an. »Jetzt will ich auch Sommer.«

Er folgte ihrem Blick und sah hinaus auf die Nordsee, deren Grau heute deutlich dunkler als das des Himmels war. Dann wurde seine Aufmerksamkeit auf ein Pärchen gelenkt, das eng umschlungen auf dem Weg zum Strand war. Lena Jürgensen und Liana Petrescu.

Katja hatte sie auch bemerkt, denn sie sagte: »Ich frag mich, wer bei den beiden der Kerl ist. Ist nicht so eindeutig, oder?« Sie sah in die Runde. »Bei Lesben sieht man doch eigentlich immer, wer der Kerl in der Beziehung ist.«

»Die kleine Putze ist es jedenfalls nicht«, sagte Roger mit anzüglichem Grinsen. »Die ist so was von weiblich.« Er machte mit seinen Pranken eine entsprechende Handbewegung vor seiner Brust.

Raphael ließ das Messer sinken, mit dem er die Butter aufs Brot schmieren wollte. »Vielleicht siehst du nicht, wer der *Kerl* ist, weil kein Kerl dabei ist?«, ranzte er Katja an. »Es sind einfach zwei Frauen.«

»Du große Güte«, stieß Roger aus und musterte ihn. »Machst du jetzt auf großer Lesbenversteher, oder was? Ist doch schade, dass zwei so hübsche Mäuse für uns verloren sind.« Er grinste. »Würde reichen, wenn die Hässlichen sich zusammentun.«

»Überleg dir, was du sagst, denn dann wäre es bei den Männern genauso.« Raphael spießte eine Cocktailtomate auf. »Und du müsstest froh sein, dass es nicht nach Hässlichkeit geht.«

Katja und Tobi lachten laut los.

Roger verzog den Mund. »Als wenn du dich nicht auch innerlich schüttelst, wenn du zwei händchenhaltende Kerle siehst.«

»Ich schüttele mich nicht nur *nicht*«, sagte Raphael mit einem Lächeln, »ich bin sogar Trauzeuge bei meinen beiden besten Freunden gewesen.« Dass ihm bei den Gelübden von Sam und Sean sogar die Augen übergelaufen waren, ging den dicken Roger nichts an. Weil es ein heiliges Gefühl gewesen war. »Sonst noch Fragen?«

Roger starrte ihn an.

Katja seufzte. »Hach, wie in einem von diesen tollen Filmen. So ein Hugh-Grant-Film. Da sind auch immer so süße Schwule.«

Raphael hatte genug. Er nahm das Tablett mit dem kaum angerührten Frühstück und stand auf. »Schönen Tag euch.« Er ging aufs Zimmer, holte seine Jacke und marschierte Richtung Strand. Ein bisschen frischer Wind um die Nase konnte nicht schaden.

Er hatte gerade mal hundert Meter im Sand zurückgelegt, als er ein Kichern hörte. Sein Blick wanderte zu den drei verbliebenen weißen Strandkörben, die zur Klinik gehörten. Auf dem ersten putzte eine Silbermöwe ihr Gefieder, der zweite war leer. Im dritten Korb hatten es sich Liana und Lena eng umschlungen gemütlich gemacht. Beide trugen dicke Schals und Mützen. Um die Beine hatten sie sich eine kirschrote Fleecedecke gelegt.

Kurz entschlossen ging er auf den Strandkorb zu. Als die beiden ihn kommen sahen, löste Liana sich aus der Umarmung und setzte sich steif auf.

»Sorry, ich will nicht lange stören.« Er sah Lena an, die weiterhin in entspannter Haltung an der Rückseite des Korbs lehnte. »Geht es Ihrer Mutter besser?«

»Wollen Sie sie immer noch sprechen? Ich dachte, Sie wären längst weg. Rausgeschmissen.« Sie lächelte, während sie in die Tasche ihrer Jacke griff und ein Päckchen Zigaretten herauszog. »Mein Vater war auf hundertneunzig.« Sie fummelte zwei Zigaretten aus der Packung, nahm sie zwischen die Lippen und steckte sie an.

»Wie Sie sehen, bin ich noch hier.«

Lena gab eine Zigarette an Liana weiter, legte den Kopf zurück und schloss die Augen. »Lassen Sie meine Mutter einfach in Ruhe.« Sie stieß den Rauch aus. »Sie hat fiese Migräne, ausgelöst durch den ganzen Scheiß, der hier abgeht.«

»Kannte Sie denn Herrn Lahann?«

Sie öffnete die Augen wieder. »Lahann? Nee. Aber es reicht schon, dass er verschwunden ist, nachdem er hier war. Dann das Polizeiaufgebot. Meine Mutter ist megasensibel. Sie müssten doch mittlerweile mitgekriegt haben, dass meinem Vater die Klinik über alles geht. Wenn es ihm schlecht geht, geht's auch meiner Mutter schlecht. Dann das Drama um Viktor. Gerade noch hat er ihr geholfen, Omas Haus auszuräumen, dann liegt er tot auf dem Grund des Beckens. Und ihre beste Freundin geht auch weg. Das ist zu viel für Mama. Also lassen Sie sie einfach in Ruhe. Und uns jetzt bitte auch.« Sie strich über die Fleecedecke, dort wo sich der Oberschenkel ihrer Freundin befand. Liana blieb stumm wie ein Fisch und zog unentspannt an der Zigarette.

Raphael nickte. »Klar. Aber eine Frage hab ich jetzt doch noch.« Er ignorierte Lenas genervtes Stöhnen. »Die Freundin Ihrer Mutter … ist das zufällig Gundis?«

»Echt, Sie sind so 'ne Nervensäge. Ja, Gundis. Und jetzt«,

sie wedelte mit der Hand, als sei er eine lästige Schmeißfliege, »gehen Sie uns aus dem Schatten.«

Er tippte sich an einen imaginären Hut. »Tschüs, Ladys. Und danke.«

Er war wirklich dankbar, dass Lena sich als sehr viel gesprächiger als erwartet erwiesen hatte. Hella war also ein Sensibelchen. Nicht dass ihn das überrascht hätte. Er hatte sie, wenn er sie gesehen hatte, fast immer weinend erlebt.

Während er den Strand entlangschlenderte, überdachte er Gundis' Weggang. Wohin ging sie? Und vor allem: warum? Das war vielleicht von Interesse. Insbesondere, ob der Entschluss zu gehen schon gefasst war, bevor Lahann verschwand. Vielleicht hätte er die Antwort darauf Lena noch entlocken können. Er warf einen Blick zurück zum Strandkorb. Zu spät. Dort lag nur noch die rote Decke. Die beiden Frauen liefen in die entgegengesetzte Richtung über den Strand.

Nun, in Sachen Gundis würde er noch mal nachbohren müssen. Er beschleunigte seinen Schritt, um etwas für seine Fitness zu tun, blieb aber im nächsten Moment stehen, weil eine andere Aussage Lenas sich in den Vordergrund drängelte. »… hat er ihr geholfen, Omas Haus auszuräumen …«

Sein Blick wanderte zum Haus der Jürgensens zurück, das von hier aus betrachtet wie eingekuschelt in den Dünen lag. Hatte die verstorbene Großmutter gar nicht im Obergeschoss gewohnt? Lena hatte eindeutig »Haus« gesagt, nicht »Wohnung«. Gedankenverloren ging er weiter. Wieso war er auf die Idee gekommen, die Oma hätte dort mitgewohnt? Hatte Hacki es nicht gesagt?

Ein mulmiges Gefühl beschlich ihn. Irgendetwas hatte er übersehen. Hatte Viktor Winkler im Haus der Oma eine Entdeckung gemacht, die er auch Wencke Dammann mitgeteilt hatte? Aber was sollte das sein?

***

Als Raphael um zwanzig Uhr mit einer langstieligen gelben Rose in der Hand an Miriams Wohnungstür klingelte, war er voller Vorfreude. Und nicht zu Unrecht, wie sich herausstellte, als sie die Tür öffnete.

»Äh ... wow!« Er ließ den Augenschmaus wirken. Miriam trug ein Kostüm, das zweifellos ein sexy Hausmädchen darstellte. Ihre festen Brüste pressten sich gegen eine schwarzweiße Korsage. Das schwarze Miniröckchen zierte eine winzige weiße Schürze, war mit weißer Rüsche gesäumt und brachte ihre schlanken, bis zur Hälfte in schwarze Nylons gehüllten Schenkel zur Geltung. In der Hand hielt sie ein silbernes Tablett, auf dem Lachs- und Eihäppchen drapiert waren.

»Ich dachte, ich schau schon mal, wie mein Outfit für den Kostümball auf die Männer wirkt.« Mitsamt Tablett drehte sie sich einmal aufreizend um die eigene Achse, nachdem er die Tür hinter sich geschlossen hatte.

»Das kann ich dir verraten«, murmelte er, warf die Rose zur Seite, nahm das Tablett, stellte es achtlos auf der weißen Kommode im Flur ab und packte sie um die Taille. Gierig bohrte sich seine Zunge in ihren kirschrot geschminkten Mund, während er sie Richtung Wohnzimmer schob. Er kam nicht mal ganz aus der Hose, so schnell und heftig trieben sie es auf dem Sofa.

»Wow«, stieß er erneut und vollkommen befriedigt aus, als er kurz nach ihr gekommen war. »Danke.«

»Dito.« Miriam unterließ es, den Stoff über ihre nackten Brüste zurückzuziehen, stand aber auf, um in den Tanga zu schlüpfen, der um ihren linken Knöchel hing. Sie lächelte. »Der Kostüm-Kauf scheint sich gelohnt zu haben.«

Er hob im Sitzen den Hintern an und zog seine Jeans an Ort und Stelle. »Du willst das doch nicht wirklich Sonntag tragen? Die rekonvaleszenten männlichen Patienten werden noch kurz nach Luft schnappen und dann reihenweise umkippen.«

»Damit könnte ich leben«, sagte sie und ging aus dem Wohnzimmer. Gleich darauf kam sie mit dem Häppchentablett zurück. »Aber mit der Schnappatmung vom Chef weniger. Er würde durchdrehen, wenn ich mich so präsentiere. Darum werde ich, wie im Vorjahr, als Prinzessin gehen.«

Sie stellte das Tablett auf dem kleinen Tischchen vor dem Sofa ab, nahm ein Lachsschnittchen und schob es Raphael in den Mund. Dann nahm sie sich selbst eines, bevor sie zwei bereitgestellte Gläser mit Sekt füllte und ihres halb austrank.

»Hast du was mit ihm?«, sprach Raphael aus, was ihm gerade durch den Kopf schoss, und winkte ab, als sie ihm das andere Sektglas reichte. Das Labberzeug brauchte er jetzt nicht.

»Mit Jürgensen?« Sie lachte auf und setzte sich. »Nee, danke. Ich steh nicht so auf die braven Langweiler.«

Raphael fühlte sich geschmeichelt, allerdings nur für einen Moment, denn sie fügte an: »Mit Paulsen treib ich's gerne mal.« Ihre nackten Brüste wippten, als sie sich schwungvoll neben ihm auf das Sofa setzte.

»Mit dem schmierlappigen Psycho-Doc?« Er griff kopfschüttelnd nach einem Ei-Happen und ließ sie abbeißen, bevor er sich den Rest in den Mund steckte.

»Er hat ein Zungen-Piercing.«

»Ah!« Er musterte sie mit einem Lächeln. Sie war wie er. Sie genoss es, Sex zu haben, ohne verbindlich werden zu müssen. »Darf ich kurz etwas Berufliches fragen, bevor ich dich ein zweites Mal aus dem Kostüm schäle?« Er reichte ihr das Sektglas, das durch den eiskalten Inhalt von außen beschlagen war.

»Worum geht's?« Sie trank das Glas in einem Rutsch leer.

»Die verstorbene Schwiegermutter von Jürgensen, hat die ein eigenes Haus gehabt oder bei ihrer Tochter gewohnt?«

Sie sah ihn überrascht an. »Frau Ottinger? Die hatte ein Haus.«

»Auch hier auf der Insel?«

»Ja, in Goting, in der Nähe der Klinik. Im Deelswai. Wieso?«

»Ist nicht wichtig, aber ich war bisher davon ausgegangen, dass sie mit im Haus der Jürgensens gewohnt hat.«

Miriam musterte ihn aufmerksam. »Wenn es nicht wichtig wäre, hättest du nicht gefragt.«

»Glaub mir, manchmal bin ich einfach nur neugierig. Und nun«, er beugte sich mit einem Lächeln vor, »wäre ich bereit für das Dessert.« Genüsslich schloss er seine Lippen um ihre Brust.

***

Am Samstagmorgen ging Raphael das kurze Stück Weg am Kliff-Café und dem Minigolfplatz vorbei zum Gotinger Deelswai. Da er nicht mehr gewagt hatte, Miriam nach der Hausnummer zu fragen, musste er so herausfinden, welches das Haus der verstorbenen Frau Ottinger war. Das sollte nicht allzu schwer sein, da es nicht mehr bewohnt war. Etliche Häuser schieden daher gleich aus, als er vorbeispazierte, denn Spielgeräte im Garten oder Autos in Carports und Garagen wiesen auf Bewohner hin.

Vielleicht hatte sie einen der kleinen Bungalows auf der rechten Straßenseite bewohnt? Oder doch eines der Einfamilienhäuser auf der linken Seite, die einen herrlich freien Blick auf das weite Marschlandgelände des Nationalparks boten? Bei drei Häusern war Raphael sich nicht sicher, ob sie bewohnt waren. Ein Makler-Schild gab es auf keinem der Grundstücke – dazu war es durch das Verschwinden von Lahann wohl nicht gekommen.

Ein kleines Häuschen mit Carport lag verlassen da. Der Rasen war lange nicht gemäht worden. Kurz entschlossen schritt er den Aufgang hoch, in der Hoffnung auf ein Tür- oder Klingelschild. Doch er war noch nicht einmal bei der Eingangsstufe angekommen, als vom Nachbargrundstück eine Stimme herüberklang. »Kann ich Ihnen helfen?«

Raphael wandte sich um. Zwischen zwei hohen Lorbeerbüschen sah ihn ein älterer Mann mit Hut an, dessen sonnengegerbte Haut zeigte, dass er gern und oft an der frischen Luft war. In der Hand hielt er einen Rechen.

»Ich wollte nur schnell mal aufs Klingelschild schauen«, gab er ehrlich zu, weil ihm auf die Schnelle nichts Besseres einfiel.

Und vielleicht konnte der Opa ihm ja sogar helfen. »Ich suche das Haus von Frau Ottinger.«

»Die wohnt da nicht«, gab der sich allerdings wortkarg.

»Ich weiß, dass sie verstorben ist«, sagte Raphael und trat auf den Mann zu. »Können Sie mir sagen, in welchem Haus sie gewohnt hat?« Er probierte ein Ich-bin-ein-Guter-Lächeln.

Er wurde streng gemustert, und anscheinend musste er an dem Lächeln noch arbeiten, denn der Alte sagte: »Ich weiß, wo sie gewohnt hat, aber ich sage es Ihnen nicht. Ich kenn Sie ja gar nicht.«

»Sehe ich aus, als würde ich bei helllichtem Tag ein Haus leer räumen wollen?«

»Ist mir egal, wie Sie aussehen. Ich guck ›Aktenzeichen XY‹.«

»Prima, dass Sie ein Auge auf die Nachbarschaft haben«, lobte Raphael ihn. »Aber ich will mir nur mal das Grundstück von Frau Ottinger angucken. Es soll doch verkauft werden.«

»Sie wollen hier wohnen?«

»Vielleicht. Das kann ich ja erst sagen, wenn ich das zu verkaufende Haus gesehen habe.«

Noch einmal wurde er von oben bis unten von der *Neighbourhood Patrol* gemustert. Und hatte wieder nicht überzeugt. »Von mir erfahren Sie nichts. Wenden Sie sich an Herrn und Frau Jürgensen. Das sind die Erben. Und jetzt weg vom Grundstück der Müllers.« Er wedelte mit der freien Hand.

Raphael trollte sich. Beim nächsten in Frage kommenden Haus schaffte er es bis zum Klingelschild. »Matthießen« stand darauf. Als er die Straßenseite wechselte, stellte er fest, dass der Opa ihn weiterhin im Blick hatte. Er stand auf dem Bürgersteig und beobachtete ihn.

Okay. Jetzt blieb sowieso nur noch ein Haus übrig. Weil es das größte von allen war, hatte er es als Letztes in Betracht gezogen. Es war gelb verklinkert und hatte vielleicht oben noch eine Ferienwohnung besessen. Außerdem war es unterkellert. Feuchtes Herbstlaub lag auf dem Pflaster, das zu einer Tiefgarage führte. Der Rasen war gemäht und die Hecke vor Kurzem geschnitten worden, dennoch wirkte das Haus verlassen. Ohne sich um den in der Ferne weiter dastehenden Opa zu scheren, ging Raphael auch hier den Zugang hinauf. »M. Ottinger« stand auf einem schlichten beigefarbenen Klingelschild. Das zweite Schild darüber enthielt keinen Namen.

Raphael trat wieder auf den Bürgersteig zurück und winkte dem Rechen-Opa zu. Fest stand: Tagsüber würde er hier nicht eindringen können. Die Nachbarschaft war viel zu sehr auf Zack. Aber er musste hier rein. Er hatte nichts, wo er sonst ansetzen konnte. Irgendetwas hatte Viktor Winkler hier vielleicht gesehen oder gefunden. Etwas, das er Wencke Dammann erzählt hatte.

Sein Blick wanderte zur Hecke. Aber was sollte die Heckenschere hier für eine Bewandtnis gehabt haben? Viel wahrscheinlicher war, dass Lahann in der Klinik niedergeschlagen worden war. Nur … von wem?

Als er sich abwandte, durchfuhr es ihn heiß. Sein Kopf ruckte zurück zu der Tiefgarage. Eine Garage. Die niemand nutzte. Eine Garage, in die man nachts, wenn die Nachbarschaft schlief, ein Auto reinfahren konnte. Um es zu verstecken.

Alles in ihm kribbelte. Er musste da rein!

FÜNFZEHN

Die »Uthlande« hatte gerade angelegt, als Raphael sich am Wyker Anleger in die wartende Autoschlange einreihte. Glücklicherweise war die Fähre nicht ausgebucht gewesen. Im Sommer hätte er dieses Glück an einem Samstagvormittag kaum gehabt.

Während er zusah, wie die ankommenden Wagen von der Fähre auf die Insel fuhren, schweiften seine Gedanken immer wieder ab. War es schlau, was er vorhatte? Warum nicht, besänftigte er die zweifelnde Stimme in seinem Kopf. Es gab nichts zu verlieren. Gut, er konnte sich furchtbar lächerlich machen, wenn das Haus der alten Frau Ottinger kein Geheimnis barg, aber das Risiko musste er eingehen.

Er sah auf seine Armbanduhr. Er würde gegen fünfzehn Uhr in Flensburg sein. Dort brauchte er höchstens eine halbe Stunde, dann ging es wieder eine Stunde zurück nach Dagebüll. Er würde die Sechzehn-Uhr-dreißig-Fähre also knapp schaffen und fünfzig Minuten später zurück auf Föhr sein.

Seine Gehilfen hatte er zu achtzehn Uhr in sein Haus bestellt, um den Plan mit ihnen durchzugehen und die Ausführung zu diskutieren. Ava und Imme hatten bereits zurückgemailt und ihre Teilnahme zugesichert, ohne zu wissen, was er vorhatte. Sie waren einfach tolle Frauen.

Nur Johannes hatte sich bisher auf seine Sprachnachricht nicht gemeldet. Wo steckte der, verdammt? Er blickte noch einmal missmutig auf sein Handy, als er die Antwort in Form eines Klopfens an der Beifahrerscheibe bekam. Ungläubig sah er einem freudig lächelnden Johannes in die Augen.

»Jo!« Er ließ die Scheibe runter.

»Hallo, Raph! Du verlässt Föhr?« Johannes deutete zur Fähre. »Ich bin gerade angekommen und sah dich hier stehen.«

Raphael war verwirrt. »Ich wusste gar nicht, dass du auf die

Insel kommst. Wieso, verdammt, antwortest du nicht auf meine Nachrichten?«

»Ich habe während der Überfahrt an meiner Predigt gearbeitet und –«

»Egal«, nahm Raphael ihm das Wort ab. »Es ist super, dass du da bist.« Er lehnte sich noch weiter aus dem Fenster heraus. »Ich brauche deine Hilfe. Morgen Nachmittag bis in den Abend hinein.«

»Was? Aber ich fahre heute Abend noch zurück. Ich habe morgen früh Gottesdienst.«

»Ist mir egal. Dann musst du danach wieder herkommen. Ich brauch dich unbedingt für meinen Plan. Ava und Imme machen auch mit.«

»Aber –«

»Kein Aber, Jo. Gottesdienst ist ja schön und gut, ist dein Job, seh ich ein, aber das morgen, das ist … Bruderdienst. Ohne dich würde es nicht funktionieren, Jo.«

»Ich mache gar nichts, solange ich nicht weiß, was du vorhast.«

»Das erzähle ich euch nachher, wenn ich zurück bin. Wir treffen uns um achtzehn Uhr bei mir. Kriegst du das hin?«

»Ja, schon, ich bin ja nebenan. Ich passe auf Hannah auf. Sina trifft sich mit ihrem Mann und möchte die Kleine nicht dabeihaben.«

Raphael musterte Johannes. »Ist das eine gute Idee? Die beiden allein aufeinandertreffen zu lassen? Was, wenn Ahmling ausrastet?« Er warf den Mercedes an, denn die Wagen vor ihm setzten sich in Bewegung.

Johannes musste lauter reden. »Ich war auch nicht begeistert. Aber sie treffen sich nicht zu Hause, sondern in der Café Bar in der Großen Straße. Bisher ist Sönke Ahmling zwar in keiner Weise auffällig geworden, aber ich denke, Sina traut dem Frieden selbst nicht.«

Als der Wagen hinter ihm hupte, hob Raphael den Mittelfinger Richtung Rückspiegel, während er zu Johannes sagte: »Hab einen schönen Tag mit deiner Hannah. Bis später. Ich bring Pizza für alle mit.«

Als er Stunden später fünf Pizzakartons auf dem alten Couchtisch abstellte, strahlte Raphael in die Runde im Wohnzimmer. Ava und Johannes saßen auf dem Sofa, Imme auf dem Sessel, und Waltraud hing am Fenstervorhang. »Ihr seid die Besten. Alle pünktlich.«

»Im Gegensatz zu dir«, brummelte Johannes mit Blick auf die Wanduhr. »Es ist halb sieben.«

»Bei Pizza King war die Hölle los. Nehmt euch, was ihr mögt.« Er deutete auf die Pappen und sah Ava an. Sie trug ein schlichtes dunkelblaues Kopftuch zu Jeans und einem blau-weiß gestreiften Pulli, was ihr einen nordischen Touch verlieh und ihr, wie Raphael fand, genauso gut stand wie der orientalische Flair. »Für dich ist eine vegetarische dabei, Ava.«

»Danke schön.«

Raphael erwiderte ihr Lächeln, dann sah er sich um. »Wo steckt Hannah?«

Johannes war dabei, den ersten Pizzakarton zu öffnen. »In der Küche, mit Tarik. Sie haben Onkel Schorschs alte Spielesammlung in der Abstellkammer entdeckt und sich zum Mensch-ärgere-dich-nicht-Spielen verzogen.«

Imme beugte sich vor und wedelte über dem nächsten geöffneten Karton. »Ah, das riecht gut. Es geht doch nichts über Pizzaduft, wenn man Bärenhunger hat. Gibt's eine mit Thunfisch?«

»Ja, eine«, sagte Raphael und sah schuldbewusst zu Ava. »Sorry, an Tarik hab ich nicht gedacht. Jetzt fehlt eine Pizza.«

»Dachtest du, ich lasse ihn allein zu Hause?«, fragte sie, allerdings ohne jeden Vorwurf.

Er hob die Schultern. »Ich hab gar nicht darüber nachgedacht.«

»Nicht nachdenken … eine deiner herausragenden Eigenschaften«, sagte Johannes, der wie Imme ausgehungert schien, denn er hatte schon eines der Pizzadreiecke in der Hand und biss herzhaft hinein.

»Witzig, Bruder.«

»Das ist doch nicht schlimm«, winkte Ava ab. »Ich werde meine Pizza einfach mit Tarik teilen. Wir werden beide davon satt.«

Raphael reichte Ava den Karton mit der Margherita. »Das musst du nicht«, sagte er. »Er kriegt von mir eine Hälfte. Schließlich bin ich schuld, und ich hatte auf der Fähre schon eine Erbsensuppe.« In der Erwartung eines entzückten Lächelns sah er Ava an, nachdem er seine Pizza durchgeschnitten hatte.

Allerdings entdeckte er in ihrem Gesichtsausdruck nur Spott, der sich auch in ihrer Stimme wiederfand. »Die Hälfte von deiner Salami-Schinken-Pizza?«

»Ja, wieso? … Oh!« Mist. Dieses Ohne-Schwein-Ding hatte er einfach noch nicht verinnerlicht. Den Hinweis, dass man den sündigen Belag ja runternehmen könnte, behielt er vorsichtshalber für sich. Wahrscheinlich galten Teig und Käse dann trotzdem als infiziert. »Ich hol mal Teller für die Kinder.« Er ging in die Küche, in der Tarik und Hannah am Tisch saßen.

Tarik kickte gerade mit einem triumphierenden »Haha!« einen von Hannahs Setzern vom Spielbrett, so heftig, dass der rote Setzer Raphael vor die Füße fiel.

»Mann, nicht so doll!«, fauchte Hannah den Kleinen an und bückte sich nach dem Setzer.

Raphael musste grinsen. Sie klang wie Sina, wenn die wütend war. »Na, ihr«, begrüßte er die beiden, »an die Gurgel geht ihr euch aber nicht, oder?«

»Wir spielen doch nur«, sagte Tarik, ohne sich zu ihm umzudrehen. »Und ich glaube, ich gewinne. Ich muss nur noch einen reinbringen.«

Hannah würfelte, und Raphael ging zum Schrank und nahm zwei Teller heraus. »Ich bring euch gleich Pizza.«

Tarik jubelte, nachdem er gewürfelt hatte.

»Immer hast du Sechsen«, regte Hannah sich auf. »Gleich

spielen wir noch mal. Und dann krieg ich die goldenen Setzer. Das sind Glückssetzer.«

Raphael war schon im Rausgehen, blickte jetzt aber auf das Spielbrett. »Goldene Setzer?«, sagte er lächelnd. »Wo gibt's denn so was?« Sein Lächeln gefror innerhalb einer Nanosekunde. »Was zum Teufel …!« Er knallte die Teller auf den Tisch, dass es schepperte, und griff nach einer der goldfarbenen Spielfiguren.

»Die sind cool, oder?«, sagte Hannah begeistert. »Da sind noch ganz viele in der Schachtel.«

Raphael nahm die Spielesammlung, stellte sie auf der verkalkten Spüle ab und hob den mehrfach mit Tesafilm geklebten Deckel an. Schon Johannes und er hatten in der Kindheit damit gespielt, vorzugsweise Mikado und das Leiterspiel. Damals hatte Onkel Schorsch allerdings noch keine Patronen darin gelagert.

»Fuck!«, stieß er leise aus. Dann nahm er vier blaue Holzsetzer aus der Schachtel und drehte sich mit einem Lächeln zu den Kindern um. »Ihr konntet das nicht wissen, aber diese Setzer«, er nahm die Patronen vom Spielbrett, »gehören gar nicht in die Spielesammlung. Das sind … Schachfiguren. Besondere. Teure. Nur für Erwachsene.«

»Schade.« Hannah zog einen Flunsch. »Ich wollte die auch mal haben.«

»Ihr spielt schön hiermit weiter.« Raphael setzte die regulären blauen Figuren dorthin, wo er die Patronen weggenommen hatte, und sah Tarik an.

Dessen Augenbrauen hatten sich zusammengezogen, was seine Ähnlichkeit mit Ava betonte, wenn sie das machte. »Das sind doch keine Schachfiguren. Die sehen alle gleich aus.«

Raphaels Temperatur stieg erneut. Was war nur heutzutage mit den Gören los? Der kleine Scheißer kannte sich schon mit Schachfiguren aus?

»Es ist ein Science-Fiction-Schachspiel«, faselte Raphael drauflos. »Und das«, er hob die Hand mit den Patronen, »sind die Bauern. Bauern sehen alle gleich aus.«

Tarik riss die Augen auf. »Zeinz-Fikschen? Cool.« Er sah Hannah an. »Das ist was mit Raumschiffen und so.«

»Weiß ich, Mann«, murrte sie in bester Sina-Manier.

Tarik war zu Raphaels Leidwesen allerdings noch nicht damit durch. Er sprang vom Hocker auf, ging zur Spüle und blickte in die Schachtel. »Ich will mal den König sehen. Und die Springer. Und den Turm.«

»Die sind alle im Schachspielkarton«, phantasierte Raphael weiter. »Den muss ich erst mal suchen.« Hektisch klaubte er die Patronen aus der Schachtel und stopfte sie sich in seine Hosentaschen.

»Wo bleibst du denn?«, erklang hinter ihm Johannes' Stimme. »Die Pizza wird ja kalt.«

Raphael drehte sich um. Johannes hielt zwei Pizzakartons in den Händen.

»Da sind die Teller«, sagte Raphael und deutete auf den Tisch.

»Wir haben tolle Schachfiguren gefunden«, teilte Tarik mit. »Aber die waren im falschen Karton. Ich such nachher mal den richtigen.«

»Aha?« Johannes nahm drei Stücke Margherita und legte sie Tarik auf einen Teller. Hannah bekam die Salamipizza.

»Und jetzt wird nicht mehr geredet, sondern gefuttert«, sagte Raphael schnell, legte seine Finger auf Tariks Schultern und schob ihn zum Hocker zurück. »Und schön aufessen.« Der Junge war viel zu mager. Diese dürren kleinen Schultern …

»Und euch erzähle ich jetzt meinen Plan«, lockte er seinen Bruder ins Wohnzimmer zurück.

Während alle inklusive Waltraud aßen – der Vogel war auf Immes Schulter geflogen und wurde von ihr mit Pizzakrümeln und Mais gefüttert –, berichtete er vom Haus der verstorbenen Frau Ottinger. »Es steht seit Monaten leer. Und es hat eine Tiefgarage, die ein perfektes Versteck für Lahanns Wagen wäre. Mit oder ohne stinkenden Inhalt.«

»Was?« Imme hielt im Kauen inne. »Iih! Du glaubst wirklich,

Frederik Lahanns Leiche könnte da …?« Sie schüttelte sich. »Das würde man doch riechen, oder?«

»Das Haus steht leer«, sagte Raphael.

Ava sah ihn mit großen Augen an. »Aber das würde ja bedeuten, dass die Jürgensens damit zu tun hätten.«

»Allerdings«, pflichtete Johannes ihr bei.

»Ja, das war auch mein erster Gedanke«, gab Raphael zu, »aber bei weiterer Überlegung kamen dann doch weitere Figuren, sprich Leute, ins Spiel.«

»Erzähl.« Johannes war fertig und wischte sich mit der dünnen Serviette den Mund ab.

Raphael beugte sich auf dem Stuhl, den er sich aus dem Büro geholt hatte, vor. »Das Haus der alten Frau wurde leer geräumt. Dabei und auch bei den anschließenden Renovierungsarbeiten hat Viktor Winkler den Jürgensens geholfen. Er hatte also wahrscheinlich einen Schlüssel für das Haus und könnte es, wenn er etwas mit dem Verschwinden von Lahann zu tun hatte, zum Verstecken des Wagens genutzt haben.«

»Aber das würden die Jürgensens doch wissen«, wandte Imme ein. »Die werden doch mal in dem Haus sein und nach dem Rechten gucken.«

»Das ist die Frage«, sagte Raphael. »Wenn alles ausgeräumt und die Renovierungsarbeiten abgeschlossen waren, hatten sie vielleicht in letzter Zeit keinen Grund, ins Haus zu gehen. Und selbst wenn sie im Haus zu tun hatten, müssen sie nicht unbedingt in der Garage gewesen sein.«

»Nehmen wir mal an, Winkler war es. Er hätte doch wissen müssen, dass er den Wagen dort nicht ewig verstecken kann«, wandte Johannes ein. »Das ergibt für mich wenig Sinn.«

Raphael hob die Schultern. »Er hatte ja vielleicht nicht vor, den Wagen dort lange zu parken. Vielleicht sollte das Auto nur erst mal aus der Schuss- beziehungsweise in diesem Fall *Sicht*linie sein. Er konnte ja nicht ahnen, dass er nicht mehr dazu kommen würde, den Wagen wegzufahren.«

»Aber welchen Grund sollte denn der Hausmeister haben,

Herrn Lahann zu töten?«, fragte Ava. Sie hatte sehr leise gesprochen, wohl aus Angst, die Kinder könnten sie hören.

»Keine Ahnung«, gab Raphael zu. »Es ist ja auch nur eine Möglichkeit. Vielleicht hat er auch den Jürgensens geholfen, den Wagen dort zu verstecken. Für Geld.«

»Oder der Hausmeister hat gar nichts damit zu tun, und Herr oder Frau Jürgensen oder beide gemeinsam haben den Wagen dort selbst versteckt«, wandte Imme ein.

»Eine weitere Möglichkeit«, stimmte Raphael ihr zu. »An die ich aus mir unerfindlichen Gründen aber nicht glaube.«

Imme nickte. »Dann hätte Jürgensen dich vermutlich auch längst von dem Auftrag entbunden, den Dieb zu fassen. Um dich aus der Klinik wegzuhaben.«

»Ich glaube nicht aus dem Grund nicht daran«, sagte Raphael, »sondern einfach aus einem Gefühl heraus.«

»Außerdem hätte ich dich an Jürgensens Stelle auch nicht vom Fall entbunden, selbst wenn ich etwas mit dem Verschwinden von Frederik Lahann zu tun hätte«, sagte Johannes. »Ich denke, er ist klug genug zu wissen, dass du dann stutzig geworden wärst – berechtigterweise.«

»Ich bin einfach bei einer weiteren Möglichkeit«, sagte Raphael. »Wencke Dammann. Die weiß was. Sie steckte immer mit dem Hausmeister zusammen. Vielleicht hat sie mit Viktor Winkler den Wagen plus/minus Leiche verschwinden lassen.«

»Oh, bitte nicht so laut, Raphael«, sagte Ava mit Blick zur Tür. »Die Kinder könnten dich hören.«

Raphael tat ihr den Gefallen und sprach leiser. »Vielleicht hat Wencke Dammann es sogar ganz allein getan, denn: Sie hatte Zugriff auf das Schlüsselbund von Viktor Winkler, an dem sich vielleicht auch der Schlüssel für das Ottinger-Haus befindet.«

»Der Auslöser für all das bleibt wohl dieser merkwürdige Satz von Herrn Lahann«, sagte Ava gedankenschwer. »Wenn wir nur herausfinden würden, wen er damit meinte. Dann hätten wir vielleicht den Täter.«

»Puh, mir qualmt der Kopf von all den Vielleichts«, sagte Johannes und schenkte Mineralwasser in die Gläser nach.

Ava nickte. »Mir auch. Das klingt ja alles gut und schön und vielleicht auch nicht unmöglich, aber wir reden hier die ganze Zeit über etwas, das vielleicht gar nicht zutrifft. Wir wissen ja nicht einmal, ob sich der Wagen überhaupt in der Garage befindet. Mit oder ohne Herrn Lahann.« Sie schluckte.

Raphael nickte. »Sehr gut, Watson. Und genau darum habe ich euch heute zusammengetrommelt. Zuerst hatte ich überlegt, einfach nachts in das Ottinger-Haus einzudringen, um herauszufinden, ob der Wagen dort steht.«

Da sich Johannes' Gesicht mächtig verfinsterte, sprach er schnell weiter. »Aber die Nachbarn da haben ihre Augen überall, und ich möchte nicht meinen Gewerbeschein verlieren, nur weil der Opi von nebenan beim nächtlichen Pullern mein Taschenlampenlicht sieht und die Bullerei ruft.«

»Gott sei Dank«, warf Johannes ein. »Du wirst auf deine alten Tage langsam vernünftig.«

»Freu dich nicht zu früh«, warnte Raphael ihn vor. »Denn ich habe es mir doch wieder anders überlegt. Ich werde das Risiko eingehen. Aber damit es sich lohnt, werde ich mit eurer Hilfe aufs Ganze gehen und den Täter beziehungsweise die Täterin gleich mit überführen.«

»Na, nun bin ich gespannt«, sagte Johannes ungläubig.

»Wir alle«, Raphael blickte in die Runde, »werden morgen Nachmittag auf das Kostümfest in der Klinik gehen. Du, Jo, wirst dich als ich ausgeben und den Verdächtigen gegenüber, die ich dir im Vorfeld alle zeigen werde, verlauten lassen, dass du wahrscheinlich herausgefunden hast, wo sich der Wagen von Frederik Lahann befindet. Nämlich im Haus der alten Frau Ottinger. Und dass du vorhast, dich am nächsten Tag davon zu überzeugen.«

Johannes sah ihn verwirrt an. »Und warum muss ich dazu du sein? Warum teilst du das nicht selbst mit?«

»Weil ich später am Haus von Frau Ottinger auf der Lauer

liege. Die ganze Nacht über. Denn wenn Lahanns Wagen sich tatsächlich dort befindet, wird der Täter nach dieser Ankündigung versuchen, das Auto dort wegzuholen, mit oder ohne Leiche.«

»Mir rieselt's gerade kalt den Rücken runter«, bemerkte Imme. Allerdings schien das Rieseln angenehm zu sein, denn ihre Stimme klang begeistert. »Wir stellen dem Mörder eine Falle! Genial.«

»Das klingt mir ein wenig zu abenteuerlich«, sagte Johannes. »Gib doch einfach der Polizei einen Tipp, Raph. Dann können die sich das Haus von Frau Ottinger angucken.«

»Was? Nee.« Raphael lehnte sich auf dem Stuhl zurück. »Der Bullerei sag ich gar nichts. Wenn die nicht selbst darauf kommen, ist das deren Problem. Irgendwann muss ich auch mal Geld verdienen. Wir machen es so, wie ich es gesagt habe.«

»Aber welche Aufgabe haben Imme und ich dabei?«, fragte Ava.

»Ich möchte, dass ihr die Augen aufhaltet. Jede von euch und auch Jo bekommt eine verdächtige Person zugeteilt, die ihr morgen Abend nicht aus den Augen lasst, während ich mich beim Haus der alten Dame verstecke. Verlässt einer der Verdächtigen die Klinik, schreibt ihr mir bei WhatsApp. Dann bin ich vorbereitet.«

Er machte eine kleine Pause, bevor er hinterhersetzte: »Ich hoffe sehr, ich bitte euch sehr, dass ihr dabei seid.« Er bedachte nacheinander alle in der Runde mit einem Du-ich-brauch-dich-ganz-doll-Blick.

»Hast du was im Auge?«, kommentierte Johannes seinen Blick. »Du siehst so belämmert aus.« Als Raphael den Mund öffnete, winkte er ab. »Ja, ja, schon gut. Ich mach ja mit. Aber fürs Protokoll: Nur unter Protest.«

Bei Imme hätte es des Blicks gar nicht bedurft. Sie war heiß auf Action und klatschte vor Freude in die Hände. »Hach, das wird großartig.«

Ava antwortete nicht eindeutig, aber ihre Frage ließ vermuten, dass sie mit von der Partie war: »Ich habe ja gar kein Kostüm. Was soll ich denn anziehen?«

»Mein Stichwort«, sagte Raphael begeistert und sprang auf. »Darum war ich heute Nachmittag in Flensburg. Ich habe Kostüme für alle besorgt. Ich hol sie.« Er ging nach draußen zum Wagen, nahm einen großen Karton von der Rückbank und eilte damit ins Haus zurück.

»Tadaa!« Er stellte den Karton auf den leer gefutterten Pizzapappen auf dem Tisch ab, nachdem er Waltraud, die darauf rumspazierte, mit einem »Ksch« vertrieben hatte. »Wir gehen unter dem Motto ›Star Wars‹.« Unter den neugierigen Augen seiner Mitstreiter breitete er die Kostüme auf den Sofa- und Sessellehnen aus.

Johannes hob ein schwarzes Fell an. »Was hat denn ein Affenkostüm mit Star Wars zu tun?«

»Ich musste improvisieren. Chewbacca gab's nicht.«

Johannes drehte das schwarze Gorillagesicht, das mit geöffnetem Mund und riesigen Zähnen nicht gerade freundlich aussah, den Frauen zu. »Gestatten, Chewbacca vom Planet der Affen.«

Raphael hob eine braune Lederweste hoch. »Die ist für dich, Jo. Du bist Han Solo. Ich werde Chewbacca sein, damit niemand sieht, dass es uns im Doppelpack gibt.«

Imme hatte nach einem weißen Kleid gegriffen. »Und ich bin Leia?« Mit strahlenden Augen hielt sie sich das Kleid vor die Brust. »Hach, ich wollte schon immer mal eine Prinzessin sein.«

Raphael riss es ihr weg. »Ava ist Leia. Du bist Luke Skywalker.«

»Aber ich bin viel zu groß für Luke Skywalker.«

»Und für Leia nicht?«, wandte Raphael nicht ganz unberechtigt ein. Er reichte Ava das Kleid und warf Imme ein weißes Taekwondo-Oberteil zu. »Sei froh, dass du nicht als Chewbaccas Schwester gehen musst. Es gab noch ein zweites Gorillakostüm.«

»Aber ich kann doch als Luke gehen«, sagte Ava. Sie sah Imme an. »Du darfst gern das Leia-Kostüm haben.«

»Aber es wird ihr nicht passen.« Raphael war genervt. »Es ist höchstens Größe sechsunddreißig oder achtunddreißig.«

»Achtunddreißig, das könnte gehen«, murmelte Imme, nahm das Kleid und hob es in die Höhe.

Raphael hielt vorsichtshalber den Mund. Wenn Imme Hölderling in eine Achtunddreißig passte, würde er im nächsten Leben Kindergärtner sein.

»Hm, es fällt sehr klein aus.« Imme legte das Kleid mit Trauerblick auf Avas Schoß. »Ist wohl doch eher 'ne Sechsunddreißig.«

»Hier!« Raphael zog etwas Längliches aus dem Karton und warf es Imme zu. »Dafür bist du die Einzige mit Laserschwert. Wenn du den Knopf drückst, flammt grünes Licht auf, und man hört das Surren des Lasers.«

»Toll«, sagte sie ohne jede Begeisterung und drückte auf den Knopf an dem grauen Plastikschwert. Nichts passierte. Sie begann, wild auf dem Knopf herumzudrücken. »Nicht mal das bleibt mir. Es ist kaputt.«

Johannes nahm es ihr weg und zog ein kleines Fach auf. »Da müssen Batterien rein.«

»Wann soll es denn morgen losgehen?«, brachte Ava die wichtigen Themen zur Sprache. »Treffen wir uns hier?«

Raphael nickte. »Ja, wir ziehen uns hier um und starten um fünfzehn Uhr dreißig.«

»Aber wir sind keine Kurgäste«, wandte Imme ein. »Lassen die uns überhaupt rein?«

»Na klar, da wird so viel buntes Treiben sein. Wenn überhaupt, merken die erst spät, dass ihr keine Gäste oder Angestellte der Klinik seid. Du, Jo«, er sah seinen Bruder an, »wirst für mich gehalten werden, bist also berechtigterweise dort. Und ich trage das Chewbacca-Kostüm und bin damit sowieso für alle unkenntlich.«

Johannes sah ihn an und seufzte. »Also gut. Ich werde morgen nach dem Gottesdienst wiederkommen und dich bei dieser idiotischen Aktion unterstützen. Wer sich so viel Mühe gibt, um sich lächerlich zu machen …« Er hob den Affenkopf an.

»Ja, vielleicht habe ich unrecht, und das Haus der alten Ottinger ist clean, aber …« Er atmete tief und laut aus. »Ich hab echt Blut geleckt, Leute. Ich will da rein. Und der Täter wird mir die Tür öffnen. Oder besser gesagt, wovon ich fest überzeugt bin: die Täterin.«

***

Als Raphael am Sonntag in der Klinik zum Mittagessen ging, war der Speiseraum bereits für das Kostümfest geschmückt. Da beim Frühstück noch nichts davon zu sehen gewesen war, hatten die Angestellten in der Zwischenzeit gute Arbeit geleistet. Bunte Girlanden und Lichterketten waren unter der Decke gespannt worden. Luftballontrauben schmückten die Ecken, und in den Fenstern bummelten Lampions. Auf einem Servierwagen standen ein Karton mit Luftschlangen und glänzende Papphütchen in allen Farben bereit.

Maren Hacker war nicht an der Essensausgabe, als Raphael sich Hühnerfrikassee mit Reis auftun ließ. Vermutlich war sie im Stress, denn für das abendliche Büfett war mit Sicherheit genug zu tun. Auf einem Servierwagen im Hintergrund waren bereits Tabletts voller Muffins mit pastellfarbener Zuckerglasur und Streuseln zu sehen.

Ein Blick zu den Angestellten-Tischen in der Nische verriet, dass sie bis auf zwei Frauen, die Raphael nicht kannte, leer waren – natürlich, Anwendungen und Kurse fanden heute nicht statt.

Als er seinen Tisch erreichte, begrüßte Katja ihn mit Blick auf das Frikassee mit einem ihrer gefürchteten Sprüche: »Ist der Bauer noch nicht satt, fährt er sich ein Hühnchen platt.«

Tobi musterte ihn. »Wo steckst du eigentlich immer? Man könnte meinen, du willst nichts mit uns zu tun haben.«

Raphael ging nicht darauf ein. »Seid ihr heute alle beim Kostümfest dabei?«

»Klar.« Roger grinste über beide Backen. »Das lassen wir uns doch nicht entgehen. Ich werde übrigens doch nicht als DJ Ötzi gehen, sondern als amerikanischer Schauspieler kommen. Mal sehen, ob ihr mich erkennt.«

»Kann ja nur Danny DeVito sein.«

Das Gelächter, das Raphael dafür erntete, ließ Roger kalt. »Als was kommst du denn? Als David?« Er machte eine schwingende Handbewegung über seinem Kopf und erntete ebenfalls Gelächter der anderen.

Raphael war verwirrt. »Was soll das sein?« Er wedelte mit der Hand, um die Schwingungen zu imitieren. »Und wieso David?«

Roger griente anzüglich. »Ach, man hört ja so dies und das. Wir kennen doch alle das berühmte biblische Pärchen David und ...« Er ließ den zweiten Namen weg und hob verächtlich einen Mundwinkel. »Du Lusche.«

Raphael wurde heiß. Er blickte in die Runde. Alle grinsten. So viel also zu: »Was hier gesagt wird, bleibt auch hier. Nichts wird nach außen getragen.« Jetzt hieß es: cool bleiben. Doch er musste gar nicht antworten, denn Zoten-Katja nutzte die Gunst des Themas.

»Was machen dreißig Schniedel in einem Bus? ... Eine Spritztour.«

***

»Na, Waltraud«, begrüßte Raphael den Nymphensittich, als er um vierzehn Uhr sein Büro betrat. »Alles klar bei dir?« Er bückte sich zum Käfig und sah dem Vogel in die Augen. Als Waltraud begann, mit den Flügeln zu schlagen, sagte er: »Du bleibst heute schön im Käfig, Madame. Sonst machst du womöglich wieder den Abflug, wenn hier gleich alle rein- und rauslatschen, und das will ich mir nicht antun. Die Ladys sind gerade erst wieder in der Spur.«

Waltraud sah ihn noch kurz an, dann drehte sie sich auf der Stange.

»Das ist deine Antwort? Du zeigst mir dein Hinterteil?

Danke, du mich auch.« Raphael ging zu seinem Schreibtisch und zog eine beulige Socke aus der Tasche seiner Lederjacke. Er hatte am Vortag vergessen, die Patronen aus seinen Hosentaschen zu nehmen und war damit zur Klinik gefahren. Und weil er dort kein anderes Behältnis gefunden hatte, hatte er sie in die Socke getan. Er stopfte sie in den hintersten Winkel der unteren Schublade, keine Sekunde zu früh, denn im gleichen Moment wurde die Haustür aufgeschlossen.

Er schob die Schublade zu und rief gut gelaunt: »Wer da?«

»So viele Möglichkeiten gibt's ja nicht«, erklang Immes Stimme. Unnötigerweise ergänzte sie: »Ich bin's.«

»Glaub mir«, begrüßte Raphael sie, als sie mit einer großen Papiertüte in der Hand das Büro betrat, »es gibt für meinen Geschmack viel zu viele Möglichkeiten. Du hast einen Schlüssel, Ava hat einen, Johannes auch. Triple M rückt ihren nach wie vor nicht raus, wenn ich versuche, ihn ihr abzuschwatzen, und meiner zweiten Putzfrau, die vom Putzgrad her eigentlich den Titel *erste* Putzfrau verdient hätte, habt ihr auch einen gegeben – ohne mich zu fragen.«

»Wie soll Frau Öckersen denn sonst reinkommen? Ava und ich sind schließlich nicht ständig hier. Und du auch nicht. Wir wussten ja nicht, wann oder ob du überhaupt aus London wieder auftauchst. Sonst hättest du Frau Öckersen den Schlüssel selbst geben können.«

»Ihr Frauen redet euch immer alles schön. Gibt's eigentlich noch mehr Schlüssel für mein Haus zu vergeben?«

Imme stellte die Tüte auf dem Schreibtisch ab. »Nicht dass ich wüsste. Wenn du mal 'ne feste Freundin hast und ihr einen Schlüssel geben möchtest, musst du einen nachmachen lassen.«

Raphael lachte herzhaft und tippte sich an die Stirn. »Sollte ich jemals eine *feste Freundin* haben«, er sprach es mit der gleichen Betonung aus, die er für alkoholfreies Bier verwendete, »dann habe ich zwei Schlüssel übrig. Und zwar die meiner Putzfrauen, die ich dann nicht mehr brauche, weil dann meine *feste Freundin* meine Putzfrau ist.«

Imme trat an den Vogelkäfig. »Jetzt wissen wir, wovon Machos nachts träumen, was, Waltraud? Gut, dass die Zeiten für solche Männer vorbei sind.«

»Jetzt laber den Vogel nicht mit deinem Suffragetten-Gedöns voll. Sag mir lieber, was in der Riesentüte ist.«

Imme ging zum Schreibtisch zurück. »Mein Kostüm.«

»Aber dein Kostüm liegt hier im Wohnzimmer. Auf dem Sofa.«

»Die Pläne haben sich ein wenig geändert, Chef. Ava hat mich heute Morgen angerufen. Sie kann nicht mit auf das Kostümfest kommen. Tarik ist krank. Er hat jetzt auch die Grippe. Und darum möchte sie ihn nicht der alten Nachbarin anvertrauen.«

»*Fuck* … Und warum teilt sie das nicht mir, sondern dir mit?«

»Um mir zu sagen, dass ich nun doch Prinzessin Leia sein kann.« Strahlend zog Imme ein riesiges cremefarbenes Stück Stoff aus der Tüte. »Ich hab mir heute Mittag schnell aus den alten Wohnzimmervorhängen meiner Schwiegermutter ein Kleid genäht.« Sie breitete das Stoffstück aus und hielt eine Art Tunika in die Höhe.

»Das bringen auch nur Frauen«, kommentierte Raphael genervt. »Statt mir zu schreiben, dass sie nicht mitkommt, sodass ich jemand anderen als Ersatz hätte finden können, schreibt sie dir, damit du dir deinen Kleinmädchentraum erfüllen kannst.« Missmutig sah er sie an. »Warst du überhaupt mal klein?«

Ihre Antwort ging im Klingeln der Haustür unter. Sie sahen sich an.

»Willst du nicht aufmachen?«, fragte Raphael.

»Ich bin nicht dienstlich hier.«

Stöhnend schwang er sich aus dem Stuhl. Doch in dem Moment wurde die Tür schon von außen aufgeschlossen.

»Du hast ja wenigstens noch den Anstand zu klingeln, bevor du einfach reinkommst«, begrüßte Raphael seinen Bruder mit Seitenblick zu Imme und umarmte ihn fest. »Danke, dass du den Weg auf dich genommen hast.«

»Schon gut«, winkte Johannes ab.

Raphael musterte ihn. Johannes sah deutlich gestresst aus. Und das konnte nicht nur an dem dauernden Hin- und Herfahren liegen. »Gab es Ärger bei Sinas Gespräch mit ihrem Mann?«

»Glücklicherweise nicht. Er war laut Sina handzahm. Hoffen wir mal, dass das so bleibt.« Johannes schüttelte den Kopf. »Ich mache mir eher Sorgen um Hannah. Die Situation überfordert sie. Sie liebt Sönke Ahmling, auch wenn er sie geschubst und ihre Mutter geschlagen hat, und sie vermisst ihr Zuhause, ihr Zimmer, ihre Sachen …«

Raphael schwieg, weil er nicht wusste, wie er seinen Bruder trösten sollte.

»Hat Mama dich auch angerufen?«, fragte Johannes dann.

»Nein, was wollte sie denn?«

»Sie hat wieder geweint. Weil Papa sich immer noch nicht rührt.«

»Hauptsache, sie gibt jetzt nicht klein bei«, sagte Raphael. »Dann hebt der Alte ganz ab.«

»Das ist die Essenz dessen, was ich ihr ausführlich in gewählten Worten geraten habe.«

Raphael grinste. »Darum ruft sie ja dich an und nicht mich. Glücklicherweise. Und jetzt auf, Team Freersen … Kostümprobe.« Er sah Imme an. »Du kriegst das Wohnzimmer zum Umziehen. Jo und ich verkrümeln uns nach oben ins Schlafzimmer.«

Zehn Minuten später stand Raphael vor dem schwarzfleckigen Spiegel am alten Kleiderschrank seines Onkels und starrte sich an. »Wie scheiße sieht das denn aus?« Er schüttelte die felligen Beine in der Hoffnung, das Kostüm würde sich dadurch verlängern.

Johannes saß fertig angezogen auf dem Bett und lachte herzhaft. »Chewbacca für Arme, und dann noch mit Hochwasser.« Er lachte noch lauter, was Raphaels Stimmung nicht hob.

Neidisch drehte er sich zu seinem Bruder um, der zu einer dunklen Jeans ein weißes langärmliges Shirt mit kurzer Knopfleiste und die Weste und einen Waffengürtel aus dem Kostümverleih trug. Jo sah gut aus. Mit den kurzen dunklen Haaren zwar nicht wie Harrison Ford, aber gut. Seufzend stülpte Raphael sich den Gorillakopf über, was bei Johannes einen erneuten Lachflash auslöste.

»Niemand, wirklich niemand wird erkennen, wen wir darstellen wollen«, feixte Johannes mit Tränen in den Augen. »Wir sollten uns Schilder auf die Rücken tackern, wo draufsteht, wer wir sind.«

»Lass uns runtergehen«, kam es unter dem Fellkopf hervor. »Ich bin gespannt, wie unsere Mutanten-Leia in ihrem Vorhang aussieht.«

Imme war fertig angezogen, als sie das Wohnzimmer betraten. Es gefiel Raphael, dass sie nicht laut loslachte, während sie ihn und Johannes musterte. Allerdings war ihr Blick aussagekräftig genug. Johannes erntete schließlich ein »Siehst gut aus, Pastor«, er ein »Und du siehst richtig kacke aus, Chef«.

»Das sagt die Richtige«, verteidigte er sich umgehend mit Blick auf ihre Haare. »Was hast du da auf dem Kopf?« Es sah aus, als trüge sie Kopfhörer, deren Hörmuscheln mit Wolle umwickelt waren.

»Das sind Kopfhörer. Ich habe sie mit Wolle umwickelt, damit sie aussehen wie Leias Frisur. Sie trägt doch so Haarschnecken an den Seiten.«

Während Johannes herzhaft in sich reinlachte, murmelte Raphael: »Warum hab ich keine ›Game of Thrones‹-Kostüme geholt? Du wärst eine perfekte Brienne von Tarth gewesen.«

»Ach was«, sagte Imme gut gelaunt. »Jetzt bin ich eine halbperfekte Leia.« Sie strich über ihr Vorhangkleid, unter dem sie einen weißen Rollkragenpulli trug. Woher der stammte, war zweifellos auch ein Mysterium, aber Raphael kam nicht dazu, es zu erfragen, denn erneut drehte sich ein Schlüssel in der Haustür.

Ein Lächeln stahl sich auf sein Gesicht. Ava kam doch noch. Doch als ein »Huhu« ins Wohnzimmer schallte, erstarb die Freude. Triple M. Er verdrehte die Augen. »Wir sind im Wohnzimmer, Frau Mommsen.«

»Ich habe einen Apfelkuchen gebacken«, hörte man sie sagen, »und dachte, wo Sie heute so viel Besuch haben, möchten Sie vielleicht alle ein Stückchen ... Huch!« Sie blieb stocksteif im Türrahmen stehen und offenbarte ihre Überraschung auf Friesisch. »U naan dach!« Sie starrte alle der Reihe nach an. Insbesondere musterte sie das Gorillaoutfit, bevor sie sich an Johannes wandte. »Was ist denn hier los, Herr Rickers?«

Sie hielt Jo also für ihn. Raphael war zufrieden. So sollte es ja sein. »Ich bin hier drunter, Frau Mommsen«, sagte er und zog sich die Maske vom Kopf. Die frische Luft tat gut. In der Klinik würde er sich unter dem Ding wegschwitzen, aber plangemäß sollte er die meiste Zeit draußen verbringen.

»Ach so.« Sie musterte ihn. »Und warum tragen Sie dieses scheußliche Fell?«

»Es handelt sich um eine Undercover-Aktion für einen Auftrag, Frau Mommsen, wenn Sie verstehen, was ich meine.«

Ihre feinen weißen Augenbrauen zogen sich zusammen. »Halten Sie mich für senil? Natürlich verstehe ich das ... Wie spannend!« Sie stellte den Teller mit den Kuchenstücken auf dem Tisch ab. Raphael fiel auf, dass es drei Stücke waren. Sie hatte also hinter ihrem Fenster gestanden und beobachtet, wer sein Haus betreten hatte. Das war einerseits erschreckend, andererseits ...

»Frau Mommsen«, er strahlte sie an, »haben Sie heute noch etwas vor?«

»Nein. Wieso?«

Raphael nahm sie am Arm und drückte sie in den Sessel. »Sie haben mir doch mal Hilfe angeboten. Detektivische Hilfe.«

Mine Margarete Mommsen riss die Augen auf. »Aber ja doch.«

»Prima. Dann haben Sie jetzt etwas vor. Sie werden mit uns zu einem Kostümfest gehen und für mich ein Auge auf eine Frau haben, die ich Ihnen dort zeigen werde.«

»Lass das, Raph. Was soll der Unsinn?«, warf Johannes ein.

Raphael ignorierte ihn und redete weiter auf die alte Dame ein. »Sollte diese Frau den Saal verlassen, gehen Sie zu Johannes und teilen es ihm mit. Er wird mir dann eine Nachricht auf mein Handy schicken. Das kriegen Sie hin, oder?«

»Frau Mommsen, das müssen Sie absolut nicht tun«, fuhr Johannes ihm in die Parade. »Sie sollten –«

»Aber selbstverständlich muss ich das tun«, schnitt sie ihm strahlend das Wort ab und klatschte in die kleinen faltigen Hände. »Wie aufregend.« Dann erlosch das Strahlen. »Aber ich habe kein Kostüm.«

Raphael war versucht, ihre Hand zu tätscheln, aber mit Blick auf die pergamentene Haut, auf der sich bläuliche Adern ihren Weg durch ein Meer aus Altersflecken und Fältchen suchten, entschied er sich um und tätschelte ihren Arm, der unter einem hellblauen Pullover verborgen lag. »Doch, Frau Mommsen, das haben Sie, denn wir haben eines übrig.«

SECHZEHN

»Im Oktober offen zu fahren … Frau Mommsen wird eine Lungenentzündung bekommen und daran sterben«, brabbelte Johannes mit Blick in den Rückspiegel leise in sich rein, während er blinkte und Raphaels Mercedes vom Rebbelstieg auf den Nieblumstieg lenkte.

»Herrje, wir sind nicht in Island. Wir haben einen goldenen Oktober und zehn Grad plus. Und keine Panik, du wirst nicht in der Hölle landen, Bruderherz.« Raphael, der auf dem Beifahrersitz saß, musste nicht flüstern, denn aus dem Gorillakopf klang seine Stimme nur dumpf heraus. »Du hast ja mehrfach versucht, es mir auszureden. Das hat der liebe Gott bestimmt gehört.«

Da er mit dem riesigen Affenkopf nicht unter das Dach des Cabrios gepasst hatte, hatte er das Verdeck kurzerhand abgenommen. Er wandte den Kopf und sah auf die Rückbank, wo Imme und Frau Mommsen saßen. Triple M würde die Fahrt nach Nieblum schon überstehen. Schließlich trug sie unter dem weißen Taekwondo-Anzug ihren hellblauen Pullover.

»Oh«, sagte Johannes im selben Moment und ging vom Gas, obwohl er sowieso schon kroch, um so wenig Zugluft wie möglich zu produzieren.

»Och nee«, stieß Raphael aus. »Nicht schon wieder.«

Polizeiobermeister Müller stand am Straßenrand und winkte sie ran. Als Johannes direkt neben ihm hielt, fiel dem Polizisten mit Blick auf die Insassen kurz die Kinnlade runter, dann zog ein breites Grinsen über sein Gesicht. »Na, wir wollen wohl zum Kostümfest in die Kliff-Klinik, was?« Er musterte Johannes. »Und der große Inseldetektiv macht auf Cowboy? Ohne Hut nicht sehr authentisch.«

»Ich bin kein Cowboy«, antwortete Johannes brav. »Ich bin Han Solo.«

Müller starrte ihn an, dann Raphael, der unter dem Affenkostüm stumm blieb, obwohl das mehr als schwerfiel. Doch Müller sollte unter keinen Umständen wissen, dass er einen Zwillingsbruder hatte.

»Wenn Sie jetzt noch sagen, das ist Chewbacca«, Müller deutete auf Raphael, »dann schmeiß ich mich hier auf den Rücken … Wer steckt denn da drunter?«

»Es *ist* Chewbacca«, sagte Johannes, und Raphael hätte Polizeiobertrottel Müller gern das blöde Grinsen aus dem Gesicht gewatscht. »Und darunter steckt mein Cousin«, führte Johannes weiter aus. »Er ist zu Besuch.«

»Aha.« Müller musterte den Gorilla. »Sind alle so riesig bei Ihnen in der Familie, was?«

Raphael schwieg.

»Können Sie nicht sprechen?«, sagte Müller forsch.

»Er …«, Johannes schluckte, »kann Sie nicht verstehen. Er ist nicht von hier. Er ist aus Island.«

Raphael starrte seinen Bruder an. Was laberte Jo denn da?

»Ah, Island!« Müller klang wohlwollend. *»Good football«*, sprach er auf Raphael ein. *»Good plays by the European* Dingsbums … *Championship. Sigurdsson … very good man.«*

Raphael konnte es sich nicht verkneifen, er musste Müller einfach verbessern und sagte mit verstellter Stimme: *»Good matches in the Championship.«*

Müllers Lächeln löste sich auf wie Butter in der heißen Pfanne. Er sah wieder Johannes an. »Der ist nicht nur genauso groß wie Sie, Freersen, sondern auch so ein Klugschwätzer.«

»Ach, na ja …« Johannes war anzumerken, wie unangenehm ihm alles war. »Können wir jetzt fahren? Frau Mommsen muss ins Warme.«

Müllers Blick wanderte an Johannes vorbei zum Rücksitz. »Tach, Frau Mommsen.« Er tippte sich an den Hut und musterte sie. »Und Sie sind Yoda?«

Gut, hier war Raphael ganz bei dem Polizisten. Die Knitterfalten in Triple Ms Gesicht ließen gar keinen anderen Schluss zu.

Doch Frau Mommsen klärte den Polizisten auf. »Was? Nein, ich bin … Moment, Herr Rickers hat es mir aufgeschrieben.« Sie öffnete ihre braune Lederhandtasche, zog ein Blatt Papier heraus und las den Namen ab, allerdings so, wie er geschrieben wurde. »Luke Skywalker.« Daher hatte Raphael Verständnis für Müllers breites Grinsen.

Dann war Imme dran. »Und die Frau Hölderling ist auch wieder mit von der Partie«, sagte Müller süffisant. »Sie sind ja anscheinend bei allem dabei, was Herr Freersen veranstaltet, was?« Sein Blick ruhte einen Moment lang auf ihren wolligen Kopfhörern, dann veränderte sich sein Blick. »Sie hecken doch nicht wieder irgendwas aus, oder?« Er wandte sich Johannes zu. »Haben Sie da irgendwas vor in der Klinik, Freersen?«

»Nein, natürlich nicht«, antwortete Johannes ihm ruhig. »Wir wollen einfach nur ein wenig feiern.«

»Mhm …« Müller schien nicht überzeugt.

»Können wir jetzt bitte losfahren«, kam es von Frau Mommsen. Sie klang energisch. »Wir wollen doch nicht zu spät kommen.«

»Das ist hier eine Verkehrskontrolle«, klärte Müller sie auf. »Und ich möchte jetzt Führer- und Fahrzeugschein sehen.«

Als Johannes sich vorbeugte, um an sein Portemonnaie in der hinteren Hosentasche zu gelangen, überlief es Raphael heiß. Jo würde doch wohl jetzt nicht seinen eigenen Führerschein vorzeigen? »Ojo!«, verwendete Raphael eilig die Geheimsprache ihrer Kindheit, damit Müller ihn nicht verstand. »Immni etztjo ichtni *einenda* Appenlo!«

Johannes verharrte in der Bewegung. Deutlich war ihm anzusehen, dass er zur Entschlüsselung erst mal den Rost von dieser lange nicht genutzten Hirnsynapse kratzen und überlegen musste: den letzten Buchstaben weglassen, den vorletzten nach vorn setzen. Vorsichtshalber wiederholte Raphael die Worte etwas langsamer.

Müller starrte Raphael an, dann Johannes. »War das Isländisch? Was hat er gesagt?«

Johannes ließ das Portemonnaie, wo es war, und sagte: »Er hat gesagt, äh … dass er Ihre Uniform toll findet.«

»Ach?« Müller machte sich gerade und schenkte Gorilla-Raphael ein kleines Lächeln. »Danke.« Dann wurde sein Blick wieder geschäftlich. Er streckte die Hand aus. »Die Papiere!«

»Es tut mir leid«, sagte Johannes. »Aber die habe ich nicht dabei.«

»Na, so was.« Müller zog lächelnd einen Block aus seiner Jacke. »Das kostet Sie dann zwanzig Euro, Freersen.« Er ließ sich Zeit beim Ausfüllen, bevor er Johannes den Mängelbericht schließlich hinhielt. »Und in der kommenden Woche kommen Sie mit den Papieren auf der Wache vorbei und zeigen Sie vor.«

»Natürlich«, sagte Johannes.

»Und dann will ich es für heute mal gut sein lassen. Ihren ›Millennium Falken‹ nehme ich beim nächsten Treffen unter die Lupe.« Mit einem hässlichen Lachen patschte Müller zweimal an die Scheibe.

»Löderbi Ichserwe!«, sagte Raphael genüsslich und nickte dem Polizeiobermeister zu.

»Was hat er gesagt?« Müller sah Johannes an.

»Er wünscht Ihnen einen schönen Tag.«

Müller tippte sich an den Hut. »Gleichfalls.«

Johannes warf den Motor an und fuhr los. »Ich bin jetzt schon fix und fertig«, stieß er aus, als sie außer Hörweite waren. »Hoffentlich war's das an Aufregung für heute.«

Raphael tätschelte mit der zotteligen Hand das Bein seines Bruders. »Offentlichho ichtni!«

***

Als das Star-Wars-Quartett die Klinik durch den Vordereingang betrat, herrschte bereits in der Empfangshalle reges Treiben. An den dort aufgestellten Stehtischen standen bunt kostümierte Männer und Frauen, plauderten, lachten und konsumierten dabei Sekt, Bier und Knabberkram.

»Alkohol in einer Kurklinik?«, fiel Johannes sofort auf. »Irritierend.«

»Alles alkoholfrei«, brummte es unter dem Gorillakopf hervor. »Alkohol ist verboten.«

»Kein Sprit?« Imme klang entsetzt. »Was soll das denn für 'ne Party sein?«

»Keine Sorge«, sagte Raphael. »Das ist nur die offizielle Ansage. Es gibt keine Taschenkontrolle.« Er hob den Rucksack an, den er in der rechten Affenpranke hielt. »Ich hab vorhin noch bei Edeka eingekauft. Sekt, Wodka …« Er sah Imme an. »Oder vielleicht ein eisgekühltes Döschen Aperol Spritz für die Prinzessin?«

»Ah!« Sie strahlte ihn an. »Der Affe weiß, was Frauen mögen.«

Raphael antwortete nicht, denn sein Blick ruhte auf Gritje Gerdes, der zweiten Empfangsdame der Klinik, die keine zwei Meter entfernt ebenfalls an einem Stehtisch stand und anscheinend auf einer Liste die Gäste abhakte, die durch den Eingang die Klinik betraten – die meisten kamen natürlich aus dem eigenen Haus. Raphael bemerkte, dass sie Johannes ansah, den sie für ihn hielt.

Er wandte sich seinem Bruder zu. »Ich hätte vielleicht doch vorher zusätzliche Gäste anmelden sollen. Du musst uns jetzt an der süßen Gritje vorbeilotsen, Jo. Spiel einfach überzeugend mich, zeig Charme, dann klappt das schon.«

Die blonde Friesin gewann sofort wieder Raphaels Herz, als sie seine Gruppe nun begrüßte. Nicht weil sie einen hautengen Overall in Regenbogenfarben trug, dessen leicht geöffneter Reißverschluss ein Hammer-Dekolleté erahnen ließ, sondern weil ihre himmelblauen Augen aufleuchteten, als sie zu Johannes sagte: »Han Solo! Klasse, Herr Freersen. Ich liebe Star Wars. Und Harrison Ford.«

Ihr Blick wanderte weiter zum Rest der Truppe. »Yoda ist dabei. Und Leia.« Sie strahlte Imme an. »Tolle Idee mit den Kopfhörern … Und Chewbacca.« Ihre blonden Brauen zogen sich kritisch zusammen. »Da fehlt aber der Patronengürtel um Chewbaccas Brust.« Sie streichelte mit der Hand über Raphaels Gorillabrust.

Das durfte sie ruhig mal wieder machen, entschied Raphael. Vorzugsweise, wenn er nackt war.

Doch vorerst wurde Gritje geschäftlich. Sie blickte auf die ausgedruckte Liste vor sich und sagte zu Johannes: »Sie haben niemanden zusätzlich angemeldet, Herr Freersen. Kann das sein?«

Johannes lächelte ein wenig verkrampft. »Ja, das kann sein. Ich habe das völlig vergessen. Es tut mir furchtbar leid. Das, äh, sind gute Freundinnen. Und mein Cousin.«

»Ach, kein Problem«, winkte Gritje ab. »Ich trage einfach drei Personen nach.« Sie tat es und schenkte Jo anschließend einen Blick, den man durchaus als einladend bezeichnen konnte. »Das Versäumnis können Sie ja vielleicht später bei einem Glas Sekt wiedergutmachen, Herr Freersen? In zwei Stunden werde ich hier abgelöst.«

Raphael konnte ein wohliges Brummen nicht unterdrücken. Dann klappte ihm unter der Gorillamaske der Mund auf, als er seinen Bruder antworten hörte: »Oh, ich mag keinen Sekt. Also, danke nein.« Johannes wedelte auffordernd mit der Hand in den Raum. »Kommt, ihr Lieben. Auf ins Vergnügen.«

»Bist du blöd? Jetzt hast du es vermasselt«, pflaumte Raphael ihn an, als sie außer Hörweite waren. »Da hätte was laufen können. Für dich. Oder später für mich.« Er warf einen Blick zu Gritje zurück, die bereits weitere Neuankömmlinge begrüßte. »Jetzt ist sie sauer auf mich.«

»Das war mein Ziel«, sagte Johannes genüsslich. »Du hast schon genug Frauenherzen gebrochen. Und jetzt zeig uns, wen wir im Auge behalten sollen.«

Und das war gar nicht so einfach, denn es stimmte, was Frau Mommsen bemerkte, als sie den geschmückten Speisesaal betraten: »U naan dach! Das sind aber viele Leute hier.«

Es herrschte buntes Treiben auf der Tanzfläche. Die ersten

bekannten Gesichter, die Raphael auffielen, waren Herrchen und Frauchen von »Enrico« und »Esmeralda«: Holger und Ellen tanzten eng umschlungen zu Luis Fonsis »Despacito« und bewegten ihre Unterkörper dabei so aufreizend im Rhythmus des Songs, dass man befürchten musste, die beiden E würden durch das Piraten-Partner-Outfit der beiden hindurch zueinanderfinden.

Da auf der Tanzfläche sonst niemand Bekanntes zu entdecken war, wanderten sie im Gänsemarsch weiter durch den überfüllten Raum – Raphael vorweg als Wegbahner. Er blieb stehen, als sein Blick auf Dierk Jürgensen und dessen Frau fiel. Sie standen, was Raphael freute, mit Gundis zusammen neben den noch leeren Tischen, auf denen später das Büfett serviert werden würde. Da hatte er drei Verdächtige auf einen Schlag!

Er beugte sich zu Frau Mommsen herunter und sagte so laut wie nötig, doch so leise wie möglich: »Sehen Sie die rothaarige Frau dort? Die mit der schwarzen Augenmaske?« Er deutete unauffällig zu Gundis.

»Die schwarze Katze?«, fragte Frau Mommsen aufgeregt.

»Genau«, antwortete Raphael, zufrieden, dass Frau Mommsen Gundis' Kostüm sofort erkannt hatte. Sie war durchaus aufmerksam. »Die behalten Sie ununterbrochen im Auge, wenn ich es Ihnen sage. Aber unbedingt so, dass sie es nicht bemerkt. Wohin sie auch nachher geht, Sie folgen ihr unauffällig. Und wenn sie die Klinik verlässt, müssen Sie sich sofort an meinen Bruder wenden und es ihm mitteilen. Okay?« Er schenkte ihr ein aufmunterndes Lächeln, das sie, fiel ihm dann ein, unter der Affenmaske ja gar nicht sehen konnte.

»Das mach ich«, sagte Frau Mommsen mit roten Wangen. »Hach, das ist ja so spannend wie im Fernseher. Wenn ich das nachher Bobby erzähle …« Dann veränderte sich ihr Gesichtsausdruck. »Aber was ist, wenn ich die rothaarige Frau aus den Augen verliere?«

Eine berechtigte Frage. Sobald Gundis sich mehr als drei Meter entfernen würde, würde Triple M sie wahrscheinlich nicht mehr erkennen.

»Dann gehen Sie auch zu Johannes und sagen es ihm. Und danach tapern Sie wieder los und suchen sie. Vielleicht finden Sie sie ja wieder.« Er wandte sich Johannes zu, der gerade eine Frau anstarrte, die ihm mit einem fröhlichen »Hey, Raphael!« von der Tanzfläche aus zuwinkte. Es war Tilly, die mit langhaariger schwarzer Perücke und Pandaaugen wohl Alice Cooper darstellen wollte.

»Vergiss nicht, dass du ich bist«, sagte Raphael und scheuerte sich über die Maske, unter der ihm jetzt schon der Schweiß lief. »Du winkst jetzt jedem zurück, der dir zuwinkt.«

Während Johannes tat, wie ihm gesagt, teilte Raphael Imme ein. »Du bist doppelt gefordert, Prinzessin. In der Hoffnung, dass das Ehepaar Jürgensen zusammenbleibt, behältst du die beiden im Blick. Wenn sie sich trennen, musst du nach deinem Gefühl gehen, wem von beiden du folgst. Vorzugsweise – um *meinem* Gefühl zu folgen – beschattest du Hella Jürgensen.«

Imme stellte keine weiteren Fragen, sondern nickte. »Krieg ich hin.«

Dann fehlte jetzt noch die Dammann. Raphael ließ seinen Blick schweifen, entdeckte sie aber nicht. Das Problem war, dass etliche Gäste sich so gut maskiert hatten, dass ihre Gesichter nicht zu erkennen waren. Wencke Dammann konnte der Clown mit der »Es«-Maske sein. Oder die Vogelscheuche. Oder der Spiderman, der eindeutig Brüste hatte.

Sie setzten ihre Runde fort. Damit Frau Mommsen im immer voller werdenden Saal nicht verloren ging, hielt Raphael vorsorglich ihre Hand in seiner linken Pranke und zog sie hinter sich her. Vielleicht hatte die Dammann es sich ja auch anders überlegt und war gar nicht hier? Auch diese Möglichkeit musste in Betracht gezogen werden.

»Hey, Raphael!«, erklang plötzlich Rogers laute Stimme von der Seite. »Junge, was soll das denn für ’ne Verkleidung sein?«

Raphael drehte sich um. Doch Roger sah natürlich nicht ihn, sondern Johannes an, der hilflos auf den kleinen Dicken starrte.

Roger hatte sich die Haare schwarz gefärbt, trug einen weißen

Anzug und darunter ein schwarzes Hemd, dessen Knöpfe jeden Moment abspringen wollten. Raphael hätte gern zurückgefragt: »Und was soll das für 'ne Verkleidung sein?«, als Roger es schon beantwortete.

Er drehte sich mit einem lächerlichen Hüftschwung und sang dabei gegen die Party-Musik des DJs an: *»Staying alive, staying alive, ha-ha-ha-ha … staying aliiiiiive!«*

»Ah«, Johannes spielte mit, »John Travolta im Film ›Saturday Night Fever‹, richtig?«

Roger strahlte und wiegte sich weiter in den Hüften. »Ja klar.«

Raphael verdrehte die Augen. Niemals, selbst in allen Parallelwelten des gesamten Universums, war jemand weiter davon entfernt, auszusehen wie John Travolta, als der kleine dicke Mann vor ihm.

»Ja, schön hier, nicht?«, sagte Johannes, weil Roger ihm weiter auf der Pelle saß und den Rest der Truppe musterte.

»Ah, Balu.« Roger stupste Raphael an und sang wieder los: »Probier's mal mit Gemütlichkeit, mit Ruhe und Gemütlichkeit …«

Genervt legte Raphael seine freie Pranke auf die Schulter von Johannes und zog ihn mit sich. Allerdings nur ein paar Meter weit, denn in Raphaels Blickfeld tauchte Köchin Maren Hacker alias Mrs. Patmore auf. Sollte er sich zu ihr durchzwängen, um sie zu Wencke Dammann zu befragen?

Sicherlich wusste Hacki, ob und als was ihre Kollegin hier war. Allerdings musste er dann seine Identität offenlegen, denn Hacki würde natürlich stutzen, wenn sie Johannes sah. Oder Jo stellte ihr die Frage selbst. Aber nach einem Moment des Überlegens verzichtete Raphael darauf. Er konnte sich nicht sicher sein, dass die Köchin darüber schweigen würde.

Er wollte gerade weitergehen, als sein Blick auf eine mürrisch blickende Frau im Charleston-Look fiel, die an einer Säule lehnte. Zufrieden atmete er durch. Er hatte Wencke Dammann gefunden.

Sie sah blass aus unter der schwarzen Bob-Perücke, und ihre

Schultern stachen knochig unter dem ärmellosen silberfarbenen Fransenkleid hervor, während ihre Hände nervös mit einer Zigarettenspitze spielten. Bei einem Statisten-Casting zu »Babylon Berlin« hätte sie dennoch Chancen gehabt, denn vom Typ her passte sie in die zwanziger Jahre.

Raphael ließ Frau Mommsen los und beugte sich zu Johannes. »Jo, sieh nicht gleich hin, aber die Charleston-Tante an der Säule, das ist Wencke Dammann«, sprach er nah an dessen Ohr. »Die behältst du im Auge, nachdem du ihr gesagt hast, dass du morgen in Frau Ottingers Haus eindringen willst.«

Johannes nickte, wartete zwanzig Sekunden, dann blickte er zu ihr. »Okay«, flüsterte er Raphael zu. »Wann soll ich es ihr denn sagen? Und den anderen?«

Raphael überlegte, dann entschied er: »Wir warten noch ein, zwei Stündchen, bis es richtig dunkel ist. Dann verschwinde ich hier und gehe im Deelswai auf dem Grundstück der Ottinger in Stellung.«

Er legte seinem Bruder die Gorillapranke um die Schulter und deutete zu den Büfetttischen zurück, die gerade von zwei Küchenhilfen mit üppig dekorierten Schnittchen-Tabletts bestückt wurden. »Vorher können wir uns noch den Bauch vollschlagen.«

Es wurde fast neunzehn Uhr, bis Raphael nass geschwitzt, aber gut gesättigt entschied: »Jetzt starten wir in die heiße Phase, Leute.«

Er bläute Frau Mommsen noch einmal ein, was sie zu tun hatte, und ließ sie zwei Meter von Gundis entfernt zurück – die Therapeutin stand mit dem Ehepaar Jürgensen und Therapeut Dr. Paulsen samt Begleitung an einem der Stehtische, vertieft in ein intensives, offenbar ernsthaftes Gespräch, denn keiner der fünf zeigte auch nur einen Funken Feierlaune.

Hoffentlich verbockte Triple M es nicht. Er hatte ihr mehrfach gesagt, dass sie Gundis auf keinen Fall ansprechen sollte, egal was sie tat.

Imme musste er nicht weiter instruieren. Sie spielte ihre Rolle perfekt, hopste zu Peter Fox' »Schüttel deinen Speck« auf der Tanzfläche herum und hatte dabei die Jürgensens im Visier.

Raphael packte seinen Bruder am Arm. »Jetzt kommt dein Part, Jo. Geh zu ihnen und sag dein Sprüchlein auf. Und bitte mit der mir eigenen Selbstsicherheit und Arroganz. Und das Gleiche machst du dann bei der Dammann.« Raphael sah sich um und entdeckte die Empfangsdame im Gespräch mit Maren Hacker. Er deutete zu den beiden. »Wenn du sie nicht allein erwischst – Hacki, also Mrs. Patmore, kann das jetzt ruhig mithören. Wenn sie es rumtratscht, kriegt es vielleicht sogar jemand mit, den ich bisher gar nicht auf der Rechnung hatte.«

Johannes nickte. Er wirkte nervös.

»Jetzt mach dir nicht ins Hemd, Jo. Mehr musst du ja nicht tun. Außer dich ihnen anschließend immer wieder zu zeigen, damit sie wissen: Du bist hier. Solange sie Raphael Freersen hier wähnen, kann der Täter oder die Täterin vermeintlich unbehelligt zum Ottinger-Anwesen eilen, um den Wagen aus der Garage zu fahren.« Er machte eine Pause und sagte dann siegessicher: »Wo ich sie erwarten werde.«

Johannes straffte sich. »Also gut. Spielen wir Hase und Igel.«

Raphael sah aus der Ferne zu, wie Johannes an den Tisch mit den fünf Leuten trat und auf sie einsprach. Dierk Jürgensens Gesicht verzerrte sich hässlich, noch während Johannes redete. Dann packte er seine Frau am Arm, die sich an die Brust fasste und in die Knie zu sacken drohte. Gundis stand steif wie ein Brett da, bevor sie Momente später Johannes etwas zuzischte, während die Paulsens stumm danebenstanden.

Perfekt. Der erste Köder war ausgelegt. Zufrieden sah Raphael zu, wie Johannes sich mit einem Ruck von Jürgensen losmachte, der ihn mit der freien Hand zurückhalten wollte, als er sich zum Gehen wandte. Johannes bahnte sich seinen Weg durch die Feiernden. Wencke Dammann stand noch bei Hacki, als Johannes auf sie zutrat und auf sie einredete.

Ungläubig starrte die Dammann Johannes an. Auch Hacki

klappte die Kinnlade runter. Als Johannes sich von den beiden Frauen entfernte, hatte Wencke Dammann kaum ein Wort gesagt. Sie und Hacki sahen Johannes hinterher, dann begann die Köchin, aufgeregt zu plappern. Wencke Dammann erwiderte nichts. Raphael glaubte zu erkennen, dass sie heftig atmete.

Sie wandte den Kopf und sah zum Stehtisch der Jürgensens. Raphael folgte ihrem Blick. Nur noch die Paulsens standen am Tisch. Gundis und Dierk Jürgensen redeten ein Stück abseits auf die sichtlich aufgelöste Hella Jürgensen ein.

Raphael nickte Imme zu, als sie herübersah. Sie musste die Jürgensens jetzt gut im Auge behalten. Er sah wieder zu Hella, konnte ihren Gesichtsausdruck aber nicht erkennen, da Gundis vor ihr stand. Raphael wusste, dass er nichts darauf geben durfte, dass Hella Jürgensen so stark auf Jos Aussage reagierte. Zu hören, dass jemand Lahanns Wagen samt dessen Leichnam im Haus ihrer Mutter wähnte ... Da hätten zweifellos auch andere Frauen Schnappatmung bekommen, insbesondere nach dem Stress der letzten Woche.

Imme tanzte fleißig weiter, während sie den Blickkontakt zu dem Trio hielt, und hob den Daumen, um ihm zu signalisieren, dass sie in Habachtstellung war.

Er nickte und hielt noch einmal Blickkontakt zu Johannes, der mit unwürdigen Verrenkungen von der Tanzfläche aus Wencke Dammann im Visier hatte. Jo hatte noch nie tanzen können. Dass man seinen motorisch so dürftig ausgestatteten Bruder jetzt für ihn hielt, war demütigend, aber nicht zu ändern.

Seufzend machte Raphael sich auf den Weg nach draußen. Hoffentlich brachte Jürgensen seine Frau nicht nach Hause. In ihrem aufgelösten Zustand war das durchaus möglich. Dann hätte Imme schlechte Karten.

An der frischen Luft atmete Raphael erst einmal kräftig ein und aus, bevor er den Weg zum Parkplatz einschlug. Seinen Rucksack verstaute er im Auto, nachdem er den vorbereiteten Leinenbeutel herausgeholt hatte. Zu Fuß ging er am Meer entlang Richtung Deelswai, vorbei an Minigolfplatz und Kliff-Café.

Weil ihm niemand entgegenkam, wagte er es, den Gorillakopf kurz abzunehmen.

Es war herrlich, die kühle Brise, die den Geruch von Meer und Salz in sich trug, auf der verschwitzten heißen Haut zu spüren. Als er Stimmen hörte, stülpte er den Kopf schnell wieder über. Ein Pärchen in Indianerkostümen, das wohl auch frische Luft gebraucht hatte, kam ihm händchenhaltend entgegen und grüßte fröhlich. Allerdings nicht mit standesgemäßem »Hugh!«, sondern mit einem alkoholgeschwängerten »Moooiiin«, das Raphael erwiderte.

Wenige Minuten später stand er vor dem Grundstück der verstorbenen Frau Ottinger. Das Haus lag dunkel da. Bei den Nachbarn zur Rechten brannte eine Außenlampe, aber deren Schein reichte glücklicherweise nicht herüber. Nachdem er sich ein letztes Mal nach allen Seiten umgeblickt hatte, betrat er das Grundstück durch die schmiedeeiserne Pforte.

Ihr Quietschen ließ ihn kurz den Atem anhalten, aber dann schalt er sich selbst. *So* laut war es nun auch wieder nicht gewesen. Er entschied sich dagegen, sie offen stehen zu lassen und ein erneutes Quietschen zu vermeiden. Es konnte auffallen, wenn er sie nicht wieder schloss. Hastig drückte er die Pforte zu.

Hoffentlich gab es keinen Bewegungsmelder. Andererseits … Er musste ja gar nicht so nah ans Haus heran. Er beschloss, hinter einer von drei großen Koniferen Stellung zu beziehen, deren Schatten sich dunkel gegen das Nachbargrundstück abhoben. Von dort aus hatte er den Bürgersteig im Blick. Wenn sich jemand näherte, würde er es vielleicht nicht unbedingt schnell sehen können, aber rechtzeitig hören. Es sei denn, der- oder diejenige pirschte sich lautlos heran, was er nicht hoffte.

Raphael wartete und war nun dankbar für die Wahl des Kostüms. Das dicke Fell war ein perfekter Kälteschutz. Störend war nur der Fischgeruch. Da er in der Klinik beim Essen den Kopf nicht abgenommen, sondern die Häppchen unter der Maske zum Mund geführt hatte, war einiges an der Innenseite des Gorillakopfs hängen geblieben. Insbesondere vom Matjessalat. Beim Kostümverleih würde er definitiv draufzahlen müssen.

Immer wieder blickte er auf das Handy, vorsichtig, weil er mit dem Lichtschein des Displays nicht auf sich aufmerksam machen wollte. Schließlich konnte jederzeit ein Nachbar beim Gassigehen oder sogar die Täterin auftauchen. Oder war der Täter doch männlich? Wäre eine Frau überhaupt in der Lage gewesen, einen leblosen schweren Körper aus dem Klinikkeller fortzuschaffen? Wohl nur mit Hilfe.

Zwanzig Minuten später vibrierte sein Handy. Es war die erhoffte Meldung, dass jemand das Fest verlassen hatte, allerdings nicht so, wie er es sich gewünscht hätte. Immes Nachricht lautete: »Die Jürgensens haben die Klinik verlassen, mit Katze Gundis im Schlepptau. Bin ihnen vorsichtig gefolgt. Alle drei sind im Haus der Jürgensens verschwunden. Liege jetzt hier im Klinikgarten auf der Lauer und gucke, ob einer von ihnen oder alle zum Fest zurückkehren.«

Shit! Er hatte nicht eingeplant, dass Hella Jürgensen so heftig reagieren würde, obgleich er es vorhin auf dem Fest schon befürchtet hatte. Sie war labil. Andererseits hatte Imme nun alle drei im Auge. Sie würde sehen, wenn einer von ihnen das Haus wieder verließ.

Eine ereignislose Stunde später kam erneut eine Nachricht von Imme: »Bin schnell in Deckung gegangen, denn Gundis ist gerade an mir vorbeigetapert. Anscheinend geht sie zurück zum Fest. Jedenfalls ist sie Richtung Vordereingang verschwunden. Kann aber nicht sagen, ob sie tatsächlich reingegangen ist, denn ich wollte meinen Posten hier nicht verlassen. Soll ja auf die Jürgensen achten.«

»Alles gut«, schrieb Raphael umgehend zurück. »Bleib, wo du bist. Ich frage Jo, ob Gundis drinnen wieder aufgetaucht ist.«

Dessen Antwort ließ allerdings auf sich warten. Als sie endlich kam, war auch klar, warum es so lange gedauert hatte. »Frau Mommsen hat schlappgemacht – sie konnte nicht so lange stehen. Habe sie auf einen Stuhl verfrachtet und mit einem Tee versorgt. Gundis kann ich gerade nicht entdecken. Der Saal ist allerdings auch überfüllt mit Leuten. Leider habe ich durch den Mommsen-Notfall Wencke Dammann aus den Augen verloren. Ich melde mich, sobald ich sie oder Gundis wiederentdeckt habe. Pass auf dich auf, Raph!«

Shit! Shit! Shit! Genervt steckte Raphael das Handy zurück in den Leinenbeutel. Das, was in der Theorie so einfach erschienen war, entpuppte sich in der Praxis als unbrauchbar. Irgendwie war jetzt jeder aus den Augen seines Beobachters verschwunden. Wobei Raphael durchaus Verständnis für Frau Mommsen hatte. Selbst bei ihm machte sich das Auf-einem-Fleck-Stehen in den Beinen bemerkbar. Dass Triple M überhaupt so lange durchgehalten hatte, war zu würdigen.

Noch angespannter wartete Raphael darauf, dass jemand auftauchte, aber Minute um Minute verrann, ohne dass etwas geschah. Nach einer weiteren Stunde hielt er es nicht mehr aus. Er hatte sich das Rauchen bis jetzt verkniffen, um durch das Glimmen nicht auf sich aufmerksam zu machen, aber jetzt reichte es.

Sollte er den Kopf abnehmen? Er entschied sich dagegen, was sich als saudumm entpuppte, denn als er sich eine Zigarette durch die Plastiklippen des Gorillas in den Mund schob und anzündete, stellte sich innerhalb von Sekunden heraus, dass das Fell synthetisch und *sehr* nah am Mund war. Als Raphael es knistern hörte, drang auch schon der Geruch von Qualm in seine Nase. Mit einem Schreckenslaut riss er sich den brennenden Gorillakopf herunter, warf ihn auf den Rasen und trat das Feuer hektisch aus. Es knackte, als die Plastiknase brach, aber der Kopf brannte nicht mehr.

Er wartete noch einen Moment und lauschte in die Nacht. Alles war ruhig geblieben, kein neugieriger Nachbar linste aus der Haustür. Anscheinend hatte er doch nicht so laut ausgerufen, wie er gedacht hatte. Er steckte sich eine neue Zigarette an und inhalierte sie in Blitzgeschwindigkeit, dann stülpte er sich den angesengten Kopf wieder über. Einen Vorteil hatte der Gestank von verschmortem Gummi: Der Fischgeruch war weg.

Da Jo sich noch nicht gemeldet hatte, stand fest, dass er bisher weder Gundis noch Wencke Dammann im Gewühl entdeckt hatte. Was bedeuten konnte, dass sie nicht mehr auf dem Fest waren.

Vor Anspannung konzentrierte Raphael sich auf die Geräusche der Nacht. Die aus Richtung Meer kommende Brise brachte aus der Ferne das leise Rauschen der Brandung mit sich, was eine beruhigende Wirkung auf ihn ausübte, wie er nach einer Weile feststellte. Irgendwo schuhute eine Eule oder ein Kauz, und in den Bäumen raschelte das Herbstlaub, das noch nicht zu Boden gesegelt war. Erst das Vibrieren seines Handys holte ihn zurück.

Es war eine WhatsApp-Nachricht von Johannes, die seine Vermutung bestätigte. »Raph, ich kann weder die Therapeutin noch Wencke Dammann entdecken. Ich werde das Fest jetzt verlassen, um Frau Mommsen nach Hause zu bringen. Imme will noch bleiben und liegt weiter im Klinik-Park auf der Lauer. Sollte sich noch etwas ergeben, meldet sie sich. Am liebsten wäre es mir, du würdest da einfach verschwinden, aber da du ja doch nicht auf mich hörst: Pass auf dich auf, Bruderherz.«

Raphael zuckte zusammen, als auf dem Grundstück gegenüber lautes Klagen erklang. Nach dem ersten Schrecken kam allerdings schnell die Erkenntnis, dass es kein menschliches Jammern war. Irgendwo neben dem Bungalow fetzten sich zwei Katzen, anscheinend heftig. Sein leicht erhöhter Puls fuhr wieder runter, als ein neues Geräusch auftauchte. Ein Wagen näherte sich von links. Allerdings erstarb das Motorengeräusch kurz darauf. Sicherlich war einer der Nachbarn gerade nach Hause gekommen.

Raphael hörte, wie eine Wagentür ins Schloss gedrückt wurde, jedoch eigenartig leise, was ihn aufmerken ließ. Er lauschte, den Blick zum Bürgersteig gerichtet. Und Sekunden später, kein Trittgeräusch hatte es verraten, ging dort jemand vorbei. Er hielt den Atem an. Würde dieser Jemand das Grundstück betreten?

Er linste um die Konifere herum zum Hausaufgang und lauerte auf das Quietschen der Pforte. Und tatsächlich … Das hässliche Geräusch erschien ihm jetzt fast lauter als vorhin. Der Person schien es wie ihm zu gehen: Sie überlegte, ob sie die Pforte wieder schließen sollte. Und genau wie er tat sie es.

Gespannt, in leicht gebückter Haltung, lugte Raphael hinter dem Gehölz hervor. Die Person, die vorbeieilte, war im Dunkeln kaum auszumachen, aber Raphael war sich sicher, dass es eine Frau war. Oder ein kleiner Mann? Jürgensen war es definitiv nicht. Raphael machte vorsichtig einen Schritt zur Seite, um an der anderen Seite der Konifere zur Haustür blicken zu können. Und dann sprang auch schon ein Bewegungsmelder an.

Deutlich war im Licht der Außenlampe zu erkennen, dass es eine Person in dunkler Jeans, Sneakers und blauer Windjacke war. So leichtfüßig, wie sie die paar Stufen zum Eingang hinaufhuschte, war es definitiv eine Frau. Leider hatte sie die Kapuze über den Kopf gezogen. Sie schloss die Tür hastig auf und verschwand im Hausinneren.

Drinnen wurde kein Licht angeknipst. Er wartete noch einen Moment, ob ein Flackern von Taschenlampenlicht verraten würde, wo die Frau sich befand, aber alles blieb dunkel.

Raphaels Herz klopfte heftig. Die Falle war zugeschnappt. Doch wer hatte gerade das Haus betreten?

SIEBZEHN

Als der Bewegungsmelder erlosch, verließ Raphael sein Versteck. Hinter den Koniferen quetschte er sich zwischen weiteren Büschen und dem Grenzzaun zum Nachbarn bis zum hinteren Teil des Grundstücks der verstorbenen Frau Ottinger durch. Mit dem felligen Gorillakopf blieb er auf dem Weg in dornigem Gebüsch hängen und musste sich losreißen. Er nahm den Kopf ab.

Die Terrasse hinterm Haus war leer bis auf einen in einen Plastikschutz gehüllten Strandkorb. Auch die hinteren Fenster und die Terrassentür verrieten keinen Lichtschein. Hatte die Frau im Haus direkt die Kellertreppe zur Garage angesteuert?

Raphael zögerte nicht länger. Er fummelte den großen Schraubendreher aus dem Beutel und eilte mit langen Schritten auf die Terrassentür zu. Als der Bewegungsmelder das hintere Außenlicht erstrahlen ließ, wurde ihm unbehaglich zumute, aber es half nichts. Er setzte den Schraubendreher an der Terrassentür an, wie Grumpy es ihm erklärt hatte. Bei seinem letzten Fall war er so ins Restaurant »Bullauge« eingedrungen.

Ein Kraftakt, aber der Weg ins Innere des Hauses war nur ein lautes »Knack!« entfernt. Hastig trat er ein und zog die Tür hinter sich zu. Einen Moment lang orientierte er sich in dem dunklen Raum, der komplett leer geräumt und von der Größe her sicherlich einmal Wohn- und Esszimmer gewesen war. Sogar die Deckenlampen waren abmontiert, stellte er fest, nachdem er Schraubendreher gegen Taschenlampe getauscht und sich kurz im Lichtschein umgesehen hatte.

Er schaltete die Lampe wieder aus, wartete, bis seine Augen sich erneut an die Dunkelheit gewöhnt hatten, und ging zu der offen stehenden Tür, die auf den Flur hinausführte. Dort verharrte er und lauschte. Aber kein Laut war zu hören, weder hier unten noch aus dem oberen Stockwerk, zu dem die Treppe führte, deren Geländer sich als dunkler Schatten abzeichnete.

Er wagte es und knipste die Taschenlampe wieder an. Vier Türen gingen vom Flur ab, drei davon standen offen. Er ging ein paar Schritte und blickte in ein hell gefliestes Bad mit Wanne. Ein weiterer winziger Raum, der vielleicht als Vorratsraum gedient hatte, war leer bis auf einige Putzutensilien. In der Küche stand noch die dunkle Einbauküche.

Leise ging er weiter zu der einzigen geschlossenen Tür und zog sie vorsichtig auf. Wie vermutet, lag dahinter die Treppe zum Keller. Er machte die Taschenlampe aus. Leise einen Fuß vor den anderen setzend, nahm er Stufe für Stufe. Er war noch nicht ganz unten, als er Geräusche wahrnahm.

Sie war hier.

Unten angekommen, verharrte er erneut. Drei Türen gingen vom Kellerflur ab. Eine stand offen, eine war geschlossen. Die dritte, angelehnte Tür war aus Metall und musste der Lage nach in die Tiefgarage führen. Dahinter war flackender Lichtschein zu erkennen.

Eine Taschenlampe.

Mit klopfendem Herzen schob Raphael die Tür mit dem Finger ein Stückchen auf. Glücklicherweise endlich mal eine, die kein Öl brauchte. Er hörte tiefes Atmen, während der Taschenlampenschein auf eine Stelle gerichtet war, die er nicht einsehen konnte.

Er wagte es und schob die Tür so weit auf, dass er sich hindurchquetschen konnte. Mit angehaltenem Atem starrte er auf den schwarzen Hyundai Tucson, dann auf die Person, die ihm den Rücken zukehrte und auf einem Regal an der Garagenwand etwas zu suchen schien, denn sie stand auf Zehenspitzen und fingerte mit gerecktem Arm auf dem oberen Brett herum.

Raphael nutzte die Gunst des Moments. Er huschte hinter den Wagen und kauerte sich neben die Beifahrertür – so viel Platz war gerade zwischen Garagenwand und Auto. Auf dem Regal wurde etwas hin- und hergeschoben. Dann war nur das schwere Atmen zu hören. Obwohl … Das stimmte nicht. Es gab noch ein Geräusch. Ein Surren.

Raphael blickte nach vorn. Ein Stückchen neben der Tür, durch die er gerade eingetreten war, stand eine Gefriertruhe. Im selben Moment erklang ein geflüstertes, triumphierendes »Ja!«.

Eine weibliche Stimme.

Dann schwenkte der Lichtstrahl herum, und leichte Schritte erklangen. Raphael blieb in Deckung, denn der Lichtstrahl der Taschenlampe war jetzt auf das Auto gerichtet. Dann machte es »Klick«. Der Wagen war entsperrt.

Raphael wollte es jetzt wissen. Mit einem munteren »Hallöle!« kam er aus der Deckung, als die Wagentür geöffnet wurde.

Ihr Aufschrei verriet noch nicht, wer sie war, und da ihn der Taschenlampenstrahl nun voll traf und blendete, konnte er auch nicht sofort erkennen, wen er vor sich hatte. Doch dann hörte er ihre Stimme: »Herr Freersen! Was …?«

Wencke Dammann.

»Also doch«, stieß Raphael aus, während sie beide um die Motorhaube herum aufeinander zutraten. Er knipste seine Taschenlampe an. »Sie.«

Ihr Gesicht wirkte im Licht blass und verzerrt. Ihre Augenlider flackerten nervös, während sie wieder einen Schritt zurücktrat, ihre Taschenlampe in die linke Hand wechselte und mit der rechten in die Jackentasche griff.

»Eigentlich hätte ich erwartet …«, setzte Raphael an, brach aber ab, als sie etwas aus der Tasche zog. Es war ein Messer. Ein Steakmesser, wie es aussah.

»Wie kann das denn sein?«, stammelte sie, das Messer auf ihn richtend. »Sie waren doch in der Klinik. Wieso tragen Sie dieses … Kostüm?«

»Frau Dammann«, murmelte er, durchaus ein wenig nervös. Wieso war er wieder so unvorbereitet? Da lauerte er jemandem auf, von dem er glaubte, dass derjenige einen Mord begangen hatte, und das Einzige, was er in der Hand hielt, war eine Taschenlampe?

»Was wissen Sie?«, rief Wencke Dammann aus. Sie hielt das

Messer mit leicht angewinkeltem Arm vor sich. Durchaus in Angriffsstellung, doch sie verharrte auf dem Fleck.

»Nehmen Sie das Messer runter, Frau Dammann«, sagte Raphael und klang ruhig dabei. Sie war eine Frau. Er würde ihr doch wohl das Messer aus der Hand schlagen oder treten können?

Vielleicht war das der Grund, warum er so unbedarft hier reinspaziert war. Weil er keiner der von ihm verdächtigten Frauen zugetraut hätte, für ihn zu einer Bedrohung zu werden.

»Einen Dreck tue ich.« Wencke Dammanns Stimme flatterte, klang unangenehm und vor allem *beunruhigend* schrill. »Ich will jetzt wissen …« Sie brach ab. Und Raphael hielt den Atem an. Da sie mit dem Rücken zur Tür stand, hatte er Zehntelsekunden vor ihr bemerkt, dass die Eisentür aufgestoßen wurde. Mit einem Schreckensschrei fuhr Wencke Dammann herum, das Messer vor sich ausgestreckt.

Raphael blieb das Wort im Hals stecken, als ein Schuss die Garage erschütterte.

Der laute Knall hallte noch in den Ohren nach, als Wencke Dammann vor ihm in die Knie ging, röchelte und zur Seite kippte. Mit einem hässlichen Knacken schlug ihr Kopf auf dem Betonboden auf.

Gleichzeitig ließ die Frau in der Tür das Gewehr fallen.

Für eine Sekunde sahen Raphael und Hella Jürgensen sich in die Augen, beide starr vor Schrecken. Dann ließ Hella einen markerschütternden Schrei los, während Raphael schon neben Wencke Dammann niederkniete. Auf ihrer dunklen Steppjacke begann sich in Bauchhöhe ein noch dunklerer Fleck abzuzeichnen. Ein viel zu schnell größer werdender Fleck.

»Geben Sie mir etwas, das ich auf die Wunde drücken kann«, schrie er Hella Jürgensen an, »irgendwas!« Mit fahrigen Fingern zog er den Reißverschluss von Wencke Dammanns Jacke auf. Der senffarbene Pulli darunter sog ihr Blut auf wie eine Schwammhaut.

»Ziehen Sie Ihre Jacke aus, verdammt, und geben Sie sie mir!«, schrie er, als Hella Jürgensen immer noch nicht reagierte, sondern wie eingefroren dastand, die Augen riesig vor Schreck. »Das wollte ich nicht!«, stieß sie immer wieder aus. »Oh Gott, das wollte ich nicht!«

»Ihre Jacke!«, schrie Raphael erneut, und endlich reagierte Hella. Sie zog die dunkle Windjacke aus, trat zwei Schritte vor und reichte sie Raphael am langen Arm. Er riss sie ihr aus der Hand und drückte die hastig zusammengelegte Jacke auf Wencke Dammanns Bauchwunde. »Kommen Sie her!«, forderte er Hella Jürgensen auf. »Drücken Sie! Fest!«

Endlich kam Leben in die Frau. Sie kniete sich neben die Schwerverletzte und übernahm den improvisierten Druckverband. Raphael zog sein Handy aus dem Beutel und wählte mit blutbesudelten Fingern die 112. Während es klingelte, richtete er den Strahl der Taschenlampe auf die Wand neben der Tür und fand, was er gesucht hatte. Er drückte den Lichtschalter, und surrend sprang eine Neonröhre an der Garagendecke an.

»Halten Sie den Mund!«, fuhr er Hella Jürgensen an, weil die immer noch schluchzte.

»Das wollte ich doch nicht! ... Das wollte ich nicht. Ich sah das Messer und dachte, sie will mich ...« Sie brach weinend ab.

In ihr Schluchzen und das Stöhnen von Wencke Dammann hinein setzte er den Notruf ab. »Beilen Sie sich!«, beendete er das Gespräch, warf das Handy in den Beutel und übernahm wieder das Pressen, während Hella auf Knien wegkroch und sich weinend an die Garagenwand kauerte.

»Alles wird gut, Frau Dammann, alles wird gut«, sprach er so ruhig wie möglich auf die grausig stöhnende Frau ein, deren Gesichtsfarbe immer weniger wurde. »Schön wach bleiben, hören Sie?« Je blasser ihre Lippen, desto lauter wurde seine Stimme. »Bleiben Sie wach! Der Notarzt ist gleich da.«

Als sie die Lippen bewegte, beugte er sich so weit zu ihr herunter, wie das Pressen es zuließ. »Was haben Sie gesagt?«

Wencke Dammann wiederholte die Worte, aber sie war kaum zu verstehen, obwohl Hella Jürgensen ihr Gejammer eingestellt hatte.

»Warten? ... Burg?«, wiederholte Raphael, was er zu verstehen glaubte. Verzweifelt sah er Wencke Dammann in die Augen. »Auf eine Burg warten? Auf der Burg warten? Welche Burg, Frau Dammann?«

Sie schloss die Augen. Und während in der Ferne die erlösende Sirene des Rettungswagens erklang, erstarb ihr gequältes Stöhnen. »Frau Dammann?«, schrie Raphael. »Frau Dammann!«

Es kam keine Antwort. Die unheimliche Stille währte aber nur Sekunden, denn Hella Jürgensen begann zu schreien. »Sie ist tot! Oh Gott, ich habe sie getötet!«

***

Wencke Dammanns Blut glänzte im kalten Licht der Neonröhre feucht und dunkel auf dem Beton des Garagenbodens. Viel Blut. Aber sie lebte. Fast eine halbe Stunde hatten der Notarzt und die Sanitäter sie stabilisiert, bevor sie überhaupt transportfähig gewesen war. Durch das geöffnete Garagentor hatten sie sie zum Rettungswagen transportiert.

Ob sie es überleben würde? Raphael wagte kaum, darauf zu hoffen. Niemals vorher hatte er ein so blutleeres Gesicht gesehen. Er lauschte noch einen Moment dem leiser werdenden Sirenengeheul des Rettungswagens, bevor er sich umwandte.

Polizeiobermeister Müller, der gemeinsam mit einem Kollegen kurz nach dem Notarzt eingetroffen war, versuchte, etwas aus Hella Jürgensen herauszubekommen, die mit einer Decke um die Schultern nach wie vor an die Garagenwand gelehnt auf dem Boden saß. Einer der Sanis hatte ihr ein Beruhigungsmittel gespritzt. Entgegen Raphaels Erwartung hatte sie sich erfolgreich dagegen gewehrt, ebenfalls ins Krankenhaus gebracht zu werden.

»Rufen Sie meinen Mann an«, bat sie immer wieder weinend, weil Müller ihr das eigene Handy weggenommen hatte.

»Wir warten jetzt auf die Kollegen der Kripo«, entschied der Polizeiobermeister. Er hatte seine übliche Großkotzigkeit abgelegt und wirkte leicht überfordert. Raphael hatte fast Mitleid mit ihm. Müllers Hauptarbeit bestand darin, Verkehrsdelikte und vielleicht mal einen Ladendiebstahl aufzuklären, nicht, eine Frau zu befragen, die einer anderen mit einer Flinte in den Bauch geballert hatte.

Allerdings musste Raphael im gleichen Atemzug feststellen, dass der Polizeiobermeister dennoch Zusammenhänge erfassen konnte und wollte, denn er fragte: »Wieso tragen Sie jetzt eigentlich das Affenkostüm Ihres Cousins, Freersen? Bei unserer Kontrolle waren Sie doch noch Han Solo.«

Scheiße. Musste er die Zwillingssache jetzt auffliegen lassen? Nein, entschied er sich dagegen. »Wir haben in der Klinik getauscht, weil dieses Kostüm wärmer ist. Ich wusste ja, dass ich hier im Garten vielleicht 'ne Weile stehen würde.«

»Hm«, grunzte Müller und zog sein Handy aus der Uniformtasche. Er sah seinen jungen Kollegen an. »Ich ruf noch mal in Husum an. Pass auf die beiden auf.«

»Aber sollten wir sie nicht hier rausbringen?«, rief der Kollege ihm hinterher, als Müller die Garage durch das offene Tor verließ.

»Die bleiben schön hier, bis die Husumer da sind. Ich will den Affen im Blick haben.«

Raphael war das nur recht. So verpasste er nichts.

Hella Jürgensen war fix und fertig. Ihr blondes Haar hing ihr wirr in die schweißfeuchte Stirn, während sie am ganzen Körper zitternd immer wieder ihre Handlungsweise verteidigte. »Ich dachte doch, sie will mich erstechen! Das Messer … Ich … Ich habe einfach abgedrückt. Ich habe doch gar nicht überlegt!«

Das wollte Raphael ihr sogar glauben, doch das beantwortete eine Frage nicht. »Was haben Sie hier gemacht?«, fragte er sie. »Warum hatten Sie die Waffe überhaupt dabei?«

»Ich wollte nur gucken, ob das, was Sie gesagt haben, stimmt«, schluchzte sie. »Ob der Wagen von Herrn Lahann wirklich hier bei meiner Mutter in der Garage steht. Es hat mir keine Ruhe gelassen. Aber ich hatte auch Angst, und darum … habe ich

Dierks Jagdgewehr mitgenommen.« Sie ließ den Kopf auf die Knie sinken und schlug die Arme darüber.

»Lassen Sie das«, sagte der junge Polizeimeister. »Sie beide haben hier keine Fragen zu stellen.« Sein Blick glitt dabei von der Frau am Boden wieder einmal über Raphaels Affenkostüm, auf dem einzelne Strähnen, vom Blut Wencke Dammanns getränkt, zu harten Kletten erstarrt waren.

»Einer muss es ja tun, wenn schon nicht Sie«, sagte Raphael. »Interessiert es Sie denn gar nicht, was hier los ist? Das hier«, Raphael schlug mit der flachen Hand auf das Dach des Hyundai, »ist der Wagen von Frederik Lahann! Des Mannes, der seit zwei Wochen verschwunden ist und zuletzt hier auf der Insel gesehen wurde. Wollen Sie denn nicht wissen, ob seine Leiche im Kofferraum liegt? Sie haben doch bestimmt Handschuhe, die Sie überziehen können, damit Sie keine Spuren verwischen.«

Der Polizeibeamte scheuerte mit den offenbar verschwitzten Händen über die Uniformhose. »Gerade weil es der Wagen von Herrn Lahann ist, werden wir ihn nicht anrühren, bis die Kollegen von der Kripo da sind. Außerdem würden wir es riechen, wenn er da drin liegen würde.«

»Allerdings«, ertönte die Stimme von Müller, der die Garage durch das Tor betrat. Er sah Raphael herausfordernd an. »Wir sind ja für den großen Meisterdetektiv nur die dämlichen Dorfsheriffs, aber das kleine Einmaleins der Spurensicherung beherrschen sogar wir. Und daher fassen wir hier nichts an.« Er stellte sich vor Raphael und machte sich dabei gerade.

Raphael sah von seinen eins dreiundneunzig auf ihn herab. »Wenn Lahann luftdicht in Plastik verpackt wurde, würde man es nicht riechen. Und neugierig sind Sie doch bestimmt auch, oder?« Er deutete auf den Kofferraum.

»Klar«, gab Müller zu. »Aber wir berühren hier trotzdem nichts. Auch nicht *mit* Handschuhen.«

»Ich kann verstehen, dass Sie an Ihre Vorschriften gebunden sind, aber …«, Raphael ging um das Heck des Wagens herum und stellte sich direkt vor den Kofferraum, »ich bin das nicht.

Und darum werde ich jetzt unser aller Neugier stillen.« Bevor Müller es auch nur ansatzweise verhindern konnte, zog Raphael seine Hand in den Kostümarm zurück und öffnete mit den fellgeschützten Fingern die Kofferraumklappe.

Mit angehaltenem Atem sahen er und die beiden Polizisten zu, wie sich der Deckel langsam hob.

»*Fuck!*«, stieß Raphael aus, noch bevor die Klappe ganz oben war. Der Kofferraum war leer, abgesehen von drei Aktenordnern und einer kleinen Reisetasche.

»Sie halten jetzt Ihre Griffel still, Freersen!«, fuhr Müller ihn an, packte ihn am Arm und schob ihn vom Wagen weg. »Sie setzen sich da hinten neben Frau Jürgensen und rühren sich erst wieder, wenn ich es Ihnen erlaube. Verstanden?«

Raphael war über den leichenfreien Kofferraum so enttäuscht, dass er nicht widersprach und sich zu Hella Jürgensen auf den kalten Betonboden hockte.

»Die Kollegen werden gleich hier sein«, klärte Müller seinen Kollegen auf. »Der Hubschrauber ist schon auf dem Weg.«

Raphael lehnte den Kopf an die Garagenwand, schloss die Augen und versuchte, Konturen in das Wirrwarr seiner Gedanken zu bekommen. Was hatte Wencke Dammann mit Frederik Lahann zu schaffen? Hatte sein ominöser Satz beim Spieleabend ihr gegolten? Hatte sie jemanden getötet?

Hacki hatte gesagt, dass Wencke Dammann die Runde gern verlassen hätte, als Jürgensen gemeinsam mit Lahann aufgetaucht war. Das habe man ihr deutlich angesehen. »Das mit den Schnäpsen war ihr wohl peinlich vor dem Chef«, hatte Hacki vermutet. Aber Raphael bezweifelte nun stark, dass die Schnäpse der Grund waren.

Er wandte den Kopf zur Seite, als Hella Jürgensen sich neben ihm rührte. Sie hatte das Schluchzen eingestellt, zitterte aber nach wie vor am ganzen Körper. Mit einem Seufzer und geschlossenen Augen lehnte sie ebenfalls den Kopf an die Wand. Ihm fiel auf, dass an ihren Schuhen feuchter Sand haftete. Das erklärte, warum Imme ihm nicht geschrieben hatte, als Hella

Jürgensen das Haus verlassen hatte. Hella war nicht über das Klinikgelände, sondern über den Strand Richtung Deelswai gegangen. Wahrscheinlich, um mit dem Gewehr nicht gesehen zu werden.

Alle schwiegen. Und in den Sekunden der Stille fiel Raphael auf, was ihn vorhin irritiert hatte. Er löste den Kopf von der Wand und blickte an Hella Jürgensen vorbei auf die Kühltruhe. Die Truhe, die leise surrte.

Er schluckte. In diesem Haus war seit Wochen, wenn nicht Monaten, alles aus- und leer geräumt. Alles.

Warum also lief die Gefriertruhe noch?

Er stand auf und wurde dafür umgehend von Müller angeranzt. »Haben Sie was mit den Lauschern, Freersen? Ich habe gesagt, Sie sollen da sitzen bleiben.«

Raphael ignorierte die Ansage, ging um Hella Jürgensen herum und blieb vor der Truhe stehen. Er sah Hella an. »Wieso läuft die noch?«

Sie starrte ihn mit großen Augen an. Eine Antwort gab sie nicht, weil Müller Raphael zur Seite schubste. »Was ist los? Was ist mit der Truhe?«, rief er.

»Das frage ich mich ja gerade«, antwortete Raphael. »Dieses Haus steht seit Wochen leer. Sogar die Deckenleuchten wurden abmontiert. Warum also läuft diese Gefriertruhe?«

Die Augenbrauen des Beamten wurden zu einer Linie. Er starrte auf die Truhe. Raphael verdrehte die Augen. »Jetzt machen Sie das Ding schon auf, Müller!«

Es war dem Polizeiobermeister deutlich anzusehen, dass er mit sich kämpfte. Einerseits wollte er ihm, das war Raphael klar, den Triumph nicht gönnen, dass er recht haben könnte. Andererseits wollte er zweifelsohne auch nicht vor seinen Husumer Kollegen als Depp der Nation dastehen, weil er nicht auf die Leiche gestoßen war, obwohl er sich hier seit fast einer Stunde in der Garage aufhielt.

Sekunden später stand fest, dass ihm die Achtung seiner Kollegen wichtiger war. »Aus dem Weg«, befahl er. Er schubste

Raphael, der wieder näher gekommen war, erneut weg, nahm seine Mütze ab, legte sie über den Griff der Truhe und klappte den Deckel auf.

»Scheiße!« Müller setzte einen Schritt zurück.

»Oh, fuck!« Raphael starrte auf eine vereiste Hose und braune Lederschuhe. Genau wie jetzt Müller und dessen Kollege beugte er seinen Kopf weiter über die geöffnete Truhe, um den unteren Teil des tiefgefrorenen Leichnams sehen zu können.

»Meine Fresse«, sagte Raphael erschüttert, während er auf Frederik Lahanns steif gefrorene Hängewangen blickte. Starre blutige Haarsträhnen standen vom Kopf ab.

Zweifellos war Lahann nicht in die Truhe gelegt, sondern gestopft worden. Davon zeugten rote Schlieren unter dem zarten Eisbelag der Truheninnenseite, dort, wo der Kopf entlanggerutscht war. Der rechte Arm war unter den Oberschenkeln verschwunden, die auf dem Oberkörper auflagen, der linke Arm lag ausgestreckt an der Truhenwand.

»Mach wieder zu«, forderte der junge Beamte Müller aufgeregt auf. »Der taut sonst auf.«

Hella Jürgensen begann, laut zu wimmern.

Müller nickte, legte die Mütze wieder um den Griff und schloss den Deckel. Die drei Männer starrten sich an. Als von der Seite Würgegeräusche erklangen, wandte Raphael sich um. Hella Jürgensen erbrach halbverdaute Schnittchen zwischen ihre angewinkelten Beine.

»Die Kollegen!«, stieß Müller im selben Moment aus, denn ein weiterer Streifenwagen des Reviers hielt vor dem Haus. Er eilte hinaus und redete auf die Husumer ein, die beide Koffer in den Händen hielten. Spurensicherungsgedöns, mutmaßte Raphael.

Als der Mann und die Frau nach dem Bericht Müllers die Garage betraten, verharrte ihr Blick zuerst auf Raphael, was wohl dem Gorillakostüm geschuldet war, dann auf der schluchzenden Hella Jürgensen.

»Warum sitzen die hier? An einem Tat- und Leichenfundort?«, fragte die Beamtin den Polizeiobermeister mit mühsam beherrschter Stimme. »Warum haben Sie und Ihr Kollege die beiden nicht längst in anderen Räumen des Hauses separiert? Bringen Sie Frau Jürgensen und den … Affen nach draußen, Herr Müller. Jeder in einen der Streifenwagen, damit wir sie getrennt voneinander befragen können.«

Die Husumer Kriminalbeamtin hieß Frau Lampe, so hatte sie sich jedenfalls vorgestellt, als sie sich neben ihn auf den Rücksitz gesetzt hatte. Raphael hatte sich die Frage verkniffen, ob »Frau« ihr Vorname war, was zweifellos schlau gewesen war, denn wie sich im Laufe der Befragung herausstellte, war »Humorlos« definitiv ihr zweiter Vorname.

Ihren Job machte sie allerdings gut. Innerhalb kürzester Zeit hatte sie ihm entlockt, welche Zusammenhänge und Schlussfolgerungen ihn ins Haus der verstorbenen Frau Ottinger getrieben hatten. Wahrheitsgemäß hatte er geschildert, was sich ab dem Zeitpunkt ereignet hatte, als Wencke Dammann das Grundstück betreten hatte.

Gelogen hatte er nur bei der Schilderung der Vorgänge auf dem Kostümball. Statt Johannes zu nennen, hatte er ausgesagt, dass *er* die vermeintlich Verdächtigen auf dem Ball mit der Behauptung, er wisse, wo Auto und Leiche seien, in Wallung gebracht hatte. Frau Lampe musste nicht wissen, dass es Johannes gab, denn dann würde es wahrscheinlich auch Polizeiobertrottel Müller erfahren, und das wollte Raphael unbedingt verhindern. Johannes war als Zwilling für zukünftige Rollentauschaktionen zu kostbar.

Ein weiteres Detail hatte Raphael nur gestreift beziehungsweise komplett weggelassen, nämlich, wie er in das Haus von Frau Ottinger hineingekommen war. Einer Kriminalbeamtin gegenüber die Worte »Schraubendreher« und »Terrassentür aufgebrochen« zu verwenden war definitiv nicht von Vorteil.

»Auf die Idee, die Polizei bezüglich Ihrer Vermutung zu informieren, sind Sie nicht gekommen?«, fragte sie wenig freundlich. »Wir wären dem nachgegangen. Ohne irgendwelche nächtlichen Verkleide- und Auflauerspielchen. Und damit ohne eine lebensgefährlich verletzte Frau.«

»Ich wollte mich einfach absichern und nicht alle Pferde scheu machen«, verteidigte Raphael sich lahm, denn er fühlte sich durchaus schuldig. Wencke Dammann wäre in der Tat nicht von Hella Jürgensen niedergeschossen worden, wenn er zur Polizei gegangen wäre.

Lampe blickte auf ihre Notizen, die sie gemacht hatte, obwohl das Gespräch aufgezeichnet wurde. »Ich denke, Sie haben es für sich behalten, weil Sie unbedingt als Detektiv glänzen wollten«, sagte sie emotionslos.

Was für ein biestiges, schlaues Weib! *Herr* Lampe war zu bedauern.

»Noch einmal zu den beiden Wörtern, die Frau Dammann zu Ihnen sagte«, kam sie auf seine Aussage zurück. »Sie haben wirklich keine Ahnung, was sie Ihnen mitteilen wollte? Oder verheimlichen Sie wieder etwas, weil Sie gern die Lorbeeren einheimsen möchten?« Endlich sah sie auf. Ihr Blick war finster. »Bei Begünstigung oder Strafvereitelung machen Sie sich strafbar.«

»Ehrlich, ich schwör's.« Er legte die Hand auf sein Herz. »Ich weiß wirklich nicht, was sie damit sagen wollte. ›Warten‹ und ›Burg‹, das habe ich verstanden. Ob sie das wirklich meinte … Ich weiß es nicht. Sie war ja ganz schwach und hat nur noch geflüstert.«

»Okay, danke, das war's dann fürs Erste, Herr Freersen.« Sie stellte das Diktiergerät aus. »Für das Protokoll kommen Sie bitte morgen früh beziehungsweise …«, sie blickte auf ihre Armbanduhr, »heute früh auf die Wache am Hafen.«

Sie musterte ihn so intensiv, dass er sich unwohl zu fühlen begann. Zu Recht, wie ihre nächsten Worte zeigten. »Dann können Sie auch noch mal ganz genau schildern, wie Sie das Haus von Frau Ottinger betreten konnten. Ohne Schlüssel.«

Die Luft wurde dünn. Sprichwörtlich. Er musste tief durchatmen, um das immer stärker werdende Unwohlsein zurückzudrängen. Aber so schnell würde er seinen Gewerbeschein nicht aufgeben. »Nun, dann werde ich aussagen, wie es war«, sagte er mit fester Stimme. »Nämlich, dass die Terrassentür bereits aufgebrochen war.«

Ihre Mundwinkel verzogen sich spöttisch. »Herr Freersen, wir werden so viele Affenkostümhärchen finden.«

»Natürlich.« Er gab nicht nach. »Ich musste die Tür ja aufdrücken, um ins Haus zu gelangen.« Und um zu rechtfertigen, dass das nötig gewesen war, fügte er hinzu: »Ich dachte, ich hätte einen Schrei gehört, und wollte nachsehen, ob jemand Hilfe benötigt.«

»Ja, ja, ja, und der Fußballverein Wyk-Föhr spielt nächste Saison erste Bundesliga«, schmetterte sie seinen Erklärungsversuch ab. Mit einem Seufzer setzte sie nach: »Sie ersparen uns eine Menge unnützer Ermittlungen gegen einen Mister X, wenn Sie einfach zugeben, dass Sie die Tür aufgebrochen haben. Im Gegenzug versichere ich Ihnen, dass es Sie nicht Ihren Gewerbeschein kosten wird.«

»Ich gebe gar nichts zu. Allerdings, ein leichter Husten meinerseits könnte ja vielleicht bedeuten, dass Sie ein guter Cop sind.«

Sie verdrehte die Augen, als er röchelte. »Ich weiß zwar nicht, warum, aber irgendwie mag ich Sie Witzbold«, sagte sie und stieg aus dem Streifenwagen.

Vielleicht war Herr Lampe doch nicht *so* schlecht bedient.

Dann fiel Raphael etwas ein. Er sprang aus dem Wagen und rief ihr hinterher: »Ich weiß, dass Frau Dammann Tagebuch schreibt. Vielleicht finden Sie es ja in ihrem Haus und erfahren darin etwas, das Sie weiterbringt! Und mich, falls Sie Ihr Wissen mit mir teilen mögen.«

Ihr amüsiertes Lachen war wohl als Nein zu deuten, was das Teilen betraf.

ACHTZEHN

Johannes lag unter einer Decke auf der Couch, als Raphael sein Wohnzimmer betrat. Im Licht, das vom Flur hereinfiel, versuchte er zu erkennen, ob sein Bruder schlief. Da er nicht schnarchte, vermutlich nicht. »Jo?«, flüsterte er. »Bist du wach?«

»Ja, klar bin ich wach. Glaubst du, ich kann schlafen, wenn ich weiß, dass du in einem fremden Garten herumkreuchst und dich ein aufmerksamer Nachbar für einen Einbrecher halten und erschießen könnte?«

Raphael knipste die Deckenlampe an. Geblendet schloss Johannes die Augen, während Raphael sich in den Sessel fallen ließ. »Mit Erschießen bist du mehr als nah dran. Allerdings war nicht ich das Opfer.«

»Was meinst du?«, fragte Johannes alarmiert und schoss im nächsten Moment hoch. »Ist das da Blut auf dem Fell?«

Raphael nickte. »Das Blut von Wencke Dammann.« Und dann berichtete er seinem Bruder haarklein, was sich ereignet hatte. »Und jetzt brauch ich einen Whisky«, sagte er schließlich. »Und du wohl auch, deiner Gesichtsfarbe nach zu urteilen.«

Er schwang sich aus dem Sessel hoch, trat an das Nussbaumbüfett, wo neben Onkel Schorschs Karnickel-Pokalen der Laphroaig stand, und schenkte großzügig in zwei Gläser ein. Als er sich wieder zu seinem Bruder umdrehte, hatte Jo die Augen geschlossen und die Hände gefaltet. Lautlos bewegten sich seine Lippen.

»Betest du für mich?«, fragte Raphael eher kleinlaut und stellte eines der Gläser auf dem Couchtisch ab. Das andere setzte er sich an die Lippen und trank es in einem Riesenschluck zur Hälfte aus.

Johannes öffnete die Augen nach einem leisen »Amen«. Ernst sah er Raphael an. »Ich habe für Wencke Dammann gebetet, Raph, und damit auch für dich und für mich. Denn wenn sie es nicht überlebt … Ich darf gar nicht darüber nachdenken, was wir angerichtet haben.«

»Willst du mir jetzt auch noch ein schlechtes Gewissen einreden? Das hat die Kripotante schon versucht.« Dass es ihr auch gelungen war, verschwieg er. »Lass uns mal was richtigstellen, Jo: *Wir* haben Wencke Dammann nicht über den Haufen geballert, sondern Hella Jürgensen.«

»Aber doch nur, weil wir alle wild gemacht haben, Raph!« Johannes sprang auf und begann, wie ein verhaltensgestörter Käfig-Tiger hin und her zu laufen.

Raphael starrte auf die im Licht der Deckenlampe funkelnde goldfarbene Flüssigkeit in seinem Glas. Statt es allerdings zu leeren, stellte er es angeekelt ab. Er hatte das Gefühl, sich gleich erbrechen zu müssen. Mit geschlossenen Augen lehnte er den Kopf erschöpft an die Sessellehne. Vielleicht war es gut, ehrlich zu sein?

»Ich fühl mich beschissen, Jo.«

Johannes trat an den Sessel und tätschelte Raphaels Schulter. »Jetzt zieh dir erst mal was anderes an. Dann gehen wir alles noch mal durch.«

Ohne Widerspruch stand Raphael auf und ging ins Bad. Er zog das blutbehaftete Affenkostüm und die schweißklammen Sachen darunter aus und stieg in die Badewanne. Während er ausgiebig duschte, blickte er dem duftenden Schaum nach, den er von seinem Körper spülte. Leider, leider konnte man Schuldgefühle nicht so einfach fortwaschen.

»Ich verstehe einiges einfach nicht«, begrüßte Johannes ihn, als er in Langarmshirt und Sporthose zurück ins Wohnzimmer kam. Jo wanderte immer noch – oder schon wieder – durch den Raum. »Hella Jürgensen – sie hat einfach geschossen? Ohne Vorwarnung?«

»Es ging alles so schnell«, erinnerte Raphael sich. »Ich hatte ja selbst kaum ein Wort mit Wencke Dammann gewechselt, als sie das Messer aus der Tasche zog. Ich war so überrascht, so perplex. Damit hatte ich doch nicht gerechnet. Und glaub mir, es war kein kleines Messer. Und dann öffnete sich auch schon die Tür. Wencke Dammann drehte sich um, und schon knallte es.«

»Das ist so furchtbar«, sagte Johannes und ließ sich auf das Sofa fallen.

»Ja, aber ich denke, das war es auch für Hella Jürgensen«, nahm Raphael die Täterin in Schutz. »Sie hat einfach abgedrückt, als sie das Messer sah.« Er schluckte in der Erinnerung daran.

»Wenn es so war, wird ihr Anwalt auf Notwehr plädieren.«

Raphael nickte. »Sie wird kaum gekommen sein, um Wencke Dammann mit Absicht zu töten. Sie konnte nicht wissen, dass sie sich dort aufhielt. Sie war ja selbst mit der Situation überfordert. Der Knall war noch gar nicht verhallt, da hat sie das Gewehr fallen lassen. Und losgeschrien.«

Johannes nickte. »Die Kripo wird herausfinden, wie das alles zusammenhängt und wer Frederik Lahann ermordet hat. Es könnte Spuren an der Leiche geben.«

»Ja.« Raphael sinnierte vor sich hin. »Vielleicht vom Hausmeister? Dass Viktor Winkler nicht ermordet wurde, sondern eines natürlichen Todes starb, bedeutet ja nicht zwangsläufig, dass er mit dem Mord an Lahann nichts zu tun hatte.«

»Das stimmt«, gab Johannes ihm recht. Er stand auf. »Lass uns ins Arbeitszimmer gehen. Ich möchte mal die Wörter googeln, die Wencke Dammann dir zugeflüstert hat. Vielleicht bringt uns das auf eine Idee.«

Raphael sprang auf. »Gott, ich bin so ein grottiger Detektiv. Warum bin ich nicht selbst darauf gekommen?«

Milde lächelnd schob Johannes ihn vor sich her. »Weil du gerade ganz schön was mitgemacht hast, vielleicht?«

Als sie das Büro betraten und Licht anmachten, meldete Waltraud sich.

»Lass sie doch«, sagte Johannes, aber Raphael zog die blaue Tischdecke, die über dem Käfig lag, bereits herunter.

»Na«, sagte er und bückte sich zu dem Nymphensittich hinunter, »ist bei dir wenigstens alles klar?« Die schwarzen Knopfaugen musterten ihn. Als der Vogel den Kamm aufstellte, murmelte Raphael: »Ich werte das jetzt mal als Ja. Alles andere würde mich momentan zu sehr deprimieren.«

Johannes hatte bereits den Laptop auf Avas und Immes Schreibtisch eingeschaltet. Raphael ging zu seinem Arbeitsplatz und tat es ihm gleich. Er gab die Wörter »warten« und »Burg« ein. Als Erstes tauchte die Gemeinde Wartenburg in Sachsen-Anhalt auf.

»Könnte der Ort etwas mit Frederik Lahann zu tun haben?«, grübelte Johannes. »Oder mit Wencke Dammann oder vielleicht Viktor Winkler?«

»Keine Ahnung«, sagte Raphael. »Lahann kommt aus Bredstedt. Und die anderen beiden wohnen hier auf Föhr.«

»Das muss nicht immer so gewesen sein. Wir müssen herausfinden, ob einer von ihnen früher einen Bezug zu dem Ort hatte.«

»Ich glaube nicht, dass es um diesen Ort geht«, sagte Raphael, während er schon weiterscrollte. »Sie hat die Begriffe nicht in einem Zug genannt. Es waren zwei Wörter.«

»Ja, schon klar, aber Wencke Dammann war schwer verletzt, Raph. Hatte sie überhaupt noch die Luft, ein langes Wort in einem Atemzug zu nennen?«

»Hm, das stimmt natürlich«, gab Raphael ihm recht.

Während Waltraud geräuschvoll an einer Hirsestange knabberte, die wohl eine der Frauen in den Käfig gehängt hatte, verbrachten die beiden Männer eine halbe Stunde damit, die zwei Wörter in verschiedenen Variationen unter Beigabe von anderen Wörtern und den Namen sämtlicher Beteiligter und Verdächtiger zu kombinieren, aber die alles erhellende Antwort fand sich nicht.

»Lass uns Feierabend machen«, entschied Johannes. »Du siehst total fertig aus, Raph. Und ich bin ehrlich gesagt auch groggy.« Er fuhr den Laptop runter, klappte den Deckel zu und stand auf. »Wir machen morgen früh weiter. Oder wir warten einfach ab, was die Kripo herausfindet. Vielleicht lesen wir übermorgen schon im ›Insel-Boten‹, was passiert ist.«

»Ich will das aber nicht in der Zeitung lesen, sondern selbst rausfinden«, sagte Raphael mürrisch. »Und wer weiß, ob Wencke Dammann überhaupt überlebt. Dann stehen die Bullen genauso vor einem Rätsel wie wir.«

»Mit dem Unterschied, dass die *Bullen* ein wenig mehr Fachwissen und Möglichkeiten haben, ein Verbrechen aufzuklären, als wir. Jetzt, wo Lahanns Leiche und sein Wagen aufgetaucht sind, wimmelt es daran doch bestimmt von Spuren des Täters. Selbst ein einziges Haar oder eine Hautschuppe reicht aus.«

Raphael schloss die Augen. Jo hatte recht. Nicht er würde es sein, der den Fall löste, sondern die Polizei. Die Beamten der Spurensicherung würden etwas finden. Heutzutage etwas vor denen zu verbergen war schier unmöglich.

Er öffnete die Augen wieder. »Geh ruhig schlafen. Ich verzieh mich auch gleich nach oben, aber ich will Imme noch schreiben, was passiert ist. Es wäre unfair, wenn sie es morgen früh womöglich von jemand anderem erfährt.«

Johannes nickte. »Und dann versuch bitte, ein wenig Ruhe zu finden. Gute Nacht, Bruderherz.«

»Gute Nacht, Jo. Und … danke.«

Raphael fasste sich so kurz wie möglich, als er Imme schrieb. Sie würde morgen früh sowieso hier aufschlagen, um alles brühwarm berichtet zu bekommen. Und sie hatte es verdient, jedes Wort persönlich von ihm zu hören.

»Und jetzt ist wirklich Feierabend für heute«, sagte er mit Blick zu Waltraud, die ihre nächtliche Fressattacke immer noch nicht im Griff hatte und sich weiter mit Hirse vollstopfte. »Ich werde draußen noch eine rauchen …«, er schüttelte kurz den Kopf über sich selbst, »… und dann hoffentlich aufhören, mit einem Vogel zu reden.«

Ohne den Käfig wieder abzudecken, löschte er das Licht, verließ das Haus durch die Küchentür und steckte sich eine Zigarette an. Eigentlich hatte er vorgehabt, sich auf die Bank am Schuppen zu setzen, doch es war kalt, und er wollte nicht ins Haus zurückgehen, um sich eine Jacke zu holen. Die erhoffte

Stille, die er in Föhrer Nächten schätzen gelernt hatte, war auch nicht gegeben. Im Gegenteil, Musik und Gelächter waren zu hören. Irgendein Nachbar schien zu feiern, und die Raucher hatten draußen anscheinend ihren Spaß.

Raphael verzog sich in den Schuppen, den er nie abschloss. Wenn jemand was mit Onkel Schorschs Schrott anfangen konnte, sollte er damit glücklich werden. An die alte Werkbank gelehnt, ließ er seinen Blick über die Regale wandern und blieb an der Dose mit dem Motoröl hängen.

Die Patronen!

Er drückte die Zigarette nach einem letzten Zug auf dem Deckel einer alten Farbdose aus, ging zum Regal und klaubte die Pappschachtel hinter dem Öl hervor. Einen Moment lang wog er sie in der Hand. Vielleicht sollte er sich für den nächsten Fall – was auch immer es sein mochte – besser wappnen, als er es diesmal getan hatte?

Raphael sinnierte über diese Frage, als er mit den Patronen in der Hand zurück ins Haus ging, und kam zu dem Schluss, dass es nicht schaden konnte, die Waffe zur eigenen Beruhigung dabeizuhaben, wenn er mal wieder auf Täterjagd ging. Er musste ja nicht schießen. Bei Wencke Dammann hätte der Anblick einer Waffe als Abschreckung vielleicht geholfen, und sie hätte das Messer entweder gar nicht erst herausgeholt oder aber fallen lassen. Dann hätte Hella Jürgensen sich nicht bedroht gefühlt, und das Unglück wäre nicht geschehen.

»Du hast aber keinen Waffenschein«, mahnte die Vernunft, womit sie natürlich recht hatte. Er setzte damit seinen Gewerbeschein aufs Spiel.

Aber das Testosteron drängelte sich vor die Vernunft: »Alter! Du würdest die Knarre doch nur im Not-Notfall rausholen. Also scheiß dir nicht ins Hemd.«

Hieß es nicht immer, man solle auf sein Gefühl hören?

Hinter der Wohnzimmertür war Johannes' Schnarchen deutlich zu hören. Entschlossen öffnete Raphael sie vorsichtig. Im einfallenden Flurlicht tappte er auf leisen Sohlen zum Bücherregal und zog nach zwei Fehlgriffen die Buchattrappe mit der Waffe heraus.

Er schlich wieder zurück und ging ins Arbeitszimmer. Als er das Licht anknipste, begann Waltraud herumzuspektakeln, indem sie immer wieder von der Stange zu Boden und zurückflog und dabei mit den Flügeln die Streu durch die Stäbe beförderte.

»Nerv nicht rum, Waltraud«, murmelte Raphael, während er auf seinem Schreibtisch sechs Patronen aufreihte. Dann nahm er die Walther aus der Marzipanschachtel, wog sie in der Hand und legte schließlich den Finger um den Abzug. Unwohlsein beschlich ihn. Kalt und schwer fühlte sich die Waffe an, wie eine Mahnung, dass nichts Gutes von ihr ausging. Nichts Warmes, nichts Emotionales, nichts Lebendiges. Nur harter, tödlicher Stahl.

»Lass es einfach«, meldete sich die Vernunft wieder zu Wort. »Lass das Magazin, wo es ist, und bring die Patronen in den Schuppen zurück.«

»Alter?« Die Stimme des Testosterons klang unmissverständlich.

»Okay, Raphael Freersen«, schlug er sich auf die Seite seiner Hormone, löste das Magazin aus der Waffe und setzte die erste Patrone ein. Doch nachdem er die zweite ins Magazin geschoben hatte, tauchte wie aus dem Nichts das schmerzverzerrte Gesicht von Wencke Dammann vor ihm auf. Er sah den senffarbenen Pulli vor sich, rot getränkt von ihrem Blut, während der Fleck größer und größer wurde.

Er atmete tief durch. Vielleicht waren die Dinger beim Mensch-ärgere-dich-nicht-Spielen doch sinnvoller eingesetzt? Er klopfte das Magazin kopfüber auf den Schreibtisch, sodass die beiden Patronen herausfielen, und setzte das leere Magazin wieder in die Waffe ein.

»Freu dich, dass ich doch kein Cowboy bin«, sagte er und zielte mit ausgestrecktem Arm auf Waltraud. »Dann wärst du nämlich jetzt tot. Bäm!« Er drückte ab und … ein ohrenbetäubender Knall erklang. In Raphaels Aufschrei hinein kippte Waltraud wie in Zeitlupe vornüber von der Stange.

Raphael schüttelte die Waffe aus der Hand, als hätte er sich an glühendem Eisen verbrannt. »*What the …!*« Er war zu perplex, um zu erfassen, was gerade geschehen war. Und dann wurde auch schon die Tür des Arbeitszimmers aufgerissen.

»Raph!« Johannes, nur in Boxershorts, wirkte gleichzeitig erschrocken und erleichtert. »Bist du okay?« Sein Blick wanderte über Raphael, dann durch das Zimmer und blieb schließlich an der Waffe am Boden haften. »Was zum Teufel …?«, stieß er aus, die Brauen bedrohlich zusammengezogen.

Da Raphael immer noch nichts sagte, eilte Johannes die paar Schritte auf ihn zu und packte ihn an den Schultern. »Hey! Rede mit mir, Mann. Was treibst du hier? Was ist das für eine Waffe?«

Der Knall hallte noch in Raphaels Schädel nach, als er seine Sprache wiederfand. Er deutete zum Käfig. »Ich … Ich hab Waltraud erschossen.«

»Was?« Johannes' Kopf schnellte herum. »Oh mein Gott!« Er trat an den Käfig.

Raphael schluckte. Dann brach es aus ihm heraus: »Das wollte ich nicht. Ich schwör's! Das Magazin war leer. Hundertprozentig! Da muss noch eine Patrone von Onkel Schorsch im Lauf gewesen sein, von der ich nichts wusste.«

»Oh, warte, warte …!«, rief Johannes. Wider Erwarten schleuderte er Raphael nicht entgegen: »Was hast du getan, du Irrer?« Und während er hastig die Käfigtür öffnete und hineingriff, hörte Raphael auch schon ein Geräusch, das wie das Harfenspiel eines Himmelsorchesters klang.

Flügelschlagen.

»Sie lebt.« Johannes klang erleichtert, während er Waltraud vorsichtig aus dem Käfig hob. Mit dem Vogel in der Hand drehte er sich zu Raphael um. Zart strich er über das Gefieder und begutachtete Waltraud von allen Seiten. »Sie ist unverletzt.«

»Was? Sie ist doch von der Stange gekippt. Kopfüber.« Raphael konnte es kaum glauben, aber enorme Erleichterung flutete seine Brust.

Waltrauds Antwort darauf war heftiges Flügelschlagen. Sie schien sich sortieren zu müssen.

»War wohl der Schreck«, mutmaßte Johannes. »Ich wäre nebenan ja schon fast vom Sofa gefallen. Wie laut muss der Knall hier erst gewesen sein?« Sein Gesicht verfinsterte sich erneut. »Und damit wären wir wieder bei meiner Ausgangsfrage. Wie, zum Henker, kommst du zu einer Waffe?«

»Sie gehörte unserem Onkel. Ich hab sie durch Zufall entdeckt und mir Patronen besorgt. Als ich eben das Magazin damit befüllen wollte, hab ich's mir aber wieder anders überlegt und sie rausgenommen. Dass ich auf den Vogel gezielt hab, war nur Show. Ich kann doch nicht ahnen, dass da noch 'ne Patrone im Lauf steckt.«

Johannes' Antwort ging unter, weil jemand an der Tür Sturm klingelte.

»Ist das die Polizei?«, zischte Johannes panisch. »Los!« Er deutete auf die Waffe am Boden. »Versteck das Ding.«

»Raphael? Ist alles in Ordnung?«, erklang von draußen eine laute Stimme, während heftig an die Tür gepocht wurde. »Mach auf!«

»Das ist Sina«, sagte Johannes und klang erleichtert.

Diese Erleichterung fühlte Raphael nicht. Es war Sina, ja, aber sie war die Polizei, zwar momentan nicht im Dienst, doch sie würde es definitiv nicht witzig finden, dass er hier rumballerte.

»Raphael!« Sinas Stimme klang scharf durch die Tür. Gleich war die gesamte Nachbarschaft wach.

»Setz den Vogel in den Käfig«, wies Raphael Johannes an, während er sich bückte, die Waffe aufhob und sie mitsamt der Patronenschachtel in eine Schreibtischschublade warf.

Johannes hatte die Hülse entdeckt und warf sie in den Papierkorb.

Raphael grölte: »Alles gut, Sina. Bin gleich da.« Mit einem letzten Rundumblick ging er zum Flur und öffnete die Haustür. »Frau Nachbarin! Die neue Uniform steht dir.« Sein Blick glitt über ihren rot-grau karierten Pyjama. Ihre nackten Füße steckten in Latschen.

»Witzig.« Sina musterte ihn streng. »Was ist hier los?«

»Sorry, Sina«, tat er kleinlaut und wählte den Dackelblick. »So laut war der Knall also, dass er dich aus dem Schlaf gerissen hat? Das tut mir leid.« Er deutete Richtung Wohnzimmer. »Der Fernseher ist implodiert. Es tut mir fast leid um Onkel Schorschs alten Röhrenfernseher. Er war ja quasi antik und –«

»Hör auf, mich zu verarschen«, blaffte sie ihn an und drückte sich an ihm vorbei. »Glaubst du, ich weiß nicht, wie ein Schuss klingt?«

Raphael folgte ihr ins Arbeitszimmer, wo Sina mit einem »Oh!« abrupt stehen blieb. Zweifellos hatte sie Johannes dort nicht erwartet. Insbesondere nicht halb nackt.

»Hallo, Sina«, begrüßte Johannes sie verkrampft.

»Den Hammerkörper musst du doch von früher noch in bester Erinnerung haben«, sagte Raphael launig zu ihr, klatschte Johannes auf den straffen Bauch und stellte sich mit heißen Ohren vor den Vogelkäfig, denn gerade hatte er gesehen, wo die abgefeuerte Patrone gelandet war. Sie steckte hinter dem Käfig in der Wand.

»Was ist hier los?«, hakte Sina nach, während sie sich umsah. »Es war eindeutig ein Schuss, den ich gehört habe.«

»Vielleicht bei den anderen Nachbarn?«, versuchte Raphael sein Glück. »Anhand deines zerknautschten Gesichts und der Struwwelpeter-Frise geh ich davon aus, dass du aus dem Tiefschlaf gerissen wurdest. Und da wirst du kaum zugeordnet haben können, ob der Knall von rechts oder links kam.«

Sinas Wangen färbten sich zartrot, während ihre Hand sich ruckartig hob, doch sie zwang den Impuls nieder, sich durch das Haar zu fahren, wofür Raphael ihr innerlich Respekt zollte. Stattdessen baute sie ihre ein Meter siebzig vor ihm auf. »Wenn es der andere Nachbar war, warum versuchst *du* dann, mir weiszumachen, der Fernseher sei implodiert?«

Verdammt. Sie war pfiffig. Ratlos sah er zu Johannes.

Leider war der auch keine Hilfe. »Ich bin nicht dein Sprachrohr, Raph.«

Raphael seufzte. »Also gut, ja, ich hab geschossen.« Ernst sah er Sina an. »Onkel Schorsch hatte eine Waffe, die ich vor Kurzem gefunden habe. Ich hab das Magazin geleert und dann einfach mal so auf den Abzug gedrückt, und siehe da …«, er verzog die Lippen zu einem schuldbewussten Grinsen, »da war noch ein Patronenscheißerchen aus Schorsch-Zeiten im Lauf.«

Sina schwieg einen Moment, während sie ihn musterte. »Also gut«, sagte sie schließlich. »Unter all den Storys, die du im Laufe deines Lebens zusammenphantasiert hast, bin ich geneigt, dir diese mal zu glauben.«

»Sie ist gut, oder?«, sagte Raphael begeistert und sah Johannes an. »Ab sofort nennen wir sie ›*The brain*‹.«

»Du warst immer schon ein erbärmlicher Schleimer.« Sina hielt ihm die Handfläche hin. »Her mit der Waffe.«

Raphael verschränkte die Arme vor der Brust. »Nein, die gehört mir.«

Johannes' und Sinas Augenbrauen verzogen sich synchron zu einem Balken.

»Es ist eine Erinnerung an Onkel Schorsch«, verteidigte Raphael sich.

»Nebenan stehen hundert Karnickel-Pokale«, bemerkte Johannes. »Das sind ja wohl genug Erinnerungen.«

»Aber uncool.« Raphael gab nicht nach. »Ich will die Pistole doch nicht benutzen, nur … besitzen. Wer hat schon eine Walther PPK?«

»Eine Walther PPK!« Sina lachte ungläubig auf. »Ja klar! James Freersen macht auf dicke Hose und ballert mit einer Walther durch die Gegend. Und wenn's nur in der eigenen Bude ist.«

»Wenn schon Hohn, dann bitte Raphael Bond.« Er wollte gerade auf Sina zugehen, als er an das Loch hinter dem Käfig dachte und stehen blieb. »Es gibt News, Sina, die dich wesentlich mehr interessieren werden.« Er konnte sich dabei ein wenig

Spott nicht verkneifen. »James Freersen hat heute Nacht die Leiche von Frederik Lahann entdeckt.«

»Was?«

Sina sah nicht aus, als glaube sie ihm. Daher legte Raphael nach. »Bei der Aktion wurde die Empfangsdame der Klinik, Wencke Dammann, durch einen Bauchschuss schwer verletzt. Die Schützin war Hella Jürgensen.«

Jetzt glaubte sie es definitiv, denn sie lehnte sich mit einem »Himmel!« gegen den Schreibtisch.

»Er sagt die Wahrheit«, fügte Johannes dennoch hinzu.

Sina sah ihn an, dann schnell wieder weg.

Johannes räusperte sich. »Ich, äh, zieh mir mal was über, während Raph dich aufklärt.«

»Bring Kaffee mit«, gab Raphael ihm mit auf den Weg. »Ich krieg heute Nacht sowieso kein Auge mehr zu.«

Als Johannes in Jeans und Pulli mit drei dampfenden Bechern zurückkam, war Sina über das Wesentliche informiert. Sie stand nach wie vor an den Tisch gelehnt da. Als sie den Kaffee in Empfang nahm, fiel Raphael das minimale Päuschen auf, das bei ihrem »Danke, Johan...nes«, zwischen den Silben seines Namens lag. Hätte sie fast den Kosenamen aus alten Zeiten genutzt? »Johoney« hatte sie Jo oft genannt.

Definitiv hatte Jo das kurze Zögern auch bemerkt und denselben Schluss gezogen. Oder lag es nur am Lampenlicht, dass seine Wangen plötzlich farbiger wirkten als vorher?

Ähnlich sah es bei Sinas Wangen aus.

»Jo und ich haben gerade die beiden Wörter gegoogelt«, nahm Raphael den Faden zu Wencke Dammanns Flüstern wieder auf, »aber wir sind zu keinem Ergebnis gekommen.«

»Warten ... Burg ...« Sina grübelte, während sie den heißen Kaffee in kleinen Schlucken trank. »Was kann sie gemeint haben?« Sie sah auf. »Sie würde doch nichts Belangloses sagen in so einer Situation. Sie war schwer verletzt. Sie wollte dir damit etwas mitteilen, Raphael. Etwas, das dich der Lösung näher bringt.«

Er nickte. »Die Frage ist allerdings: Habe ich ihr Gemurmel richtig verstanden? Sie war so schwach und leise.«

»Vielleicht weiß Lahanns Frau, was gemeint sein könnte«, sinnierte Sina weiter. »Die Kripo wird es herausfinden.«

»Ja, allerdings«, grummelte Raphael. »Vielleicht hätte ich es für mich behalten sollen, bis ich selbst mit Susanne Lahann gesprochen habe. Schließlich ist es mein Fall, und ich hatte die Idee mit dem Haus der verstorbenen Frau Ottinger. Ohne mich würde Lahann weiterhin mit Gefrierbrand und den Knien im Gesicht bei minus fünfzehn Grad vor sich hin frosten.«

»Bitte, Raph.« Johannes klang ernst. »Lass das pietätlose Gefasel. Ein Mensch wurde getötet.«

Raphael ging nicht darauf ein, sondern begann im Zimmer hin und her zu laufen. »Ich werde morgen früh mit Susanne Lahann telefonieren. Vielleicht weiß sie tatsächlich etwas.«

Im selben Moment bereute er seine Gedankenlosigkeit, denn Sina blickte Richtung Käfig. Bevor er auch nur die Chance hatte zurückzugehen, stieß sie sich auch schon mit einem »Du hast durch den Käfig in die Wand geschossen?« vom Schreibtisch ab. Sie fingerte das Geschoss aus der Wand, verharrte dann kurz mit Blick auf Waltraud und drehte sich ruckartig zu Raphael herum. »Hast du auf den Vogel geschossen?« Purer Unglaube klang durch ihre Stimme.

»Nein ... Ja ... Herrje, ich sagte doch, dass ich keine Ahnung hatte, dass da noch eine Patrone im Lauf war. Ich hab einfach aus Spaß auf Waltraud gezielt und ... abgedrückt.«

»Als ich reinkam, lag sie auf dem Käfigboden – wohl vor Schreck«, ging Johannes zu Raphaels Ärger ins Detail. »Glücklicherweise hat Raphael vorbeigeschossen.«

Sinas Oberlippe hob sich in leichter Verachtung. »Du warst schon zu unseren Jugendzeiten ein miserabler Schütze, Raph. Beim Jahrmarkt auf der Exe haben die Mädchen *dir* an der Schießbude eine Rose geschossen. Du hast es ja nie hingekriegt.«

»Das war echt demütigend«, erinnerte Raphael sich.

Sinas Hand ruckte erneut vor. »Die Waffe.«

»Wir schließen einen Kompromiss«, sagte Raphael und ging zum Schreibtisch. »Ich behalte die Waffe. Du kriegst die Patronen.« Er öffnete die Schublade, nahm die Schachtel heraus und reichte sie Sina. »Ich werde einen Waffenschein beantragen. Und wenn ich ihn habe, gibst du mir die Patronen wieder.«

Sina sah nicht aus, als würde ihr der Vorschlag gefallen. Und ihre Worte verstärkten den Eindruck. »Ist dir von dem Knall das Hirn vernebelt, Raphael Freersen? Aus welchem Grund sollte ich nicht davon ausgehen, dass du dir sofort neue Patronen besorgst?«

»Ich gebe dir mein Wort«, sagte er ernst.

»Dein Wort …« Sinas Oberlippe verzog sich erneut.

Fuck! Es war schlecht, wenn Leute einen so gut kannten.

»Also gut, *ich schwöre*, dass ich mir keine Patronen mehr besorgen werde«, sagte Raphael, und weil anscheinend auch das nicht reichte, um Sinas Oberlippe in Normalzustand zu versetzen, legte er nach. »Beim Leben meiner Mutter.«

»Raphael!«, stieß Johannes böse aus.

»Was?«, fragte Raphael unschuldig. Dass noch Patronen in einer Socke in der untersten Schreibtischschublade lagerten, war unerheblich. Er hatte nur auf das Besorgen geschworen, nicht auf das Besitzen.

Sina musterte Raphael, dann öffnete sie die Schachtel und sagte mit Blick auf die Patronen: »Also gut, sie sind vollzählig. Und selbst du würdest einen Schwur auf das Leben deiner Mutter nicht brechen.«

Sie schloss den Deckel. »Du kriegst sie wieder, wenn du mir die erforderliche Waffenbesitzkarte für die Walther präsentierst. Und nun muss ich wieder rüber. Hannah ist zwar von dem Knall nicht wach geworden, aber ich möchte sie nicht länger als nötig allein lassen. Und hier ist ja für den Moment alles gesagt.«

Sie sah die beiden an. »Ihr solltet auch versuchen, zur Ruhe zu kommen. Und, Raph, sag mir morgen bitte Bescheid, wenn du mit Frau Lahann gesprochen hast. Ich bin auch neugierig, was diese beiden ominösen Wörter betrifft.«

Raphael begleitete sie zur Tür und wartete, bis sie auf der anderen Seite im Haus verschwunden war. »Sie ist 'ne tolle Frau«, sagte er gedankenverloren zu Johannes, der aus dem Büro trat. »Taff, klug, und selbst im Pyjama …« Er brach ab.

Johannes schwieg einen Moment, dann sagte er merkwürdig steif: »Wir sollten zu Bett gehen. Gute Nacht.«

***

Als Raphael den Motor seines Cabrios vor dem Haus der Lahanns ausstellte, war es noch nicht einmal halb acht. Da er, wie erwartet, nicht hatte einschlafen können, hatte er die Sechs-Uhr-Fähre aufs Festland genommen. Von Dagebüll aus war es keine halbe Stunde bis Bredstedt. Zwar hatte er während der Überfahrt die Idee, Susanne Lahann persönlich aufzusuchen, immer wieder verworfen, aber letztendlich war es ihm doch richtig erschienen.

Er stieg aus, steckte sich eine Zigarette an und betrachtete im Licht der Straßenlaterne Haus und Grundstück in der Rungholtstraße. Beides war gepflegt, so wie man es wohl von einem Immobilienmakler erwartete.

Sollte er schon klingeln? Oder lieber noch warten? Bestimmt hatte sie nach der Nachricht vom Leichenfund nicht mehr geschlafen. Langsam ging er den von Heide gesäumten Aufgang zum Haus hinauf, als sein Handy klingelte. Im Gehen zog er es aus der Jackentasche und blickte aufs Display. »Damit wäre die Frage beantwortet«, murmelte er und nahm das Gespräch an: »Guten Morgen, Frau Lahann.«

»Herr Freersen, bitte entschuldigen Sie die frühe Störung, aber in Anbetracht der Umstände habe ich kein Auge zugemacht.«

»Sie müssen sich nicht entschuldigen, Frau Lahann«, unterbrach Raphael sie. »Mir ging es genauso. Ich stehe vor Ihrer Tür, wollte gerade klingeln.«

»Oh!« Einen Moment herrschte Stille, dann legte sie einfach auf.

Während Raphael noch auf das Display starrte, ging auf dem Flur des Hauses das Licht an, und Sekunden später zog eine zierliche brünette Mittfünfzigerin die Tür auf. Sie trug einen Pyjama, darüber eine überlange Strickjacke. Ihre Lider waren rot und dick geschwollen.

Auch sie musterte ihn kurz, dann trat sie zur Seite. »Kommen Sie rein.« Sie führte ihn ins Wohnzimmer, wo anscheinend auch ihr auffiel, wie verbraucht die Luft dort war, denn sie öffnete das große Fenster neben der Terrassentür. Schweigend verharrte sie am Fenster.

Vogelgezwitscher war zu hören, und schließlich sagte sie leise: »Die Amseln ... Als wäre nichts geschehen.« Dann strafften sich ihre Schultern. Sie drehte sich um und deutete mit einem »Bitte« auf einen der dunklen Ledersessel. Sie selbst ging zum Sofa und ordnete drei am Kopfende aufgetürmte Kissen und eine Decke, bevor sie sich setzte. »Ich bin nicht mehr ins Bett zurückgegangen, nachdem die Polizei hier war.«

Raphael nickte. »Ich konnte auch nicht schlafen.«

Ihre Augen begannen zu schwimmen. »In einer Gefriertruhe ... Das ist so ...« Nun liefen die Tränen.

Raphael ließ sie sich ausweinen, während er unbeholfen versuchte, sie zu trösten, und es dämmerte ihm, wie gut es doch war, dass die Polizei vor ihm da gewesen war. Eine so schreckliche Nachricht zu überbringen musste grauenhaft sein.

Als sie sich ein wenig gefasst hatte, berichtete er, wie er darauf gekommen war, den Wagen und den Getöteten in der Garage der verstorbenen Frau Ottinger zu vermuten.

Susanne Lahann nickte tapfer, als er geendet hatte, und wischte sich die Tränen von den Wangen. »Ich bin Ihnen dankbar«, sagte sie leise. »Natürlich werde ich Ihnen das Geld, das ich Ihnen schulde, umgehend überweisen.«

»Ich bin nicht wegen meines Honorars hier, Frau Lahann«, sagte er wahrheitsgemäß. Er wusste, dass sie ihm den Aufklärungsbonus nicht schuldig bleiben würde. »Ich möchte einfach nur, genau wie Sie, begreifen, was passiert ist. Warum es passiert ist.« Er wartete kurz, dann fragte er: »Sagt Ihnen ›Wencke Dammann‹ irgendetwas? Kannte Ihr Mann sie?«

Sie hob die schmalen Schultern und ließ sie kraftlos wieder sinken. »Mir sagte der Name gar nichts, als die Beamtin ihn heute Nacht erwähnte. Und ich kann mich auch nicht erinnern, dass Fred ihn mal erwähnt hat.«

»Wenn der merkwürdige Satz Ihres Mannes bei dem Spiel im Zusammenhang mit seinem Tod steht, dann ist es durchaus möglich, dass er sich mit seiner Aussage auf eine Zeit bezog, in der Sie vielleicht noch gar nicht an seinem Leben teilhatten.«

»›Ich habe noch niemals einen Menschen getötet‹«, wiederholte Susanne Lahann leise die Worte ihres Mannes und erschauerte. Sie griff nach einem der Kissen und presste es an ihren Bauch.

»Frau Lahann, die Polizei wird Sie doch sicherlich auch zu den Worten befragt haben, die Frau Dammann mir noch zuflüsterte. Ich habe die Wörter ›warten‹ und ›Burg‹ verstanden, und ich würde gern von Ihnen –« Er kam nicht dazu, den Satz zu beenden, weil sie ihm bereits ins Wort fiel.

»Ja, ja, ich kann es natürlich nicht mit Bestimmtheit sagen, aber in Zusammenhang mit Fred kann sie damit natürlich sein Syndrom gemeint haben.«

Raphael sah sie überrascht an. Er hatte nicht wirklich erwartet, dass Susanne Lahann mit den Wörtern etwas anfangen konnte.

»Er hat das …«, sie schluckte, »er *hatte* das Waardenburg-Syndrom. Daher auch das Hörgerät, das Ihnen ja aufgefallen war.«

»Waardenburg-Syndrom?«, wiederholte Raphael fragend.

»Aber warum diese Frau Dammann es erwähnt hat …« Susanne Lahann ließ den Satz offen und hob die Schultern. »Vielleicht hat sie ja doch etwas anderes gemeint. Denn was sollte das Syndrom mit diesem merkwürdigen Satz von Fred zu tun haben? ›Ich habe noch nie einen Menschen getötet …‹ Wo soll denn da der Zusammenhang sein?«

»Eine gute Frage«, murmelte Raphael. In seinem Kopf überschlugen sich die Gedanken. Es offenbarte sich zumindest ein neuer Ansatz. »Er war also schwerhörig durch das Syndrom?«, hakte er nach.

Sie nickte. »Ja, die Schwerhörigkeit war das Merkmal, das bei ihm am stärksten ausgeprägt war. Er trug seit seiner Kindheit ein Hörgerät.«

»Was sind denn die weiteren Merkmale?«, fragte Raphael.

Susanne Lahann starrte an ihm vorbei einen Punkt an der Wand an, wohl in Erinnerungen gefangen. »Pigmentstörungen gehören dazu. Bei einigen Betroffenen auch Fehlbildungen im Gesicht, aber die hatte er nicht. Allerdings ist er schon mit Ende zwanzig vollständig ergraut. Haare und Augen, also die Iris, sind wohl immer betroffen.«

Raphael sah sie irritiert an. »Dann hat er seine Haare gefärbt? Auf dem Foto, das Sie mir gesandt haben, war er jedenfalls nicht grau, sondern eher dunkelblond.«

Ein kleines schmerzvolles Lächeln erschien auf ihrem blassen Gesicht. »Ja, er war durchaus eitel. Er hat seine Haare immer gefärbt.«

Mit mulmigem Gefühl bemerkte Raphael, dass ihre Augen wieder überliefen.

»Warum hat diese Frau Dammann ihn denn nur so gehasst, dass sie ihm das antun konnte?«, schluchzte sie und knetete das Kissen auf ihrem Schoß.

»Die Polizei wird es herausfinden«, sagte Raphael, um ihren Tränenfluss zu stoppen. »Wenn sie überlebt, werden sie Wencke Dammann verhören. Und wenn nicht … Nun, dann werden sie es auch herausfinden«, fügte er hilflos hinzu, weil ihr Weinen nicht weniger wurde, sondern mehr. Er stand auf. »Frau Lahann, ich … lasse Sie dann mal allein.«

Als sie vor Schluchzen zu beben begann, zögerte er kurz, doch dann ging er zu ihr ans Sofa und tätschelte unbeholfen die zuckende Schulter. »Soll ich jemanden für Sie anrufen?«

Sie schüttelte den Kopf, und er war dankbar dafür, aber dann schluchzte sie: »Vielleicht können Sie … bei meiner Nachbarin klingeln?«

»Ja. Klar.«

Draußen atmete er erst einmal tief durch. Dann wandte er sich nach links, in der Hoffnung, die richtige Nachbarin zu erwischen.

Die Frau in den Sechzigern, die ihm öffnete, blickte ihn skeptisch an, sah aber grundsätzlich so aus, als könne sie eine Witwe trösten, deren Mann in einer Gefriertruhe schockgefrostet worden war. Und tatsächlich stürzte sie mit einem »Oh Gott!« an ihm vorbei, nachdem er sein Anliegen geschildert hatte, und eilte zum Haus der Lahanns.

Raphael rauchte zwei Zigaretten, bevor er sich in den Wagen setzte und zurückfuhr. Waardenburg-Syndrom. Hatte Wencke Dammann wirklich das sagen wollen? Es war und blieb mysteriös.

NEUNZEHN

Raphael schaffte es in Dagebüll noch auf die Neun-Uhr-vierzig-Fähre. Er fühlte sich einerseits groggy durch den fehlenden Schlaf, andererseits angetrieben durch den Hinweis von Susanne Lahann. Und er verspürte Hunger. Daher gönnte er sich im Bordrestaurant das Bootsmann-Frühstück mit einem Becher Kaffee, nachdem die »Schleswig-Holstein« die Mole verlassen hatte und Kurs auf Föhr hielt.

Er nahm die Mini-Knabber-Brezel von der Brötchenhälfte mit dem Gouda und steckte sie in den Mund. Dann tippte er »Waardenburg« ins Handy und informierte sich auf verschiedenen Seiten über das Syndrom, das Wencke Dammann für so wichtig erachtet hatte, dass sie ihre vielleicht letzten Worte daran verschwendet hatte.

Raphael aß beide Brötchenhälften auf, während er googelte. Es gab verschiedene Formen des Syndroms. Ob es eine Rolle spielte, welche davon Frederik Lahann gehabt hatte? Allen Formen gemeinsam waren anscheinend die Pigmentstörungen, die seine Frau erwähnt hatte.

Er blickte aus dem großen Fenster, ohne die Warften von Oland und Langeneß zu registrieren, die sich dunkel gegen den hellgrauen Horizont abhoben. Nach einem herzhaften Gähnen wollte er weiterlesen, aber der gefüllte Magen und die schlaflose Nacht forderten ihren Tribut.

Dass er tatsächlich im Sitzen eingeschlafen war, merkte er erst, als sein Oberkörper vornüber auf den Tisch kippte und er davon aufwachte. Er sah sich um. Die Touristen scherten sich nicht um ihn. Warum also sollte er sich um ihre Meinung scheren? Er steckte das Handy ein, machte sich auf der Sitzbank lang und bettete den Kopf auf seine Lederjacke. Kaum hatte er die Augen geschlossen, war er auch schon wieder weg.

»He! Hallo! … Jetzt müssen Sie aber langsam mal aufwachen!«

Die mit polnischem Akzent gefärbte männliche Stimme drang zu ihm durch, aber erst nachdem kräftig an seinem Oberschenkel gerüttelt wurde, schoss Raphael mit einem verwirrten »Was?« hoch. Die Bedienung stand vor ihm. »Ich würde gern bei Ihnen kassieren.«

Raphael fuhr sich durchs Haar und sah aus dem Fenster. Die Fähre fuhr gerade in den Wyker Hafen ein. Er gab ein großzügiges Trinkgeld, weil der Mann ihn so lange wie möglich hatte schlafen lassen, und eilte die Treppen zum Autodeck hinunter.

Als er von der Fähre fuhr, war er immer noch müde, aber sein Gehirn war wieder funktionstüchtig. Er brannte darauf, im Büro mit Imme und Johannes die neuesten Erkenntnisse zu diskutieren. Brainstorming konnte sie nur voranbringen. Aber erst einmal musste er bei der Polizeiwache am Hafen vorbeifahren, um sein Aussageprotokoll zu unterschreiben.

In einem der Öffentlichkeit nicht zugänglichen Büro hatte sich die Kripo niedergelassen. Da Frau Lampe sich die Nacht aufgrund der Ereignisse wohl ebenfalls um die Ohren geschlagen hatte und nun vermutlich schlief, war sie, wie Raphael erwartet und auch ein wenig gehofft hatte, nicht anwesend. Einer ihrer Husumer Kollegen befragte ihn noch einmal zum Ablauf der Geschehnisse. Allerdings mit der gleichen Energie, die wohl auch Frau Lampe aufgewendet hätte. Erst eine Stunde später setzte er seine Unterschrift auf das Protokoll und konnte die Wache verlassen.

»Das ist ja wieder der Hammer, Chef!«, begrüßte Imme ihn strahlend, als er das Büro betrat. »Du bist einfach ein Naturtalent. Schon wieder hattest du den richtigen Riecher und hast einen Fall geknackt. Johannes hat mir alles berichtet.«

»Danke, ich weiß, dass ich genial bin.« Dass ihr Lob dennoch wie warmer Honig durch seine Brust floss, musste sie nicht wissen. »Ksch! Weg da!«, verscheuchte er Waltraud von seiner Schreibtischunterlage, als er sich setzte, und sie taperte hastig zur Seite und hüpfte auf die Telefonanlage.

»Sorry, ist schon gut«, schob er hastig hinterher, als ihm einfiel, dass er sie fast erschossen hätte. Sein Blick ruckte zu dem Loch in der Wand, dann zu Imme. Anscheinend hatte Johannes ihr gegenüber nichts davon erwähnt. Dann hätte sie ihn zweifellos anders empfangen.

»Put-Put!«, säuselte er und streckte vorsichtig den Zeigefinger nach dem Vogel aus.

Waltrauds schwarze Knopfäuglein musterten den Finger. Dabei schien ihr aufzugehen, dass es derselbe war, der den Abzug gedrückt hatte. Sie kehrte ihm den Rücken zu, und Raphael erwartete, dass sie ihm auf das Telefon kackte, aber sie spannte die Flügel auf und flog zu Immes Schreibtisch. Deren unangerührter Laptop bewies, dass sie noch nicht gearbeitet, sondern nur mit Jo gequatscht hatte, seit sie hier war.

»Wo steckt Jo?«, fragte er, während er seinen Laptop aufklappte.

»Der ist kurz frische Nordseeluft tanken. Am Strand.« Sie stieß sich im Stuhl mit den Füßen ab und rollte so zu ihm an den Schreibtisch. »Und von dir möchte ich jetzt noch mal den genauen Hergang der nächtlichen Ereignisse hören. Johannes ist ja immer so dezent beim Erzählen, aber du … Die Jürgensen hat einfach so losgeschossen? Ohne Vorwarnung? Und wie war das, als ihr die Gefriertruhe geöffnet habt? Das muss doch schrecklich gewesen sein.«

Raphael tat ihr den Gefallen und ging ins Detail. Und dabei wurde ihm mulmig, denn die Bilder kamen wieder hoch. Der gefrorene Leichnam, Wencke Dammann am Boden, das Blut, das so erschreckend schnell und in beängstigender Menge aus ihr herausgeflossen war, der Geruch, ihr furchtbares Stöhnen …

Er war dankbar, als die Haustür aufgeschlossen wurde und Johannes das Büro betrat. Sein Bruder musterte ihn nach der Begrüßung. »Du siehst käsig aus. Dir geht's eindeutig nicht gut, Raph.«

Bingo. »Ich glaube, ein Tee könnte nicht schaden.«

»Ach du Scheiße«, stieß Imme aus. Sie sah Johannes an. »Hat er gerade wirklich ›Tee‹ gesagt?« Ihr Blick wechselte von ungläubig auf besorgt. »Brauchst du einen Arzt, Raphael?«

»Meine Fresse, ich will einfach nur einen ... Tee.« Jetzt kam es ihm auch merkwürdig vor. Den letzten Tee, an den er sich erinnerte, hatte er in seiner Studentenzeit getrunken, als er sich von einer Salmonellenvergiftung erholte. Damals hatte er erfahren: Ein von einem Mitbewohner zubereiteter Kartoffelsalat muss nicht zwangsläufig genießbar sein, auch wenn er im Kühlschrank lagert, sondern kann durchaus vorher stundenlang auf einer Picknickdecke in der Sonne gestanden haben.

Raphael ließ sich ohne Widerworte von seinem Bruder aufs Wohnzimmersofa verfrachten und mit einem Kamillentee aus dem Altbestand des Onkels versorgen. Erst dann durfte er von dem Gespräch mit Susanne Lahann berichten.

»Waardenburg-Syndrom ... nie davon gehört«, stellte Imme fest. Sie saß im Sessel, während Johannes mal wieder hin und her lief.

»Tritt wohl auch nicht so häufig auf.« Raphael pustete in den Becher und schlürfte vorsichtig vom Tee – und stellte dabei fest, dass es schon seinen Grund hatte, warum er ein Kaffee-Junkie war. Er stellte den halb leeren Becher mit einem »Bah!« ab.

»Ich werde das Syndrom mal googeln«, sagte Johannes und eilte aus dem Wohnzimmer. Weil jemand im selben Moment an der Haustür klingelte, rief er: »Ich mach auf.«

Zurück kam er ohne Laptop, dafür mit Sina. Sie war in Uniform und wurde von Imme fröhlich begrüßt. Von Raphael halbfröhlich, weil die Gefahr bestand, dass Sina ausplapperte, wie Waltraud fast ins Vogel-Nirwana geballert worden wäre.

Sinas Augenbrauen zogen sich leicht zusammen, als sie ihn musterte. »Du siehst nicht gut aus, Raph. Du hast die Hautfarbe eines Camemberts.«

»Sagt die, die sich mit Farbtönen im Gesicht ja bestens auskennt.« Die Worte waren raus, bevor er sein Gehirn eingeschaltet hatte. Sinas Mimik war vereist. »Du bist hier, um zu erfahren, was Frau Lahann gesagt hat?«, fragte er darum hastig und berichtete.

»Interessant«, fand schließlich auch Sina. »Habt ihr schon versucht herauszufinden, wo die Verbindung liegen könnte?«

»Versucht ja, aber …«, Raphael unterbrach sich, um herzhaft zu gähnen, »dann bin ich auf der Fähre eingeschlafen.«

Johannes deutete zur Wand, hinter der das Büro lag. »Ich werde jetzt mal recherchieren gehen.«

»Je mehr Augen gucken, desto besser«, murmelte Raphael mit schweren Lidern. Wieso war er so müde? Nicht mal nach durchzechten Nächten hatte er sich so daneben gefühlt.

»Du solltest deine Augen jetzt erst einmal schließen, damit du wieder in die Spur kommst.« Johannes lächelte. »Du hast letzte Nacht eine Menge mitgemacht und nicht geschlafen.«

»Ich werde dir ausnahmsweise mal nicht widersprechen, Bruder.« Raphael machte sich lang auf dem Sofa. »Ich bin todmüde.«

»Sehr schön. Dann wirken Onkel Schorschs Baldriantropfen anscheinend noch. Die hab ich dir in den Tee getan.«

»Darüber reden wir noch«, flüsterte Raphael mit geschlossenen Augen.

***

Ein Knall ließ Raphael hochschießen. Mit rasendem Herzen musste er sich erst einmal orientieren und stellte fest, dass er sich auf dem Sofa in seinem Wohnzimmer befand und der Knall zu einem Traum gehört hatte. Wencke Dammann war noch einmal blutüberströmt zusammengebrochen, allerdings im Schwimmbad der Klinik, wo er vor dem Knall den toten Winkler im Becken gesucht und nicht gefunden hatte. Stattdessen trieb Waltrauds leerer Käfig im Wasser.

Wie Psycho-Gundis diesen Traum wohl gedeutet hätte? Durchatmend ging er in Sitzposition und griff nach seinem Handy. Siebzehn Uhr zehn. Er hatte fünf Stunden geschlafen. Die WhatsApp seiner Mutter ignorierte er, weil er befürchtete, sie würde ihn besuchen wollen, und darauf verspürte er wenig Lust.

Ob Ava hier gewesen war? Dann hätte er sie doch wohl gehört, auch wenn die Wohnzimmertür geschlossen war. Er ging ins Büro. Der aufgeräumte Schreibtisch ließ nicht erkennen, ob sie daran gesessen hatte, doch die Antwort hing in der Luft. Raphael sog den Duft des Parfüms tief ein. Ja, unverkennbar Ava, denn Immes Parfüm weckte Bilder von Blumengärten und nicht von Orient und Aladin.

Er bedauerte, Ava verpasst zu haben, denn sein Bedürfnis, mit jemandem sprechen zu können, war unerwartet groß. Es war der Traum, der eine nachhaltige, beunruhigende Macht ausübte. Fetzen der Traumbilder hatten sich mit Haken in seinen Kopf gehängt und wollten weggeredet werden.

Er sah zum Käfig. Doch Waltraud sah nicht aus, als hätte sie Lust, ihm zuzuhören. Sie schaukelte an der Knabberstange und schlug sich den gefiederten Wanst voll.

Raphael ging zu seinem Schreibtisch. Auf dem Laptop lag eine Notiz von Johannes: »Wollte dich nicht wecken. Habe die 15.15-Uhr-Fähre genommen. Ich hoffe, dir geht es besser. Melde mich heute Abend noch mal. Jo«.

Missmutig zerknüllte Raphael den Zettel. In dieser Bude hatte man eigentlich niemals seine Ruhe. Tausend Leute hatten einen Schlüssel und kamen ständig unangemeldet reingelatscht. Aber wenn man mal einen brauchte …

Auf jeden Fall schien Jo beim Googeln nichts Relevantes über das Waardenburg-Syndrom herausgefunden zu haben, denn sonst hätte er es notiert.

Unentschlossen, wie er seiner inneren Unruhe begegnen sollte, fuhr Raphael den Laptop hoch, um den Deckel im nächsten Moment wieder zuzuklappen, denn ein Blick aus dem Fenster zeigte hinter der Hecke die Oberkörper zweier Knirpse in wetterfesten Jacken, die über ihren Köpfen ein Schlauchboot trugen.

Das Meer. Kaltes Nordseewasser würde seinen Kreislauf

zweifellos in Schwung bringen und den Alp aus seinem Kopf verscheuchen. Er schwang sich aus dem Stuhl und wollte die Treppe hinaufeilen, als ihm einfiel, dass beide Badehosen in der Klinik waren.

Egal. Er zog seine Lederjacke an, griff sich im Bad ein Handtuch und hängte es sich um den Hals. Er wählte den Weg über den Rebbelstieg. Wie im Fallen befindliche Dominosteine standen Reihen von schräg gestellten Strandkörben auf dem großen Parkplatz am Schwimmbad, bereit, in der Lüttmarschhalle zu überwintern.

Der Wind pustete, als er den Strandaufgang beim Aquamarin hinaufging. In der Dämmerung war die Rechtsneigung der Bojen gerade noch zu erkennen. Die Ebbe musste eingesetzt haben, aber das Wasser war noch nicht weit zurückgegangen, als er durch den Sand Richtung Meer stapfte.

Direkt vor dem Spülsaum ließ er das Handtuch in den Sand fallen und entkleidete sich. Einige Spaziergänger mit Kindern waren noch unterwegs. Da es noch nicht vollständig dunkel und er nackt war, marschierte er zügig ins Wasser, wurde allerdings mit jedem Schritt zögerlicher. Wie blöd war er eigentlich? Das Wasser war eisig. Warum hatte er nicht einfach zu Hause eine kühlende Dusche genommen?

Er wandte den Kopf Richtung Strand und sah, dass ein paar Leute ihn beobachteten – so, wie auch er schon manches Mal den Spinnern zugesehen hatte, die bei diesen Temperaturen im Meer schwammen. Um sich vor dem Publikum nicht zu blamieren, setzte er tapfer und mit angehaltenem Atem weiter einen Schritt vor den anderen. An den Beinen war es gerade noch auszuhalten, doch als die eisigen Wellen das erste Mal gegen seinen Bauch klatschten, war es vorbei, und er stieß ein lautes »Wah!« aus.

Hinter ihm wurde gelacht. Den Arschgeigen würde er es zeigen. Gleich. Er würde sowieso jeden Moment untergehen, weil er seine Beine nicht mehr spürte.

Noch einmal holte er tief Luft, dann kraulte er los. Fünf Minuten später stand fest: Man konnte sich in eiskaltem Wasser nicht warm schwimmen. Nie wieder – das stand ebenfalls fest, als er aus dem Wasser ging. Um cool rüberzukommen, trocknete er sich bibbernd betont langsam ab, obwohl er am liebsten mit Anlauf in seine Sachen gesprungen wäre.

Die heiße Dusche zu Hause war ein Genuss sondergleichen. Mit einem herrlich aromatisch duftenden doppelten Espresso ging er schließlich ins Büro und fuhr den Laptop hoch. Genüsslich trinkend las er erneut die Artikel über das Waardenburg-Syndrom, deren Inhalt er auf der Fähre vor Müdigkeit kaum aufgenommen hatte, und fand bestätigt, was Susanne Lahann ihm gesagt hatte. Die Betroffenen litten unter Störungen der Pigmentzellen, was sich bei den Haaren durch eine weiße Stirnlocke oder frühzeitiges Ergrauen zeigte. Auch die Augen waren betroffen, explizit die Iris.

Plötzlich hielt er inne. Es war, als hätte ein kleines Glöckchen etwas in seinem Inneren zum Klingen gebracht. Und im gleichen Moment wusste er, was es war. Als fiele ein Tropfen des eisigen Nordseewassers auf seinen warmen Nacken, rieselte es ihm kalt zwischen den Schultern hinunter. Er starrte auf die Zeile, die er gerade gelesen hatte: »Besonders auffällig ist eine unterschiedliche Färbung der Augen. Betroffene können ein blaues und ein braunes Auge haben.«

»Fuck!« Mit klopfendem Herzen knallte er den Deckel des Laptops zu und sprang auf. »Das muss ich klären, Waltraud«, rief er mit Blick zum Käfig und eilte aus dem Haus.

***

Raphael hatte kein Auge für die im Halbdunkel liegenden kahlen Maisfelder, die den Großbergweg säumten, während er die Straße zur Klinik entlangjagte. Er parkte seinen Mercedes hinter dem Gebäude, griff sich den bereitgelegten Schraubendreher und die Taschenlampe und stieg aus. Die Außenlampen am Haus der Jürgensens strahlten nur den Mini vor dem geschlossenen Garagentor an. Der BMW war weg.

Besuchte Dierk Jürgensen seine Frau in der Untersuchungshaft? Oder war er selbst zu einer Aussage vorgeladen? Nun, es spielte keine Rolle, wo Jürgensen war, Hauptsache, er war weg.

Erleichtert über diese Tatsache setzte Raphael sich mit langen Schritten in Bewegung. Aus Vorsicht wählte er nicht den direkten Weg zum Haus. Zum einen, weil er von der Klinik aus im Licht der Lampen nicht gesehen werden wollte, zum anderen konnte Lena im Haus sein. Wegen der heruntergelassenen Außenjalousien war nicht zu sehen, ob drinnen Licht brannte.

Er eilte zum Strandübergang und wandte sich nach links. Wie schon Tage zuvor erklomm er die Düne. *Fuck!* Auf dieser Seite des Hauses waren im Erdgeschoss die Jalousien zwar auch geschlossen, aber oben nicht. Und hinter einem Fenster brannte Licht. Da er dort geschnüffelt hatte, konnte er zuordnen, dass es Lenas Zimmer war.

Mit bedachten Schritten näherte er sich durch Sandmulden und Strandhafer dem Garten der Jürgensens. An der Lorbeerhecke blieb er stehen und überlegte. Würde Lena das Knacken oben hören, wenn er die Terrassentür aufbrach? Er musste es wohl riskieren, denn eine bessere Möglichkeit würde sich vielleicht so schnell nicht bieten.

Mit klopfendem Herzen zwängte er sich durch die feuchtkalten Lorbeeren und ging über das Rasenstück zur Terrasse. Dort verharrte er erneut, denn der Schraubendreher wog schwer in der Hand. Zu schwer. Das, was er vorhatte, war wieder einmal ein Einbruch. Und diesmal würde er sich nicht rausreden können, wenn er erwischt wurde. Da konnte er sich mit seinem Gewerbeschein gleich die nächste Zigarette anzünden.

Er zuckte zusammen und ging automatisch in die Knie, als im Wohnzimmer plötzlich das Licht anging. Mit strammen Schritten durchquerte Lena Jürgensen den Raum und kam auf die Terrassentür zu. Hatte sie ihn von oben gesehen? Gebückt trat er hastig von der Terrasse weg und stellte sich an die Hausecke, als sich die Tür auch schon öffnete. Den Körper eng an die Hauswand gepresst, lugte er um die Ecke. Lena stand nur zwei Schritte von der Tür entfernt. Es klickte, ein winziges Feuerchen flammte auf.

Sie wollte nur eine rauchen. Erleichtert atmete Raphael durch.

Er rührte sich erst wieder, als die Terrassentür ins Schloss fiel. Als das Licht im Wohnzimmer erlosch, wartete er noch eine halbe Minute, dann trat er an die Tür. Er knipste die Taschenlampe an und leuchtete kurz über den Rahmen und den innenliegenden Türhebel. Und was er sah, ließ sein Herz einen kleinen Freudensprung machen. Der Tabakgott liebte ihn! Er hatte ihm eine Gleichgesinnte gesandt. Eine Nikotinsüchtige, die andauernd nach draußen ging und daher die Terrassentür nicht verriegelte, sondern nur zudrückte.

Um dennoch keinen Fingerabdruck zu hinterlassen, öffnete er die Tür mit dem Ellenbogen. Man konnte ja nicht wissen, wie die Bullen das Wohlwollen des göttlichen Nikotinos auslegen würden.

Vorsichtig drückte Raphael die Tür wieder ran, als er drinnen war. Durch die offen stehende Wohnzimmertür drang vom Flur her nicht nur Licht, sondern auch gedämpfte Musik in den Raum. Lena hörte in ihrem Zimmer Harry Styles' »Sign of the Times«.

Es lief. So würde sie es nicht hören, wenn er die knarzenden Treppenstufen hinaufschlich.

Im Obergeschoss steuerte er direkt das Badezimmer an. Drinnen zog er die Badtür leise wieder ins Schloss und knipste die Taschenlampe an. Den Lichtstrahl richtete er auf das Regal neben dem Waschbecken. Mist, verdammter! Das Schälchen, das er suchte, war weg. Ebenso das kleine Plastikfläschchen. Hastig zog er die Türen des glänzend weißen Badschranks auf und wurde hinter der zweiten Tür tatsächlich fündig. Er nahm die kleine Schale in die Hand und blickte auf den Inhalt.

Kontaktlinsen. Eine blaue und zwei braune.

Das, was er als Modetick oder Spleen abgetan hatte, bekam

vor dem Hintergrund der Pigmentstörungen beim Waardenburg-Syndrom eine unheimliche Bedeutung.

Hatte eine der Personen im Haus zwei verschiedenfarbige Augen? Raphaels Gedanken überschlugen sich. Aufgefallen war es ihm bei keinem Familienmitglied, was bedeuten konnte, dass die Person vielleicht eine farbige Kontaktlinse trug, damit es nicht auffiel. Oder es war der Sohn, den er nicht kannte. Doch was konnte Frederik Lahann damit zu tun haben?

Vererbung ... Dazu stand in jedem Artikel über das Syndrom etwas. Doch hätte die Polizei nicht längst eine Verbindung hergestellt, wenn eine Verwandtschaft zwischen Lahann und einem Mitglied der Jürgensen-Familie bestünde? Es sei denn ... Raphaels Herz schlug schneller. War es möglich, dass Lahann der Vater von Lena oder ihrem Bruder war?

Doch das Ganze ergab keinen Sinn, wenn man es auf Lahanns Aussage beim Spieleabend bezog. Oder hatte dieser Satz mit dem Tod des Immobilienmaklers gar nichts zu tun?

Raphael verharrte im Dunkeln. Die große, hübsche Hella Jürgensen und der kleine, hängebackige Frederik Lahann ... Das passte einfach nicht.

Auf jeden Fall musste er die Kontaktlinsen-Info an die Kripo weiterleiten. Doch wie, ohne sein zweimaliges Eindringen hier zu verraten? Da musste er sich etwas einfallen lassen. Erst einmal war es aber Zeit für ein Beweisfoto.

Er knipste die Kontaktlinsen, bevor er das Schälchen wieder in den Schrank zurückstellte. Als er das Handy in die Jacke zurückstecken wollte, vibrierte es. Er sah automatisch auf das Display, obwohl er nicht vorhatte, hier und jetzt darauf zu reagieren. Es war eine WhatsApp von Sina. Da musste er nun doch schnell mal schauen, was sie von ihm wollte.

»Hallo, Raph«, schrieb sie, »für dich zur Info, was ich gerade erfahren habe: Hella Jürgensens Haftbefehl wurde gegen Auflagen aufgehoben.«

Gut zu wissen. Hastig steckte er das Handy weg, denn dass Jürgensens BMW nicht da war, hieß vielleicht, dass er seine Frau abholte. Und da Sina sicher nicht vom Richter persönlich und umgehend darüber informiert worden war, konnten die Jürgensens schon auf dem Heimweg sein.

Er öffnete vorsichtig die Badtür und linste um die Ecke. Aus Lenas Zimmer erklang jetzt Ingrid Michaelsons »Turn to Stone«. So lautlos wie möglich huschte er die Treppe hinunter, als ein Geräusch an der Haustür erklang. Eines, das er zu seinem Schrecken sofort einordnen konnte: Ein Schlüssel wurde ins Schloss gesteckt … Dann öffnete sich die Tür auch schon.

So stocksteif, wie Raphael auf der vorletzten Treppenstufe stehen blieb, verharrte Dierk Jürgensen mit vor Überraschung aufgerissenen Augen in der Tür.

»Dierk, was ist denn?«, erklang Hellas kraftlose Stimme hinter ihm. Zu sehen war sie nicht.

»Was machen Sie in unserem Haus?«, stieß Jürgensen aus.

Raphael ging die beiden Stufen hinunter, während der Klinikleiter mit hochrotem Kopf auf ihn zutrat und Hella Jürgensen in Raphaels Blickfeld kam. Sie sah aus wie der sprichwörtliche Tod auf Latschen. Ihr Gesicht war grau, und sie wirkte zwanzig Jahre älter, als sie war.

»Wo ist Lena?« Jürgensens Stimme klang hart. »Hat sie Sie etwa reingelassen?«

Raphael wurde heiß. Sich jetzt zu verteidigen würde dem Hausherrn in die Hände spielen. Also musste er angreifen, mit dem Wenigen, was er sich zurechtgereimt hatte. »Die Terrassentür stand offen. Ich habe gerufen, aber niemand hat geantwortet. Da bin ich rein«, log er sich seine Aktion schön. »Gekommen bin ich, um Sie zu fragen«, er sah von Dierk zu Hella Jürgensen, damit sich beide angesprochen fühlten, »wer von Ihnen das Waardenburg-Syndrom hat. Ich …«

Er musste nicht weiter bluffen, denn Hella brach in haltloses Schluchzen aus und sackte in die Knie. Ihr Mann konnte gerade noch zupacken, bevor sie auf die Fliesen fiel.

»Was reden Sie denn da?«, wehrte sich Jürgensen, aber seine Stimme hatte jede Festigkeit verloren.

»Hör doch auf, Dierk!« Hella hatte sich an seinen Arm gekrallt. »Hör auf. Es ist vorbei. Das wissen wir doch beide. Ich will mich nur von Lena verabschieden. Anständig.« Sie weinte so herzergreifend, dass es Raphael kalt den Rücken hinunterrieselte.

»Liebling …« Jürgensen klang erbärmlich hilflos.

Als Hella an seinem Arm wieder einzuknicken drohte, setzte Raphael sich in Bewegung und packte sie am rechten Arm. Jürgensen deutete mit hochrotem Kopf Richtung Wohnzimmer. »Dorthin.«

Sie verfrachteten Hella auf das Sofa. Jürgensen setzte sich neben sie und hielt sie im Arm, während Raphael auf einem der wuchtigen Ledersessel Platz nahm. Er fühlte sich unwohl, denn Hella Jürgensen weinte hemmungslos. Dierk Jürgensen murmelte immer wieder: »Es wird alles gut, Liebling. Alles wird gut.«

Hm … So sah es gerade nicht aus, sondern eher, als würde Hella sich jeden Moment erbrechen oder sogar kollabieren. »Soll ich einen Arzt rufen?«, fragte Raphael.

Diese Frage ließ Hella zur Besinnung kommen. »Nein!« Sie löste sich aus den Armen ihres Mannes. »Nein, ich … will niemanden hier. Noch nicht.« Sie bemühte sich sichtlich, sich einzukriegen, um sprechen zu können. »Ich … brauche Zeit … für Lena. Sie soll es von mir hören. Nicht … von der Polizei.« Sie atmete flatternd tief ein und aus, wohl um Luft zu bekommen für das, was sie ihrer Tochter sagen wollte.

»Was soll Lena denn hören?«, hakte Raphael nach. »Was haben Sie mit Frederik Lahann zu schaffen gehabt?«

Einen Moment lang war nur Hellas stockender Atem zu hören. Dann sagte Dierk Jürgensen: »Er ist Lenas Vater.«

Das entsprach insoweit Raphaels Vermutung. Aber es erklärte noch nicht, warum der Immobilienmakler in einer Gefriertruhe geendet war. Er sah Jürgensen an. Der große schlanke Mann wirkte seltsam verloren, wie er da so zusammengesackt neben seiner Frau hockte.

Es war Hella, die die Erklärung lieferte. »Frederik … Er hat mich zum Sex gezwungen … damals.«

Raphael war schockiert. Damit hatte er nicht gerechnet. »Er hat Sie vergewaltigt?«

»Nein.« Hellas Stimme klang überraschend fest. »Nein, das ist nicht das richtige Wort dafür, obwohl es sich so anfühlte.« Ein Zittern überlief sie. »Jedes Mal.«

»Jedes Mal?«, hakte Raphael verwirrt nach. »Er hat sie mehrfach …?«

»Fast ein Jahr lang. Woche für Woche«, kam es über Hellas Lippen. Sie wirkte seltsam emotionslos dabei, obwohl ihr Atem nach wie vor stockend ging. »Und ich habe es zugelassen, damit er mich nicht verrät.«

Raphael musste nicht nachfragen, denn Hella sprach schon weiter. Was sie sagte, war unfassbar.

»Ich habe vor dreißig Jahren ein Mädchen totgefahren.« Ein schmerzliches Lächeln umspielte ihre zitternden Lippen. »Heidi. Die lustige, immer fröhliche Heidi. Sie war erst sechzehn. Und ich … bin einfach weggefahren.« Das Lächeln verschwand. »Ihre Eltern wissen bis heute nicht, wer ihre Tochter totgefahren hat.« Sie knetete die Hand ihres Mannes. »Frederik hat es gesehen. Und mich dann damit erpresst.«

Raphael war sprachlos.

»Ich war achtzehn und hatte getrunken!«, erklärte Hella flehend. »Ich hatte solche Angst, ins Gefängnis zu kommen! Darum habe ich getan, was er von mir wollte. Es endete erst, als ich nach dem Abitur wegzog und er eine Freundin fand. Glücklicherweise.«

Sie ging also davon aus, dass Lahann sie ohne Freundin auch bei einem Ortswechsel nicht in Ruhe gelassen hätte.

»Neunundzwanzig lange, gute Jahre habe ich ihn nicht gesehen«, murmelte sie. »Bis zu dem Spieleabend. Diesem verdammten Spieleabend.« Sie atmete tief und schwer. »Er muss mich sofort erkannt haben. Ich ihn erst, als er diesen furchtbaren Satz sagte.«

Sie schloss die Augen. »So viele Makler gibt es. So viele. Und wir suchen den heraus, bei dem dieser Mann arbeitet.«

Johannes hätte wohl jetzt Herder zitiert: Die zwei größten Tyrannen der Erde: der Zufall und die Zeit. »Dass Sie damals schwanger waren … Hat er das gewusst?«

Sie schüttelte den Kopf.

»Er hat Lena hier gesehen, eine Ähnlichkeit entdeckt und Schlussfolgerungen gezogen?«, mutmaßte Raphael. »Und hat Sie dann damit erpresst, es Ihrem Mann zu erzählen?«

»Nein. Ich habe meinen Mann zwar vor Lenas Geburt kennengelernt, aber Dierk wusste natürlich, dass er nicht Lenas biologischer Vater ist.« Sie streichelte über die Hand, die ihre hielt.

Raphaels Gehirnzellen rotierten. »Aber dann verstehe ich nicht, warum Lahann –«

»Er wollte wieder Sex«, fiel Hella ihm ins Wort. Ihre grobe Stimme spiegelte ihre Gefühle gegenüber ihrem Peiniger wider. »Er hat mich am Tag nach dem Spieleabend angerufen. Da verlangte er allerdings nur Geld. Zwanzigtausend Euro, dann würde er weiter über meine Unfallflucht schweigen. Ich habe mich damit einverstanden erklärt. Die Übergabe sollte am Mittwoch um dreiundzwanzig Uhr auf dem Parkplatz der Klinik stattfinden. Doch als ich dort ankam«, ihre Stimme wurde wieder flattrig, »da stand er in der offenen Kellertür und winkte mich rein. Zuerst dachte ich noch, er wollte bei der Geldübergabe nicht gesehen werden, aber dann …«

Sie stockte und schloss die Augen. »Er sagte, er hätte es sich anders überlegt. Er bräuchte zusätzlich zum Geld noch ein *Goodie* für sein Schweigen.« Ihr Gesicht verzerrte sich in der Erinnerung vor Ekel. »Als er seinen Hosenschlitz aufzog und sagte, ich soll auf die Knie gehen, da …« Sie atmete tief durch und sah Raphael an. »Da habe ich die Heckenschere von der Werkbank gegriffen und sie ihm an den Schädel gehauen.«

Raphael spürte Mitleid. Dass es kein Mitleid für Lahann war, fühlte sich trotz dessen Tod nicht falsch an.

Hella war noch in der Erinnerung gefangen. »Er torkelte und

ist auf den Flur gewankt. Dort ist er zusammengebrochen.« Sie atmete durch. »Ich war am Ende mit meinen Nerven und habe Dierk geholt und ihm gesagt, wer Frederik Lahann ist und was … er verlangt hat.«

Raphael glaubte ihr jedes Wort. »Wie konnte Lahann in der offenen Kellertür stehen?«, fragte er.

Der Klinikleiter sagte mit matter Stimme: »Wir vermuten, dass er vom Auto aus Ihre Saufkumpane gesehen hat, als die durch die Kellertür in die Klinik zurückkamen und den Schlüssel für Sie wieder unter die Fußmatte legten.«

In Raphaels Hirn ratterte es weiter. »Sie beide und Lahann waren also auf dem Flur, als ich kam. Dann haben Sie das Scheppern des Eimers gehört und schnell das Licht auf dem Flur gelöscht, damit ich Sie nicht sehe.«

»Es passierte ja alles Schlag auf Schlag«, stieß Jürgensen aus. »Wir standen unter Schock und haben uns im Heizungsraum versteckt, als wir die Geräusche in der Werkstatt hörten. Und als wir wieder rauskamen, da lagen Sie da. Bewusstlos.«

»Und dann haben Sie mich nach oben geschafft? Einfach so? Ich hätte einen Schädelbruch haben können!«, regte Raphael sich auf. »Dass ich so lange bewusstlos war, zeigt doch, dass meine Kopfverletzung schwerwiegend war.«

»Sie waren nur so lange weggetreten, weil ich nachgeholfen habe.« Jürgensen sah ihm nicht in die Augen. »Ich habe Ihnen ein Barbiturat aus dem Klinikbestand gespritzt.«

Raphael klappte der Mund auf. »Sie haben … was?«

»Sie sahen nicht schwer verletzt aus«, verteidigte Jürgensen sich lahm. »Wir haben es einfach als Wink des Schicksals genommen, dass Sie nicht bei Sinnen waren. Wir haben diesen Zustand nur verlängert. Ich habe einen Rollstuhl geholt. Da haben wir Sie reingesetzt und …«

»Und dann haben Sie mich im Fahrstuhl nach oben bugsiert?«, fragte Raphael fassungslos.

Jürgensen nickte. »Ich habe Ihnen die Hose ausgezogen. Hella hat sie gewaschen.«

Raphael lachte unfroh auf. »Und während die Waschmaschine lief, haben Sie beide mit dem toten Lahann einen Ausflug Richtung Gefriertruhe im Deelswai gemacht. Wann haben Sie denn sein Blut vom Flur geputzt, vorher oder nachher?«

Die beiden schwiegen.

Raphael zog sein Handy aus der Jacke. »Ich werde jetzt die Polizei anrufen.«

»Nein!«, schrie Hella und sprang auf. »Geben Sie mir ein paar Minuten mit Lena. In Ruhe. Dann bin ich bereit.« Sie wehrte die Hand ihres Mannes ab, der auch aufgestanden war und wieder nach ihr gegriffen hatte.

Raphael musterte sie. Ein paar Minuten machten den Bock nicht fett. Er nickte.

Hella holte tief Luft und machte sich gerade. Dann ging sie mit roboterhaft anmutenden Schritten Richtung Flur. Die Stufen knarzten, als sie die Treppe hinaufging.

Raphael sah Dierk Jürgensen an, der nur noch ein Schatten seiner selbst war. Was seine Haltung ihm gegenüber betraf, war Raphael hin- und hergerissen. Der Mann hatte das getan, was er selbst vielleicht auch getan hätte: hinter seiner Frau aufgeräumt.

Nun, Susanne Lahann würde kaum Verständnis für die Art und Weise aufbringen.

Die Musik aus dem Obergeschoss wurde kurz lauter, dann rumste eine Tür ins Schloss. Hastige Schritte auf der Treppe erklangen, und Sekunden später tauchte Lena in der Wohnzimmertür auf, wo sie abrupt stehen blieb und erst ihn, dann ihren Vater anstarrte. Sie nahm die Zigarette, die unangezündet zwischen ihren Lippen klebte, heraus. »Papa … Ihr seid schon da? Ich hab euch gar nicht gehört.« Sie sah sich um. »Wo ist Mama?«

Raphaels Alarmsirenen begannen zu schrillen.

Jürgensen schien es nicht anders zu gehen. »Sie ist nicht bei dir?« Er starrte seine Tochter an. Dann wurde er von einer Sekunde zur nächsten quarkweiß im Gesicht. »Oh Gott, nein!« Er rannte zur Treppe. »Hella, nein!«, schrie er und stürzte hinauf. »Tu das nicht!«

Raphael lief an der stocksteif dastehenden Lena vorbei dem Klinikleiter hinterher, ahnend, warum Jürgensen solche Panik hatte.

Jürgensen rüttelte an der Tür des Schlafzimmers und hämmerte schließlich wild dagegen, weil von innen abgeschlossen war. »Hella … Tu das nicht! Bitte!«

Dann knallte es. Raphael blieb stehen, Lenas irren Schrei im Ohr, die hinter ihm die Treppe hochkam. Jürgensen ging vor der Schlafzimmertür wimmernd in die Knie.

»Mama!«, schrie Lena und rannte an Raphael vorbei. Doch noch bevor sie bei ihrem Vater war, erklang ein weiterer Schuss. Und noch einer.

»Hella?« Dierk Jürgensen schrie wie von Sinnen und hämmerte wieder gegen die Tür. »Hella!«

Es knallte noch einmal.

Raphael stieß Lena zur Seite, dann zerrte er am Arm des Klinikleiters. »Gehen Sie zur Seite! Ich trete die Tür ein.«

Jürgensen krabbelte weg, Raphael holte mit dem Bein aus und trat mit voller Kraft dagegen, was nichts brachte. Er nahm einen kurzen Anlauf und rammte seine linke Seite gegen die Tür, doch es zeigte sich, dass die Jürgensens an Qualität nicht gespart hatten. Die Tür war aus Eiche und bewegte sich nur minimal in den Angeln.

Während Lena schrie und schrie und er überlegte, noch einen Versuch zu wagen, drehte sich der Schlüssel im Schloss, und die Tür wurde aufgezogen.

Hella Jürgensen sah sie nicht an, sondern starrte auf die Waffe in ihrer rechten Hand. »Nicht mal dazu habe ich den Mut.«

Raphael hatte keine Ahnung, worauf sie geschossen hatte, aber bevor sie es sich anders überlegte und die Pistole doch noch gegen sich selbst richtete, machte er hastig einen Schritt auf sie zu und zog ihr die Waffe aus der Hand. Jürgensen, immer noch auf allen vieren, krabbelte zu ihr und zog sie zu sich runter.

»Mama, Mama!«, schrie Lena nur und hockte sich zu ihren Eltern, die sie beide umschlang.

Raphael starrte auf das wild schluchzende Trio. Dann griff er zum Handy. Nicht eine Sekunde länger würde er diesen Wahnsinn durchhalten. Als Polizeiobermeister Müller sich am anderen Ende mit »Polizeidienststelle Wyk, Föhr« meldete, war Raphael das erste Mal dankbar, seine Stimme zu hören.

ZWANZIG

Zwölf Uhr zwanzig zeigte der Wecker, als Raphael am nächsten Tag erwachte. Satte zwölf Stunden hatte er durchgeschlafen, traumlos und ohne zwischendurch auch nur einmal aufzuwachen. Anscheinend hatte er es gebraucht. Schorsch hatte eine rattige Bude hinterlassen, aber, das musste er seinem Onkel zugutehalten, die Matratze in dem alten Holzbett war top. Die gute Föhrer Luft hatte wohl außerdem ihren Anteil an dem Babyschlaf gehabt.

Dennoch zog er den Haken, der den Fensterflügel offen hielt, aus der Halterung und schloss das Fenster, als er aufstand, denn die Luft war nicht nur gut, sondern auch kalt, wenn man nicht unter einer dicken Bettdecke lag. Er ging nach unten und verschwand unter der Dusche. Beeilen musste er sich nicht, da er Imme sowieso verpasst hatte. Und das war okay. Er würde Ava erzählen, was gestern Abend im Haus der Jürgensens abgegangen war.

Wie ein Film liefen die einzelnen Szenen immer wieder vor seinem inneren Auge ab, während er in der Wanne stand und sich das warme Wasser mit geschlossenen Augen über Kopf und Körper laufen ließ. Hellas Vergangenheit, ihre Schuld, Lahanns Ausnutzen der Situation. Dann Hellas Geständnis, das Verstecken von Lahanns Leiche, die Schüsse, die Schreie von Dierk und Lena Jürgensen …

Er konnte das Erlebte nicht abspülen. Wieder einmal wollte es weggeredet werden. Und während er in der Küche den Kaffeeautomaten befüllte und die herrlich aromatisch duftenden Freersen-Bohnen in den Behälter rasselten, wurde ihm klar, dass der Beruf eines Psychotherapeuten eventuell doch seine Berechtigung hatte und nicht, wie er bisher dachte, nur Laberei und Geldschneiderei war.

Er schlürfte den Kaffee, und die unbeantworteten Fragen

traten wieder in den Vordergrund. Was hatte Wencke Dammann in der Garage zu suchen gehabt? Leider hatte Polizeiobermufti Müller diesmal dafür gesorgt, dass Raphael umgehend von den Jürgensens getrennt wurde. In der Küche hatte er warten müssen, bis die Kripo Husum zur Befragung eingetroffen war. So hatte er nicht mitgekriegt, ob und, falls ja, was die Jürgensens in Sachen Empfangsdame ausgesagt hatten.

Um die Zeit bis vierzehn Uhr totzuschlagen, beschloss er, im Bistro Aquamarin eine Kleinigkeit essen zu gehen.

Im Fitnessstudio am Aquaföhr trainierten hinter den Panoramascheiben zwei Männer auf Laufbändern. Einer lief entspannt mit Blick auf die leicht aufgewühlte Nordsee. Der andere hatte ein puterrotes Gesicht und schwitzte so dermaßen, dass Raphael kurz in Versuchung war, an die Scheibe zu klopfen, um ihn nebenan auf ein Bier einzuladen.

Raphael bekam den letzten freien Tisch im Aquamarin und ließ sich die Karotten-Ingwer-Suppe schmecken, obwohl Ingwer nicht zu seinen favorisierten Knollen zählte. Um ihn innerlich durchzuwärmen, war das Gewürz allerdings genau richtig.

Kurz nach zwei war er zurück im Büro, doch statt der erwarteten Ava saß Imme am Schreibtisch.

»Was machst du denn hier?«, fragte er und spürte einen Stich in der Bauchgegend. Doch zu viel Ingwer.

»Wir haben getauscht«, sagte Imme fröhlich. »Ava war heute Morgen hier.«

»Warum?«

»Johannes hatte Tarik zum Geburtstag Kino und Eisessen geschenkt. Das lösen sie heute ein. Dein lieber Bruder müsste jeden Moment auf der Insel eintreffen.«

»Ist Tarik noch ein Baby, das seine Mami dabeihaben muss?«

Imme musterte ihn auf eine Art, die ihm nicht gefiel. »Ist ja auch egal«, sagte er und ging zu seinem Schreibtisch. »Lust auf eine Mega-Story?«, leitete er seinen Bericht über die Ereignisse des Vorabends ein.

Er war gerade bei dem Teil, als alle dachten, Hella Jürgensen habe sich erschossen, als es an der Tür klingelte.

»Och nee, nicht jetzt«, sagte Imme, während Raphael aufstand.

»Keine Angst, Hella Jürgensen lebt«, beruhigte er Imme im Vorbeigehen und öffnete die Haustür.

Es war Sina. Sie lehnte ab, als er sie hereinbat. »Ich hatte Frühschicht und habe gehört, was passiert ist.« Sie musterte ihn. »Ich wollte nur mal sehen, ob es dir gut geht.«

»Danke, ja«, sagte er erfreut. Es tat irgendwie gut, dass sich jemand um ihn sorgte – von seiner Mutter mal abgesehen, deren Dauersorge eher nervte.

Er trat zu ihr vor die Tür. »Hast du zufällig auch gehört, wie es Wencke Dammann geht?«

»Sie ist bauchwundenmäßig wohl außer Lebensgefahr, aber die Ärzte haben sie aufgrund eines Schädelbruchs ins künstliche Koma versetzt.«

»Schädelbruch!« Raphael schluckte. Es hatte fies geknackt, als ihr Kopf auf dem Beton aufschlug, aber dass es so schlimm war, hätte er nicht gedacht. »Dann gibt es von ihr also noch keine Aussage, was sie im Haus der alten Ottinger wollte«, stellte er fest. »Aber vielleicht haben die Jürgensens dazu ja eine Idee gehabt?«

»Das weiß ich nicht«, sagte Sina. »Auf jeden Fall wurde das Tagebuch von Wencke Dammann von der Spusi nicht gefunden, obwohl sie ihr Haus auf den Kopf gestellt haben.«

»Merkwürdig.« Raphael überlegte. »Sie hatte bestimmt Schiss, dass ich bei ihr eindringe und es klaue. Vielleicht hat sie es ja mit in die Klinik genommen und irgendwo im Empfangsbereich versteckt?«

»Da wurde auch gesucht.«

»Na dann«, er lächelte sie an, »noch mal danke, Sina. Ich werde versuchen, dich bei meinem nächsten Fall nicht zu bedrängen, also, in Sachen Infos und so.«

Als sie die Augen mit einem »Das glaubst du doch selbst

nicht« verdrehte, lachte er laut auf, zog sie spontan in seine Arme und drückte ihr einen Kuss auf den blonden Scheitel.

»Störe ich?«

Raphael ließ Sina los. Beide drehten sich um. Johannes kam den Weg hinauf. Mit zu einem einzigen Balken zusammengezogenen Augenbrauen.

Raphael sah Sina an. »Mich stört er nicht. Dich?«

»Nein, natürlich nicht«, sagte sie. Auffällig waren ihre Wangen, die nun eindeutig ein kräftigeres Rot aufwiesen.

»Ich will auch nur schnell meinen Rucksack abstellen«, sagte Johannes und ging mit ausdruckslosem Gesicht an den beiden vorbei.

Sina verabschiedete sich mit einem hastigen »Tschüs«.

Raphael sah Johannes hinterher. »Vielleicht könntest du ja, wenn du das nächste Mal Verabredungen triffst und bei mir übernachten willst, vorher fragen?«

Johannes drehte sich an der Haustür abrupt um. »Ach, handhaben wir das jetzt also so? Okay. Das gilt dann auch umgekehrt.«

Gut, das war jetzt ein Eigentor. Raphael konnte sich nicht erinnern, sich jemals bei Johannes angemeldet zu haben, wenn er nach einer seiner Kneipen-Touren durch Flensburg bei ihm übernachtet hatte. Schließlich wusste er, dass der Ersatzschlüssel für das Pastorat am Seiteneingang unter der Vogeltränke im Beet lag.

Johannes pfefferte den Rucksack unter die Garderobe. »Übrigens, Mama hat mich vorhin angerufen«, sagte er, als er sich wieder umdrehte. »Papa kommt morgen auf die Insel, um sie abzuholen. Sie wollen sich hier bei dir treffen.«

»Halleluja. Auf den Besuch unseres Vaters könnte ich zwar gut verzichten, aber wenigstens hat sich Mama gegen den selbst ernannten *King of Coffee and Family* durchgesetzt.«

Johannes nickte. »In diesem Fall ist dein Lobpreisen des Herrn genehmigt. Auch wenn ich Mamas Entscheidung mehr als nachvollziehbar fand, hat es mir nicht gefallen, dass unsere Eltern auf Distanz lebten. Familie muss zusammenhalten, auch oder gerade in schwierigen Zeiten. Und nun tschüs. Wir sehen uns beim Frühstück.« Auf dem Gehweg drehte er sich noch mal um. »Oder muss ich mich dafür auch anmelden?«

Raphael zeigte ihm den Mittelfinger und ging rein. Imme lauerte auf die Fortsetzung des Berichts zum Vorabend, aber Raphael setzte sich nicht wieder an den Schreibtisch.

Familie muss zusammenhalten ... Er sah Imme an. »Finde doch mal die Adresse von Wencke Dammanns Eltern raus.«

***

Inge und Günther Haferstein hatten Raphael in ihr Haus gebeten, als er gesagt hatte, dass er im Fall ihrer Tochter ermittelte. Dass er nicht von der Polizei war, hatte er dabei unterschlagen. Aber da sie bereits mehrfach Besuch von der Kripo gehabt hatten, stand es für sie anscheinend außer Frage, dass er nicht zu dieser Truppe gehörte.

Sie waren einfache, nette Leute mit einem einfachen, netten Wohnzimmer, und die Angst um ihre im Koma liegende Tochter stand ihnen ins Gesicht geschrieben. Die Blässe der faltigen Seniorenhaut, die geschwollenen roten Augenlider ... Raphael wandte den Blick schnell ab und betrachtete die diversen Fotografien an Wänden und auf Schränken. Auf einem Bild hockte Wencke Dammann – fröhlich lachend, wie er sie nie erlebt hatte – neben einem wohl speziell angepassten Rollstuhl für die darin mehr liegende als sitzende Frau, die mit offenem Mund und starrem Blick an dem Fotografen vorbeisah.

»Wencke und ihre Schwester?«, fragte Raphael und deutete auf das Foto.

Frau Haferstein nickte. »Ja. Unsere Wencke kümmert sich seit Birtes Geburt so liebevoll um ihre kleine Schwester.« Ihr schossen die Tränen in die Augen. »Wencke darf nicht sterben. Was sollen wir denn nur alle ohne sie tun?«

Günther Haferstein tätschelte die Hand seiner Frau. »Wird alles gut, Mutter. Wird schon alles gut.«

Wie oft mochte er das schon gesagt haben?

»Allein können wir Birte nicht mehr lange versorgen«, sagte Frau Haferstein. »Tagsüber ist sie ja in der Einrichtung, aber abends und am Wochenende …«

Ihr Seufzer war das, was man in Romanen wohl »herzzerreißend« nannte, befand Raphael und fühlte sich äußerst unwohl dabei. Warum traf es ausgerechnet diese Familie, der doch vom Schicksal schon genug Bitteres zum Knabbern gereicht worden war?

»Ich möchte gern dazu beitragen, dass die Rolle Ihrer Tochter in dem Fall geklärt wird«, begann er. »Und eigentlich habe ich dazu nur eine einzige Frage: Hat Wencke Ihnen vielleicht ihr Tagebuch überlassen? Zur Aufbewahrung?«

Auf dem Sofa herrschte Schweigen, aber das Ja hing so eindeutig in der Luft wie die Regenwolken am Dithmarscher Himmel. Dennoch erklärte Inge Haferstein: »Nein! Nein, das haben wir nicht.«

Dass ihr Gesicht sich dabei heißrot färbte, sprach für sie, fand Raphael. Im Gegensatz zu ihm war Lügen für sie wohl eine nicht so häufige Option.

Er lächelte. »Sie beide bemühen sich gerade so krampfhaft, sich nicht anzusehen«, sprach er aus, was ihm aufgefallen war. »Ich glaube, dass Sie das Buch sehr wohl haben.«

Während Frau Haferstein noch tapfer den Kopf schüttelte, knickte ihr Mann sofort ein. »Sie hat es uns geschickt und gesagt, dass wir es auf keinen Fall jemandem geben sollen. Niemandem. Das hat sie extra betont.«

Raphael nickte. »Ich verstehe das. Aber zu dem Zeitpunkt hat sie auch noch nicht gewusst, dass sie niedergeschossen wird. Und um zu verstehen, warum Ihre Tochter in dem Haus war, wo die Leiche von Herrn Lahann gefunden wurde, sollten Sie das Buch jetzt holen und der Polizei oder mir übergeben.«

»Aber Sie sind doch die Polizei«, sagte Frau Haferstein irritiert.

»Ich bin Privatdetektiv«, gab Raphael zu. Dieses Haus war

keine Lügen gewohnt, und irgendwo tief in ihm drinnen wollte etwas, dass es sich nicht mit seinen füllte.

»Ach«, sagte sie.

Er wurde von beiden gemustert. Dann stand Herr Haferstein auf. »Er hat wohl recht, Mutter. Vielleicht steht da was drin.«

Guck an. Nicht zu lügen wurde also belohnt.

»Sie hat es uns mit der Post geschickt«, klärte Inge Haferstein ihn auf. »Vorher hat sie uns angerufen und das mit dem Nicht-aus-der-Hand-Geben gesagt. Aber nun ...«

Schweigend warteten sie auf die Rückkehr von Wenckes Vater. Gefühlt hatte er das Tagebuch vor den Toren Meldorfs auf einem Kohlacker vergraben, so lange dauerte es, bis er wieder da war.

Raphael streckte die Hand nach dem Buch aus, doch Günther Haferstein schüttelte den Kopf. »Nee, nee ... Ich les das vor.«

Es wurde eine harte, aber aufschlussreiche Stunde für Raphael. Hart, weil Lesen und insbesondere Vorlesen nicht zu Günther Hafersteins herausragenden Fähigkeiten gehörte, aufschlussreich, weil er endlich erfuhr, was Wencke Dammann mit dem Ganzen zu tun hatte.

***

Am nächsten Morgen saß Raphael schon am Schreibtisch und Waltraud auf der Gardinenstange, als Imme das Büro betrat und eine wuchtige Tasche mit einem »Moin, ihr beiden« auf den Schreibtisch hievte. Sie holte die Zehnerpackung Eier heraus, die er geordert hatte, und stellte sie ab.

»Ich dachte, du schläfst noch, Chef. Aber dann ist es wohl unser Pastor, der so einen gesegneten Schlaf hat?« Sie lauschte Richtung Flur. Selbst durch die geschlossene Tür drang Johannes' Schnarchen aus dem Wohnzimmer.

»Es war weit nach Mitternacht, als er nach Hause kam«, grummelte Raphael.

Imme musterte ihn mit ihren Strahle-Augen, die farblich eher an die Adria als an die Nordsee gehörten. »Schlechte Laune?«

»Nee, warum?«

Okay, dass er die zwei Wörter gerade geblafft hatte, sprach nicht unbedingt für gute Laune. »Was hast du da noch?«, fragte er darum sehr viel freundlicher, als sie eine Tupperdose aus der Tasche nahm.

»Meine Schwiegermutter hat Baisers gebacken.« Sie zog den Deckel ab, kam an seinen Schreibtisch und führte die Dose an seiner Nase vorbei. »Die zergehen auf der Zunge, sag ich dir.«

Raphael nahm eines der zartgelb-karamelligen Wölkchen und biss hinein. »Stimmt«, murmelte er, als die Zunge wieder vom Zuckerschmelz befreit war. »Koch uns doch gleich mal einen Kaffee dazu, dann erfährst du von mir, was Wencke Dammann in ihr Tagebuch geschrieben hat.«

»Es wurde gefunden?« Imme ließ sich vor Überraschung schwungvoll auf ihrem Ikea-Schreibtisch nieder, was Linnmon dazu bewegte, heftig zu knarzen, was Imme dazu bewegte, doch lieber auf dem Stuhl Platz zu nehmen.

»Die Kurzfassung: Wencke Dammann und Viktor Winkler waren kurz davor, die Jürgensens zu erpressen. Sie hatten viele richtige Vermutungen angestellt, aber ebenso viel Schiss, ihre Jobs zu verlieren, sollten sie falschliegen. Es fehlte ihnen einfach noch das i-Tüpfelchen, um den Jürgensens nachweisen zu können, dass sie wirklich für das Verschwinden und/oder den Tod Lahanns verantwortlich waren.«

»Hammer.«

»Und bevor ich dir jetzt weiter von meinem Besuch in Meldorf und den Einzelheiten berichte, hätte ich gerne den Kaffee und zwei, drei weitere von Schwiegermamis Küssen.«

»Ha, sehr gut!«, sagte Imme. »Du weißt also, dass Kuss auf Französisch Baiser heißt. Ich dachte, du hattest Latein?«

»Warst du hier auf 'ner Neandertalerschule? Man kann durchaus beides gehabt haben. Und glaub mir, die Worte Liebe, Kuss und Fi…« Er brach grinsend ab. »Na, die kenn ich in *jeder* Sprache.«

»Ja, ja, schon klar«, sagte Imme und verschwand in der Küche.

Als ein dampfender Latte macchiato und die geöffnete Tupperdose vor ihm standen, erzählte er weiter. »Dem Hausmeister ist aufgefallen, dass seine Heckenschere plötzlich so sauber war. Er hatte sie ungeputzt auf der Werkbank abgelegt, um am nächsten Tag damit weiterzuarbeiten. Damit fing es an. Als er dann meine Story von dem blutenden Körper auf dem Kellerflur hörte, wurde Winkler stutzig. Er hat es Wencke Dammann erzählt und –«

»Warum ihr?«, fiel Imme ihm ins Wort. »Waren die so dicke miteinander?«

»Das hab ich die Eltern auch gefragt. Die sagten, die beiden hätten seit Jahren eine gute Freundschaft gepflegt. Platonisch. Na, jedenfalls wurden die beiden hellhörig, als Lahann vermisst gemeldet wurde. Insbesondere sein Satz beim Spieleabend hat Wencke Dammann beschäftigt. Seitenweise hat sie ihr Tagebuch mit Vermutungen über die Teilnehmer der Runde gefüllt und darüber, wo die Leiche und das Auto sein könnten. Als Viktor Winkler dann tot im Becken trieb, dachte sie, er sei ermordet worden … He, raus da!« Raphael wedelte mit der Hand, um Waltraud zu verscheuchen, die in die Tupperdose geflogen war und in ein Baiser hackte.

»Aber wie genau ist sie auf die Jürgensens gekommen?«

»Auf dem Spieleabend sind ihr direkt die verschiedenfarbigen Augen von Frederik Lahann aufgefallen. Aber erst Tage später hat sie einen Zusammenhang mit Lena Jürgensen vermutet, als die mit ihr am Empfangstresen geplauscht hat. Sie kennt Lena ja seit vierzehn Jahren. Und als Kind trug Lena noch keine Kontaktlinsen, um den vermeintlichen Makel zu kaschieren. Daran hat sie sich in dem Moment erinnert. Sie hat recherchiert, genau wie ich, und ist zu dem richtigen Schluss gekommen.«

»Wahnsinn«, sagte Imme. Dann stockte sie und griff nach ihrem Handy. »Aber … warte.« Sie fingerte auf dem Display herum. Dann hatte sie gefunden, was sie suchte. Sie hielt das Handy in die Luft und zeigte Raphael das Foto von Frederik

Lahann, das dessen Frau ihnen geschickt hatte. »Hier hat er eindeutig zwei blaue Augen.«

Raphael nickte. »Das hab ich mir auch schon angeguckt. Er war eitel laut seiner Frau. Genau wie Lena hat er wohl manchmal eine Kontaktlinse eingelegt.«

»Hoffentlich überlebt Wencke Dammann. Mit ihrer Aufmerksamkeit und Kombinationsgabe könnte sie glatt bei uns anfangen«, sagte Imme. Dann nahm sie den Faden wieder auf. »Als Johannes dann auf dem Kostümfest ihr gegenüber die Vermutung mit der Garage der alten Frau Ottinger ausgesprochen hat, war das das letzte Puzzlestück, das der Empfangsdame fehlte?«

»Das ist auch meine Vermutung, Watson«, sagte Raphael, und Imme klopfte sich auf die Schulter. Er bröselte ein paar Baiserkrümel auf den Schreibtisch, weil Waltraud erneut die Dose als Landeplatz angesteuert hatte, und schloss den Deckel.

»Sie muss das Kostümfest verlassen, sich umgezogen haben und zum Ottinger-Haus gefahren sein, um sich davon zu überzeugen. Das Schlüsselbund hatte sie noch.«

»Winklers Schlüssel«, sinnierte Imme. »Warum hat *er* dann nicht den Wagen in der Garage entdeckt?«

»Seine Arbeit im Haus war beendet. Er hatte keinen Grund mehr, dort zu sein. Dass er den Schlüssel nicht zurückgab oder zurückgeben musste, war entweder Zufall oder ein Versäumnis. Vielleicht auch Absicht, falls doch noch etwas zu tun sein würde.«

»Letztendlich zum Nachteil von Wencke Dammann.« Imme schüttelte deprimiert den Kopf. »Ihre Geldgier wurde ihr zum Verhängnis, auch wenn es nicht zur Erpressung kam.«

»Sie war nicht für sich selbst gierig«, sagte Raphael, »auch wenn es das natürlich nicht rechtfertigt, aber laut Tagebuch wollte sie mit dem Geld ihre behinderte Schwester absichern für den Fall, dass die in ein Heim muss.«

Imme seufzte tief. Dann schien ihr etwas einzufallen. »Du hast das Tagebuch doch hoffentlich der Polizei übergeben?«

»Selbstverständlich«, sagte Raphael. »Ich bin ein Vorzeigebürger.« Dass der alte Haferstein sich bis zum Schluss geweigert hatte, es ihm auszuhändigen, musste Imme nicht wissen. Er hatte die Polizei angerufen und war bei den alten Leuten geblieben, bis die Beamten das Buch in Empfang genommen hatten. Denn was er in diesem Fall gelernt hatte, war, dass Kontrolle definitiv besser war als Vertrauen.

»Puh, jetzt brauch ich noch eine Fuhre Koffein«, sagte Imme und stand auf.

Raphael hob sein leeres Glas. »Ich auch. Und anschließend kannst du der Dingsbums-Versicherung, na, du weißt schon, schreiben, dass wir im Fall Harry Lüttje nichts Auffälliges entdeckt haben, das auf Schwarzarbeit hindeutet, und der Fall damit für uns erledigt ist. Und füg die Rechnung bei, abzüglich des Vorschusses.«

»Du willst ihn also nicht anschwärzen.« Imme klang so, als wäre sie mit Raphaels Entscheidung mehr als einverstanden, was sich gut anfühlte, obwohl sich sein winterlicher Karibikurlaub durch den fehlenden Bonus erheblich verkürzen würde.

Mitsamt Eierkarton und leeren Latte-Gläsern verschwand Imme in die Küche.

Raphael lauschte durch die Wand hindurch dem Schnarchen seines Bruders. Wie konnte der so tief und fest schlafen, obwohl hier Remmidemmi war? Waltraud hing keckernd und schaukelnd an der Lampe, der Kaffeeautomat piepte … Mit einem Grunzen stand Raphael auf und folgte Imme.

Sie füllte gerade Wasser nach. »Mach nur einen Kaffee für dich«, sagte er. »Meinen zapf ich mir gleich selbst. Ich hab draußen noch was zu erledigen.«

Er ging durch die Küchentür zum Schuppen und holte den Tritt und einen Schraubendreher. Er umrundete das Haus, ging an seinem Grundstück vorbei und den Aufgang zu Johannes' Haushälfte hinauf. Am Eingang stieg er auf den Tritt und schraubte über der Tür das schäbige G aus dem »FRIESENGLANZ«. Zufrieden stieg er wieder runter, klappte den Tritt zusammen und betrachtete grinsend das Ergebnis aus ein paar Schritten Entfernung. »FRIESEN LANZ«.

Pfeifend ging er zu seiner Haushälfte. Er steckte sich die beiden Schrauben zwischen die Lippen und klappte den Tritt wieder auf. In dem Moment erklang ein verschlafenes »Moin«. Johannes stand in der Tür und bekam von Imme gerade einen Becher Kaffee in die Hand gedrückt.

»Moim«, brabbelte Raphael mit geschlossenen Lippen. Dann nahm er die erste Schraube aus dem Mund, steckte sie in das rechte Loch des G und zog sie mit dem Schraubendreher fest.

»Was treibst du da?« Johannes kam raus und trat hinter ihn. Die darauf einsetzende Stille währte nur zwei Sekunden. »Ist das … Ist das etwa mein G?« Johannes' Stimme hatte jeden Funken Müdigkeit verloren. »Du hast mein G abgeschraubt?«

Im gleichen Moment fühlte Raphael sich am Pulli gepackt und vom Tritt gezogen. Vor Schreck öffnete er den Mund und konnte gerade noch verhindern, die andere Schraube runterzuschlucken. Er spie sie aus. »Bist du irre?«, fauchte er Johannes an. »Fast hätte ich die Schraube verschluckt!« Er riss sich los, denn die linke Hand seines Bruders war immer noch in den Pulli gekrallt. In der rechten hielt Johannes seinen dampfenden Kaffee.

»Selbst schuld«, giftete Johannes zurück. »Lass einfach meine Sachen in Ruhe!«

»Dieses G gehört nicht dir!« Raphael deutete zu dem Buchstaben hinauf. »Es ist meins. Onkel Schorsch hat es nur auf deiner Seite angebracht, damit die Feriengäste zufrieden sind. Jetzt ist er tot, du hast keine Feriengäste, und darum hab ich's mir wiedergeholt.«

Johannes war eindeutig anderer Meinung. »Es befand sich auf *meiner* Seite. Und auf *meiner* Seite hast du nichts verloren. Was da drüben ist …«, er nickte zu seiner Haushälfte und boxte Raphael mit der Linken auf den Oberarm, »gehört mir. Mir! Hast du das kapiert?«

Raphael trat vor. »Hast du mich gerade geschlagen? Hast du

mir auf den Arm geboxt?« Sein Gesicht war dem von Johannes so nah, dass sich ihre Nasen fast berührten.

»Ja, hab ich«, fauchte Johannes und trat einen Schritt zurück. Und dann noch einen, allerdings ungewollt, denn Raphael hatte ihn vor die Brust gestoßen. Ein Teil des Kaffees ergoss sich dabei auf den Boden.

»Du schubst mich nicht!«, presste Johannes hervor, warf den Becher von sich und packte Raphael.

»Und ob ich das tue. Denn du … kannst nicht …«, Raphael stöhnte, weil Johannes versuchte, ihn in den Schwitzkasten zu nehmen, »… alles haben.«

»Ich will auch … nicht alles. Nur das … was mir gehört!«

»Du meine Güte!«, erklang die entsetzte Stimme von Frauke Freersen an der Gartenpforte. »Was ist denn hier los?«

Für einen Moment verharrten Raphael und Johannes in der Umklammerung. »Er will mein G«, keuchte Johannes, »aber das kriegt er nicht. Das ist *mein* Buchstabe.«

»Das werden wir sehen«, presste Raphael hervor. Er versuchte, sich aus Johannes' Würgegriff zu winden. Und es gelang. Dann packte er zu und brachte sie beide zu Fall.

»Hört sofort damit auf!«, herrschte Frauke Freersen sie an, während sie ihren Koffer hinter sich herzog. Das Rattern der Räder auf dem Plattenweg ging unter im Gekeuche der Brüder, die sich im feuchten hohen Gras wälzten. Mal lag der eine unten, mal der andere.

»Keine Sorge, Frau Freersen«, sagte Imme von der Tür aus, »das sind Jungs. Die brauchen das.« Sie trat aus dem Haus, um den Kampf besser verfolgen zu können.

Frauke Freersen betrachtete das wieder vollständige »FRIESENGLÜCK« über dem Eingang. Kopfschüttelnd sah sie zurück zu den beiden Männern, die sich mit »Aahs!« und »Auas!« und Drecksack- und Blöder-Hund-Beschimpfungen weiter über den Rasen rollten.

»Und das wegen eines lächerlichen Holzbuchstabens? Das ist doch kaum zu glauben«, schimpfte Frauke und verdrehte die

Augen mit Blick auf ihre verdreckten Söhne. Raphael stopfte Johannes gerade eine Ladung Gras in den Mund.

»Die beiden glauben gerade vielleicht sogar selbst, dass es ihnen um das G geht«, sagte Imme und legte einen Arm um die Schultern der gebeutelten Mutter. »Kommen Sie, ich koche Ihnen einen Kaffee. Die beiden werden schon hinterherkommen, wenn sie sich ausgetobt haben.«

»Aber …« Frauke Freersen sah Imme verwirrt an. »Wollen Sie andeuten, dass es um etwas anderes geht?«

»Ja, allerdings.« Imme grinste. »Und glauben Sie mir: Es wird noch spannend.«

Was noch zu sagen ist

Recherche auf der Lieblingsurlaubsinsel … Ich liebe meinen Job! Auf dem Fahrrad habe ich die Gegend erkundet, um einen schönen Platz für meine fiktive »Klinik am Kliff« zu finden. Und natürlich wurde ich fündig, denn es gibt so viele malerische Stellen auf der Insel. Es bereitet mir immer wieder riesigen Spaß, in meinen Büchern frei Erfundenes mit Realem zu verbinden. Ihnen, liebe Leserinnen und Leser, ist hoffentlich klar, dass ich ganz viel essen musste. Man kann nicht über Friesenwaffeln mit Pflaumenmus schreiben, ohne zu wissen, wie sie schmecken. Und der Primitivo de Manduria will auch probiert sein, bevor die Autorin es wagt, ihn zu nennen. Sagte ich schon, dass ich meinen Job liebe?

Recherche führte mich auch an einem dunklen Winterabend in einen modernen und doch heimeligen Kuhstall. Die Geburt eines Kälbchens mitzuerleben – das war beeindruckend. Danke, lieber Carsten Saß, dass ich dabei sein durfte!

Ein herzliches »Piep« gilt Waltraud Ries und ihrer Familie. Ohne euch hätte Raphael keinen Vogel, also, keinen echten.

Dem Team des Emons Verlags und meiner Lektorin Hilla Czinczoll sage ich herzlichen Dank für die erneut sehr gute Zusammenarbeit und das erstklassige Lektorat. Auch wenn die allseits bekannten Umstände es uns momentan nicht leicht machen – wir schaffen das.

Herzlichst, Ihre und eure Heike Denzau

Die Kriminalromane von Erfolgsautorin Heike Denzau im Überblick

Krimis mit Lyn Harms:

Die Tote am Deich
ISBN 978-3-89705-826-2

Marschfeuer
ISBN 978-3-89705-919-1

Tod in Wacken
ISBN 978-3-95451-064-1

Schwarze Elbe
ISBN 978-3-95451-502-8

Dunkle Marsch
ISBN 978-3-95451-970-5

Der Teufel von Wacken
ISBN 978-3-7408-0315-5

Das Haus am Moor
ISBN 978-3-7408-0776-4

Krimis mit Raphael Freersen:

Nordseenebel
ISBN 978-3-7408-0501-2

Mystery Thriller:

Todesengel von Föhr
ISBN 978-3-95451-251-5